卖报小郎君 /著

【第七卷】
血屠千里

人民文学出版社

图书在版编目(CIP)数据

大奉打更人. 7, 血屠千里 / 卖报小郎君著. --北京:人民文学出版社, 2023（2024.8重印）
ISBN 978-7-02-018307-4

Ⅰ. ①大… Ⅱ. ①卖… Ⅲ. ①长篇小说-中国-当代 Ⅳ. ①I247.5

中国国家版本馆 CIP 数据核字(2023)第 195450 号

选题策划	胡玉萍
责任编辑	黄彦博
装帧设计	李思安
责任校对	杨益民
责任印制	王重艺

出版发行	人民文学出版社
社　　址	北京市朝内大街 166 号
邮政编码	100705
印　　刷	河北延风印务有限公司
经　　销	全国新华书店等
字　　数	299 千字
开　　本	680 毫米×960 毫米　1/16
印　　张	22　插页 3
版　　次	2023 年 11 月北京第 1 版
印　　次	2024 年 8 月第 4 次印刷
书　　号	978-7-02-018307-4
定　　价	49.00 元

如有印装质量问题，请与本社图书销售中心调换。电话:010-65233595

目录
CONTENTS

第 339 章　杨千幻出关　/ 1

第 340 章　参观司天监　/ 9

第 341 章　生命炼金术　/ 16

第 342 章　朝廷委任　/ 22

第 343 章　北行　/ 29

第 344 章　刷马桶　/ 36

第 345 章　拔刀　/ 42

第 346 章　夜谈　/ 50

第 347 章　分析王妃随行的原因　/ 57

第 348 章　埋伏　/ 62

第 349 章　谁来救救我　/ 72

第 350 章　逃亡计划　/ 78

第 351 章　神威凛凛许银锣　/ 85

第 352 章　许七安的谋划　/ 93

第 353 章　王妃的秘密　/ 104

第 354 章　撸手串　/ 111

第 355 章　　使团抵达北境　/ 118
第 356 章　　问询使团　/ 125
第 357 章　　李妙真的传书　/ 132
第 358 章　　三黄县　/ 138

第 359 章　　暗子　/ 146
第 360 章　　许七安的截杀计划　/ 152
第 361 章　　全是谎言　/ 159
第 362 章　　真凶　/ 167
第 363 章　　我很中意他　/ 175
第 364 章　　妖军过境　/ 181
第 365 章　　白马银枪李妙真　/ 189
第 366 章　　错综复杂　/ 196
第 367 章　　碰头　/ 202
第 368 章　　遇袭　/ 208

第 369 章　　共情　/ 215

第 370 章	四方动	/ 223
第 371 章	攻城	/ 235
第 372 章	镇国剑	/ 244
第 373 章	人无道，天罚之	/ 256
第 374 章	复仇者	/ 271
第 375 章	作揖	/ 286
第 376 章	复盘	/ 294
第 377 章	回京	/ 300
第 378 章	三气元景帝	/ 314
第 379 章	首辅大人，楚州出事了	/ 321
第 380 章	骂！	/ 328
第 381 章	暗流汹涌	/ 336

第 339 章

杨千幻出关

司天监。

通往地底的石门,在吱吱扭扭声中打开,一位九品白衣朝着幽深的地底高喊:"杨师兄,半旬已过,您可以出来了。"

几秒后,一道白衣身影,倒退着走上来,固执地用后脑勺对着世人。

"我杨千幻,终将重临世间,谁都不可能镇压我。"白衣身影缓缓道。

"是是是,"九品术士随口应着,提醒道,"您下次可别再做蠢事了,监正老师说了,您要是再学许七安,就把您镇在地底,一辈子别想出来。"

杨千幻呵了一声:"杨某需要学他?只不过是他做了我想做的事。"

神经病……九品术士心里腹诽。

"嗯,我在地底闭关的这段时间,外界有什么事发生?"杨千幻负手而立,语气淡然。

"有啊,天人之争已经结束了。"白衣术士说道。

他旋即看了眼幽深的地底,见五师姐没有上来,连忙拉下机关,缓缓关闭石门。观星楼的地底有监正亲手布置的阵法,钟师姐在里面可以屏蔽厄运,但是劫数终究是要度的,除非想一辈子待在地底。

天人之争结束了？杨千幻有些惋惜地点头:"楚元缜战力极为强悍,李妙真,我虽没见过,但想来也不是弱手。没能见到两人交手,实在遗憾。"他后脑勺动了动,问道,"谁赢了?"身为四品术士,天之骄子,他对天人之争的胜负颇为关心。

　　"两人都没赢。"这位九品师弟说道。

　　"平手?"这个结果让杨千幻感到意外。

　　"不,赢的人是许公子,他一人独斗道门天人两宗的杰出弟子,于众目睽睽之下,打败两人,风头一时无两。"白衣术士说道。

　　一人独斗道门天人杰出弟子,于众目睽睽之下打败两人……杨千幻呼吸一窒,凭借多年人前显圣的经验,他能体会到其中玄而又玄的妙处。深吸一口气,杨千幻用低沉、略带颤抖的嗓音说:"你,你把事情经过,仔细与我说说。"

　　"我也是道听途说,当时没有在现场观战。"年轻的医者说道,"天人之争的地点是在京郊的渭水,据说当时许公子踏着小舟而来,伴随着铿锵悦耳的琴音……"

　　脑海里有画面了……杨千幻闭着眼,想象着两岸人潮涌动,天人之争的两位主角还在紧张对峙中,突然,穿金裂石的琴音响起。众人大吃一惊,纷纷指着船头傲立的人影说:呀,是司天监的杨公子。

　　"据说许公子还念诵了一首诗呢。"年轻的医者击掌。

　　杨千幻眼中精光一闪,呼吸变得粗重,后脑勺灼灼地盯着他,语气有些急促地追问:"什么诗? 快说,快说!"

　　年轻医者做回忆状,道:"横刀踏舟莅渭河,不为仇雠不为恩。万战自称不提刃,生来双眼蔑群雄。忍看小儿成新贵,怒上擂台再出手。一刀劈开生死路,两手压服天与人。"相比许公子以前的诗,这首诗的水平只能说一般……他刚这么想,突然听到了粗重的呼吸声。

　　年轻医者盯着杨千幻的后脑勺:"杨师兄?"

　　"好诗,好诗啊,这首诗的精彩程度,不比他在当日堵在午门念出的半首诗差,是许宁宴作过的诗里,可以排前三的佳作啊!"杨千幻喃喃道。

"不至于不至于。"九品医者摆摆手,"外头都说,这首诗很一般。"

杨千幻嗤笑道:"那群乌合之众懂个屁,诗不能单看表面,要结合当时的情况来品味。你想,满京城都在关注天人之争,关注楚元缜和李妙真,可还有人在意曾经在斗法中一鸣惊人的许七安?没有了吧?所以,就是在这个时候,才要念出'忍看小儿成新贵,怒上擂台再出手'。"

九品医者想了想,觉得很有道理,果然有些热血沸腾。

"虽然许宁宴只是六品武者,品级远不如楚元缜和李妙真,正因如此,那句'一刀劈开生死路,两手压服天与人'才显得格外的气势磅礴,充分体现出诗人不畏强敌的胆魄,以及迎难而上的精神。"杨千幻掷地有声。

"妙啊!"白衣术士击掌,道,"杨师兄博学多才,师弟佩服。"

杨千幻叹息一声:"真正厉害的是许宁宴,他总能让自己成为旁观者的焦点,博取名声和声望,这一点,我是不如他的。"

既生安,何生幻?自打认识许七安,杨千幻心里时常有此类的感慨。

"许七安总有这样的机会,而我,缺的就是机会。"杨师兄感慨道。

"杨师兄,其实这次天人之争,陛下有派人来请你,想让你出关阻止两人,但监正老师以你被镇压在地底为由,拒绝了陛下。"白衣医者说道。

"……?"

杨千幻宛如石化。半晌后,他仿佛受到了巨大的打击,几乎无法站稳,依着墙缓缓滑倒,双膝跪在地上。

"师弟,此、此言当真?"他以颤抖的声音质问。

"自然是真,岂会骗师兄您。"九品医者说。然后,他看见杨千幻不停地抓脑袋。

"杨师兄,您怎么了?"

"大、大脑感觉在颤抖……"杨千幻哀鸣一声,一字一句道,"监、监正老……师又误我!"

次日，许七安从教坊司回府，顺道接了钟璃回家，径直返回卧室观想，平复元神最后的疲惫。

这时，披头散发的钟璃走到床边，伸出小手，摇了摇他的肩膀，轻声说："杨师兄来了。"

杨千幻来找我作甚？许七安睁开眼，困惑地颔首："我知道了。"

他旋即出门，在后院的石桌边，看见了负手而立的杨千幻。

小豆丁好奇地盯着杨千幻的背影，趁他不注意，突然跑到他面前去，只见光芒一闪，她返回了原位。小豆丁不泄气，虎视眈眈地盯着杨千幻的背影，时而绕左边，时而绕右边，时而一个滑铲从他胯下突破，但每次都会被传送回原位，不管小豆丁怎么努力，都无法看到杨千幻的正脸。

"大郎，这是你朋友吧？"婶婶小步靠拢过来，碎碎念道，"也不知道什么时候进的府，就一直站在那里，一动不动，好奇怪的一个人。"

"这是司天监的杨师兄。"许七安解释道。说完，朝杨千幻的背影喊道，"杨师兄，你来寻我，有何贵干？"

"盯着你！"杨千幻淡淡回应。

"盯着我？"

"你屡次抢我风头，夺我机缘，以后我要时刻盯着你，一有类似的机缘，就从你手上夺回来。"杨千幻沉声道，"有朝一日，定叫监正老师知道，三十年河东三十年河西，莫欺少年穷。"

婶婶立刻看向许七安，撇撇嘴："难怪你们是朋友呢，呵呵。"

婶婶的女神式呵呵。

大郎这个倒霉侄儿，当年也说过类似的话。

"随你吧。"许七安耸耸肩，然后看见门房老张进了内院，扬声道，"大郎，你有几位好友拜访。"

许七安随着老张来到外厅，看见金莲道长、陆号恒远、肆号楚元缜坐在厅里喝茶。

"金莲道长，楚兄，恒远大师。"许七安热情地打招呼，吩咐老张端来瓜果和糕点。

"许大人,劳烦叫李妙真和丽娜出来,贫道与你们说些事。"金莲道长微笑着说。

许七安当即返回内院,喊来李妙真和丽娜。

丽娜是第一次见楚元缜和恒远,上次重伤昏迷,一直没有苏醒。

"呀,除了壹号,我们天地会成员都到齐了。"南疆小黑皮开心地说。

这句话听在众人耳里,并不奇怪,因为这里是许府,叁号许新年也在府上。

"对了,叁号呢?"楚元缜问道。

李妙真立刻瞥了许七安一眼,丽娜也看向他,及时记起两人的约定,不能透露身份。

哎呀,我刚才不小心说漏嘴了,怎么办怎么办……丽娜心里慌张地想。

许七安脸色如常,回答道:"和王家小姐单约会去了。"

楚元缜一愣:"约会?"

"谈情说爱。"

"哦哦,不愧是风流才子。"楚元缜笑了起来。

许新年确实和王家小姐约会去了,不过,只有王家小姐方面觉得是约会,许新年则认为是赴约。

众人入座后,捧着茶杯小啜一口,唯独丽娜开始啃起瓜果和糕点,嘴巴一刻不停。这时,许铃音走了过来,迈着小短腿插入聚会。丽娜把她抱起来放在大腿上,师徒俩一起吃瓜。

金莲道长咳嗽一声,道:"贫道要离京了,就在这几天。"

对此,众人并不意外。金莲道长当日躲入京城,逃避地宗妖道追杀,本就是权宜之计,在京城休养大半年,确实该离开了。

如果只是为了宣布这件事,金莲道长不必把我们聚集在许府……楚元缜喝了口茶,静等后续。

老阴货不知道又在打什么算盘……许七安保持沉默,看看金莲道长到底想说什么。

阿弥陀佛,天下没有不散的宴席……恒远心里感慨,忍不住双手合十。

臭道士指使许宁宴打搅我的决斗,我今天本来不想见他的……李妙真心里还有怨气,不怎么待见金莲道长。

丽娜:"这个蜜瓜好甜,哈哈哈。"

许铃音:"是呀是呀,嘻嘻嘻。"

金莲道长感慨道:"当日我之所以潜入地宗,是为了盗取一件宝贝,叫作九色莲花,此物可以点化万物,即使是石头,也能让它产生灵智。

"地宗的妖道们一直在搜寻我的下落,欲夺回九色莲花。我一直藏在京城,其实是在迷惑他们,让他们以为九色莲花被我带到了京城,其实我早就暗中将它转移到了隐秘之地。随着九色莲花渐渐成熟,它的气息无法再被压制了,届时,很可能引来地宗妖道的觊觎。因此我得回去看护莲花。"

九色莲花,我似乎在哪本古籍中看到过……楚元缜皱眉沉思。

九色莲花?地宗第二至宝,九色莲花要成熟了?李妙真眼睛微亮。

丽娜:"哈哈哈。"

许铃音:"嘻嘻嘻。"

金莲道长对众人的表情很满意,笑呵呵道:"届时,必定会有地宗妖道循着气息找上门,贫道设局坑一下他们,希望诸位能出手相助。"

对于这个恳请,天地会众人的反应各不相同。

许七安皱眉道:"地宗道首会出手吗?"

金莲道长点头:"会的,不过他大部分时间都在沉睡,状态极差,即使出手,也是分身,或一缕分魂,实力有限。"

众人闻言,松了口气。

李妙真道:"可以,事后我要一枚莲子做报酬。"

其他人眼睛一亮。

金莲道长颔首:"这是自然,每人一枚莲子,许七安有两枚。"

闻言,李妙真精致的眉梢一挑,不服气道:"为何他有两枚?"

许七安打了个响指,道:"因为我打赢了你和楚兄,这是金莲道长答应给我的报酬。"

金莲道长看向丽娜,皱眉道:"伍号,你的想法呢?"

丽娜嘴里塞满食物,歪着脑袋,想了想,问:"莲子好吃吗?"

"……"金莲道长张了张嘴,看着她半晌,无奈道,"它,它不是好不好吃的问题,它是那种很少见的宝贝。如果非要吃的话,大概会很香甜……"

丽娜一听,拍着胸脯道:"道长,没问题,我会帮忙的。"

见状,众人心里感慨,真是个无忧无虑的快活女娃儿。

金莲道长欣慰道:"九色莲花成熟之前,我会通过地书碎片联络你们。"

他谋划这么久,成立天地会,多年之后的今日,终于有了成效。其余两位成员暂时指望不上,但如今聚集在这里的成员,已经是一股不容小觑的力量。拥有四品战力的楚元缜;道门四品的李妙真;虽然是八品武僧,但真实战力极强的恒远;力大无穷的南疆少女丽娜。当然,最让他欣喜的,反而是最后加入天地会的许七安。这小子身怀大气运,做啥啥都成,自身又将金刚神功推到小成境界,能抗能打,在战斗中可以发挥极大的作用。

金莲道长甚至觉得,再给这些孩子几年,将来组队去打他自己,或许并不是什么难事。

两日后,御书房。

元景帝私底下接见镇北王副将褚相龙。

"第一批粮草尚需几日才能筹备,褚将军不必着急。"元景帝道。

"陛下,卑职此番回京,不仅仅是押运粮草,镇北王还交代卑职一个任务。"褚相龙抱拳。

"什么任务?"元景帝问。

"护送王妃去边关。"褚相龙低声道。

元景帝素来沉稳的脸色,此刻略有失态,不是忌惮或愤怒,而是惊喜。他很好地藏住了情绪，看了眼候在下方的老太监，沉声道："退下。"

老太监与其余宦官行了礼，无声退了出去。

元景帝这才从龙椅上起身，疾步走到褚相龙身边，惊喜道："他，他快成了？"

第 340 章

参观司天监

"是的,如今万事俱备,只差王妃了。"褚相龙压低声音,用只有自己和元景帝能听到的声音说。

老皇帝喜怒不形于色的脸庞,难以自控地绽放喜色,深吸一口气,压住冲到喉咙的笑声,缓缓点头:"很好,淮王没让朕失望,很好,很好!"

褚相龙继续道:"卑职还有一个请求,卑职在练功时出了岔子,无法久战或者全力而战,请陛下派人护送王妃去北边。"

老皇帝审视着他,目光略有锐利,质疑道:"值此时刻,练功出了岔子?"

褚相龙连忙低头,抱拳,惶恐道:"陛下恕罪,陛下恕罪……"

他知道老皇帝生性多疑,不解释清楚这件事,即使他是镇北王的心腹,老皇帝也会怀疑。于是他把自己图谋许七安金刚神功,与曹国公联手,借科举舞弊案胁迫许七安的过程,一五一十地交代出来。

"混账东西!"元景帝听完大怒,一脚踹飞褚相龙,须发戟张,压低声音怒喝,"要不是还指望你办事,朕现在就斩了你的狗头。"

褚相龙伏地不起。

元景帝在御书房来回踱步,沉吟道:"派禁军护送太瞩目了,不妥。粮草运送缓慢,且尚没筹备妥当,若是与粮草同行,到了北方差不多得暮春,甚至初夏。朝堂各党一再上书,派人彻查血屠三千里之事……这样,就让王妃与北上查案的队伍同行,既能掩人耳目,又有高手护卫。"说完,元景帝还是摇头,"依旧不妥,王妃气象瑰丽,纵使有屏蔽气息的法术遮掩,但她的容貌……"

褚相龙眼睛一亮,道:"这是个好办法。陛下,王妃身上有法宝,不但能改变容貌,更能掩盖气息,化作寻常妇人。"

元景帝皱眉:"她何来的法宝?"

褚相龙道:"王妃说是国师赠予,她曾凭此物,偷溜出府数次。"

元景帝默然片刻,道:"此事暂且定下来,细节处,过后再议。"

许七安步行来到观星楼,左边是钟璃,右边是李妙真,身后还跟着恒远、楚元缜、丽娜、苏苏等人。

杨千幻不在队伍里,他提前一步返回司天监。如果跟在队伍里,他会很难办,跑在众人前头的话,观星楼的师弟们就能看见他的正脸;跑在众人后面的话,大街上的群众就能看见他的侧脸。根据杨千幻多年来观察魏渊和监正的经验,得出一套道理,大人物是不出行的,比如监正这个糟老头子,只会坐在八卦台发呆、喝酒。大人物出行都是坐马车的,这同样屏蔽了被乌合之众观赏容颜的机会。因此听说许七安等人要来司天监,杨千幻就先一步闪身离开。

"主人,我马上就可以得到肉身了吗?"苏苏兴奋得纸脸通红。

李妙真没回答,但眼里有着期待,如果能为苏苏重塑肉身,也算了结这位女仆多年来的夙愿。

楚元缜等人,则纯粹是对宋卿的作品感兴趣。

司天监宋卿,号称监正之下炼金术第一人,声名远播,他们早就慕名已久。而之所以排在监正之下,是因为监正靠一品术士强行压制,单论花里胡哨,以及对炼金术的开发,恐怕监正都不如宋卿。以前是没资格进司天监,如今有许七安带路,实属机会难得,自然要来参观一番,见识见识宋卿的炼金术,以及观星楼。

临近观星楼,一楼大堂里忽然蹿出一道黄裙身影,是大眼睛、鹅蛋脸、笑起来甜美动人的褚采薇出来迎接。

丽娜开心地迎上去。

"我在桂月楼打包了一桌子的饭菜,就等你来啦。"褚采薇蹦了蹦。

"有没有我喜欢吃的酱猪蹄、松花鸭、鱼子羹……"丽娜高兴地蹦了蹦。

"有啊有啊,咦,铃音没来吗?"

"被她娘亲留在府里了,哇哇大哭的。"

"真可怜,她没来,吃的就都归我们,哈哈哈。"

"我也这么认为,嘻嘻嘻。"

两个丫头牵着手,抛下众人,扬长而去。

"……"许七安张了张嘴,回头对众人道,"司天监我比较熟,我带你们参观也一样。"

他已经拜托杨千幻回来传信,告诉宋卿,他要带朋友来司天监参观。

踏入大堂,药材的气味扑鼻而来,穿白衣的医者们低头忙碌,或切割药材,或熬煮药汁,或翻看医书……

这时,所有医者不约而同地停下手头的工作,目视大堂口,朗声招呼道:"许公子!"

对于九品医者们恭敬的态度,众人也不觉得意外,以前壹号在地书碎片里讲述铜锣许七安资料时,有提到过此人精通炼金术,与司天监的宋卿关系极佳。而且,术士虽然心高气傲,隐隐有儒家接班人的架势,但九品毕竟是九品,品级的差异不是体系的差别能弥补的。

许宁宴是监正的棋子,或许他根本不擅长炼金术,一切都是监正营造出来的假象,就是为了让他合理地与司天监亲近,掩人耳目……楚元缜想到了更深一层。

许七安微微颔首:"各位师弟辛苦了,师弟们继续忙。"

打完招呼,他带着楚元缜等人拾级而上,侃侃而谈:"司天监有九层,一层大堂里是九品医者活动的区域,二层是八品望气师活动的区域,以此类推,第九层又叫八卦台,是监正的地盘。"

"我听说，监正似乎在八卦台坐了很多年。"李妙真道。

我明白你的意思，我也想知道，监正他没有别的事吗……许七安心里吐槽，表面却一副恭敬的姿态："据说，监正是要专心看人间。"

专心看人间……众人肃然起敬，只觉得监正的形象在不知不觉间，变得无比高大，格调一下子就上来了。

监正应该能听见我对他的吹捧……许七安心说。

继续往上走，沿途每一位遇到许七安的白衣术士，都恭敬地打招呼，像是晚辈后学见到了师长。

这让楚元缜等人慢慢意识到不对劲，如果只是关系好的话，何至于此？

而且，白衣术士们从不问候钟璃，可钟璃是监正的五弟子，地位本该很高才对。

嗯，也许是她厄运缠身，旁人不敢沾染……楚元缜暗暗猜想。

我只以为许大人和司天监术士关系好，可这些术士表现出的恭敬，绝不是关系好可以解释……陆号恒远愣了愣。

这小子在司天监很有威信？李妙真诧异地想。

哇，许宁宴这个好色之徒真的没骗人，他在司天监这么有排面？可我听说六品炼金术师是司天监最高傲的团体，他们会不会不买许宁宴面子？苏苏既振奋又担忧。

"炼丹室在七楼，也是炼金术师们的大本营，平日研究炼金术、吃住都在这里。"许七安道。

机智的苏苏提出疑问，娇声道："你不是说楼层是随着品级而定的吗？炼金术是六品，应该在第四层才对。"

"理论上是这样，但事实总会有差距，这个问题，我想钟师姐能给你答案。"许七安看向披头散发，乖巧地跟在身边，一句话不说的钟璃。

钟璃小声说："司天监内，五品只有我一个，四品只有杨师兄一个，三品是二师兄。"在众人凝视的目光里，她说话的声音很小，不敢大声开腔。

明白了，高品术士凤毛麟角，一人占据一层，没意义也没必要。

恒远感慨道："术士体系晋升真难啊。"说到这里,他和楚元缜一起看向钟璃,对这位姑娘的悲惨厄运记忆深刻。

钟璃难过地低下了头。

苏苏用一种无比紧张的语气问道："宋卿的人体炼金术真的成功了吗?他,他真的愿意赠予我吗?"

众人顿时看向许七安。

这……我这么忙一个人,哪有时间关注宋卿的鬼畜实验。许七安尴尬道:"我也不太清楚。"

钟璃细声道:"宋师弟确实炼出了一个人,据说当日六品的师弟们都沸腾了。最令人意外的是,就连监正老师都没有惩罚他。

"那段时间,宋师弟可得意了。不过,谁也没看过他的成品,除了当时参与炼制的师弟们。对宋师弟来说,这是他炼金术生涯中一个意义巨大的跨步,视若珍宝,不给任何人看。

"就算是我,就算是杨师兄,宋师弟也不给看。他说,好东西只给志同道合的朋友观赏,凡夫俗子不配看他的作品。当然,杨师兄也不屑去看,因为在杨师兄眼里,宋师弟同样是俗不可耐的凡夫俗子。"

当下,众人看向许七安的眼神充满了不信任。在他们看来,宋卿就是那种偏执狂,执着于炼金术,这样的人对于作品的重视程度可想而知。连同门师姐、师兄都不给看,何况是许七安这个外人呢。尽管许七安和司天监关系极佳,可关系再好,能好过同门师兄弟?

苏苏眼里亮光顿时暗淡。

李妙真给了她一个安慰的眼神,传音道:"船到桥头自然直,我会想办法看一看宋卿的作品。"

苏苏点点头,传音回复:"还是主人靠得住。"

边说边走,众人进入炼丹室,宽阔的空间里,一伙炼金术师埋头捣鼓实验,每人一张桌案,案上摆着瓶瓶罐罐、器皿材料等。

"宋师兄,你这个新型火药不行啊,每次都炸,我都怀疑钟师姐在诅咒我们。"有人说。

"我的皂角新配方也差一步,如果不能研制出超越现在的皂角,那这个配方就没有任何意义。"

"我炼的丹就差一步了,这次再失败,我总共亏损的银子就超过一千两……"

这时,宋卿从案上抬起头,看见了走入炼丹室的众人。他先是一愣,然后,表情缓缓扭曲,渐渐狰狞,大吼一声:"钟师姐来了!"

整个炼丹室为之一静,继而一片大乱。

"灭火,快灭火……"

"我这炉丹又废了……天呐。"

"快,都停下,都停下,炼丹室不能爆,这里全是作废的火药……"

炼金术师们脸色扭曲,像是在打仗,飞快地处理手头的活计。

俄顷,一切风平浪静。

"居然没炸?"

"真的是五师姐吗,会不会是别人冒名顶替?"

在炼金术师们的欢呼声里,钟璃低着头,默默地走开了,背影孤单又可怜。突然,她的胳膊被人拽住,钟璃回过头,看见许七安不悦地埋怨道:"你要去哪儿?离开了我,你哪儿都去不成,乖乖待在我身边,有我在呢,没事。"

钟璃定定地看了他半响,藏在头发里的眸子,似乎亮了亮,用力啄了啄脑袋,乖顺地说:"嗯。"

另一边,炼金术师们收拾好杂物,中断实验,然后抬着下巴看向众人,那眼神里充满了审视。

李妙真心里一沉,感觉这趟司天监之行,多半要吃闭门羹。不过,有许七安和钟璃在,多少能谈一谈。

司天监的术士果然高傲……众人刚这么想,就听见许七安皱着眉头,用一种颐指气使的语气说道:"宋师兄,听说你炼出了一个人?我朋友想去观赏观赏。"

蠢货!这是求人的语气吗……李妙真心里大骂。

苏苏悄悄跺脚,焦急得皱眉头。

突然,大笑声响起,在炼丹室内回荡。宋卿张开双臂迎上来,热情得就像看见失散多年的亲兄弟："许公子你终于来了,回京数月,来过司天监无数次,却只知道和钟师姐鬼混,全然忘了伟大的炼金术事业。"

其他炼金术师惊喜地围上来,嘴里兴奋地嚷嚷:

"许公子,你终于来了。"

"我们最近研发的很多炼金术都卡在瓶颈处,师兄弟们日夜讨论,依然没有头绪,都翘首企盼等着你呢。"

"许公子,求求你了,你能多抽出点时间来司天监吗?炼金术需要你啊。"

"许公子,蓝皮书下一卷写出来了吗?我们等了足足半年。"

人潮涌动,李妙真被推搡得不停后退,只能把位置让出来。

这……李妙真表情茫然,她端详着炼金术师们,高傲的表情不见了,这群白衣们脸庞洋溢着开心和激动,簇拥着许七安,七嘴八舌,喋喋不休。从他们的眼神中可以看出,许七安的地位似乎很高,每个人都是发自内心地崇敬,尤其提及什么蓝皮书的时候,姿态放得很低。不知道是不是错觉,李妙真有种他们在等待施舍的感觉。

太荒谬了,太荒谬了。

第 341 章

生命炼金术

天地会其余成员的惊讶程度不比李妙真弱,见到这一幕,纵使是曾经的读书人楚元缜,也露出了愕然之色,表情略有凝固。

许宁宴是监正的棋子,但这应该是秘而不宣的事,司天监术士不该知道此等隐秘,也就是说,炼金术师们如此尊敬许宁宴,是他自身的原因?蓝皮书是什么?听他们话中之意,许宁宴的炼金术,竟比宋卿还强大?至少炼金术师们没有对宋卿展现出这般谦卑好学的态度……楚元缜把握到了一丝丝关键,却怎么也不能接受这个理由。

陆号恒远早知道许宁宴与司天监交情匪浅,甚至能请动杨千幻来给那可怜的孩子治病,但他没想到许宁宴的面子有这么大。这不仅是交情匪浅,更像是对炼金术师们召之即来,挥之即去一般啊。

苏苏都傻了,愣愣地看着被围在白衣术士中央的许七安,刚才从钟璃口中得知宋卿对自己作品的重视,她心里是万分沮丧的,认为这次司天监之行,是竹篮打水一场空。许宁宴虽然和司天监有千丝万缕的关系,但宋卿可是连同门师兄弟都不讲情面,未必会给他面子。可事实是,宋卿和一干炼金术师,竟对许七安热忱无比,甚至让苏苏觉得,这不就是那些臭男人看到自己时的反应吗?

许七安压了压手,炼金术师们顿时安静下来,他咳嗽一声,道:"蓝皮书暂时没有,但我向诸位许诺,年底前,绝对给诸位送过来。以后有时间,我也会多来炼丹室逛逛,与大家讨论炼金术。"

"太好了。"白衣术士们欢呼,喜色浮动,满脸笑容。

等众人安静下来,许七安看向宋卿:"宋师兄,你的作品……"

苏苏立刻看向宋卿,抿了抿小嘴,双手不自觉地握成拳头。

李妙真同步看过来,带着期许。

宋卿拍了拍胸脯,豪爽大笑:"我炼制出这件作品后,最大的遗憾就是没有得到许公子的评价和指点,如今终于得偿所愿。"

竟然……这么谦卑?!

苏苏松口气的同时,再次浮现难以置信的情绪,她反复地看了许七安好几遍。

以后谁再说司天监的术士高傲,目中无人,我第一个不相信……楚元缜心里嘀咕。

在宋卿的带领下,众人离开炼丹室,穿过曲折的廊道,来到一间密室。密室的门用纯钢打造,宋卿敲了敲铁门,介绍道:"这扇门,就算是五品的武夫也别想破坏,我耗费一旬时间,用百炼钢铁铸造,最大的特点就是坚固,防盗一流。"

闻言,楚元缜忍不住道:"但你们观星楼的墙壁是正常墙壁吧?偷盗者根本没必要走门。"

李妙真点头,补充道:"而且,哪能来观星楼偷东西?历史上也没出现过类似的例子对吧?"

你铸一个防盗门的意义何在呢?

"……"宋卿脸色一沉,淡淡道,"还有事儿吗?没事的话两位请回吧。"

楚元缜和李妙真顿时不说话了。

李妙真传音楚状元:"我怎么觉得监正的弟子都有些奇怪?和丽娜半斤八两的褚采薇,厄运缠身的钟璃,以及眼前这位宋卿,感觉只有杨千幻比较正常。"

楚元缜呵了一声,传音回复:"你前面说得都对,最后一句过于草率,全京城的人都不同意你的看法。"

"你只是不了解杨千幻而已,他和宋卿是最奇葩的两个,褚采薇是碍于自身天赋,不太聪颖。钟璃则是长年累月的厄运缠身,导致性格胆怯自卑。唯独宋卿和杨千幻,是脑子有问题……楚元缜心里腹诽。

李妙真没有反驳,转而问道:"监正的二弟子呢?"

楚元缜摇头:"我没有见过二弟子,似乎早已不在司天监。那两人想必是正常的。"说完,自己也觉得过于草率,补了两个字,"大概……"

宋卿掏出钥匙,打开防盗门,领着众人进入密室。

这是一间足够宽敞,也非常杂乱的密室。宋卿走向左边,那里的墙壁挂满了法器,有弩、剑、火铳等各式各样的兵器,也有还未锻造的铁坯。

宋卿语气骄傲地给众人介绍:"这里的每一件兵器,材质都是绝无仅有,世间罕见,只要阵法师帮忙刻录阵法,它们将成为世人追捧的法器。不过我不喜欢杨千幻那蠢货,他不配触碰我的作品,所以它们始终没有成为法器。"

在场除了苏苏和钟璃,许七安、恒远、李妙真以及楚元缜,都露出了垂涎欲滴的神色。

"这些都是凡器,不足以彰显我在炼金领域的成就,诸位随我来。"宋卿领着众人深入密室,来到一个三尺高的玻璃罐前,开心地说,"看,这是我在生命炼金术领域里,最初的作品。"

众人定睛看去,充满不知名液体的玻璃罐里,浸泡着一只猫状的古怪生物,它的身体遍布着树木的年轮和纹路,却有着猫的身形和脑袋,胸腹微微起伏,似乎在呼吸。此外,尾巴是一根纤细的枝条,长着绿油油的叶子。

"它的名字叫树猫,顾名思义,是猫和树的结合体。我成功养活了它,但是只能泡在水里,不能在外界生存。"

宋卿积极地给大家介绍他的生命炼金术:"这个胚胎是人类和马杂交而成,我曾经想把成年男性与马身结合,但失败了,于是转换思路,制作了这个胚胎。很幸运,我成功研制出具备人类和马匹血脉的胚胎,但遗憾的是,它只存活了三天,我把它浸泡在酒里,保存了下来……

"这些器官是我从细胞开始培养,一点点发育起来的。'细胞'这个称呼没有听说过吧,这是许公子创造的词……"

楚元缜、李妙真等人原本兴致勃勃,抱着接触新事物,扩充眼界的心态观看。渐渐地,他们脸上的笑容越来越少,脸色越来越凝重,频频看向宋卿的眼神里充斥着对异类的警惕,像是在打量怪物。

楚元缜说得没错,宋卿的脑子不太正常,此人好危险,如果这里不是司天监,我现在就替天行道……李妙真突然发现自己并不能接受这种事,虽然她就是为此而来。

我错了,宋卿才是监正弟子里最不正常的,相比起来,杨千幻只是有些……有些自大……楚元缜心想。

幸好当初我没有把那孩子送到司天监来救治,否则,他可能被养在罐子里……恒远用看异端的眼神看宋卿。

苏苏心情格外复杂,既抵触,又向往。

宋卿很满意大家的眼神,认为他们是在惊叹,在佩服,就像泥腿子进了皇城,被眼前的一幕深深震撼。他没有独占功劳,咳嗽一声,宣布道:"我之所以能在生命炼金术的领域走得这么远,一切都是许公子的功劳,是他教会了我这些知识,打开了我的思路。"

天地会成员们,木然地扭头看着许七安,眼神里充满了不信任。

原来罪魁祸首是你?!

难道,难道许宁宴也是一个潜藏的疯子?

这关我什么事,我只是教了你一些生物学知识啊……许七安嘴角抽搐。可他偏偏无法反驳,因为确实是他打开宋卿的思路,指明了方向。就如同大乘佛法,旁人听在耳里,只是觉得有道理,可在度厄罗汉这种人物耳中,却如晴天霹雳。

咳咳!许七安咳嗽一声,道:"宋师兄,我们都等着观赏你的大变活人呢。"他颇为幽默地说道。

但众人的表情一下变得沉重,因为他们看见了前方的简单支架上,躺着一具人形,用白色的布帛盖着。

宋卿走过去,掀开白布,众人看见一个男人躺在支架上,"他"胸腔微弱地跳动，身体干瘪枯瘦，五官平平无奇。

呼……众人齐齐松了口气，这个作品还算正常，他们还以为会看到什么怪物呢。

"他炼成之时，身体状态与常人无异，但每日都在衰竭，我估计再过三天就会死亡。无法避免，药物无效。"宋卿说道。

药物无效？

许七安见到这具人形时，内心翻江倒海，没想到宋卿真的炼出了一个生命体，这简直是造物主才有的权柄。

听了宋卿的话，许七安忍不住展开联想，是身体无法吸收药力，还是对这个世界的药材有排斥？又或者，这具身体还存在某些缺陷，来自基因方面的缺陷？

在生命领域中，遗传是一个非常重要的因素。人能在自然界中生存，能吸收药效，离不开"遗传"二字。他以前听说过一个说法，现代人类如果回到古代，会变成移动的传染源，导致世界毁灭。这种说法的核心意思是，古人没有抵抗现代病毒的抗体。而人类对大自然病毒的抗体，是可以遗传给后代的。这具身体无法吸收药材，可能是类似的原因。

李妙真感应了一下，眼睛发亮，道："这具身体是干净的，没有灵智，没有魂魄，比活人的躯壳更好，最适合作为苏苏的肉身。"

这里涉及一个知识点，正常人的魂魄与身体是契合的。鬼魂附体，因为无法与肉身完全契合，会产生排斥。活人阳气衰弱，鬼魂阴气枯竭，是两败俱伤。一旦活人死亡，肉身不可避免地腐朽，根本无法作为恒久的寄托之所。但这具肉身没有魂魄，苏苏如果附身其中，肉身说不定能反哺魂魄，与活人无异。

当下，李妙真看向苏苏，道："进去试试。"

苏苏早就迫不及待，闻言，立刻点头，从纸人身上脱离，钻进了"男人"体内。

喂喂，你说过要给我做妾的，这和我想的不一样啊……见到这一幕，许七安张了张嘴，却无法将内心的话说出来。毕竟要脸，羞于出口。

这时,苏苏被弹了出来,回到了纸人身上。

李妙真精致的眉毛皱起:"怎么回事?"

苏苏摇头,一脸失落。

李妙真沉吟许久,做出猜测:"我明白了,这具肉身与正常躯壳不同,看似肉身,其实就像石头一样。苏苏这样的鬼魂,是无法寄生在石头上的。"

宋卿皱了皱眉,道:"所以,我炼了一具看起来是人,其实是石头的肉身?"这个结果让他很失望,有些无法接受。

李妙真沉默了。

苏苏咬着唇,明亮的眸子瞬间黯淡无光。

原来只是空欢喜一场……楚元缜和恒远对视一眼,无奈摇头。

"许公子,你是炼金术领域的天才,你对生命炼金术的造诣无人能及。"宋卿作揖,九十度弯腰,大声道,"请许公子教我。"

苏苏黯淡的眸子重新燃起希望的火苗,眼巴巴地看着许七安。

对啊,是许宁宴教会了宋卿生命炼金术,他还写过什么蓝皮书,六品炼金术师对他毕恭毕敬……李妙真、恒远和楚元缜,立刻看向许七安。

这,这我怎么知道啊,动动嘴皮子我是没问题,但这个题目已经超纲了……许七安沉吟道:"把你的生命炼金术笔记给我,我要先研究一下。"

研究怎么找借口忽悠你们……他心说。

第 342 章

朝廷委任

宋卿急忙跑出密室,身法飞快,几息后,握着一卷厚厚的蓝皮书进来,恭敬地递给许七安。

如今,司天监的术士们都习惯用蓝皮书来充当自己的手札,并希望能形成传统,相信几代人后,蓝皮书会和炼金术挂钩,画上等号。以后外界说起术士们的炼金术,都会用蓝皮书来代指。

蓝皮书第一代创始人许七安接过宋卿的炼金手札,翻开,扫了一眼。

太长不看,看也看不懂……他装模作样地阅读许久,时而点头,时而摇头。

天地会众成员,以及宋卿,一双双眼睛就挂在他身上,等许七安合上书,宋卿迫不及待地问道:"许公子,可有纰漏之处?"

李妙真等人摆出洗耳恭听的姿态,目光专注地看着他。

"问题还是不少啊,宋师兄,此道漫漫,你需上下而求索,不可懈怠。"许七安感慨一声,循循善诱。

"所以,问题到底出在……"

宋卿还没说完,许七安便打断了他,道:"宋师兄,你要知道,炼金术是有极限的。对于你的作品,我有一个思路,可以供你参考。"

宋卿眼睛顿时一亮,果然被转移了注意力,迫切地追问:"许公子,我就知道你肯定有办法,如果当初我培育他时,有你在场的话,肯定会比现在更好。"

不,到时候我只能在旁边喊"666"……许七安清了清嗓子,扫过众人,目光落回宋卿身上,道:"据我所知,世上有一种天材地宝,叫九色莲花,能点化万物,就算是石头,也能产生灵智。你这具人体,需要它的点化。"

"九色莲花,九色莲花……"宋卿喃喃自语,"世上竟有如此神奇之物。"

天地会众人豁然醒悟,认为许七安的办法可行。

对啊,九色莲花能点化万物,自然能点化这具肉身,只要他开窍,苏苏就能附体……李妙真面露喜色,顿时有了目标,不再迷茫。

苏苏则恨不得九色莲花立刻成熟,这样她就能收获一具全新的肉身。

不不不,我要的是女儿身,我不要当男人……不过,如果是男儿身的话,我就不用给许宁宴生孩子啦,呃,如果他依旧要我做他小妾怎么办?

"九色莲花是地宗瑰宝,其实本质上,也算炼金术的材料之一,毕竟万物皆可炼金。"许七安笑道。

"万物皆可炼金……"宋卿心悦诚服,感慨道,"许公子,你是真正让我佩服的炼金术奇才,我甚至有过愤怒,愤怒你的二叔不曾将你送到司天监拜师学艺。"

"……"别,我二叔已经够可怜了,放过他吧!

这趟司天监之行,对苏苏来说,无异于打开了新篇章。

对其他人来说,感触就要复杂许多,一方面震撼于宋卿在炼金术领域的造诣,一方面则对他的生命炼金术感到身心不适。

临别前,许七安把宋卿拉到僻静无人处,低声道:"宋师兄,我要拜托你一件事。"

"你说。"宋卿对许七安的要求来者不拒。

"我需要你炼一具女体,供那位魅依附,到时候我会想办法弄来九色莲花。"许七安道。

"好,我一定照办。"宋卿听说许七安能弄来九色莲花,一下子亢奋起来。

"不过我也有条件的,"许七安声音愈发低沉,"首先,那具女体要漂亮,特别漂亮。"

对许七安来说,这次司天监之行很有必要,算是兑现了当初的承诺。他是个很重视诺言的人,前世今生都是如此。

离开司天监,楚元缜和恒远告辞而去,许七安带着李妙真、苏苏、丽娜往许府方向走。

大眼萌妹褚采薇千里相送,送着送着,就送到许府里了,于是决定晚饭在许府吃。吃完饭,褚采薇又决定在许府歇下。

散席后,许七安进了二郎的书房,见小老弟在书桌边挑灯看书,他笑吟吟地打趣道:"今日与王小姐玩得可好?"

许二郎顿时露出古怪之色,沉声道:"大哥,我觉得王家小姐在垂涎我的美色。"

措辞不对,但意思是这个意思……许七安有些意外,许二郎居然反应过来了?

许二郎又不是傻子,情商同样不低,只是缺乏与女性打交道的经验,前两次他没回过味来,沉浸在与王首辅(空气)斗智斗勇的状态里。

"她常常夸我长得好看,行为举止间,也表现出想与我亲近的意思。"许新年眉头紧锁。

"那你的意思呢?"许七安问。

"王首辅与魏渊是政敌,大哥是魏渊的心腹,我岂能与王家小姐有纠葛?"许新年表明态度。

我一直不想二郎身上打上"阉党"的烙印,苦恼他在朝堂没有靠山,如果他能投靠王首辅……可这种事并非儿戏,谁知道我这个想法,会不会把二郎推入火坑?许七安思考许久,措辞道:"你自己决定吧,未来的路要靠自己双脚走下去。在朝堂上,没有永远的敌人,魏公和王首辅如今不也联手整治胥吏弊病了吗?

"而且,就算你将来和王小姐成了好事,也是她嫁到许家,而不是你入赘。这里有本质的区别,你依旧是自由身。"

许新年有些窘迫,脸色微红:"大哥这话说的,好像我与王小姐真有什么苟且似的。"他接着皱了皱眉,道,"而且,她是觉得我好看才喜欢我,如果我长得吓人,她还会喜欢我吗?"

他不觉得王小姐觊觎许二郎美色有什么不对,喜欢一个人,难道不应该从脸蛋开始吗?

他喜欢临安,喜欢怀庆,喜欢采薇,喜欢李妙真,喜欢苏苏,喜欢丽娜,甚至很喜欢国师,因为她们都很好看。而钟璃这样披头散发不露真容的,许七安就保留对她喜欢的权利。

返回房间,他按照《行脉论》记载的方法,在房间里打慢拳,感悟自身气机运转,感受血液流动,感受发力之间肌肉的舒展和收缩。

半个时辰后结束,许七安坐在桌边,接过钟璃递来的温茶,自言自语道:"太慢了,《行脉论》最多是辅助作用,能不能达到化劲,还得看我个人……这样下去,年底别说是四品,就算是五品都很难。

"我必须想办法提升实力,气运渐渐苏醒,幕后黑手不会坐视不理。哪怕有监正和神殊护着,我也不是绝对安全,对方可是至少三品的术士,背后可能还有更强大的势力。

"欲速则不达,化劲虽然难,但至少能缓慢精进。爵位的提升、权力的增加,对我来说才是最难的。"

以前他选择留在京城,是因为京城繁华,物质优渥,但心里也有"大不了老子浪迹江湖"的傲气,而现在,他想在朝廷里攫取更大的权力。自身实力和手里握着的权力相辅相成,将来面对"债主"时,也能有一战之力。

所以,他现在缺机会,缺立功的机会。

"可惜啊,京察之年已经过去,而今的京城风平浪静,我立功的机会不多。"许七安叹息一声,转而思考如何提升修为。

他刚才脑海里闪过一个灵感。

《天地一刀斩》是集全身气机于一招,而化劲也是把气力拧成一股,不浪费分毫,以最小的代价爆发出最大的力量,两者是异曲同工。这个想法让他由衷惊喜,并迫不及待想要验证。

许七安于房间里立定,深深呼吸,沉淀所有情绪,气息坍塌内敛……

"不对不对,我不是在施展天地一刀斩……"

他连忙结束蓄力,散去气机。他重新施展天地一刀斩法诀,但这次没有配合气机,而是以纯粹的身体力量来施展。

啪!一拳击出,空气发出清脆的炸裂声。因为不掺杂气机,所以没有造成大面积破坏。

"手臂仍有颤动,但出拳的刹那,气力确实在往一处迸发,虽然过程中流失了许多……"

这个结果让许七安欣喜若狂。路子走对了,只要按照这个方式去练习,他晋升五品的时间将大幅缩减。

"比《行脉论》要强很多很多,嘿嘿,我真是天才,另辟蹊径……"脸上喜色刚浮现,突然又凝固了。

因为《天地一刀斩》是司天监送给打更人的功夫,是监正暗中的馈赠……

皇宫,御书房。

卯时刚过,朝堂诸公就被皇帝派遣的宦官传到了御书房。

诸公齐聚之后,穿着道袍、两袖清风的元景帝,步伐轻盈地走至大案之后,坐在属于他的宝座上。

"诸位爱卿连日上奏,欲彻查'血屠三千里'之事,朕深有同感。"元景帝俯视堂下诸公,语气不疾不徐,"朕欲建使团赴边关,彻查此事。爱卿们有什么合适人选?"

王首辅出列,作揖道:"陛下,此案事关重大,自当由三司协同打更人办理。"

这是多年来,朝廷内部形成的良好默契,但凡遇到大案,基本都是三司与打更人衙门共同处理,既是合作,又是相互监督。

元景帝等了片刻,见没有官员出面反对或补充,便顺势道:"主办官呢?诸爱卿有没有适合人选?"

多方协同办案,要么是各办各的,要么是组一个团队,团队自然就要有领袖,否则就是一盘散沙。通常来说,需要远赴外地的案子,基本是组团,而不是各自办案。

听到"主办官"三个字,诸公脑海里几乎本能、惯性地浮现一个穿银锣差服的嚣张年轻人。这既是对许七安能力的认可,也是因为这半年多,许七安勘破一起起大案、要案,给人留下深刻印象。

王首辅沉吟一下,道:"可委任打更人银锣许七安为主办官。"他没有夸许七安如何如何,因为不需要。

元景帝颔首,目光扫过诸公,道:"诸爱卿觉得呢?"

"善!"众官员齐声道。

浩气楼,茶室。

"什么?血屠三千里的案子,我来当主办官?"听到消息的许七安吃惊地瞪大眼睛,满脸愕然。这与上次云州案不同,云州案里,张巡抚是主办官,他是随行人员之一。而这次,他是理论上的一把手。

利弊都很明显,此案如果破了,他占首功,而血屠三千里的案子如果真实存在,且由他查明真相,功劳之大,难以想象。

我正愁没有机会立功,想瞌睡就有人送枕头?

许七安喜忧参半,因为如果破不了案,他会被降罪。这还是好的,倘若血屠三千里案真是镇北王的过失,是镇北王谎报军情,那他就危险了。

"魏公,诸公推举我做主办官,恐怕不安好心吧?陛下为何不委任巡抚,反而同意我一个银锣担任主办官?"许七安看向对面的大青衣,继续说道,"您得派一位金锣保护我啊。"

魏渊摩挲着茶杯,语气温和:"不错,比以前更敏锐了。以前的你,不会去揣摩朝堂诸公的用意,以及陛下的想法。"

不,我只是觉得有你这个政斗王者在身边,懒得动脑子……许七安谦卑地说:"请魏公教我。"

第 343 章

北行

"两个原因。"魏渊放下手中的茶盏,为心腹银锣分析,道,"巡抚代表朝廷,权力之大,纵使是镇北王,最多也就平起平坐。陛下是不想找一个巡抚来钳制镇北王,或夹杂私心,或为战局考虑。委任一个银锣做主办官,就不存在这样的问题了。"

许七安皱了皱眉:"这样一来,我查案岂不是束手束脚?"

魏渊笑道:"好差事人人都争着抢着,不然朝堂诸公为何推举你?血屠三千里……如果镇北王谎报军情,试图逃避责任,主办官查不出来还好,查出来的话……"

"查出来的话,就要遭人灭口?"许七安心里一凛。

"这就是诸公推举你的第二个原因。"魏渊悠然道。

这群老阴货……魏公似乎一点都不担心?许七安连忙问道:"我该怎么处理?"对于此事,他有自己的想法,但也很愿意听一听长者的意见,善于采纳"谏言"是一个好习惯。

"虚与委蛇,暗中调查。"魏渊给出八字真言,接着说道,"你去了北边以后,记得行事不要冲动,尽量不要和镇北王的部下产生冲突。示敌以弱,能放松他们的警惕。能暗中调查,就绝对不要光明正大。

"如果找到对镇北王不利的证据,藏好,回到京城再展示出来。倘若遇到刺杀,镇北王大概率不会亲自动手,我让杨砚随你一同前往。你本身实力不弱,金刚神功又已小成,这方面反而不用担心。"

如果镇北王亲自动手,那派遣的金锣再多,恐怕也于事无补,我虽然不知道三品武夫到底有多强,但整个朝廷只有一位三品,而四品却茫茫多……许七安点点头,道:"卑职也是这么想的。"

其实他不怕被暗杀,他怕的是镇北王亲自下场,到时,他只能豁出一切召唤神殊和尚。对战三品武夫,神殊和尚势必要疯狂摄取精血,难免残杀无辜之人,这是许七安不愿看到的。而且,事后不得不远走江湖,不能再回朝廷。这样的话,幕后黑手就乐开花了……

魏渊接着说道:"其中平衡你自己把握,如果形势不对,这个案子可以罢手。回京之后,你顶多是被问责。"

"我……"许七安欲言又止,"血屠三千里"五个字突兀地在脑海里进出。

"如果此事当真,我,我不会罢手,不会视而不见。"他低声道,说完又补充了一句,"但我不会鲁莽,魏公放心。"

魏渊望着他半晌,眼里有欣赏,有无奈,最后化为欣慰,道:"三日后出发,这段时间你准备一下。"

淮王府。

后花园,百花齐放,蜜蜂嗡嗡振翅,忙碌于花丛之间。彩蝶翩翩起舞,追逐嬉戏。空气中弥漫着沁人的芬芳,戴着面纱的王妃手里挽着竹篮,拖曳着长长的裙摆,行于群花之中。

竹篮里躺着一簇簇娇嫩欲滴的鲜花。她俯身摘下一枝花,放在鼻端轻嗅,眼儿弯起,流露出欣喜之色。时值仲春,穿着锦绣宫裙的王妃,背部曲线曼妙,丝带勾勒出盈盈一握的纤腰,肩膀与脖颈的比例恰到好处,绾起的青丝垂下丝丝缕缕,修长的脖颈若隐若现,晶莹雪白。仅看背影体态,就堪称绝色,这样的女子,即使五官不算绝美,也能被男人视作尤物。

身穿轻甲的褚相龙进入后花园,行走间,鳞甲铿锵作响。他停下脚步,保持一个不远不近的距离,抱拳道:"陛下有令,三日之后,王妃得随查案队伍前往北境,请王妃早做准备。"

王妃弯弯的眉眼渐渐平复,渐渐冷淡,秀拳握紧花枝,指节发白,冷漠道:"还有事吗,没事就滚吧。"

褚相龙拱手,转身离开。

得知自己三日后要出发前往北境,许七安便离开衙门,骑乘小马回到家中,找到盘坐吐纳的李妙真,道:"能不能随我去一趟云鹿书院?"

"不去。"李妙真铁石心肠地拒绝。

嘿,你这女人一点都不娇柔软弱,个性太强。许七安拱了拱手:"有要紧事。"

李妙真一双幽潭般剔透的眼睛望来,静等后续。

"还记得你发现的那桩案子吗?血屠三千里的大案。"许七安走进屋子,摘下佩刀放在桌上,给自己倒了杯水,解释道,"朝廷委任我为主办官,三日之后,率使团前往北境,彻查此案。"

李妙真瞬间来精神了,改盘坐为正坐,道:"我随你一同前往。"

唉,堂堂天宗圣女如此急公好义,真不知是不是造孽……许七安沉吟道:"朝廷有朝廷的规矩,你无官身,不能参与此案。这样吧,你可以先行一步,我们到北境碰头,地书联系。"

他来找李妙真说此事,便是为了请天宗圣女参与,不,甚至不用开口邀请,以李妙真疾恶如仇的性格,肯定会主动要求参与。有一位道门四品在暗中做帮手,破案的把握会大大增加。

"我还有一个要求。"李妙真道。

"请说。"

"你查案时,我要在你身旁,若是因其他事不在场,事后你要与我仔细说说过程,以及破案思路。"李妙真一副一本正经的表情。

她想跟着我学破案?嗯,她以后肯定还要行侠仗义,过程中少不得铲奸除恶,以及为冤屈者平反,所以渴望学一点推理知识和刑侦技巧。

许七安同意了她的要求,脸色严肃道:"行,还有一件事。"

李妙真端正坐姿,摆出聆听姿态。

"你用地书碎片联络我时,记得让金莲道长屏蔽其他人。"

"……"天宗圣女给了他一个白眼。

两人当即出城,一人骑马驰骋,一人踏剑飞行。

到了清云山,许七安拜见了三位大儒,一脸尴尬地说:"哎呀,学子近日才思枯竭,怎么都想不出好诗,几位老师恕罪。"

穿儒衫戴儒冠的三位大儒,平静地看着他:"无妨,有事?"

许七安咳嗽一声,厚着脸皮道:"李师和张师赠予我的法术书籍,已经消耗大半,所以……"

李慕白和张慎赠予他的"魔法书",大多是一些低级法术,其中以司天监的望气术最多。这是因为大儒们存货不多,高等级法术,他们自己要用。而且,当时许七安只是炼气境,给太强大的法术反而害了他。魔法书里,最强大的技能是李慕白和张慎刻录的"言出法随",儒家高级技能,其他体系的高级技能几乎没有。

三位大儒看着他,半晌,李慕白说道:"最近才思枯竭……"

张慎:"身体不适……"

陈泰:"心力交瘁……"

许七安道:"那我想请三位老师帮忙,帮我刻录道门的通灵法术。"

"可以!"三位大儒颔首。

李妙真皱眉道:"通灵法术要布置阵法的。"

张慎摆摆手,道:"你只管施展,剩下的交给我们。"说话间,他取出一本无字的褐色封皮书籍,缓缓研墨。

李妙真见状,没有废话,从地书碎片里取出阴性材料,布置阵法,施展道门的法术。屋内,阴风阵阵,仿佛一下子从仲春步入隆冬。

张慎提笔,在书籍上唰唰唰书写,每次落笔,都伴随阵阵清光。

聚魂阵没有召唤来魂魄,这是理所应当的,鬼魅不可能在清云山存在。在浩然正气之下,一切魑魅魍魉都将灰飞烟灭。

张慎适时停笔,道:"可以了,刻录了十二张,够吗?"

"够了够了。"许七安一边点头,一边感慨儒家体系真是开挂,就像看书一样,看过的东西,就能记下,记下来的东西,就能通过笔写在纸上。

"我顺便给你写了几张儒家法术,后遗症相当可怕,你想必深有体会,不到万不得已,不要使用。"张慎沉声道。

许七安欣喜地接过书籍,问出了困扰自身许久的疑惑:"学生不明白,几位老师是如何规避反噬的?"

儒家法术的反噬这么可怕,如果大儒们无法规避这样的反噬,根本无法作持久战。

对于许七安的问题,张慎笑道:"儒家四品叫'君子',君子养浩然正气,百邪不侵。"

百邪不侵,这意思是到了君子境,就可以反弹或免疫法术反噬……这会不会太 Bug 了。许七安有些后悔自己走的是武夫体系。君子动口不动手,以嘴炮制敌,才是他理想中的画风。

李慕白补充道:"如果法术施加在某一方,那么,被施加法术的那一方会代替承受反噬效果。"

这……许七安瞳孔一缩,无比庆幸自己没有把理想付诸现实。如此一来,二郎在我心里的地位直线下降,没有利用价值了……他内心调侃道。

告别三位大儒,他带着李妙真离开云鹿书院,沿着台阶往山脚下走去。

"儒家体系确实神奇,除了言出法随之外,还有百邪不侵的浩然正气,与我们道门金丹类似,还能记录其他体系的法术……"李妙真啧啧称赞,感慨道,"我能想象当年儒家鼎盛时期是何等强大。万般皆下品,唯有读书高,而今才算有所体会,可惜了。"

"确实可惜了。"

一个声音从前方传来,是一位不修边幅的老者,穿着陈旧的儒衫,花白头发凌乱,一双眼睛清澈明亮,却又蕴含沧桑。

李妙真一愣,这人开口之前,自己竟没发现他站在那里。

"学生见过院长。"许七安连忙行礼。

他,他就是云鹿书院的院长,当世儒家第一人……李妙真肃然起敬。

赵守面带微笑,颔首示意,道:"你要去北境?"

云鹿书院果然在朝堂安插了二五仔,当初我的戏言,一语成谶。许七安嗯了一声:"查案子。"

"不怕得罪镇北王?"赵守追问。

"怕,但想去看看是怎么回事。"许七安沉声道。

赵守盯着他,无声地看了几秒,抚须而笑:"不算辱没你身上的大气运。许七安,你要记住,气运的根本是'人'这个字,至少你身上的气运是如此。是黎民百姓凝聚了气运,是苍生凝聚了气运。"

许七安连忙看向李妙真,发现她脸色如常,审视着院长赵守,仿佛没有听到这一席话。

院长屏蔽了她的听觉?心里想着,忽然看见赵守挥了挥袖子,一本书飞来,悬停在他面前。

"这是我年轻时游历天下记录的各大体系法术。如今我已不需要这些。"

许七安欣喜地接过,没有立刻打开,作揖道:"多谢院长。"

等他直起身时,赵守已经不见。

三日后,京城码头。

北上的使团抵达码头,登上官船。

本次使团人数两百,带队的是许七安和杨砚,下属银锣四名,铜锣八名;刑部总捕头一名,捕快十二名;都察院派了两名御史,十名护卫;大理寺派了寺丞一名,护卫、随从共十二名;以及一支百人禁军队。这是巡抚出行的配置,剩下的,全是褚相龙的人。

直到刚才,许七安才知道褚相龙竟然也在使团之中,一同前往北境。

衙门里,本来春哥、宋廷风和朱广孝也想北上与他同行,但被他拒绝了。此次北行,不一定会遭遇大危机,可一旦遇上,那就很危险。他不想三人涉险,毕竟打更人衙门里,这三人与他情谊最深厚。

码头上，许新年和许二叔代表全家，来为许大郎送行。此外还有青衫剑客楚元缜、陆号恒远、天宗圣女李妙真。

"安全回家。"许二叔拍了拍侄儿的肩膀，这是他唯一的要求。

楚元缜悄然递上一枚符剑，传音道："国师托我赠予你的。"

国师？我和国师不熟啊，她送我这个作甚……怀着疑惑，许七安接过符剑，传音道："替我谢过国师。"

恒远双手合十，念诵佛号："许大人一定要平安归来。"

李妙真凝视着他，声音清亮："但行好事，莫问前程。"

她暗中传音道："我会先行一步，在北境等你。"

许七安面带微笑："但行好事，莫问前程，说得真好。"

他传音回复："北境见。"

许七安登上船，扬帆而去。

他站在甲板上眺望，目光掠过人群，看见远处站着熟悉的三人，分别是用后脑勺盯着他的杨千幻；双手做喇叭状、娇声呼喊的褚采薇；以及默默挥手作别的钟璃。

钟璃来干什么？感觉你从码头回司天监的路上，遇到的危机可能比我一路北上遭遇的危险还要多……许七安半担忧半感慨。

第 344 章

刷马桶

　　仲春，暖风熏人，河面千帆过尽。

　　许七安站在甲板上眺望，看着一艘艘疍船、官船、楼船缓缓航行，风帆鼓胀胀地撑到极限，恍惚间回到了去年。不过那时正值隆冬，河上吹来的风裂面如割，不像现在春光灿烂，离岸边不远处，还有野鸭成群，肥美得让人吞口水。

　　距离太远，我的气机摄取不到……武夫体系果然不咋样啊，想我堂堂六品，连飞都不会飞。许七安失望地叹息，而就算是轻功，也远远做不到踏水而行，得有漂浮物。或许等到了五品化劲，他才能做到脚掌水上漂。

　　"宋廷风和朱广孝不在，缺了老宋这个捧哏，这一路是何等的无趣。"许七安感慨。

　　心里刚这么想，眼角余光看见一个穿靛青色衣裙、做婢女打扮的熟人，来到了甲板。她年纪三十到三十五岁，姿色普通，眉眼间有着一股傲娇的气质，眼角眉梢带着笑意，似乎是出来享受温暖宜人的江风。

　　两人几乎同时发现了对方，女人的脸色顿时一垮。

　　"婶子，你怎么在这里？"许七安难以置信地盯着她。

　　婶子……女人面皮微微抽搐，冷哼一声："不是冤家不聚头。"我早该想到，他的破案能力当世一流，血屠三千里这样的案子，怎么可能不差遣他。

褚相龙与她说过,本次北行为了掩人耳目,且有充足的护卫力量,所以选择与调查血屠三千里的使团一同出发。这个案子她知道,至于谁是主办官,她当时心情极差,懒得问。

"婶子,你怎么会在这里?"许七安审视着她。

"与你何干?"女人寒着脸,威胁道,"以后不许叫我婶子,你的上级是谁,使团里的主办官是谁?再敢叫我婶子,我让他收拾你。"

"婶子婶子婶子婶子……"许七安一迭声地喊。

这个混球……女人大怒,气得胸脯起伏,恶狠狠地瞪他一眼,撂下狠话:"你给我等着!"

她气呼呼地走了。

教坊司,影梅小阁。

浮香睡到日头高照才醒来,披着薄薄的纱衣,在丫鬟的服侍下沐浴,梳妆。

贴身丫鬟轻笑道:"许大人是不是又要离京办事?"

浮香一愣,偏着头,诧异地看着丫鬟:"你怎么知道?"

丫鬟抿嘴,轻笑道:"昨儿床摇到三更天,平日里许大人怜惜娘子,断然不会折腾得这么晚。"

浮香嗔道:"死丫头,胆子越来越大,连姑奶奶都敢打趣。"

嬉笑之间,丫鬟突然大吃一惊,脸色无比古怪,颤声道:"娘,娘子……你有白头发了。"

浮香的笑容缓慢收敛,淡淡道:"拔掉便是,有什么大惊小怪。"

梳妆后,她支走丫鬟,独自坐在镜子前,凝视着娇媚的容颜,久久不语。

哐!女人推开褚相龙的房门,穿着婢女服的她掐着腰,怒道:"打更人衙门里一个家伙惹我生气了。"

盘膝打坐、治疗经脉暗伤的褚相龙睁开眼,双眉扬起:"何人?"

女人此时反而不露喜怒,一字一句道:"银锣许七安。"

她已经被许七安欺负好几次了,虽然被金子砸到这个仇已经报了,但上次观看净思和尚打擂台的时候,她的千金之躯被那小子占过便宜。王妃思忖着自己是个妇道人家,很委屈地就忍了,没想到这家伙欺负她上瘾,刚才竟然污蔑她是大婶。

褚相龙皱了皱眉:"他如何你了?"

"他冒犯我了。"王妃表情冷淡,婢女的衣衫以及平庸的五官,也难掩她矜贵之气,语气平静道,"不必做得太过火,反正也不是什么大事,小惩大诫也就是了。"

说完,见褚相龙竟没有答应,而是眉头紧锁,她秀眉轻蹙,冷笑道:"我就算去了北境,也依旧是王妃。"

褚相龙摇摇头:"王妃误会了,那小子……是本次北行的主办官。"

王妃小嘴微张,目光略有呆滞。

褚相龙接着说道:"不过你放心,他得意不了多久,我会整治他的。即使是陛下钦点的主办官,那也是一时的,银锣就是银锣,便是再加一个子爵的身份,也终究是小人物。"

作为手握实权的将领,镇北王的副将,寻常勋贵官员,他还真不放在眼里。

一晃三天过去,水路走得还算安稳,这种大型官船是不会遇到水匪的,规模大,档次高,任谁都能看出船上住着身份不同一般的大人物。而这样的大人物,往往伴随着高手和精锐护卫,寻常水匪只敢针对小型商船下手,偶尔袭击规模不大的官府趸船。

不过有件事让许七安很苦恼,春季降雨量充沛,河水湍急,不似冬日那般平静,时不时就会有江风裹挟大浪打来。对于住在船舱里的人来说,固然难受,倒也不是无法忍受。可住在舱底的禁军就难受了,已经病倒了好几个。

这天,午膳过后,许七安在房间里盘坐吐纳,咚咚,房门被敲响。

提前听见脚步声的许七安睁开眼,皱眉道:"进来。"

房门没锁,轻易地就被推开,一位粗矮身材的汉子跨过门槛,垂头抱拳,道:"大人。"

这位矮小,但足够魁梧的汉子,是本次禁军首领,百夫长陈骁。

许七安不悦道:"何事?"他有些恼怒这个粗鄙军夫不知礼数,打扰他修行。

"大人,好些士兵生病了,请您过去看看吧。"陈骁说完,似乎害怕许七安拒绝,急声补充,"卑职是怕引起疫情,危及船上的大人们。"

这个理由引起了许七安的重视,当即穿上靴子,与百夫长陈骁一同前往舱底。

在陈骁的带领下,许七安顺着木阶进入船舱,一股沉闷难闻的气味涌入鼻腔,汗臭味、霉味、氨气味……

这是因为空气不流通,却又挤满了人,睡觉排泄都在舱底,于是滋生了细菌,再加上晕船……体质弱的就会病倒。没生病的,也会显得萎靡不振。

听到脚步声,一双双眼睛望了过来,发现是上级和使团主办官后,士卒们挺直腰杆,保持静默。

许七安走到一个不停咳嗽、发着低烧的士卒床边,所谓的床,其实就是狭窄简陋的木板,如此船舱才能容纳百名士卒。

"没什么大碍,本官这里有司天监的解毒丸,只需一粒化在水里,染疾者每人喝一口便能治愈。"许七安做出判断,当即伸手进兜,轻扣玉石小镜表面,倾倒出一枚瓷瓶。

滴血认主后,地书与主人产生某种紧密联系,取物随心,不怕里面的东西哗啦啦地倾倒出来。

他给了陈骁一粒解毒丸,让他碾碎了丢进水囊,分给染病的士兵喝。

司天监的高级药丸,效果立竿见影,生病的士兵惊喜地发现,肺部不再难受,咳嗽缓解,头脑从昏沉到清明,除了尚有些虚弱,身体状态得到翻天覆地般的改变。

"不难受了……"

"我好了。"

"谢谢大人,谢谢大人。"

其余的士兵也露出了笑容,看向许七安的眼神里多了感激和热情。

许七安微微颔首,而后扫了一眼床底的马桶,忍不住皱眉,斥道:"都缩在舱底做什么,为何不去甲板上透透气。如此乌烟瘴气,你们不生病才怪。"

一百人,一百个马桶,看起来都不勤刷的样子,这就相当于住在茅厕里,空气本来就不流通,春天正是细菌滋生的季节,怎么可能不生病。如果能勤快点,每天刷马桶,每天到外头透透风,以士兵们的体质,不应该轻易病倒。

"这……"面对许七安的责问,陈骁露出苦涩表情,道,"褚将军有令,不许我们离开舱底,不许我们上甲板。兄弟们平时都是在舱底吃的干粮。"

闻言,许七安脸色一沉,盯着陈骁,问道:"为何?"

"褚将军吩咐,船上有女眷,常要去甲板散步观景,害怕我们冒犯了女眷。如有违抗,就打二十军杖。"那名生病的士兵,一边咳嗽,一边说道。

许七安没有回应,目光再次扫过昏暗的舱底,扫过一个个挺直腰背的士兵,扫过他们脚边的马桶。空气中的潮湿臭味,这一刻仿佛浓烈了一百倍,让许七安想逃离这里。而这些士卒们,得在这里睡觉,在这里休息,连吃饭都在这样的环境里。

陈骁无声地看着他。

一百双眼睛默默地看着他。

许七安突然明白了,这次探病是一个幌子,真正目的是让他主持公道。

士兵也是人,再也无法忍耐这样的环境了,心里充满愤懑。同时,在他们眼里,许银锣才是这次使团的主办官,是朝廷钦点的主办官。他们有委屈有诉求,只能找许七安,也认为只有许银锣能为他们主持公道。如果主办官也让他们缩在舱底,不允许出去,那他们才死心。

"我现在只有一个命令。"许七安皱着眉头。

"请大人吩咐。"陈骁垂头，抱拳。

"请大人吩咐。"众士卒起身，垂头抱拳。

许七安指了指头顶的甲板，喝道："滚上去刷马桶！"

"是！"

"多谢大人，多谢大人。"

"走走走，刷马桶去，老子早受不了这股味儿了。"

欢呼声一下子响起。

第 345 章

拔刀

褚相龙吃过午膳,吩咐随从沏了杯茶,他捧着热腾腾的茶水,轻啜一口,问道:"王妃近日如何?"

"一直待在房间里。"随从道。

那间奢华宽敞的大房间里,住着的王妃其实是傀儡,真正的王妃整天出来溜达,混迹在普通婢女里。有时候还会去伙房偷吃,或者兴致勃勃地旁观船夫撒网捞鱼,她站在一旁瞎指挥。

船夫们非但不生气,反而对这个姿色平庸的年长婢女产生了巨大的好感,几个积攒不少家底又尚未成家的船夫,私底下就在打探老阿姨的情况。

这就是王妃的魅力,即使是一副平平无奇的外表,相处久了,也能让男人心生爱慕。所以褚相龙要严禁士卒上甲板,严禁男人私底下接触王妃。但他不能明着说,不能表现出对一个婢女超乎寻常的关心。

"尽快北上,到了楚州与王爷派来的军队会合,就彻底安全了。"褚相龙吐出一口气。

混迹在调查使团里,无疑是明智的决定。出发之前,就连主办官许七安等一干高官,也不知道王妃随行。

这时,他突然听见了密集的脚步声,来自甲板,而后是男人们豪放的笑谈声。

舱底的士卒们都出来了……褚相龙脸色一沉，继而涌起怒火，他三令五申地告诫底下的大头兵们，不得登上甲板，此时竟把他的话当耳边风？

褚相龙走出房间，穿过廊道，来到甲板上，看见成群结队的士卒们，拎着马桶，哗啦啦地把秽物倒入河里，风一来，臭味便扑鼻而入。

百夫长陈骁站在甲板上，吆喝道："倒完记得把恭桶刷干净。"

"好嘞！"士兵们大声应是，脸上带着笑容。

褚相龙负手而立，面色阴沉严肃，喝道："谁让你们上来的？"

嘈杂声顿时一滞，士兵们连忙放下马桶，面面相觑，有些手足无措，低着头，不敢说话。

褚相龙喝骂道："是不是以为人多，就法不责众？喜欢上甲板是吧，来人，准备军杖，行刑！"

俄顷，嘈乱的脚步声传来，褚相龙带来的卫队从甲板另一侧绕过来，手里拎着军杖。

"褚将军，这，这……"陈骁大急，他之所以没有立刻说明情况，告诉褚相龙是许银锣的允许，是因为这会让人觉得他在拱火，在挑唆两位大人闹矛盾。而许七安恰好返回房间去了，他必然听到了外面的动静，如果真心为禁军们出头，他会出来。反之，则说明他不愿意与褚将军起冲突，毕竟这位褚将军是镇北王的副将，是手握兵权的大人物。

"褚将军何故动怒啊，是我让他们上来刷恭桶的。"

终于，禁军们期盼的声音从船舱里传出来，伴随着轻盈又有力的脚步声，穿银锣差服的许七安，单手按刀，走了出来。

褚相龙回过身，凝视着许七安，用咄咄逼人的语气道："你不知道我的命令？如果不知道，现在立刻让他们滚回去，并保证他们再不出来。如果知道，那我需要一个解释。"

陈骁硬着头皮，抱拳道："褚将军，是这样的，有几名士兵染病，卑职束手无策，无奈求助许大人……"

要么很讲义气，要么很聪明。许七安心里评价，嘴上却道："这里有你说话的地方吗？滚一边去。"

陈骁低着头，不再吭声，眼里闪过感激之色。许银锣这是要把他择出去。

训斥完百夫长，许七安盯着褚相龙，沉声道："褚将军想要解释？你自己去舱底一趟不就行了，如果能在那里住几天，感受会更加深刻。我已经决定了，以后，辰时初至辰时末，舱底禁军可自由出入。午时初至午时末，可以自由出入。申时初至申时末，可自由出入。"

每天可以在甲板上活动六小时。这既能有效改善空气质量，也有益于士卒们的身心健康。

甲板上，士兵们面露喜色，兴奋地交换眼神。风大浪大，舱底摇晃颠簸，再加上一股子的怪味道，闷得人想吐。况且，还得在这样的环境里吃干粮。身体不适是一方面，心理上的折磨才最折腾人。

褚相龙淡淡道："许大人不懂带兵，就不要指手画脚。这点苦头算什么？真上了战场，连泥巴你都得吃，还得躺在尸体堆里吃。"说话的过程中，面带冷笑地望着许七安，毫不掩饰自己的鄙夷和轻视。

许七安针锋相对，反驳道："褚将军是久经沙场的老兵，带兵我是不如你，但你要和我盘逻辑，我倒是能跟你说道说道。"顿了顿，他跨前一步，盯着褚相龙，问道，"你也说了是打仗，非常时期能与平日一样？褚将军手底下的兵，也是天天住茅厕，在屎尿味里啃干粮？

"这些士兵都是精锐，他们平时操练同样辛苦，也知道该怎么打仗。但辛苦和受折磨不是一回事。养兵千日用兵一时，连兵都不知道养，你怎么带兵的？你怎么打仗的？说白了，这些不是你的兵，你就不把他们当人看。"

说得好！

陈骁心里大吼，这几天他看着士兵气色颓废，心疼得很，因为这些都是他手底下的兵。褚相龙不把他们当人看，不就是因为这些兵不是他的嘛。

养兵千日用兵一时，许银锣不愧是大奉的诗魁……陈骁发自内心地敬佩，越想，越觉得这句话是至理名言。

士兵们低着头，咬着牙，虽然没有说话，但微微握起的双拳，表露出他们内心的愤慨。他们是最底层的士兵,的确没地位,但士兵也是人,也有情绪。

褚相龙似乎被激怒了,表情既桀骜又凶狠,迈步向前,让自己的脸和许七安的脸贴得很近,厉声质问:"你在教我做事?你算什么东西!"

"我寻思着,是不是上次服软得太快,让你轻而易举地得逞。以致在你心里,产生了错误认识?"许七安后退一步,与褚相龙拉开距离。

这样的举动,在褚相龙眼里,自然是露怯了。没错,许七安在他心里的第一印象是:天赋极佳,但贪恋权位,可以用更大的权力驾驭、压制。

这符合许七安在科举舞弊案中表现出的形象,轻易地让他得到了金刚神功,事后甚至不敢反悔,屁颠颠地把佛像送上门来。很多武夫都愿意给人当狗,纵使自身实力强大,却向高官们卑躬屈膝,因为这类人都贪恋权势。

"难道不是?"褚相龙鄙夷道。

话音方落,他看见退开一步的许七安,忽然旋身,一招凶狠的鞭腿拦腰扫来。没有任何征兆,说动手就动手。

褚相龙双手交叉格挡,砰的一声,气机炸成涟漪,他像是被攻城木撞中,双腿滑退,后背狠狠地撞在舱壁。坚固的木墙咔嚓一声断裂。

一点金漆从许七安眉心亮起,迅速走遍全身,他现出灿灿金身,一字一句道:"我脾气很暴躁的,仆街仔。"

魏渊提点他,要和镇北王的人打点好关系,这是为了查案更加方便,不至于事事遭遇刁难。但魏渊绝对不是要他卑躬屈膝,对镇北王的人笑脸相迎,打了左脸,还凑上去右脸。

因为,如果案子没有头绪,他这个朝廷委任的主办官,可以平安无事地返京。如果真查出对镇北王不利的证据,即使他和褚相龙是拜把子的交情,也无济于事。

许七安早看不惯褚相龙了,趁着小老弟遇难,落井下石,谋夺他的金刚神功。

双臂酸疼、牵动经脉旧伤的褚相龙,不敢相信地瞪着许七安。

他居然敢动手？他真觉得自己一个小小银锣，得罪得起手握实权的将领、镇北王的副将？

"将军！"

褚相龙的卫队勃然大怒，齐刷刷地拥过来，握着军杖，对准许七安。只要褚相龙一声令下，他们就上去制服这个狂妄的小子。

"许大人！"

百名禁军同时拥了过来，簇拥着许七安，表情肃杀地与褚相龙卫队对峙。他们的立场非常清晰，虽然禁军与银锣是不同衙门，互不干涉，但许七安现在是主办官，使团的最高领袖。而且，就凭他刚才那番话，就值得自己为他拼一回命。

"统统住手！"

喝声从船舱传来，闻讯而来的几名官员疾步走出。都察院的两名御史、刑部的总捕头、大理寺的寺丞，他们身后是各自的侍卫、捕快。

两名御史一上来就和稀泥，一迭声地说："有话好好说，两位大人何必动手？"

大理寺丞看了眼裂开的墙壁，以及现出金身的许七安，阴阳怪气道："许大人好身手，这身神功，恐怕整船人加一起，都不是您的对手。"

"你们来得正好。"褚相龙恶狠狠地瞪一眼许七安，把刚才的事说了一遍，指着许七安说，"士兵的事只是他挑事的由头，真正目的是报复本将军，几位大人觉得此事如何处理？"

大理寺丞当即道："船上有女眷，士兵不宜登上甲板。本官觉得，褚将军的命令合情合理。"

刑部捕头淡淡地道："以我之见，许大人不妨赔礼道歉，禁军返回舱底，不得外出。此事就此揭过。咱们此次北行，理当团结。"

都察院的两位御史赞同。

三司官员的想法很简单，首先，他们本身就不喜许七安，此子与刑部、大理寺、都察院都有过节。其次，此次北行，与镇北王的副将打好关系，是很有必要的。

甲板上的动静惊动了房间里喝茶的王妃，她闻声而出，看见通往甲板的廊道上,聚集着一群王府婢女。

"发生了什么事?"她皱了皱眉,习惯性地问话。

婢女们回头,看了她一眼,有些不喜欢这个面生老婢女颐指气使的语气,叽叽喳喳地说:

"褚将军和许银锣发生冲突了,差点打起来呢。"

"好像是因为褚将军不允许舱底的禁军上甲板,许银锣不同意,这才闹了矛盾。"

"哼,这许银锣好不识抬举,居然敢和褚将军动手,他可是我们淮王的副将。现在几位大人都站在褚副将这边,要求他赔礼道歉呢。"

"我虽然很仰慕许银锣,但这次是他不对嘛。这些大头兵臭烘烘的,多碍眼啊,我们以后都不好去甲板吹风啦。"

王妃试图挤开婢女,没想到平日里对她毕恭毕敬的丫头们,非但不让路,反而合力把她挡了回去。

王妃心里好气,看不见甲板上的景象,好在这会儿婢女们安静了下来,她听见许七安的冷笑声:"道歉?我是陛下钦点的主办官,这条船上,我说了算。"

大理寺丞反驳道:"你是主办官不假,但在使团里却不是说了算,否则,要我等何用?"

刑部捕头颔首:"陛下的旨意是,三司与打更人协同办案,许大人想搞一言堂的话,那恕本官不能认同。"

两名御史赞同刑部捕头和大理寺丞的话。

一下子,压力就全在许七安这边。

就算他倔强地不肯认错,但当着所有人的面,被同行的官员排挤,威信也全没了……王妃敏锐地捕捉到众官员的意图。

她不认为这个在斗法中叱咤风云的男人会服软,但眼下这样的情况,服软与否,其实不重要了。在场所有人都看得出来,主办官许银锣不得人心,同行的官员排挤他,打压他。这样的固有观念一旦形成,主办官的威严将一落千丈,队伍里就没人服他,纵使表面恭敬,心里也会不屑。

倘若是淮王遇到这种情况，他会怎么做……王妃心想。不知道为什么，她总是下意识地拿甲板上那个年轻人和淮王做对比。

对比之后，发现两人的情况不能一概而论，毕竟淮王是亲王，是三品武者，远不是现在的许宁宴能比。于是，王妃又在心里嘀咕：他会怎么做？应该不会服软吧……那我可要看不起他了……不对，他服软的话，我就有嘲讽他的把柄……

她心里想着，接着，就听见了许七安的喝声："诸将士听令，本官身为主办官，奉圣旨前往北境查案，事关重大，为防止有人泄密、捣乱，现要驱逐闲杂人等，褚相龙及其部属。"

当场，只有四位银锣、八名铜锣抽出了兵刃，拥护许七安。

甲板上的百名禁军一声不吭，似乎不敢掺和。

场面沉寂了几秒，一个士兵悄悄返回了舱底。而后是两个三个四个……越来越多的士兵低着头，离开甲板，返回舱底。

不多时，甲板清空了。

"嗤！"褚相龙不屑的嗤笑声显得格外刺耳。

大理寺丞满脸揶揄，幸灾乐祸。

刑部捕头嘴角勾了勾，双手抱胸，靠着舱壁，摆出看戏的姿态。

都察院两名御史无奈地摇头。

突然，踩踏阶梯的嘈乱脚步声传来，噔噔噔地连成一片。百名禁军去而复返，与刚才不同的是，他们手里的马桶换成了制式军刀。

他们是回舱底拿武器的。

陈骁按住军刀，走到许七安身侧，沉声道："拔刀！"

锵……拔刀声响成一片，百名士卒齐拔刀，遥指褚相龙等人。

"你，你们要造反吗？"大理寺丞脸色微变，怒喝道。

陈骁沉默，舔了舔嘴唇，目光锐利地盯着大理寺丞，然后又看了一眼许七安，似乎只要许银锣一声令下，他就敢上前砍了这个啰唆的文官。

大理寺丞心里一寒，下意识地后退几步，不敢再冒头了。

刑部捕头从依靠墙壁，改成挺直腰杆，脸色从戏谑变成严肃，他悄悄握紧手里的刀,如临大敌。身为武夫的他从这些禁军眼里看到了坚忍的意志,挥舞钢刀时,绝对不会犹豫。

褚相龙额头青筋怒跳,他依旧不相信身为镇北王副将的自己,会遭到这样的待遇。这些低级士兵,居然敢对自己拔刀。

"杨砚!"褚相龙低吼道,"你们打更人要造反吗?本将军与使团同行,是陛下的口谕。"

"聒噪!"杨砚的声音从船舱里传出,语气冷淡,"我不知道这件事。"

"你……"褚相龙脸色顿时一白,他神色几度变换,死死盯着许七安,咬牙切齿道,"你想怎样?"

许七安迎着阳光,脸色桀骜,说道:"三件事。第一,我刚才的决定照旧,士兵们每天有三个时辰的自由时间。第二,记住我的身份,使团里没有你说话的地方。够不够清楚?"

褚相龙沉着脸,缓缓点头。

许七安拎着刀走过去,冷笑道:"第三,给老子道歉。"

刹那间,褚相龙脸色略微扭曲,额角青筋凸起,脸颊肌肉抽动。

护送王妃事关重大,不能意气用事。褚相龙最后还是服软了,低声道:"许大人,大人有大量,别与我一般见识。"

许七安嘿了一声:"懂事。"

身后,百名禁军咧开嘴,露出了质朴的笑容。

第 346 章

夜谈

甲板上陷入诡异的寂静。

三司的官员、侍卫噤若寒蝉，不敢出言招惹许七安。尤其是刑部捕头，刚才还说许七安想搞一言堂是痴心妄想。此时，只觉得脸颊火辣辣，忽然明白了刑部尚书的愤怒和无奈，对这小子恨之入骨，偏偏拿他没有办法。

当然，颜面扫地的是褚相龙，身为镇北王的副将，他在边关手握实权，回了京城，同样不需看人脸色。纵使是朝堂诸公，他也不怵，因为能主宰他生死、前程的人是镇北王。诸公权力再大，也处置不了他。于是渐渐养成跋扈张扬的性格，直到此刻，他在许七安手底下狠狠地栽了个跟头。

褚相龙一边告诫自己大局为重，一边平复内心的憋屈和怒火，但也没脸在甲板待着，深深看了眼许七安，闷不吭声地离开。他只觉众人看自己的目光带着嘲讽，一刻都不想留。

甲板上，船舱里，一道道目光望向许七安，眼神悄然发生变化，从审视和看好戏，变成敬畏。

银锣的官职不算什么，使团里官位比他高的有大把，但许银锣掌控的权力以及背负的皇命，让他这个主办官当之无愧。若有人敢阳奉阴违，或以官位压制，褚相龙今日之辱，便是他们的榜样。

王妃被这群小蹄子挡着,没能看到甲板众人的脸色,但听声音,便已足够。

　　他的行为乍一看霸道强势,给人年轻气盛的感觉,但其实粗中有细,他早料到禁军们会簇拥他……不,不对,我被外在所迷惑了,他之所以能压制褚相龙,是因为他行的是无愧于心的事,所以他能堂堂正正,所谓得道者多助,失道者寡助……王妃得承认,这是一个很有魄力和人格魅力的男人,就是太好色了。

　　随着褚相龙的服软、离开,这场风波到此结束。

　　许银锣安抚了禁军,走向船舱,挡在入口处的婢子们纷纷散开,看他的眼神有些畏惧。

　　与老阿姨擦身而过时,许七安朝她抛了个媚眼,她立刻露出嫌弃的表情,很不屑地别过脸。

　　果然是个好色之徒……王妃心里嘀咕。她现在的模样,确实与美人搭不上边,且姿容普通。然而就算这样,猥琐好色的许七安竟还试图勾搭。

　　进入船舱,登上二楼,许七安敲了敲杨砚的房门。

　　"进来!"从头到尾都不屑参与纠纷的杨金锣,淡淡地道。

　　许七安推门而入,看见杨砚在床榻上盘坐,床边一双靴子摆得整整齐齐。

　　杨砚做事一丝不苟,但与春哥的强迫症又有不同。

　　许七安关上门,信步来到桌边,给自己倒了杯水,一口气喝干,低声道:"那些女眷是怎么回事?"

　　"褚相龙护送王妃去北境,为了掩人耳目,混入使团中。此事陛下与魏公打过招呼,但仅是口谕,没有文书做凭。"杨砚说道。

　　还真是王妃啊……许七安皱了皱眉,他猜得没错,褚相龙护送的女眷真是镇北王妃,正因如此,他仅仅是威慑褚相龙,没有真的把他驱逐出去。

　　"护送王妃去北境,为何这么偷偷摸摸?"许七安提出疑问。

　　杨砚摇头。

此事必有猫腻……许七安压低声音,道:"头儿,和我说说这个王妃呗,感觉她神神秘秘的。"

杨砚微微皱眉,这个问题有些为难他,毕竟对于一个世上温暖的港湾只是武道的武痴来说,八卦一点意义都没有。

"我知道得不多,只知当年山海关战役后,王妃就被陛下赐给了淮王。而后二十年里,她不曾离开京城。"

这些事我都知道,我甚至还记得那首形容王妃的诗……许七安见问不出什么八卦,顿时失望无比。

"你这次得罪了褚相龙,抵达北境后,少不得要被刁难,但也成功树立了威望。这一路上,没人敢与你较劲。"杨砚继续说道,"三司的人不可信,他们对案子并不积极。"

看得出来,没有危险的情况下他们会查案,一旦遭遇危险,必定胆怯退缩,毕竟差事没做好,顶多被责罚,总好过丢了性命……许七安额首:"我知道,这是人之常情。"

杨砚没有劝什么,点了点头,看向许七安:"还有事吗?没事就出去,别打扰我修炼。"

这天,用过晚膳,在青冥的夜色里,许七安和陈骁,还有一干禁军坐在甲板上吹牛聊天。

许七安给他们说起自己破获的税银案、桑泊案、平阳郡主案等等,听得禁军们由衷敬佩,认为许七安简直是神人。身为京城禁军,他们不止一次听说过这些案子,但对细节一概不知,而今终于知道许银锣是如何破案的。

比如税银案里,当时还是长乐县快手的许宁宴,身陷囹圄心有静气,对府尹说:"汝可想破案?"

府尹答:"想。"

许宁宴淡淡道:"卷来。"

于是卷宗就送来了,他只扫了一眼,便勘破了让打更人和府衙焦头烂额的税银案。

又比如错综复杂、注定载入史册的桑泊案,刑部和府衙的捕快束手无策,云里雾里。许银锣,哦不,当时还是许铜锣,手握御赐金牌,对着刑部和府衙的酒囊饭袋说:"刑部办不了的案,我许七安来办,刑部不敢做的事,我许七安来做。"

刑部的废柴们羞愧地低下了头颅。

许银锣真厉害啊……禁军们愈发地佩服他,崇拜他。

"其实这些都不算什么,我这辈子最得意的事迹,是云州案。"许七安手里拎着酒壶,扫过一张张精瘦的脸,傲然道,"当日云州叛军攻陷布政使司,巡抚和众同僚命悬一线。

"这时,我一人一刀挡在八千叛军面前,他们一个人都进不来,我砍了整整一个时辰,砍坏了几十把刀,浑身插满箭矢,他们一个都进不来。"

"八千?"百夫长陈骁一愣,挠头道,"我怎么听说是一万叛军?"

"我听说一万五。"

"不不不,我听禁军里的兄弟说,是整整两万叛军。"

士兵们争论起来。

这也太能吹了吧,都不好意思了,许七安咳嗽一声,引来大家注意,道:"没有没有,那些都是谣传,以我这里的数目为准,只有八千叛军。"

八千是许七安认为比较合理的数目,过万就太浮夸了。有时候他自己也会茫然,我当初到底杀了多少叛军。

"原来是八千叛军。"禁军们恍然大悟,并坚信这就是真实数据,毕竟是许银锣自己说的。

闲聊之中,出来放风的时间到了,许七安拍拍手,道:"明日抵达江州,再往北就是楚州边境,咱们在江州驿站休息一日,补充物资。明天我给大家放半天假。"

许大人真好!大头兵们开心地回舱底去了。这几天不用闷在舱底,又勤刷马桶,环境得到巨大改善,他们气色都好了很多。

前一刻还热闹的甲板,后一刻便显得有些冷清,如霜雪般的月华照在船上,照在人的脸上,照在河面上,粼粼月光闪烁。

"骗子!"

拎着酒壶的许七安,听见有人在身边骂他,嘻嘻地笑道:"你就是嫉妒我的优秀,你怎么知道我是骗子,你又不在云州。"

老阿姨牙尖嘴利,哼哼道:"你怎么知道我说的是云州案?"

许七安被她噎了一下,没好气道:"还有事没事,没事就滚蛋。"

老阿姨气道:"就不滚,又不是你家船。"

她身子娇贵,受不得船只的摇晃,这几天睡不好吃不香,眼袋都出来了,甚是憔悴,便养成了睡前来甲板吹吹风的习惯。恰好看见他和一群大头兵在甲板上聊天打屁,只能躲一旁偷听,等大头兵走了,她才敢出来。

许七安不搭理她,她也不搭理许七安。一人低头俯视闪烁碎光的河面,一人抬头仰望天边的明月。

老阿姨不说话的时候,有一股沉静的美,宛如月色下的海棠花,独自盛放。月光照在她平平无奇的脸蛋上,眼睛却藏进了睫毛投下的阴影里,既幽深如大海,又仿佛最纯净的黑宝石。

许七安喝了口酒,挪开审视她的目光,仰头感慨道:"本官诗兴大发,赋诗一首。你走运了,以后可以拿着我的诗去人前显圣。"

她嗤笑一声,满脸不屑,耳朵却很诚实地竖起。虽然很想打击或嘲笑这个总惹她生气的男人,但在诗词方面,他是大奉儒林公认的诗魁,出言不逊只会显得她愚蠢。

等了片刻,仍不见他念诗,静等佳作的老阿姨忍不住回头看来,撞上一双戏谑的眼神。

她又生气地扭回头。

接着,耳边传来那家伙半叹息半吟诵的声音:"今人不见古时月,今月曾经照古人。"

今人不见古时月,今月曾经照古人……她眸子渐渐睁大,嘴里碎碎念叨,惊艳之色溢于言表。

"我终于明白为什么京城里的那些读书人如此追捧你的诗了。"她轻叹道。

他们不是吹捧我,我不生产诗,我只是诗词的搬运工……许七安笑道:"过奖过奖,诗才这种东西是天生的,我生来就感觉脑子里装满了传世佳作,信手拈来。"

这一次,脾气古怪的老阿姨没有打击和反驳,追问道:"后续呢?"

后续我就不记得了……许七安摊手:"我只作出这么一句,下面没了。"

她咬牙切齿地说:"我终于明白为什么那么多人痛恨你。"

之后又是一阵沉默。

老阿姨趴在护栏上,望着微波荡漾的江面。

"听说你要去北境查血屠三千里案?"她突然问道。

"嗯。"许七安点头。

"是什么案子呀?"她又问。

"暂时不清楚,不过我估计是蛮族入侵边境,大肆烧杀掠夺,屠戮千里,而镇北王守城不出。"许七安给出自己的猜测。

"噢!"她点点头,说道,"如果是这样的话,你不怕得罪镇北王吗?"

"怕啊。"许七安无奈道,"如果案子没落到我头上,我也就睁只眼闭只眼,管好身边的事。可偏偏就落到我头上了。我寻思着或许就是天意,既然是天意,那我就要去看看。"

她没说话,眯着眼,享受着江面微凉的风。

许七安眼睛一转,笑道:"我去年乘船去云州时,路上遇到一些怪事。"

她顿时来了兴趣,侧了侧头。

"途中,有一名士卒夜里来到甲板上,与你一般的姿势趴在护栏上,盯着水面,然后,然后……"许七安盯着河面,露出了惊恐的表情。

她也紧张地盯着河面,全神贯注。

"然后河里蹿出来一只水鬼!"许七安沉声道。

"胡、胡说八道……"老阿姨脸色一白,有些害怕,强撑着说,"你就是想吓我。"

扑通!突然,水面传来响动,溅起水花。

她尖叫一声,吓得一屁股坐在地上,抱着头瑟瑟发抖。

"哈哈哈!"许七安捧腹大笑,指着老阿姨狼狈的姿态,嘲笑道,"一个酒壶就把你吓成这样。"

老阿姨默默起身,脸色如罩寒霜,一声不吭地走了。

生气了?许七安望着她的背影,喊道:"喂喂喂,再回来聊几句呀!"

黎明时,官船缓缓停泊在黄油郡的码头。作为江州为数不多有码头的郡,黄油郡的经济发展得还算不错。此地盛产一种黄澄澄、晶莹剔透的玉,色泽宛如黄油,取名黄油玉。

官船会在码头停泊一天,许七安派人下船筹备物资,同时把禁军分成两拨,一拨留守官船,另一拨进城。半天后,两拨互换。

趁着有时间,午膳后去城里找找勾栏,带着打更人同僚玩玩,至于杨砚,就让他留守船上吧……晨光里,许七安心里想着,忽然听见甲板角落传来呕吐声,扭头看去,老阿姨趴在船舷边,不停地呕吐。

"我昨天就看你气色不好,怎么回事?"许七安问道。

她瞪了他一眼,摇着臀儿回舱去。她昨晚害怕得一宿没睡,总觉得翻飞的床幔外,有可怕的眼睛盯着;或者是床底会不会伸出来一只手;又或者纸糊的窗外会不会悬挂着一颗脑袋……卷着被褥,蒙着头,睡都不敢睡,还得时不时探出脑袋观察一下房间。

一宿没睡,再加上船身颠簸,连日来积压的疲惫顿时爆发,头疼、呕吐,难受得紧。都是这小子害的。

"不理我就算了,我还怕你耽误我去勾栏听曲呢……"许七安嘀咕着,呼朋唤友地下船去了。

第 347 章

分析王妃随行的原因

　　自古以来,背靠港口的城市,经济普遍繁华。黄油郡的郡城规模不算大,但街道宽敞笔直,行人如织,甚是热闹。

　　许七安站在码头,放眼望去,挑夫和苦力来来往往,挥洒汗水。目光一扫,他锁定一个手里拿着账本、坐在凉棚里喝茶的工头,信步走过去,单手按刀,俯视着那个工头。

　　那工头定定地看着许七安,以及他身后打更人胸口绣着的银锣、铜锣标志,纵使不认识打更人的差服,但打更人的威名,便是市井百姓也是如雷贯耳。

　　这,这是传说中的打更人?工头一边疑惑,一边起身,点头哈腰:"几位大人,有何吩咐?"说话的过程中,他从兜里掏出一把碎银,双手奉上。

　　许七安没看,直截了当地说道:"你是工头?"

　　工头继续点头哈腰:"是的。"

　　许七安缓缓点头,看向忙碌的挑夫们,问道:"最近有没有北方来的难民?"

　　"难民?"工头想了想,摇着头,"没有,不过小人也听说了,北境正在打仗,蛮族到处烧杀劫掠,幸好有镇北王守着啊,不然楚州可能早就丢了。"

"你很崇敬镇北王?"许七安用没有情绪起伏的语气问道。

"那当然,镇北王是大奉的军神,也是大奉第一高手,正因为有他在,北边才能安稳。"工头露出敬仰的神色。

镇北王什么时候成军神了,大奉军神明明是魏公……许七安带着银锣和铜锣们离开。

凉棚里,工头看着他们离去的背影,纳闷道:"给银子都不要?是不是脑子有病。"

在城里转了一个时辰,许七安在酒楼坐过,在勾栏坐过,甚至主动与乞丐搭讪。随行的打更人察觉到许七安这次出行是另有目的。所谓勾栏听曲,只是幌子而已。

"许大人,您在打探什么?"一位银锣问道。

"打探难民咯。"许七安站在街边,单手按刀,皱眉道,"有件事很奇怪,不知道你们有没有发现?"

一位经验丰富的银锣想了想,回答道:"没有难民?这并没有什么奇怪,我们才初到江州,距离楚州还有至少十日的路程。这还是走的水路,走陆路的话,少说半个月。难民未必能从楚州逃难到此。"

许七安摇摇头,看他一眼,哼道:"你忘记我们来查的是什么案子?"

四位银锣悚然一惊,立刻领悟了许七安的意思。

血屠三千里类似的行为,通常发生在旷日持久,且投入相当数量兵力的大型战场。而如果发生这种规模的战争,必定造成灾民遍野,即使江州距离楚州遥远,未必没有难民中的幸运儿成功逃亡过来。可是没有……

这案子比我想象中的还要复杂啊……许七安心里一沉,情绪难免陷入沉重。但他看了一眼身边的同僚们,见他们忧心忡忡的模样,当即呵一声,用一种无比龙傲天的语气,缓缓道:"有点意思,这才是我想要办的案子,太简单了反而无趣。"

许大人经历丰富,虽然入职时间短,可经历的大风大浪却是旁人一辈子都无法经历的……打更人回想起许银锣经历过的那一桩桩一件件的大案,顿时心里不慌,安定了许多。

午膳前,许七安提着食盒,以及几块未经雕刻的黄油玉,返回官船。他先把黄油玉放在房间,而后提着食盒,登上三楼,来到角落的一个房间前,敲了敲门。

"谁?"房内传来老阿姨略显暴躁,但有气无力的声音。

"是我。"许七安笑道。

听到他的声音,里面没动静了,也没开门,似乎打算冷处理。

"傅文佩,你开门啊,我知道你在家,你既然有本事勾引男人,也就有本事开门啊。"

哐,门打开了,穿着青色婢女衣裙的老阿姨,柳眉倒竖,怒道:"你胡说八道什么!"

这个登徒子,在她房门前说什么勾引男人,太过分了。虽然她现在只是一个平平无奇的婢女,可婢女也是有名节的呀。

又没人听到……许七安嘿嘿道:"你又不是傅文佩,你生什么气。"

见老阿姨翻了个白眼,想重新关门,许七安忙说:"给你带了午膳。"

老阿姨嗤笑道:"你有那么好心?"

"今早看你气色,我就知道你昨儿没睡好,晕船了吧。午膳肯定没有吃,所以给你买了些饭菜。"

许七安自顾自地进屋,扫了一眼,房子干净整洁,看起来是天天打扫的。他把食盒放在桌上,打开盖子,把菜肴逐一摆开。

老阿姨瞅了几眼,发现都是自己没见过的菜,忍不住问道:"这盘是什么菜?"

"琉璃肺,还挺好吃的,是黄油郡最好的酒楼的招牌菜之一,其他招牌菜我也给你买了。"许七安道。

"不想吃。"老阿姨淡淡道。

她身体不适,没胃口,再说了,这些年在王府娇生惯养,什么好吃的没吃过？平民百姓可望而不可即的山珍海味,于她而言,只是等闲。

"但这碗你肯定喜欢吃。"许七安把一碗汤摆在桌上。

老阿姨一看,黑乎乎的,卖相极差,顿时嫌弃得直皱眉,道:"无事献殷勤……你有什么目的?直说。"

就等你这句话!许七安坐在桌边,咳嗽一声,道:"你们王妃也来了?"

听见"王妃"两个字,她眉梢微微挑了挑,镇定地点头:"嗯。"

"为什么王妃会在队伍里,而我这个主办官,事先却不知道?"许七安笑眯眯地问。

"你以为我会知道吗。"老阿姨没好气,似乎不愿多谈,催促道,"没事赶紧滚,我要睡觉了。"

许七安只好告辞离开。

等讨厌的臭男人离开,她重新关上门,本打算把食物收回食盒,突然嗅到了一股酸辣味,这股味道仿佛是无形的手,抓住了她的胃。味道正是那碗卖相极差的汤散发出来的。

似乎味道还可以……她坐在桌边,用瓷勺舀了一勺,轻啜一口。

酸中带辣的味道,瞬间打开味蕾,勾动她的食欲,咕噜,喉咙不自觉地吞咽,一连喝了好几口。等她喝完汤,终于感觉到了饥饿,桌上的饭菜便显得诱人起来。

咚咚,敲门声响了两下,继而传来褚相龙的声音:"是我。"

"门没锁,自己进来。"老阿姨以冷漠且平静的声音回复。

褚相龙推门而入,看见王妃坐在桌边,津津有味地用膳。

褚副将皱了皱眉,传音道:"你和他是什么关系,只管点头和摇头。"他知道这些食物是许七安刚才送过来的。

王妃摇摇头。

褚相龙目光锐利了几分:"没有关系,他给你带午膳?"

王妃还是摇头。

褚相龙盯着她看了片刻,勉强接受这个回答,感慨王妃魅力实在太大,让男人忍不住去接近,去了解。

"请王妃记住自己的身份,不要与闲杂人等交往过密。"他传音告诫了一句,退出房间。

整个过程没有发出任何声音。

船上不但有金锣杨砚,还有其他武者,武者耳目聪敏,隔墙有耳这句话最为贴切。

什么都不知道,也是一种信息啊。我猜得没错,镇北王妃前往北境,似乎没有那么简单。

隐秘出行,事先连我这个主办官都不知道。而且,携带的侍卫人数不正常,太少了。这可以理解为低调,嗯,随使团出行,既低调,又有充足的护卫力量。

问题是,何至于此?

许七安返回房间,坐在桌边,皱眉思考。

为什么王妃前往北边,要搞得这么神秘,是因为天下第一美人的称号过于招摇?显然不是,在大奉,谁敢打镇北王正妻的主意?就算是一生放荡不羁爱自由的我,也没动过这方面的心思。

根据行为分析意图,那就是元景帝不希望王妃离京的消息广为人知。但这并不科学,区区一个王妃,去见夫君,有什么好隐瞒的?

除非这个王妃不简单,涉及某些机密。如此一来,秘密随使团出行的原因无外乎两个:一、涉及某种机密谋划,所以要保密;二、可能伴随着危险,因此需要使团的力量护卫。

想到这里,许七安瞳孔微微收缩,目光随之锐利。

第 348 章

埋伏

对于这个推测,许七安既意外,又不意外。

意外的是,他一直以为镇北王妃是大奉天字一号花瓶,本质上还是一介女流,不该牵扯到什么机密事件里;不意外的是,察觉到褚相龙携带女眷,且从杨砚口中得知王妃随行后,他有了思想准备。

"既然可能有危险,那就得采取应对措施,谨慎为先……嗯,现在不急,我先忙活自己的事。"

许七安拎起布袋,把八块黄油玉摆在桌上,随后取出准备好的刻刀,开始雕琢。

温饱之后,老阿姨躺在床上小憩片刻,睡眠浅,很快就被码头上吵闹的吆喝声惊醒。她有些生气地捶了几下枕头,起身走到桌边,收拾碗筷,放回食盒,拎着它离开房间。

顺着阶梯往下,到第二层,她沿着廊道而行,对着两边的房间左顾右盼,这里是打更人和三司的官员居住区域。她不太清楚许七安住在哪个房间,好在很快,她如愿以偿地找到了许宁宴的房间,因为房门敞开着。

云州回来后,那个皮相就变得格外精致的年轻男人坐在桌边,雕刻着几块黄油玉。

咚咚,她敲了敲房门,等他抬头看来,板着脸说:"食盒还给你,多、多谢……"她似乎不擅长道谢这种事,说话时,表情特别扭捏。

"放门后吧。"许七安淡淡回应,低下头,继续自己的作业。

老阿姨进入房间,轻轻放下食盒,看了一眼桌面,那里摆着几件雕琢好的玩意儿,分别是小剑、玉馒头(×2)、八角护符、印章、玉佩。

她颇有兴趣地问道:"你雕这些物件作甚?刀工还挺难看。"说完,自己咯咯咯地笑了起来。

"送女子。"许七安道。

送女子……老阿姨盯着桌上的物件,笑容渐渐消失。

"我每次离京,都会寄一些当地特产给喜欢我的女子,再写一封信,这既不会花费多少银子,又能讨她们欢心,让她们更喜欢我。"许七安振振有词地讲述自己的经验。

老阿姨被气到了,看许七安的眼神,就像在看人间渣滓,冷笑道:"果然是个臭男人。"

许七安打击道:"可惜没你的份儿。"

老阿姨嗤笑道:"谁稀罕呢。"

她气冲冲地离开了。

不多时,所有的玉都雕刻完毕,许七安赋予了它们灵魂。他先把"小剑"收入地书碎片,这个不用寄,因为是送给李妙真的,等到了北方相聚,许七安再送给她。

许七安铺开准备好的信纸,取来笔墨,提笔书写。

离京半旬,已至黄油郡,此地有特产黄油玉,此玉质地油软,触手温润,我颇为喜爱,便买了毛坯,为殿下雕刻了一枚印章。

印章有字,曰:你拈花一笑,落霞满天。

这是写给怀庆的,他把印章一起塞入信封。

第二封信是写给二公主临安的。

离京半旬,已至黄油郡,此地有特产黄油玉,此玉质地油软,触手温润,我颇为喜爱,便买了毛坯,为殿下雕刻了一枚玉佩。

我是个俗气透顶的人,见山是山,见海是海,见花是花。唯独见了你,脑海里只有四个字:三生三世。

他把玉佩放进信封。

第三封信和第四封信,写给采薇和丽娜,如出一辙的内容。

离京半旬,已至黄油郡……世上美味千千万,听说在某个无法抵达的遥远国度,有一种人间美味叫"胡建人",以后有机会,想带你去找找,寻遍天涯海角。

他把玉雕的馒头塞进信封。

第五封信写给钟璃。

离京半旬,已至黄油郡……我不在京城的日子里,要好好待在司天监地底。我们要相信,苦难的日子终将过去,再吃些苦,再受些罪,一切都会从苦难中开出花来。

以后做我的"小公举",只吃甜不吃苦。

他把八角护符放进去。

然后是玲月和浮香的信,以及她们的物件。

第六封信写给玲月。

离京半旬,已至黄油郡……为兄一路平安,只是有些想家,想念家中温柔可亲的妹子。等大哥这趟回来,再给你打些首饰。在为兄心里,玲月妹妹是最特殊的,无人可以取代。

第七封信写给浮香。

离京半旬,已至黄油郡……忘记哪位大儒说过,人生得一知己,此生无憾。浮香姑娘便是我的红颜知己,希望我们的情谊天长地久,比黄金还恒远……

请继续保持我们目前的关系!

每一位女子,都有不同的寄语。要充分体现出对她们的关心和重视,让她们觉得自己是最重要的,断然不能敷衍了事。

做完这一切,许七安如释重负地舒展懒腰,看着桌上的七封信,由衷地感到满足。上次在青州边界,他也写过七封信,其中两封是二叔和婶婶滥竽充数。而现在,仅是女孩子,就有七封信,再加上李妙真,那就是八封信。

妥善保管好物品,许七安离开房间,先去了一趟杨砚的房间,沉声道:"头儿,我有事要和大家商议,在你这里商谈如何?"

杨砚还在盘坐吐纳,闻言,皱了皱眉,本能地反感修行被打扰,但还是缓缓点头:"可以。"

许七安当即吩咐一位银锣,去把褚相龙和三司官员请来房间。

在桌边静坐几分钟,三司官员和褚相龙陆续进来,众人自然没给许七安啥好脸色,冷着脸不说话。

习惯和稀泥的两位御史中的一位笑道:"许大人召唤我等何事?"

"我要调整路线,改走陆路。"许七安语出惊人,一开场就抛出震撼性的消息。

"绝不可以!"褚相龙率先反对,语气坚决。有了上次的教训,他没继续和许七安掰扯,负手而立,摆出决不妥协的架势。

"许大人可别胡闹,再有一旬,我们便能抵达楚州。改走陆路的话,半个月都未必能到。"大理寺丞哼道,"你虽然是主办官,但也不能胡作非为,随心所欲。"

正常的指令,他们可以迁就、忍让许七安,承认他这个主办官的地位和威信,但这不包括随意更改路线。

水路改陆路实在太麻烦,要安排马匹、马车,以及运输车,毕竟这两百来号人,人吃马嚼,不可能轻装上阵,所以当初使团才选择更快捷、方便的水路。其次,在行军打仗中,只有最高将领才能更改路线。使团虽不是军队,但更改路线依旧是大忌。

刑部的陈捕头望向杨砚,沉声道:"杨金锣,你觉得呢?"

杨砚面无表情:"确实不妥。"

连同为打更人的杨砚都不赞同许七安的决定,可想而知,如果他一意孤行,那就是自找难堪。就算是其他打更人,恐怕都不会支持他。

"哼!"褚相龙冷哼一声,道,"没什么事,本将军先回去了,以后这种没脑子的想法,还是少一些。"

刑部捕头审视了许七安一眼,道:"褚将军且慢,不妨听听许大人怎么说。"

褚相龙回过身,诧异地看着他。

能做到刑部的捕头,自然是经验丰富的人。他这几天越想越不对劲,起先只以为褚相龙随使团一同返回北境,既是方便行事,也是为了替镇北王"监视"使团。毕竟这次使团前往北境,查的案子,有可能是针对镇北王。可他越想越觉得不对,如果随行的只有褚相龙便罢了,王妃也随行的话,不应该是派遣一支禁军护送至北境吗?为何与他们混在一起?船上全是男人,亲王的正妻与他们同行,多少有些不合理。

大理寺丞忍不住看向陈捕头,微微皱眉,又看了眼许七安和褚相龙,若有所思。

哟,不愧是刑部的捕头,比文官们要敏锐得多……许七安把手里握着的地图展开,看向褚相龙,问道:"褚将军,王妃怎么会在随行的使团中?"

刑部的陈捕头、都察院的两位御史、大理寺丞,齐刷刷地看向褚相龙。

许七安这个问题,问出了他们心中的疑惑。

"王妃去北境与淮王相聚,有何问题?"褚相龙眯着眼,锐利地盯着许七安。

此事瞒不过同船而行的众人,他清楚这一点。也没必要隐瞒,只要悄悄离开京城没人知道,目的就达到了。

"本官是使团主办官,为何之前没有收到通知?"许七安又问。

褚相龙淡淡道:"只是小事而已,王妃借道北行,且身份尊贵,自然是低调为好。"

"既然王妃身份尊贵,为何不派禁军队伍护送?"这时,陈捕头突然问道。

"是啊,官船鱼龙混杂,若是知道王妃出行,怎么也得再准备一艘船。"大理寺丞笑呵呵道。

"唔……确实不妥。"一位御史皱着眉头。

这群老狐狸……褚相龙扫了眼三司的官员,心生恼怒。前些天,他们还表现出对许七安的敌视,并暗中示好自己,然而,一旦遇到可能对自身不利的事,他们的态度立刻暧昧起来。

见褚相龙不说话,许七安冷笑一声,环顾众人,说道:"正如陈捕头所说,如果王妃去北境是与淮王团聚,那么,陛下直接派禁军护送便成,不必偷偷摸摸地混在使团中。而且,竟还对我等保密。几位大人,你们事先知道王妃在船上吗?"

大理寺丞和两位御史摇头。

许七安又道:"那你们知道这意味着什么吗?"

大理寺丞连忙追问,道:"许大人有话直说。"

许七安掷地有声:"这意味着可能遭遇危险,比如伏击,针对王妃的伏击。"

两位御史、大理寺丞眉头一挑,脸色转为严肃。

刑部的陈捕头表情不变,似乎对此早有预料。

褚相龙见状,自己知道再一味地否认,只会众叛亲离,哼道:"王妃此次北行,确实另有目的,但许七安不必危言耸听。王妃离京之事,就连你们都不知道,何况旁人?伏击也是要提前准备的,咱们一路北行,走的是最快的水路,王妃随行的事又秘而不宣,又怎么会遭遇埋伏呢。"

大理寺丞等人缓缓点头,认为褚相龙说得有理。他们也是出发之后,才发现船上有女眷,后来慢慢察觉女眷里竟有淮王妃。连他们都是出发后才知道此事,试想,可能存在的敌人,又如何伏击?根本来不及嘛。

"虚惊一场,虚惊一场……"大理寺丞吐出一口气,脸色有所好转。

许七安笑呵呵道:"几位大人少安毋躁,听我把话说完,你们再做考虑。"他这才把目光移到摊开的地图上,指着上面的某个地方,说道,"以船只航行的速度,最迟明日傍晚,我们就会通过这里。"

众人走到桌边看去,那是一处水流湍急的流域,狭窄,两侧高山环绕。

"这里,如果真有人要在两岸埋伏,以水流的湍急,我们无法快速转向,否则会有倾覆的危险。而两侧的高山,则成了我们上岸逃跑的阻碍,他们只需要在山中埋伏人手,就能等着咱们自投罗网。简而言之,如果这一路会有埋伏,那么绝对会在此处。"

许七安的话,让众人刚刚放松的情绪再次紧绷。

褚相龙盯着地图看了片刻,反驳道:"这一切的前提是有敌人埋伏,而刚才我也说过,敌人根本没有时间提前设伏。只要渡过这里,我们一旬内就能抵达楚州,届时有王爷的军队迎接,大功告成。而如果走陆路,拖上半个月,那才是夜长梦多。"

双方各执一词,争执不下。

大理寺丞等人犹豫不决,双方都有道理,却又都有弊端,选哪个感觉都不稳妥。

"那我就再给你们加把火……"许七安嗤笑道:"走陆路固然是夜长梦多,却还有回旋的余地。如果我们明日在此遭遇埋伏,那就是全军覆没,没有任何机会了。"

两位御史和大理寺丞的表情立刻变了。

"我同意许大人的决定,改换路线。"刑部陈捕头率先说道。

"本官也同意许大人的决定,速速准备,明日改换路线。"大理寺丞立刻附和。

两位御史也选择支持许七安,因为他的话,击中了文官们的要害。相比起可能更麻烦、更累人的陆路,一波团灭的水路更让人畏惧。没人敢拿身家性命去赌。

褚相龙脸颊肌肉抽了抽,心里狂怒,狠狠盯着许七安,道:"许七安,本官要与你赌一把,如果明日没有在此流域遭遇埋伏,如何?"

许七安双手按桌,不让分毫地与他对视:"以后,使团的一切由你说了算。但如果遭遇埋伏,又如何?"

褚相龙道:"你说一,我绝不说二。"

许七安撇撇嘴,不屑道:"现在我说一,你敢说二?少来这套,给老子来点实惠的。"

"你想要什么?"

"白银三千两,以及北境守兵的出营记录。"

"好。"褚相龙一口答应,心里却想着到时候反悔便是,到了北境,还不是他说了算。手底下有兵有将,还有镇北王撑腰。

许七安冷笑道:"立字据。"

褚相龙硬着头皮道:"好,但如果你输了也得给我三千两白银。"

双方立好字据,但没画押,得等明日出结果。

许七安扭头看向杨砚,用商议的语气道:"头儿,你明日带着船夫去试探一番,你最多能带走多少人?"

杨砚想了想,道:"六个。"

六个人明显无法驾驭这艘船,可杨砚只能带走六人,如果明日真的遇到埋伏,其余船夫就死定了……许七安正为难之际,便听杨砚说道:"明日我可以用气机推动风帆,操纵船只,不需要船夫划桨,只需留几个人掌舵便是。"

以头儿的水平,短暂的驾驭船只应该不成问题……他于心底吐出一口浊气:"好,就这么办。"

改换路线的计划定下来,三司官员以及不甘心的褚相龙当即去准备离船事宜,通知船上的侍卫、女眷等随行人员。

许七安没走,而是坐在桌边,喝了口茶,分析道:"如果明日没有遭遇埋伏,那说明所谓的敌人不存在,或者来不及设伏。这样我们也能松口气,而如果敌人不存在,使团里即使是褚相龙说了算,问题也不大,顶多忍他几天。"

打赌并非意气用事,就算没有这场赌注,许七安私底下也会要求杨砚明日驾船试探。

杨砚颔首:"可如果有埋伏……"

"那我们就麻烦了,还没到北境,就先给那位王妃背锅。"许七安叹口气,压低声音,"如果情况这么糟糕,我还有一个计划,头儿,我只与你商议……"

次日清晨。

两百人的队伍离开黄油郡,四辆马车,十八辆装载物资的平板车,以及四十匹马。至于禁军和褚相龙带来的士卒,跑步前进。

这支队伍顺着官道,在弥漫的尘埃中,向北而行。

如果杨砚那边没有遭遇埋伏,那走两天陆路,就要重新改换水路,陆路确实累人,舟车劳顿的……许七安坐在马背上,心里嘀咕。

胯下的马是普通的棕马,远远无法与自己的坐骑相提并论。

这时,他看见身后一辆马车的帘子被掀开,探出一张平平无奇的脸,朝他招招手。

许七安掉转马头,慢行到马车边,笑着说:"小婶子,什么事?"

"为什么要改走陆路?"她坐在略显颠簸的马车里问。

"为了你们王妃的安全。"许七安说。

她想了想,竟然没有下意识地斗嘴,反而慎重地点头,表示认同了这个理由。

傍晚时分。

流石滩,水流湍急,因连石头都能冲走,故而得名。两侧青山拱卫,河流宽度如同女子骤然收束的纤腰,水流滔滔作响,白沫四溅。

一艘巨大的三桅帆船缓缓驶来,逆流而上,行至流石滩中段,湍急的水面，突兀地掀起波澜，一条粗壮的、覆满黑色鳞片的物体拱起，复又沉入水中。

安静了几秒后，只听轰隆一声，巨大的三桅帆船被高高掀起。

水花喷涌中，一条黑鳞蛟龙破浪而出，犄角嵌入船底，将它顶上半空。

咔嚓！裂纹瞬间遍布船身，这艘能装载两百多人的大型官船分崩离析，碎片哗啦啦地下坠。

船被掀起的刹那，杨砚施展气机裹挟住六个船夫，拔空而起，强盛的气机在脚底炸开，推得他不断升高，掠空而去。

蛟龙一头扎入水底，溅起冲天白沫，俄顷，一个穿黑袍的男人浮出水面，踏水而立。他五官阴柔，鹰钩鼻，双眸狭长，竖瞳，流转的眸光冰冷无情，脸颊两侧长满细密鳞片。

黑袍男人扫了眼被水流冲走的断木碎片，嗤了一声，声线阴冷，道："被耍了。"

"他们逃不掉。"岸边的密林中，走出来一位年轻男子，穿着白衣，负手而立。白衣男子并不因埋伏失败而愤怒、失望，很平静地说，"咱们这次出动了足够多的人手，仅靠一个四品杨砚，双拳难敌四手。王妃是我们囊中之物。"

黑袍男子皱眉道："你确认使团中没有其他四品？"

白衣男子颔首，指了指自己的双眼，道："相信我的眼睛，再说，即使还有一位四品，以我们的部署，也能万无一失。"

第 349 章

谁来救救我

太阳落山后,天色保持了相当久的青冥,然后才被夜幕替代。

一处地势较高的山坡,使团队伍在这里点燃篝火,搭起帐篷。女眷没有下车,裹着薄毯睡在马车里,许七安等高官宿在帐篷里,底层的侍卫,则围着篝火睡觉。

好在仲春时节,夜里不冷不热,有风吹来,还蛮舒爽。就是蚊子多了些,对这些体魄强健的"肥羊"甚是喜欢。

啪啪声不断响起,士卒们骂骂咧咧地驱赶蚊虫。

许七安巡视回来,见到这一幕,便知使团队伍里没有准备驱蚊的草药,顶多储备一些治疗伤势的金创药,以及常用的解毒丸。至于驱蚊的草药,做不到那么精细。

"为什么蚊虫如此之多?"大理寺丞穿着白色单衣,从帐篷里钻出来,抱怨道,"耳边嗡嗡嗡的净是虫鸣,如何能睡,如何能睡?"

养尊处优是文官的通病,早前在船上,虽有摇晃颠簸,但都是小问题,忍忍就过了。走陆路要艰苦许多,没有大床,没有茶几,没有精致的食物,还要忍受蚊虫叮咬。

两位御史听见大理寺丞的抱怨,立刻钻出来附和,愁眉苦脸:"难挨,难挨啊。"

这个时候,就显得许七安的提议是多么愚蠢,如果不改陆路,他们现在还在水里漂着,有松软的大床睡,有单独的房间休息。

拥有铜皮铁骨的褚相龙不怕蚊虫叮咬,淡淡嘲讽:"既选择了走陆路,自然要承担相应的后果。我们才走了一天,现在改道走水路还来得及。"

许七安取出一把特制的香料,高声道:"我这里有驱虫的香料,取一块丢入篝火,便能驱逐蚊虫。"

士卒们大喜过望,按照要求从许七安这里领取香料,投入篝火。

香料在烈火中缓慢燃烧,一股略显刺鼻的浓香溢散,过了片刻,周围果然没了蚊虫。

"哈哈,真的没蚊虫了,舒坦。"

"这下子可以安心睡觉了,多亏了许大人。"

一堆堆篝火边,士卒们毫不吝啬自己的称赞。许银锣的香料解决了他们眼前的困扰,没有蚊虫叮咬后,整个人都舒服了。

幸福感就是从这些小待遇中得到的,如果换一个官员领导,肯定不会在乎他们这些底层士兵的小烦恼。更不会去想,夜里没睡好,明日就会疲惫,还得赶路……恶性循环的话,会导致整支队伍战力下滑。而士兵的幸福感增加了,也会反馈给领导,对领导愈发地恭敬和认同。

就比如许七安提议改变路线,走更艰苦的陆路,整个队伍私底下怨声载道,但不包括百名禁军,他们半点怨言都没有。这就是认同。

两位御史和大理寺丞要了一块香料,回帐篷里用香炉点燃,驱蚊效果立竿见影,果然没有再听见嗡嗡嗡的叫声。

"许大人竟连这种小玩意儿都准备了,不愧是破案高手,心思细腻。"都察院的御史从帐篷里钻出来,大声称赞。

不远处的马车里,婢女们嗅到了淡淡的香味,欣喜道:"这味儿挺好闻的,咱们也去取些来烧,驱驱蚊虫。"

"取什么呀,许银锣与褚将军正闹矛盾呢,你别在这时候自讨没趣。"另一个女婢说。

"不会呀,许银锣性格挺好的,对我们女子尤为温柔。"那婢女说。

"嗤……我说的是褚将军,咱们是王府的人,心里要有数。就算许银锣再好,咱们也不能忘记自己的身份,明白吗?"

"是啊,而且我听说是许银锣要改换陆路,我们才那么辛苦,真是的。"

这话一出,其他婢女纷纷声讨许银锣,"讨厌讨厌"说个不停。

王妃蜷缩在角落里,不屑地嗤笑一声。这些没脑子的婢子,目光和癞蛤蟆一样短浅,只能看到眼前飞的蚊子。虽然她也累,她也怀疑过水路是不是真有危险,也对许七安的判断有所怀疑,可她坚决拥护许七安的决定。

宁愿吃点苦,遭点罪,也比遇到危险要强。

大理寺丞掀开帐篷的帘子,望着与士兵同坐的许七安,问道:"许大人有几成把握?"

他指的是水路设伏的事,委婉地提醒许七安,要考虑赌约的事情。毕竟拿人手短,大理寺丞和许七安也没仇恨,不待见他,主要是大理寺卿和许七安有大仇,作为大理寺卿手底下混饭吃的官员,他屁股得坐正。

我哪来的把握?让杨砚去踩陷阱,本身就是试探……许七安微微摇头,没有说话。

一位御史说道:"掐算下时间,杨金锣也该到流石滩了,有没有埋伏,想必已经知晓。他,何时与我们碰头?"

许七安道:"我沿途有留下暗号,他会循着过来。"

以金锣的脚程,顺着暗号追上来,不需要多久。最迟明日清晨,最早可能今晚就追赶上来。

褚相龙和几位文官沉默了下去,各有所思,等待着杨砚的到来。

过了半个时辰,众人进入梦乡,呼噜声宛如蛙鸣,此起彼伏。

许七安没有睡,拿着一根枯枝,在地上写写画画,推敲着到了北境后,自己该怎么查案子。查清案子后,又该如何在不惊动镇北王的前提下,将证据带回京城。

这件事最麻烦的地方在于,他对镇北王无可奈何,而镇北王要对他做什么,却很容易。

大理寺丞他们对案子态度消极是可以理解的,估计就想走个过场,然后回京城交差……血屠三千里,却没有一个难民,这不合理……这一路北上,我要好好观察,一头扎到北边,那是傻子才干的事。

褚相龙坚决反对我走陆路,未必就没有这方面的考虑,他想让我直接抵达北境,而到了北境,我就成了任人拿捏的傀儡。

想私底下查案?

做梦。

念头纷呈间,突然,他捕捉到一缕气机波动从远处传来。

许七安霍然起身,右手比脑子还快,按住了黑金长刀的刀柄。

另一边,褚相龙也睁开了眼睛,目光犀利。

两人没有眼神交流,而是一起望向了南边,黑夜中,一道身影缓步而来,背着银枪,正是杨砚。

见到他的刹那,许七安和褚相龙露出各自的紧张和期待。前者弯腰拾起水囊,迎上去,道:"头儿,情况怎么样?"

杨砚接过水囊,一口气喝干,沉声道:"流石滩有一条蛟龙埋伏,船只沉没了。"

果然有埋伏,真是怕什么来什么,墨菲定律全宇宙通用吗……许七安心里一沉,最后那点侥幸荡然无存。

真的有埋伏?!

褚相龙握紧刀柄,篝火映照着他微微收缩的瞳孔。

"头儿你先坐,我去喊三司的人过来,他们理当一起听听,了解情况。"许七安招呼杨砚在篝火边坐下,又把装着干粮的包裹递过去。

然后,他挨个进入帐篷,唤醒了御史、大理寺丞和刑部陈捕头。

陈捕头钻出帐篷,看见杨砚,想也没想,略显急迫地问道:"杨金锣,可有遭遇埋伏?"

两位御史和大理寺丞紧盯着杨砚。

"流石滩有埋伏,船只沉没了,如果我们没有改变路线,今日必定全军覆没。"杨砚脸色凝重。

还真有埋伏，真的有埋伏……大理寺丞一颗心幽幽沉入谷底。

全军覆没？两位御史脸色微变，猛然看向许七安，作揖道："多亏许大人机警，提前判断出埋伏，让我等躲过一劫。"

刑部的陈捕头，看向许七安的眼神里多了敬佩，对这位顶头上司的敌人心服口服。

"我们到帐篷里说。"大理寺丞提议道。

许七安点头，唤来已经醒来的陈骁，吩咐道："今晚别睡了，让大家提起精神来，好好巡视。"

陈骁从众人的脸色上明白了事情的严重性，凝重地点头："大人放心。"

许七安当即随众人进了帐篷。

蜷缩在马车角落里睡觉的王妃，被一阵嘈乱的脚步声、甲胄碰撞声，以及议论声惊醒。

同车的婢子们已经醒来，凑在车窗边观望。

"大晚上的这般吵闹，发生了什么？"

"刚才不是睡得好好的？怎么突然出去巡视了……"

王妃心里一凛，掀开薄毯，边揉着眼睛，边推开马车的门，小心翼翼地跳下马车。她逮着一队正准备出去巡视的禁军，问道："你们这是作甚？"

最前头的士兵打量了她几眼，说道："杨金锣回来了，据说在流石滩遭遇埋伏，船只沉没了。"后边一位士卒补充道："如果不是许大人改变路线，咱们今儿就全完蛋。"

王妃悚然一惊，表现出一脸的后怕。

真的有埋伏，是冲我来的……幸、幸好有他在，幸好他及早反应过来……她拍了拍胸脯，这一刻，竟涌起强烈的安全感。

平平无奇的王妃深吸一口气，转身回了马车。

"你去问了是吗，他们都怎么了？"婢子们连忙追问。

"水路有埋伏，船只沉没了。"王妃淡淡道。

马车内,惊呼声四起,婢子们露出了恐惧神色。

"为、为什么会有埋伏？为什么要埋伏我们……"

"呼……还好许大人机敏,早早带我们走了陆路。"

嘀咕声四起,婢子们议论纷纷。

王妃裹上薄毯,蜷缩在角落里,抱着肩膀,微微发抖。她在漆黑的夜里感受到了寒冷,发自内心的寒冷。

谁来救救我……

第 350 章

逃亡计划

　　帐篷里,杨砚盘坐在软垫上,接过大理寺丞递来的茶水,道:"袭击官船的是一条黑蛟,应该是北方妖族里的蛟部。实力不差,四品,在水里我打不过它。"

　　他不是话多的人,言简意赅地说完,给出自身与对方的实力对比,然后就一言不发了。

　　褚相龙脸色大变。

　　听到四品蛟龙的存在,大理寺丞等人表情怪异,有愕然、有畏惧、有焦虑。

　　陈捕头眉头紧锁,说道:"褚将军知道那条蛟龙的底细吗?"说话的过程中,他眯着眼审视褚相龙。

　　众人纷纷望来,无形的压力让褚相龙无法继续保持沉默,犹豫了一下,他沉声道:"黑蛟,四品,没猜错的话,应该是汤山君。"

　　他果然认识黑蛟……许七安眸光微闪,在流石滩设伏的敌人是北方妖族的,既然北方妖族出动了,那么向来同气连枝的北方蛮族呢?

　　另外,王妃前往北境这件事,秘而不宣,官船一路北上速度极快。按理说,北方妖族根本不可能提前设伏,除非他们早就知道王妃要北行。

　　咱们这位大奉第一美人果然不简单啊,值得蛮族如此大张旗鼓地深入敌人腹地搞埋伏……刚才看褚相龙的脸色，似乎极为吃惊，很明显也对北方妖族的出手感到震惊……许七安脑海里，无数念头闪过。

陈捕头低声道："杨金锣，除了黑蛟，还有其他敌人吗？"

杨砚摇头："没发现。"

众人松了口气，大理寺丞如释重负，心里安定了许多，道："若是只有一位四品，咱们倒也不用太担心……"

说完，便听许七安嗤笑一声，道："北方蛮族与北方妖族同气连枝，既然妖族出手了，蛮族还会远吗？如果我猜得没错，前往北境的各大关隘，都有高手埋伏。相信我，除非我们抛弃马车和物资，翻山越岭，不然迟早会再次被埋伏。"

这年头，官道就那么几条，羊肠小道倒是无数，可那些人踩出来的小路，骑马都困难，更别说马车和运输物资的平板车。古代的剪径蟊贼，只需要占据一条官道，沿途打劫来往的商队、行人，就能赚得盆满钵满。

被他这么一说，两位御史和大理寺丞连忙看向陈捕头，他们现在已经不信褚相龙了。陈捕头虽然官职低，可他是经验丰富的武夫，也是自己人，他的表态最值得信任。

陈捕头轻轻点头，低声道："许大人的分析很有道理，甚至就是事实。我觉得，既然水路有一位四品，那么其他埋伏点呢？会不会也有一位四品，或者，更多的四品？北方蛮族和妖族联合起来，出动一定数量的四品不在话下。"

四品高手在江湖上，那是响当当的大人物，是一方土霸王。但在朝廷里，四品不说多如牛毛，却也绝对不会缺。这是很简单的道理，如果江湖上的四品比朝廷还多，那统治天下的也不会是朝廷。

北方蛮族和妖族相当于是北方联合朝廷。

"这，这可如何是好？"

三位文官有些急了。敌人只要有两个四品，他们这支队伍就危险了，如果是三个，那必将全军覆没。

帐篷里，气氛变得沉默、严肃。

三位文官以及陈捕头眉头紧锁，尽管外面有一百禁军，还有各自带着的护卫,却不能给他们带来丝毫安全感。

其实使团的守卫力量已经非常充足,有百名禁军,有数十名护卫,更增加了四名银锣,八名铜锣,以及一名四品的金锣。这样一支队伍,只要不被大势力盯上,足以在大奉各地横着走,甚至去北边和东北也能全身而退。当初张巡抚率队去云州,也是这样的规模,一路平安无事。

可眼下的情况是,他们很可能遭遇了北方妖族和蛮族的联手埋伏、针对,背后是雄踞北方的大势力。

"北方蛮族和妖族,为什么要截杀王妃?他们又是怎么提前设下埋伏的?"陈捕头目光锐利地盯着褚相龙。

"这不是你该知道的。"褚相龙冷哼一声。

陈捕头怒道:"如果早知道敌人是北方妖族和蛮族,为何不派禁军护送,非要藏在使团里?"糟糕的情况让他出离愤怒,不再顾忌褚相龙的身份,态度针锋相对。

对啊,如果对遭遇埋伏有一定的心理准备,直接调配禁军护送不是更安全吗?这里毕竟是大奉的地界,派遣一支规模庞大的禁军护送王妃,北方蛮族和妖族即使出动四品高手,也只有饮恨的结局,毕竟禁军肯定会携带大型杀伤法器,而且军中本身就有许多高手……

可元景帝却让王妃偷偷潜入使团,谁也不知道,暗中离京。许七安心里闪过一个骇然的念头:他们防的是朝廷内部的敌人!

朝廷内部有人不想让王妃去北境见淮王。王妃去了北边,到底会引发什么?这背后果然还有更深的内幕。

还有,妖族和蛮族是如何提前得知,并设下埋伏的?

这些线索杂乱无章,没有头绪,想得头疼。

耳边响起褚相龙和三位文官的争吵,许七安捏了捏眉心,沉浸在自己的思考里:其实我有一个更简单的办法,那就是请君入瓮,主动引来蛮族和妖族的高手,从他们口中套取情报。

许七安越想越觉得这个计划可行,首先,他有比肩四品,甚至有所超越的金刚不败,单挑一位四品,即使打不赢,对方也很难杀死他。毕竟武夫不会针对元神的攻击,若是道门四品,许七安二话不说,转身就走。毕竟他的元神层次还停留在六品。就算他的元神比大部分六品还要强大,可怎么也不可能是道门四品强者的对手。

其次,他有儒家赠予的"魔法书",搁在游戏里,这就是超珍稀技能卷轴。我虽然等级低,但我会氪金啊。天人之争里,正是因为儒家"魔法书"的效果,为他弥补了元神的弱点,从而打败李妙真和楚元缜。

最后,他体内还有一尊神殊和尚,这是他最大的底气。不过神殊和尚的存在不能暴露,就算召唤他,也得在没有队友的情况下,否则只有杀人灭口。如果只是救王妃,还不至于让我这么拼命。

许七安用食指和拇指摩挲着下颏。

救王妃只是顺带,他的目的是套取情报。

北方是镇北王的地盘,直接过去,一头就扎入人家的监视范围里,所有举动都在对方的眼皮子底下。这样的话,我要么不查案,要么死磕镇北王。对于一个逻辑缜密的推理高手来说,是不可能让自己陷入如此被动局面的。

必须在抵达北方前,获取更多线索和情报,如此才能制订计划,展开调查。

这时,争吵结束了。

褚相龙在地上摊开一份地图,沉声道:"杨金锣这一路行来,可有被跟踪?"

杨砚摇头。身为一名巅峰级的四品,能跟踪他的人不多,武夫的直觉不是摆设。

褚相龙松了口气,点头道:"很好,那么我们还有机会。现在这种情况,肯定不能走回头路。我们应该及早抵达江州城,求助江州布政使、江州都指挥使,请他们调集卫所的兵力防御。"

众人缓缓点头。

江州城是一省主城,兵力、高手都不缺,进了江州城就安全了。如果蛮族和妖族的四品敢杀入城中,注定有来无回。

"只要能成功抵达江州主城,我们就可以向朝廷求援,或者直接调配江州大军,护送王妃去北边。"褚相龙道。

"有道理。"大理寺丞缓缓点头。

"所以接下来,我们要制定行军路线。"褚相龙指着地图,道,"抵达江州最近的路,是我们现在走的官道,两天就能到达。但这条路也最危险。所以我们得绕路。"

陈捕头摇头,反驳道:"绕路同样危险,我们人太多,还有辎重和女眷,根本走不快。而对方是轻车简从的高手,迟早会被锁定、追上。"

褚相龙笑了笑,道:"所以,我们要抛弃马车、马匹,以及部分辎重,也轻车简从,并且不能走官道,与他们打游击。"

不得不说,这是非常聪明的决定。对方虽是高手,但潜入敌方腹部搞埋伏,不可能带着军队。这就会导致人手不足,无法进行大规模的搜捕。这个时候,褚相龙才真正表现出一位经验丰富的将领的素养。在行军打仗中,这类逃亡情况并不少见。

众人看向许七安。

还是有几把刷子的,能做到镇北王副将这个位置,不可能是庸碌之辈。许七安也觉得这样的安排,是目前最优的选择。

"我没问题。"他淡淡道。

褚相龙得意一笑,看向许主办官的眼神里,带着挑衅和轻蔑,像是在告诉他:毛没长齐的小子,还是太嫩,学着点。

当即,众官员走出帐篷,收拢人马,下达命令,准备连夜行军。

褚相龙唤醒了一众婢女,而后停在王妃所在的马车边,躬身道:"王妃,出事了。"

几秒后,马车里传来女子平静的声音:"何事?"

褚相龙低声道:"船只在水路遭遇伏击,已经沉没,我们仍然没有脱离危险,敌人很可能追杀过来。"

揉着眼睛离开马车的婢女们闻言,惊呼起来。

混在婢女里的老阿姨,吓得缩了缩脑袋,眼里闪过惊慌。

褚相龙继续道:"末将决定走山路,以躲避追杀,请王妃速速准备,连夜离开。"

老阿姨连忙回马车,收拾行李和干粮,求生欲强得可怕。

众婢女随后反应过来,开始各自忙碌。

抛弃部分辎重,携带干粮和清水的使团队伍,离开官道,走过田埂、平原,翻过山岭,开始了艰苦的跋涉。

杨砚带着队伍走到前头,许七安带着禁军殿后。

晨曦时,队伍在山脚下短暂歇息,补充食物,恢复体力。

许七安啃着没味道的烧饼,喝了口水,庆幸自己没有带小马一起来,否则这匹心爱的坐骑就要丢了。

柔软的脚步声靠了过来,回头看去,是一脸疲惫的老阿姨。

她站在不远处,有些犹豫,见许七安看过来,当即银牙一咬,大步过来,在许七安身边坐下,低声说:"我们能顺利到北境吗?"

许七安回答说:"你是王府婢女,这个问题,应该去问褚相龙。"

我信不过他……她抱着水壶,目光有些忧虑地扫过人群,轻声道:"我有点害怕。"

她很害怕,所以下意识来找许七安。也许在她心里,在这个使团里,真正能让她有安全感的,不是金锣杨砚,也不是对镇北王誓死效忠的褚相龙。而是这个一路上不停捉弄她的少年打更人,是那个在斗法中一鸣惊人的银锣,是那个在渭水之上两手压服天与人的男子。

"怕死吗?"许七安没什么表情地问。

她点点头,又摇摇头。

"褚相龙的计划没有问题,运气好,我们能平安抵达江州。到了江州就安全了,再说,你一个小婢女,有什么可怕的?见机不妙,只管逃走便是,人家堂堂四品高手,还会惦记你?"许七安嘲笑她的胆小。

"我怕我走不到江州。"她叹口气。熬夜赶路,才两个多时辰,她已经双腿发软,走不动道了。

"我背你?"许七安提议。

她摇摇头。

"如果,如果追兵拦截住了我们,你……"她改口道,"打更人会保护王妃吗?"问出这个问题的时候,她的眸子里闪烁着希冀的光芒,如含星子。仿佛只要许七安给出肯定答复,她心里就会安稳似的。

"当然不会,"许七安一口拒绝,"我们的任务是查案,又不是保护王妃,王妃的死活和我们无关,倘若敌人太过强大,我们自己逃走便是。反正他们的目标是王妃。"

这样啊……她眼里的光芒一点点黯淡,默默起身,回到了自己的位置,抱着膝盖。她在人群里,却与周围的人格格不入,显得孤单又可怜。

一刻钟后,褚相龙起身,大声道:"继续前行。"

训练有素的禁军和侍卫沉默着起身,背上行囊,提好武器,整装待发。

话音方落,许七安汗毛忽然竖起,下一刻,脑海里自然浮现画面,头顶的山林里,一块巨石轰然砸下。

几乎是同时,前方的杨砚霍然抬头,目光灼灼地盯着身后的山。

呼!一块足有两丈高的巨石从山上被抛了下来,抛向队伍核心。

使团里,其余的武者慢了一拍,直到巨石抛出,他们才有所感应。而普通士卒和婢女,这时候都还没反应过来。

第 351 章

神威凛凛许银锣

"所有人伏地!"褚相龙大吼一声,下意识要扑向那个平平无奇的婢女,又强行忍了下来,转而去保护"正牌"王妃。

巨石轰然砸下,携带强劲的风声。

杨砚探手往后,抓起负在背上的银枪,枪尖轻轻一抖,红缨绽放。

只听咔嚓一声,那块足以将使团队伍半数人砸成肉泥的巨石,崩散成细碎的小石子,噼里啪啦砸落。碎石子砸落在士卒的铠甲、头盔上,不痛不痒。没有装备防护的婢女抱着头,蹲在地上,由侍卫们帮忙遮挡碎石。

一波试探性的攻击后,短暂陷入平静,对方没有急着出手。

许七安眯着眼,凝眸望去,高处的密林间,站着一尊一丈高的身影,他比树木还要高大,浑身遍布浓密黑毛,身躯不是肌肉虬结,有一层厚厚的脂肪,五官粗犷,脸庞遍布黑毛。他舔了舔嘴唇,俯瞰着使团众人的目光,充斥着嗜血的杀戮。

咔嚓,咔嚓……南边的林子传来动静,树木成片成片地倒下,似乎受到了某种生物的倾轧。

不多时,一条黑蛟从密林间钻了出来,它是那么的巨大,整个脑袋堪比一座二层阁楼,黑鬃、黑鳞、犄角分叉。仅暴露在众人眼中的身躯,就有二十多丈,目测总身长超过百丈。一双竖瞳冷漠地盯着众人。

这蛟龙也太大了吧,这样的身躯根本不适合战斗。金莲道长在古墓里说过,妖族是不走体积路线的,难道蛟龙拥有魔神血脉?

唔,也许北方妖族都有魔神血脉,所以才会和同样拥有魔神血脉的北方蛮族同气连枝……许七安心里展开猜测。

咕噜……他听见了咽口水的声音,保持着警惕姿态,迅速环顾了一圈,发现使团里的士卒、护卫,全都表情僵硬,眼里暗藏惊恐。

恐惧更强大的生物,是生灵的本能。换成普通人,见到如此可怕的一条蛟龙,不是吓得当场大小便失禁,就是肝胆欲裂地仓皇逃窜。

这些士卒当年都没有参加过山海关战役吗?嗯,陈骁肯定参加过,他眼里没有恐惧。许七安一边想着,一边审视着山上的"黑熊",以及南边的蛟龙。如果只是两个四品,那问题不大,待会儿就教他们做人,不,做妖。

可就在这时候,在众人因为蛟龙的出现心生恐惧之时,银铃般的笑声突兀响起。又一位强者来了,她穿着红裙,黑发用一根红缎带扎成马尾,踏着杂草丛生的荒地而来,行走间露出一双红色绣鞋。她每走一步,脚边就有一丛杂草枯萎,所过之处,寸草不生,生命绝迹。

这个女人的出现,让原本紧张畏惧的使团众人,愈发地绝望。

"是他们,真的是他们……"褚相龙喃喃道,似乎对眼前的遭遇,茫然多于震撼。

事已至此,有一点已成事实,那就是蛮族不但知道王妃要去北境,甚至预估出了时间和地点。蛮族远没有他们想的那么迟钝。

他茫然的是,北方的蛮族和妖族,究竟是怎么知道此事,怎么就提前设伏了?

"三……三个四品?"大理寺丞咽了咽口水,双腿微微打战。

两个御史脸色煞白,甚至有些崩溃,两个四品尚能抵挡,三个四品的话,使团目前的兵力,很难抗衡他们。就连杨砚,恐怕也凶多吉少。

文官毕竟是文官,如果是儒家学院的大儒,现在使团考虑的是如何反杀,或者活捉。

"褚相龙,他们是什么人?"许七安低声喝道。他在提醒褚相龙报资料，既然是北方蛮族或妖族的人，那么褚相龙肯定知道这些四品高手的信息。

褚相龙脸色颓败，只觉得喉咙发干，纵使是身经百战的将领，面对眼前的情况，也觉得毫无胜算。他深吸一口气，稳定情绪，苦涩道："黑蛟叫汤山君，蛟部的三位首领之一，擅水行之力。山上那个是蛮族黑水部的首领，扎尔木哈，黑水部以力大无穷著称，仅次于蛊族力蛊部。

"至于这个女人，是一条蛇妖，叫红菱。她和族人依附于蛮族青颜部，红菱本人是青颜部首领的宠妾。"顿了顿，褚相龙绝望道，"他们全是四品。"

真的是四品……大理寺丞身子一晃，险些无法站稳。

人群里，平平无奇的王妃抬起头，飞快扫了眼三个四品高手，然后立刻低头，害怕得娇躯颤抖。她是一个很没安全感的女人，胆子也小，平时只要想一想鬼，晚上就会不敢睡觉。从未想过有朝一日，会陷入这样可怕的处境。

传闻中，北方蛮族都是茹毛饮血的野人，他们最爱干的事就是劫掠大奉边境，男人吃掉，女人奸淫一番，然后也吃掉。

落在蛮族手里，下场可想而知。

蛮族和妖族的三位强者安静地听褚相龙说完，叫红菱的艳丽女子，咯咯娇笑道："咦，这不是淮王麾下的褚副将嘛，三年前曲漾河一战，人家可是日日夜夜地想着你呢。"

褚相龙冷哼道："败军之将，不足言勇。"

"所以今儿个，奴家又找你再续前缘啦。"她嗓音娇媚，妖艳的脸庞始终笑吟吟的，有种烟视媚行的魅力。

褚相龙不搭理她，紧握着刀柄，身躯紧绷，如临大敌。

妖艳女人面带微笑，目光扫过使团，在头戴帷帽的王妃身上略有停顿，便移开目光。观察完众人，她啧啧道："一群歪瓜裂枣，除了杨砚之外，也就褚将军你凑合。乖乖把王妃交出来，奴家可以让你死前风流一场。"

许七安的金刚神功不曾施展前，体表是没有神光闪烁的。

"我要杨砚,谁都别跟我抢,其他人交给你们。是杀是吃是俘虏,随便你们。"头顶山林里,那尊一丈高的巨人开口说话,声音洪亮,宛如惊雷。

"你们是如何锁定使团行踪的?"这时,人群里有人朗声问道。

汤山君瞟了对方一眼,不做应答。

站在山林里,居高临下俯瞰众人的扎尔木哈,眼里只有杨砚。

只有穿着红裙、五官艳丽的红菱,见问话者是皮相俊朗的银锣,稍稍来了点兴趣,抛来媚眼的同时,笑道:"你猜。"

你好骚!许七安握紧了黑金长刀,并不因为对方的不屑和揶揄恼怒,另一只手悄然引燃了一页纸张。

根据褚相龙透露的信息,这三位四品都不是擅长追踪的,那么就只有两种可能:我们之中出了一个叛徒;或者,对方还有未露面的同伴。

咦,附近没有其他强者的气息了,这不对啊……许七安心里一动,嗤笑道:"我猜你们中有术士帮忙。"

红裙女人霍然变色,目光倏地锐利,重新审视他,问道:"你是怎么知道的?"

汤山君和扎尔木哈微微侧目,看了许七安一眼,似乎有些意外。

果然是术士,你这女人也不太聪明的样子,随便就被套出话来。许七安表面不动声色,心里却一沉。

他对"术士"两个字几乎产生了应激障碍症。把他安排得明明白白的监正,疑似在他体内植入气运的神秘术士,这些人都是许七安的心病。

这场埋伏里,有术士在暗中操控?会不会就是在我体内植入气运的那个术士……嗯,如果是他的话,目标应该是我,而不是王妃。不对,他短期内不会对我出手,忌惮我体内的神殊和尚,这一点,从云州案中"擦肩而过"就能看出。这次事件的主角是王妃,而那群神秘术士在谋划王妃,我只是误入其中而已。

见许七安不回答,女人似乎有些恼怒,嘴角的笑容带着几分残忍,道:"罢了,也就是个小银锣,待会儿杀你的时候,多留你一口气。"说完,她不去看许七安,也不看使团众人的脸色,望向汤山君和扎尔木哈,嫣然道,"杨砚交给你们,其余人和褚相龙交给我。"

扎尔木哈哼道:"杨砚我一个人就能搞定。"

汤山君昂起头颅,朝着天空发出震耳欲聋的嘶吼。

众人前方的地面忽然坍塌、崩裂,浑浊的地底暗流破土而出,浊流旋转着冲上天空,形成一道巨大的水龙卷。水龙卷裹挟着沙土和石块,撞向使团众人。

一开场就是AOE……许七安没慌,他把儒家的"魔法书"咬在了嘴里。

噔噔噔!杨砚拖着银枪狂奔,迎向水龙卷,蓦地刺出,枪尖刺入旋转的浊流中,他沉沉低喝一声,用力一挑。水龙卷瞬间崩溃,天空下起了浊雨。

杨砚破除水龙卷的刹那,汤山君扭动着身躯,长达百丈的庞大蛟躯发起了冲锋。战场上,这样的冲锋可以轻易覆灭一支千人骑兵。

另一边,山林间轰然一震,一丈高的巨人纵身跃下,扑向杨砚。

咯咯咯……娇笑声里,红裙女子手中出现两把短刃,身形宛如鬼魅,目标同样是杨砚。

刚才一番话是幌子,故意的,他们的目标是杨砚,他们打算以最快的速度格杀杨砚……众人心里生出明悟,并因此感到强烈的恐慌和畏惧。

"放箭!"陈骁大吼一声。

百名禁军摘下军弩,一部分朝汤山君射击,一部分锁定飞扑下来的"大黑熊"。

哐哐哐!箭矢撞击在两位四品强者身上,纷纷折断,不能伤其分毫。

而就在这时,人群里,褚相龙突然扛起戴帷帽的王妃,远离众人,逃走了……

褚相龙携带的侍卫,默契地扛起其余婢女,撇下使团众人,逃之夭夭。

他们的逃亡路线不相同,一哄而散。

这是褚相龙早就制定好的后手,一旦遇到无法抵挡的危机,就由侍卫们带着婢女们逃跑,如此一来,即使自己被追上,对方得到手的也是一个假王妃。真正的王妃藏在十几个婢女里,因为逃跑路线不同,他们只能逐一甄别,只要真正的王妃运气不是太差,就能借助这个间隙,逃得远远的。到那时,乔装一番,有屏蔽气息的法器帮助,成功逃亡的概率极大。

"混账东西!"大理寺丞跳脚怒骂。

见到这一幕的刑部陈捕头,目眦欲裂。要不是褚相龙他们,使团怎么会遇到这样的危机?是褚相龙连累了他们。

昨夜官船遭遇伏击,使团并没有驱逐褚相龙,甚至还坐下来分析情况,打算共当患难。可没想到危险来临时,褚相龙竟然毫不犹豫地舍弃了众人,把他们当炮灰,让他们来替自己的安危买单。在褚相龙心里,使团一百多号人,都是可以随手舍弃的炮灰,是棋子。危急关头说丢就丢,让他们垫背。

"畜生!"御史气急败坏。

"死定了死定了,怎么办……"三位文官脸色颓败。

百名禁军满脸愤慨,已经做好战死的心理准备,他们抛掉了军弩,抽出战刀。

这时,许七安沉声道:"头儿,你去解决那个女人,剩下两个交给我。"

"你……"刑部陈捕头刚想说你一个小小银锣,如何独战两个四品?但下一刻,他霍然想起许七安的最近战绩——两手压服天与人。

杨砚没有犹豫,拖着银枪狂奔,过程中旋转身体,带动银枪横扫。

呼!枪杆略有弯曲,擦出凄厉的啸声。

哐!红裙女子匕首交叉格挡,挡住了横扫而来的银枪。

杨砚松开枪身,疾奔几步,而后猛地跃起,补上一个膝撞。

红裙女子倒飞出去,过程中,她喷吐毒液,却被杨砚一一躲开,毒液落地,连泥土都被腐蚀。

杨砚握住枪尖,旋身,抡起长枪,自下而上抽打。

当当!枪杆抽打在红裙女子头部,发出刺耳的巨响,她瞳孔瞬间涣散,宛如元神出窍。

抓住机会,杨砚一连刺出数百枪,裹挟枪意的攻击如同暴雨,红裙女子体表覆盖鳞片,枪尖溅起一串串刺目火星。

她虽暂时无碍,却被杨砚的枪刺得痛苦不堪。

"你们在做什么?快来救我!"红裙女子尖叫道,顺势看向使团那边。下一刻,她表情呆滞,怀疑自己出现了幻觉。

另一边,许七安抖手甩掉灰烬,朝着黑蛟探出手掌,沉声道:"放下屠刀,立地成佛。"

凶猛冲锋的黑蛟,不受控制地急刹,停在原地,冰冷的竖瞳带着茫然,似乎在懊悔自己为什么如此冲动,如此暴戾。花花草草也是生命,更何况是人类。

哐当,丢弃兵器的声音不断响起,使团这边,禁军们齐刷刷地丢了兵器,露出了反思的神情。难道,人和妖就不能好好相处吗?

佛门的法术有毒……许七安调侃一声,双膝一沉,半蹲下来,仰头望着从山顶扑杀下来的扎尔木哈,大声道:"吃我一招金刚头槌。"

地面崩裂声里,他冲天而起,像一只蹿天猴。眉心一点金漆浮现,迅速游走全身。

当!他狠狠撞进了"巨人"的怀里,撞得对方肥厚的脂肪震颤。

两人一触即分。

这个时候,佛门戒律法术过去,汤山君眼里不再迷茫,却也没有进攻,竖瞳谨慎地盯着许七安。

落地后,砸出地震效果的扎尔木哈,惊疑不定地审视许七安。

"金刚不败,佛门武僧?"汤山君口吐人言,冰冷的瞳孔里,倏然燃烧起仇恨的烈焰。

妖族与佛门有大仇,世世代代的血海深仇。

"许,许银锣刚才,独战两个四品……"大理寺丞以一种寻求确认的语气问道。

"他在渭水便是独战两个四品,还赢了!"两名御史猛然回想起许银锣的战绩,惊喜地叫道。霍然间,只觉得山重水复,柳暗花明。

他还有儒家的法术书籍?!刑部的陈捕头,目光停留在许七安嘴里咬着的书卷上。

陈捕头是七品武者,知道渭水之战是怎么回事,当初得知此事,心里只有嫉妒,嫉妒许七安拥有儒家的法术书籍,嫉妒许七安拥有的名望。想着没有儒家法术书籍,许七安不过是一位六品武者,在高手如云的京城中,算什么?他的修为和他的名声根本不匹配,当然嫉妒。

可现在,看到许七安嘴里咬着的书卷,陈捕头心里竟涌起难以用言语表达的踏实感。幸亏他拥有这样一本书卷,真好。

"许银锣!"百名禁军眼睛亮起光,用一种"敬若神明"的目光看许七安。

值此危难之际,一个能站出来力挽狂澜的领袖,甚至比皇帝更让人爱戴,更值得追随。

陈骁振奋地捡起刀来,挥舞着,再次燃烧起了斗志,兴奋地喝道:"兄弟们,举起你们的刀,与许大人并肩作战!"

"与许大人并肩作战!"

百名禁军狂呼,瞬间士气高昂。恐惧从他们脸上消失,斗志充斥着他们的胸膛。征战沙场的士卒,最荣幸的事,就是与他们爱戴的领袖并肩作战,不惜马革裹尸。

大理寺丞和御史们带来的侍卫,听着禁军们的吼声,不禁热血沸腾,不再恐惧。

第 352 章

许七安的谋划

众人热血沸腾之际,许七安突然拿下书卷,说道:"所有人,护送几位大人离开,不得插手战斗。"

宛如一桶冷水,浇在众人头顶。

陈骁大急:"许大人,卑职愿与大人共同作战,死而无憾!"

禁军们低吼道:"愿与许大人共同作战,死而无憾!"

如果你们有装备火炮和床弩,我是不介意你们帮我掠阵的,可光靠军弩,怎么和两个四品争锋……

许七安沉着脸,怒道:"这是命令!"

禁军们又气又急,不明白他为什么要下达这样的指令。

许七安精神紧绷,防备两个四品突然袭击,见陈骁依旧不从命,顿时火气上涌,恶狠狠地道:"你们留下来只有送死,再不走,老子现在就先斩了你。"

陈骁明白了,许大人执意让他们撤退,是在保护他们,不想看着兄弟们白白牺牲。他热泪盈眶,拱手道:"许大人,您,您保重。"

禁军们也意会到许七安的意思,眼圈立刻红了。

"许大人,大恩不言谢,如果,如果本官能逃过这次危机,将来必定报答。"大理寺丞走到许七安身边,深深作揖。

两名御史躬身作揖:"许大人,您保重。"

"您"都用上了,对于御史这样的清流来说,难得。

陈捕头拱了拱手,没有说话,但眼里的感激和敬重并不比前两者少。他身后,几个捕快也脸色严肃地拱手。

"滚吧。"许七安没看他们,重新把书卷咬在嘴里。

汤山君和扎尔木哈两个四品高手没阻止,冷眼看着众人离去,他们的目光锁定在许七安身上。

"气机波动不强,不是四品武夫。但金刚神功极为了得。"汤山君扭动龙躯,审视片刻,给出看法。

"嘴里咬的是儒家记录法术的书籍,本身战力未达四品,呵,书籍总有用完的时候,杀了他。"浑身长满黑毛的扎尔木哈,冷笑道。

汤山君腹部隆起,凸显出一个"圆球",圆球一直冲到喉咙口,霍然喷出。霎时间,黏稠腥臭的"雨"铺天盖地,笼罩许七安方圆数十米,让他无法躲避。一颗灿灿金丹升起,绽放光芒,黏稠腥臭的液体触及它的光,尽数被拍开,沾不上分毫。

噔噔噔!这时,扎尔木哈趁机狂奔冲锋,一丈高的躯体冲向许七安,顺势欲夺他嘴里的书卷。

啪!许七安打了个响指,引燃指尖夹着的纸张,以及纸页里的一根黑毛。

狂奔中的扎尔木哈身躯一顿,宛如被木棒当头砸中,竟痛苦地跪倒在地。

咒杀术!

许七安刚想借此机会,痛打落水狗,但耳边风声呼啸,汤山君的龙头悍然撞来。

天地间一声巨响,许七安倒飞着嵌入山体中,落石滚滚。

下一刻,他毫发无伤地冲了出来,撕下几页纸张,夹在手里,冷眼望着两个四品强者。

除了魔法书外,他最强的攻击是天地一刀斩,但碍于自身修为,不可能斩破四品高手的肉身防御,反而会让自己进入虚弱状态。因此,除了金刚神功的防御,他不打算施展天地一刀斩,而是用儒家"魔法书"

来牵制敌人。

但正如两个四品所言,魔法书总会耗尽的。

而四品的武夫、妖族,是出了名的能扛,许七安不认为自己能依靠"魔法书"杀人。除非他施展儒家本命技能:言出法随。可是言出法随的后遗症太大,天人之争时,他因为"元神增强十倍"险些魂飞魄散,还是李妙真帮他招回了魂魄。

杨砚这个粗鄙的武夫,显然不具备招魂这种高端大气上档次的技能,喊他挖坟还差不多……许七安心里嘀咕。

因此,这场战斗的胜负关键,不是他能不能杀敌,而是杨砚什么时候能杀敌。

他扭头看了一眼,发现红裙女子尽管处处落于下风,却在杨砚的枪里硬撑了下来。

四品武者之间有强有弱,但一时半会儿很难分胜负啊……许七安无奈地感慨着。

他没有露出焦虑的表情,吐出书卷握在手里,甩动几下,笑道:"书里法术确实有限,但对付你们两个,足矣。"

说话间,他又撕下一页纸张,燃尽,把灰烬往黑金长刀的刀身一抹。刹那间,黑金长刀宛如被赋予了生命,咻的一声破空而去,灵活地盘绕飞舞,从不同角度攻击汤山君。

道术七品食气,这个境界的道士,能操纵法器,招牌绝学就是飞剑。

庞大身躯意味着力量方面的优势,但相应的弊端也展示了出来,汤山君除了震荡气机冲击"飞刀",缺乏其他有效手段。倘若是普通兵刃便罢了,不痛不痒,偏偏这把刀锋锐无双,劈砍在鳞片上,竟刺痛无比。

呼!扎尔木哈搬起巨石,朝许七安投掷。

轰轰轰!一块块巨石砸来,许七安在山上狂奔,躲避一颗颗陨星般的巨石。

汤山君则因"飞刀"带来的疼痛,愤怒得凶性大发,在山林间不停游走,追逐许七安。一根根树木折断,巨石滚滚而落,变相地成了扎尔木哈的武器。

轰！一块巨石封路之后，汤山君追堵住了许七安，硕大的龙头居高临下俯瞰，发出震耳欲聋的声浪："抓住你了！"

百丈身躯急剧收缩，化作两丈长，如手臂粗的身躯，将许七安团团缠缚。

趁着对方手脚被束缚，汤山君张嘴撕咬许七安的脸，欲夺走或毁掉书卷。

但它咬了个空，许七安的身影突兀消失，出现在百米开外，扬起手，轻轻吹飞掌心的灰烬。

术士的传送法阵。

"什么体系的能力都有？"汤山君咆哮道。煮熟的鸭子就这样飞走，让它险些压制不住自身的怒火，要大肆地破坏一番。

太难缠了。这个银锣手里的书卷，其中收藏的法术之多，涵盖之广，远超汤山君和扎尔木哈想象。一本这样的书卷，比大部分法器都要珍贵。他是什么人物，竟拥有此等至宝？

因为许七安是武夫，所以两人没有往儒家书院学子的身份上去想，猜测他还有另一层真实身份。

突然，远处大战的红裙女子，发出一声尖啸，而后撇下杨砚，往北边逃走。

这是撤离的信号。

汤山君和扎尔木哈不甘心地看了一眼许七安，随着红裙女子一同撤离。

呼……终于走了。许七安如释重负，吐出一口浊气。

再这么下去，院长赵守送给他的"魔法书"真的就要耗尽了，即便如此，他也足足使用了四分之一，心疼到难以呼吸。

武夫确实难缠啊，除非品级相差巨大，否则根本不可能短期内分出胜负……嗯，如果我是四品，我也许能成为一个特立独行的武夫，永远只出一刀，要么你死，要么我死……心里想着，他侧头看向杨砚，扬声道："头儿，照计划行事，你去找使团，我去救王妃。"

杨砚颔首，犹豫一下，回应道："你可以吗？"

许七安咧嘴笑道:"儒家言出法随的法术我还没用呢,刚刚只是热身。放心吧头儿,别担心我,以我现在的水准,想走,四品武夫留不住我。"他的金刚神功,防御力甚至要超过寻常的四品武夫。

与杨砚分道扬镳后,许七安在心里与神殊和尚沟通。

"大师,你记得杀人时,别毁了元神。"

脑海里回荡起神殊和尚温和的声音:"贫僧知道。"

从昨晚决定反杀北方妖族后,许七安就一直在沟通神殊。

对于许七安的提议,神殊和尚一口就答应下来,没有半分犹豫。四品高手的精血,对神殊和尚而言,无异于大补药。平日里没有这样的猎物,眼下机会千载难逢。甚至神殊和尚比许七安更急迫,要不是刚才杨砚在场,汤山君和扎尔木哈已经是一具干尸。

"或许不止三名四品,他们肯定还有帮手,不然刚才不可能任由褚相龙逃走。"许七安一边说着,一边撕下记录望气术的纸张。

窥探气数,有时候也能作为追踪手段。

"对贫僧来说,多多益善。"神殊和尚温和的声音里,带着笑意。

褚相龙翻山越岭,背着冒牌王妃亡命奔跑。

他是五品化劲的高手,在镇北王的麾下将领中,只能算中上水平。当然,带兵打仗,肯定不能单看个人武力。褚相龙的统率能力出类拔萃,沙场经验丰富。一支五万人的军队,镇北王把军队交给他,比交给一个四品武夫要放心得多。

我带着"王妃"逃走,必定成为众矢之的,成为他们追杀的首要目标。等他们追上来,我再把背上的女人丢出去。等他们发现是假的后,最多分出一个人追杀我,甚至不会追杀我,而是聚拢人力,去堵截其余人。

如果不是练功出了岔子,我能跑得更快,希望杨砚能多撑一会儿,许七安的金刚神功论防御不输四品,想杀他不容易,再加上杨砚,在三个四品强者的手底下撑半个时辰没有问题……如果许七安手里还有儒家法术书卷,还能再拖延一段时间,嘿,这东西哪有这么多,肯定没了。

这不重要,只要能拖延时间,我就可以逃走。

使团的人恐怕凶多吉少,死了也无所谓,反正只是些微不足道的人物,如何能与王妃,与我的命相提并论?尤其是许七安,处处与我作对,死有余辜。

一边狂奔,一边想着的褚相龙,突然听见了凌厉的破空声。

武者本能的直觉让他不需要思考,五品化劲的神异让他无视奔跑中的惯性,敏锐地朝左侧一个腾跃,闪过了来自空中的袭击。

原本站立的位置,出现一团白色的线状物体,像是蜘蛛吐出的丝团。

褚相龙抬头,望向天空,紧接着,他脸色陡然大变。

蔚蓝的天空中,一只形似蜘蛛却肋生双翼的怪物,振翅浮空。它的背上,站着一位穿虎皮的男人,身材昂藏,五官粗犷,典型的北方人外表。但与普通蛮族不同的是,他的额头长着一只竖眼。此人叫天狼,是蛮族十二部中,金木部的首领。

金木部是蛮族十二部中的飞骑,每一位成年族人都养着一只羽蛛,是天生的斥候。在与蛮族交战中,金木部一直是北方驻军最为头疼的存在。众所周知,四品之前,武夫是无法腾空而行的,而就算四品,也只能短暂御空,且飞行高度有限。

不过,褚相龙脸色大变的真正原因,不是惊讶敌人还有一个四品,而是羽蛛外凸的獠牙上挂着一根根细丝,每一根细丝的尽头,都有一个被丝线缠缚的婢女。

真正的王妃,也在其中。

褚相龙自以为鹬蚌相争,渔翁得利,其实对方才是螳螂捕蝉,黄雀在后。

天狼摘下背上的硬弓,抽出一支羽箭,拉弦,巨大的硬弓瞬间弯成满月。

嘣!在琴弦震颤的声音里,箭矢化作流光。褚相龙牙一咬心一横,把肩上扛着的女子高举起来,将她视作挡箭牌。

噗!箭矢突然折转,没入身边的泥土,避开了王妃。

嘣嘣嘣……眉心生着竖眼的天狼不断开弓,箭矢或直射,或转弯,从各个角度攻击褚相龙,但只要他狠心拿王妃格挡,箭矢就自动避开。

褚相龙低头狂奔,不用眼睛去看,仅用武者对危机的本能来捕捉箭矢。

地面不断被炸开深坑,那是箭矢落于身边造成的。偶尔有飞箭突破王妃这枚挡箭牌,射在他身上,也只是让褚相龙身形略有踉跄,但褚相龙心里却涌起了强烈的焦虑感。

天狼是四品,箭矢中带着"意"。最多十箭,我的铜皮铁骨就会被打破,如果不慎被两支箭矢同时射在一个位置,三箭就能破我防御,怎么办怎么办?

形势的发展脱离了掌控,真正的王妃已成瓮中之鳖,那么他也逃不掉,因为敌人不会再分兵追捕逃散的婢女们,转而全力围杀他。

突然,褚相龙看见前方密林间染上了一层白霜,宛如积雪覆盖。

定睛细看,其实是一团团的蛛丝。这些蛛丝没有毒性,却拥有强大的黏力。如果他不管不顾地闯入其中,身上必定沾满蜘蛛丝,行动变得滞涩。

天狼是故意把我往这边驱赶,他早就做好了陷阱……念头闪烁间,褚相龙发现左侧是平原,右侧是山脉,他当即选择了山脉。他无视惯性,朝右侧折转,试图逃进山里。对付飞骑最好的办法,就是藏于密林之中,躲避注视。

这时,武夫的危险直觉让他捕捉到了天狼预判的箭矢,想也没想,一个横跳避开。

叮……噗……在两种不同的响声中,一枚箭矢射在褚相龙后心,折断,第二枚箭矢紧随其后,射在同样位置。第二枚箭矢贯穿了后心。

嗬嗬……褚相龙没有死,仍有一丝生机。

天狼驭使着羽蛛降落,走到褚相龙面前,与他对视,淡淡道:"运气不错,刚才那两箭不是针对你,是你自己撞上来的。不要太相信武夫的直觉,它只能捕捉到有恶意的攻击,且只有一刹那。在这个刹那里,如果有另外的攻击,它无法给出预警。"

"这一切都是你设计好的……"褚相龙死死地盯着他,满脸不甘心。

"猎人布置陷阱,不是天经地义的事吗?"天狼语气冷淡,没有丝毫得意。

他把吓得浑身发抖的"王妃"扛起来,返回羽蛛身边,将她和其他婢女放在一起。然后站在羽蛛身旁,抚摸着它的脊背,默默等待。

过了一刻钟,红裙女子、巨人扎尔木哈,以及化为人形的汤山君联袂而来,三人脚底气机炸响,推动着他们掠空飞行。

三人在不远处落定。

"你看起来很狼狈,三人联手都没杀死杨砚?"天狼面无表情地开口。他的目光在红裙女子身上停顿片刻,接着扫过三人腰间,没有杨砚的头颅。

"栽跟头了,使团里有一个硬茬儿。"红菱脸色阴沉地解释了一句。

"硬茬儿?"天狼皱了皱眉。

"我的伤是杨砚刺的,而他们两个,被人缠住了。"红菱哼道。

天狼朝着汤山君和扎尔木哈,投去质询的目光。

"一个银锣,本身实力不算什么,却有佛门金刚神功护体,似乎是武僧。"扎尔木哈道。

"他身上有一本儒家记录各大体系法术的书卷,极为难缠,我们两人联手未能制服。"穿黑袍的汤山君气质阴柔,竖瞳冰冷无情。

天狼颔首,没往心里去,转而看向戴帷帽的王妃,道:"这是假的,真的应该在这些婢女里。"

红菱掀飞假王妃的帷帽,帷帽里露出一张清秀的脸,这位冒牌王妃脸色发白,眼里闪着巨大的恐惧,双肩瑟瑟颤抖。

刺溜一声,红菱的小嘴里,吐出长长的、分叉的舌尖,舔过假王妃的脸颊,笑吟吟道:"告诉我,真正的王妃是谁?"她声音柔媚,只是大奉官话说得不太标准。

"我,我不知道……"假王妃瑟瑟发抖,俏脸血色尽退,结结巴巴道,"我是服侍王妃的婢女,真正的,真正的王妃不在这里。"

红裙女子叹息一声:"这个回答我很不满意,就赏你一个吻吧。"

她低头含住假王妃的嘴唇,当着三个雄性的面,与她激烈舌吻。假王妃眼睛陡然变得滚圆,四肢剧烈抽搐,似乎遭遇了极为痛苦的事。她的脸颊快速干瘪,血肉消融,变成一具皮包骨头的干尸。

红裙女子满足地长叹一声,容光焕发。

看到这一幕,被蛛网缠缚的婢女们面无血色,有的浑身痉挛似的颤抖,有的崩溃大哭,害怕下一个就轮到自己。

王妃也在其中,她怔怔地望着贴身丫鬟惨死,悲痛伤心之余,心里竟有些羡慕。因为她知道自己将面临的结局是什么。

没人能救我,没人能在四个北方强者手底下救我,除非淮王亲临……王妃战战兢兢地想着。

终于还是落到这一步了,离京时忧心忡忡,既有即将见到镇北王的恐惧,也有对前路忐忑的迷茫和担忧。

直到那天在甲板上见到小银锣,她忽然心里安定许多,只觉得路途中,好歹会一帆风顺。这种感觉很奇怪,归根结底,大概是那小子的战绩着实强悍,让她从心底觉得有安全感。

而后是官船在流石滩遇伏,担忧变成了现实,她的心一下子揪起来。这才在不久前,小心翼翼试探许七安,问他会不会抛弃王妃。那个时候,她头一次感受了弱质女流依附一个男人是怎样的心情,但他的回答让人失望。

到了现在,王妃已经不抱任何希望。在大奉,能单枪匹马把她从四个四品武夫手里解救的人,屈指可数,不,大概只有镇北王一个,而他此时身在北方。

听起来,使团那边似乎无恙,他们没能奈何许七安。他,他竟然逼退了两个四品……王妃眼里蓄满泪水,心里稍稍得到了些安慰。

"褚副将,不如你来告诉我,谁是王妃?"红菱拎着奄奄一息的褚相龙,把他丢在婢女们面前。

褚相龙目光掠过众婢女,咧嘴:"谁告诉你们王妃在这里?王妃根本没有离京,你们中计了。"

王妃心里涌起兔死狐悲的悲凉,这个副将虽然讨厌,但对淮王确实忠心耿耿。

汤山君阴森森地道:"那我便把这些女人全吃了。"

"吃,赶紧吃!"褚相龙喘着粗气,冷笑道。

王妃心里一沉,褚相龙想她死。淮王得不到的东西,就算摧毁,也不能落在北方蛮族手里。

"他说谎。"声音从密林间传来,众人扭头望去,一个穿白衣的年轻男子走了出来,负手而立,笑容淡淡。

"你来得正好。""巨人"扎尔木哈瓮声瓮气道,"用你的望气术看看,谁是王妃?"

"看不到。"白衣术士摇头。

"屏蔽气息的法器?"天狼若有所思。

"用你们的脑子想一想,王妃绝色倾国,岂是这些庸脂俗粉能比?她必然携带了屏蔽气息的法器。"白衣术士昂起下巴,似乎对在场蛮族和妖族高手的智商感到不屑,哂笑道,"再用你们不太聪明的脑子想想,扒光她们的衣服和首饰,不就知道谁是王妃了吗。"

"好主意!"红菱咯咯笑道,"你们术士一个个都高傲得让人讨厌,但你这个主意我很喜欢。啧啧,传闻王妃是大奉第一美人,雍容华贵,我倒想看看,剥光她衣服,看她能怎么个高贵,看她和我们这些庸脂俗粉有什么区别。"

王妃嘴唇紧咬,眼神绝望。

什么人……红菱、天狼等人霍然回首,看见数十丈外,草丛间,站着一个戴貂帽、腰挎长刀的年轻人。

他什么时候出现的?看到许七安的瞬间,王妃乌黑水润的眸子里,猛地亮起光,前所未有的光,如含星子,但在下一刻,转化为焦虑和担忧。他来做什么,送死吗?

"原来是你啊。"红菱惊疑不定地审视着他,然后目光四处乱瞟,嫣然道,"杨砚呢,杨砚藏在何处?你们俩是真的不怕死,还敢来自投罗网。"

"他是什么人?"天狼皱眉。

"便是方才说的那个银锣,本身修为不高,但仗着儒家书卷,极为难缠。"汤山君竖瞳冰冷,语气森寒。

眉心长着竖眼的天狼,哂笑一声:"儒家书卷是好东西,有了它,迎敌时能发挥奇效。"

扎尔木哈点头,对此,他和汤山君体会最深,贪念也更重。

红菱抬起手,竖起三个白嫩的指头,舔着嘴唇,笑道:"三息之内解决他,不给他施展法术的机会。不然,咱们即使抢到了儒家书卷,也不够分呢。"

汤山君冷笑道:"谁斩首,谁得一半书页。"

扎尔木哈、天狼、红菱缓缓点头:"没问题。"

汤山君阴恻恻地补充道:"不知道书卷里有没有道门或巫师养鬼的法术,我要把他养成厉鬼,带在身边折磨,让他永世不得超生。"

这小子刚才让他很丢脸。

四个高手仿佛在看猎物,而且是珍稀的、心仪的猎物。

"你们别急,我先看看他身上有什么古怪。"白衣术士笑道,"敢单枪匹马杀到这里,必定有所依仗。或许,这只是一具分身。"说完,他施展望气术,审视着许七安。

听着北方高手们的对话,王妃芳心一凛,尖叫道:"许七安,你这个不知天高地厚的小子,你这个混球,你快滚……"

她的声音突然被惨叫声打断。

那白衣术士抬起双手,捂住眼睛,一缕缕鲜血从他指缝间沁出。

王妃茫然地看着白衣术士,不知道他遭遇了什么。

"逃,快逃,带、带我一起逃……"白衣术士用尽全力,从牙缝中挤出这句话。

红菱、汤山君、天狼、扎尔木哈,四个高手脸色瞬间大变。

第 353 章

王妃的秘密

逃？他的意思是，我们四个四品联手，对付这小子没有胜算？性格鲁莽，嗜血好战的巨人扎尔木哈第一个不服气，眼睛瞪得滚圆，锁定许七安。

他，他看到了什么……为什么要让我们逃……这小子如果这么可怕，刚才又何必缠斗这么久？汤山君生性多疑，警惕地凝视着许七安。

望气术看到了不该看的东西？天狼收起了轻视，如临大敌。

这小子有问题……白衣术士的惨状映入红菱眼里，电光石火间，她脑海里闪过一则信息，来源于她曾经与术士的一次交流。

那是在前往大奉埋伏王妃的途中，她听说那位镇北王妃气象瑰丽万千，术士隔着数十里，也能看见。她一时好奇，便问："那如果是三品，二品，甚至一品呢？"

术士回答她："如果是三品，元神会遭遇重创。如果是二品，则当场眼瞎，神智癫狂。若是一品……"

术士没有继续说，但红菱能够通过对方的表情猜到，结局是死亡。

二品，这小子是二品？不对，是他身上具备与二品相关，甚至等同级别的东西……红菱根本控制不住自己的心跳，肾上腺素狂飙。她肌肤起了一层疙瘩，每一根神经都在输送危险、逃离的信号。

这时，许七安抬起手，轻轻一压。

宛如清风般的气机波动中,婢女们齐齐昏厥。

逃,赶紧逃,不然我会死的……巨大的恐惧在心里炸开,红菱强忍着逃离的冲动,强笑道:"这小子简直狂妄,扎尔木哈,还不快上,不想要儒家书卷了?"

扎尔木哈嗜血好战,本身就不服气,也没感应到许七安体内有超过四品的磅礴力量,被红菱一激,顿时狞笑着扑向许七安。

一丈高的巨人狂奔,带着地面震颤。

天狼、汤山君两人正要出手,忽然意识到不对劲,猛地回头,发现红菱竟然独自逃走,撇下众人。

这……两个四品高手瞳孔微缩,心里涌起不祥预感。

紧接着,他们听见了惨叫声,扎尔木哈发出的惨叫声。

骇然回头,只见那个一丈高的巨人痛苦地双膝跪地,他的右手手腕被一只漆黑色的、遍布深青血管的手臂握住。那只手臂肌肉虬结,与它的主人完全不成比例,略显畸形。它透出的气息邪异可怕,仿佛来自深渊,来自地狱。

仅看一眼,天狼和汤山君便觉得头晕目眩。他们终于知道红菱为什么要逃跑,终于知道白衣术士为什么喊着逃跑。

咔嚓咔嚓,在骨骼折断的声音里,巨人扎尔木哈身躯迅速干瘪,惨叫声随之终止。

两人不再犹豫,一人跃上羽蛛,一人紧随红菱,开始了逃亡。

"心有顿悟,无忧无怖。"许七安朗声道。

佛门戒律!这一次,他没有使用魔法书,因为掌控他身体的是神殊。

刹那间,远处的红菱,近处的天狼和汤山君,心里的恐惧平息,逃跑的念头被夺走,他们不受控制地回转过身,欲与许七安决一死战。

戒律的影响在两秒之后消失,恐惧和求生的念头重新占据他们心灵,但一切都晚了。两秒的时间里,足够神殊附体的许七安完成三连杀。

他抽出后腰的黑金长刀,霍然甩出,而后不去看它,鬼魅般闪现到天狼面前,捏着他的脖颈,气机骤然喷吐。

咔嚓一声,天狼头颅被摘了下来。

紧接着,许七安纵身跃起,自高处降落,一脚把汤山君踩入地底,手掌往头顶一拍。

砰!汤山君双眼瞬间翻白,竖瞳缓缓黯淡。

而这个时候,远处传来噗的一声,黑金长刀贯穿了红菱的胸口,把她钉入地面。四品武者的肉身,在神殊和尚奋力投掷的武器中,宛如纸糊。

"不,不要杀我,不要杀我……"红菱哀声求饶,嘴里吐出血沫子,看起来楚楚可怜。她心里涌现出强烈的悔恨,如果没有参与这次围杀,如果不来大奉,她根本不会遭遇这个怪物。

使团里最可怕的不是杨砚,而是这个银锣,这个藏在人群里的恶魔。她现在知道了,却已经太晚。

"贫僧没有杀你,贫僧是送你入轮回。"神殊和尚双手合十,看向被汲取精血的冒牌王妃,温和地道,"就如她一般。"

红菱一脸绝望,她尖叫道:"你是谁,你到底是谁?"

"大奉银锣,许七安。"神殊道。

许七安……红菱喃喃道。

这是她说的最后的话,下一刻,她的脑袋也被摘了下来。

杀完人之后,神殊和尚逐一摄取三个四品强者的精血,让他们化作干尸。

"以后再有这种对手,记得唤我……"说完,神殊和尚把身体的掌控权还给许七安。

神殊大师现在口气这么大了吗?真是无趣的战斗,我完全没领会到四品武者的神异,还没用力,他们就倒下了。许七安心说。

对于这样的战果,他并不惊讶,甚至认为就应该如此。当初神殊的断臂被封印五百年,弹尽粮绝五百年,甫一出世,就能打退四个金锣,以及一个杨千幻。而今在他体内温养大半年,又得古墓中气运滋补,如果对付几个四品还要大动干戈,打得热火朝天,那也太侮辱神殊的位格了。

不知道他有没有能力硬抗镇北王……唔，镇北王是三品，而三品和四品之间的差距宛如云泥，神殊能杀四品，却未必能杀三品……许七安拎着刀，环顾周遭，在场除了婢女，还有两个幸存者——褚相龙和白衣术士。

"你就要死了，有什么遗言要交代？"许七安走到褚相龙面前，问道。

"你到底是谁？"褚相龙只剩一口气，用浑浊的目光看着许七安。他被箭矢贯穿了心脏，死亡已经不可避免，之所以还活着，是武夫强大的体魄在支撑。

"不是说了吗，大奉银锣许七安。"

"那不是你的声音。"

许七安不答。

褚相龙盯着他，看了几秒，声音嘶哑地问："我一直有个问题想问……你，你给我的石佛……"

"是假的，东拼西凑，且缺斤少两。"许七安嗤笑道。

褚相龙咒骂道："你不得好死！"

噗！许七安挥动黑金长刀，斩下他的头颅。

随后，他再看向神智癫狂的术士，此人已经无法沟通，双眼鲜血流淌，嘴里喃喃重复："快逃，快逃……"

手起刀落，把术士也给斩了。

杀掉所有活口，许七安取出儒家书卷，撕下记录道门"聚阴阵"的法术，气机引燃。密林间，阴风阵阵，太阳仿佛失去了温度。七道不够真实的虚影显化出来，凝于半空，他们神色呆滞，有些木讷。

北行前，李妙真告诉过许七安，人死之后，天魂和地魂离体，人魂会残留在躯壳内，七日后才会溢出。三魂没有齐聚时，魂魄木讷呆滞，不管问什么，都会如实回答，不会说谎。

"你们是如何得知王妃北上的消息，并提前设伏的？"许七安扫过四个北方高手的魂魄，平静地问道。

"徐盛祖告诉我们的。"巨人扎尔木哈表情呆滞地回答。

"徐盛祖是谁?"许七安沉声道。

"一个术士……"扎尔木哈有问必答,非常诚实。

术士?许七安目光旋即投向白衣术士的魂魄,若有所思。他继续问道:"为何要埋伏王妃?"

人死后,魂魄呆滞木讷,问题要一个一个问,否则他们会答不上来。

"阻止镇北王踏入二品。"扎尔木哈回答。

阻止镇北王踏入二品,所以要截杀王妃?这,这其中有什么必然联系吗?没有王妃,镇北王就无法晋升二品?这个回答完全出乎许七安的预料,以致他停顿下来,思考了许久。

原本在许七安的推测里,王妃此次北行另有隐秘,或许关乎元景帝,或镇北王的某种谋划。嗯,事实确实如此,只是他怎么都想不到,区区一个女子,竟与镇北王晋升二品有关联。

沉吟许久后,许七安问了红菱、汤山君和天狼同样的问题,得到的答案是一致的。

他们截杀王妃的目的,真的是为了阻止镇北王晋升二品?他又问道:"王妃有何特异?"

扎尔木哈喃喃道:"传说,王妃体内蕴含着世所罕见的灵蕴。汲取她的灵蕴,可以轻易踏入三品。"

这……许七安瞳孔微微收缩,觉得他在胡说八道。

四品武者如果还称之为人,那么三品则是超凡脱俗,不能以凡人度之,这是生命层次的不同。因此,四品到三品的武者数量,几乎是断崖式下跌。大奉有多少四品武者,许七安没有统计过,但绝对不在少数。可三品却只有镇北王一位,其中艰难,可想而知。

区区一个王妃,竟能让四品晋升三品?

想到这里,许七安再也忍不住,扭头看了一眼老阿姨。难怪她得知官船遭遇伏击后,情绪就有点失控,一路战战兢兢,没有安全感,与前阵子的傲娇表现截然不同……她肯定是知道自己的特殊,知道落入蛮族手中,会遭遇怎样的命运。

旋即,他又想到一个不合理之处。

不对啊,如果王妃真的这么香,她这些年是怎么安然无恙度过的?四晋三的诱惑,别说北方蛮族,就算大奉京城的四品高手,恐怕都无法抵御这种诱惑,比如杨砚。杨砚这个武痴,绝对会为之疯狂。可我在官船时问过杨砚,他明显不知道王妃的奇特之处……嗯,如果我是镇北王或元景帝,我肯定也不会暴露王妃的秘密,可北方蛮族又是怎么知道的?

许七安问出了这个疑惑。

扎尔木哈如实回答:"徐盛祖说的。"

又是术士……他又把同样的问题,问了汤山君和天狼,得出的结果与扎尔木哈一样。他们笃定王妃体内有所谓的灵蕴,可以助他们突破三品。

不过,到了红菱这里,许七安的问题有了补充。

妖艳女子目光呆滞,低声说:"主上对王妃垂涎三尺,命我前来截杀。我心里吃醋,便问他王妃有什么特殊,他说王妃体内有灵蕴,还告诉我一首诗。"

主上?褚相龙说她是青颜部首领的宠妾,那位主上是青颜部的首领?许七安对此不关心,念头一闪而过,问道:"哪首诗?"

妖艳女子本能地露出嫉妒神色,道:"出世惊魂压众芳,雍容倾尽沐曦阳。万众推崇成国色,魂系人间惹帝王。"

这不是浮香告诉过我的诗吗?据说是王妃还在幼年时期,某个寺庙的方丈惊为天人,并作了一首诗给她。这首诗肯定没有问题,因为传唱甚广,又或者,这首诗背后还有更深层次的含义,只是大部分人不知道。等回了京城,我去问问赵守院长。

现在,大部分谜团解开了。

镇北王要晋升二品,所以需要王妃灵蕴,为他突破最后一层关隘。元景帝和褚相龙防备的是大奉朝廷里的"敌人",有人不希望镇北王晋升二品。但因为徐盛祖,以及他背后神秘术士的缘故,蛮族知晓了此事,因此提前设下埋伏,欲夺走王妃。所以造成了眼下伏击高手和护送力量差距悬殊的局面。

那也就是说,朝廷那边的敌人,至今还没出手?

不,他们已经出手了……许七安眼睛猛地亮起,他又想起了一些细节。

前户部侍郎周显平主导了税银案,而税银案中有神秘术士参与。这个案子告诉许七安,那位神秘术士暗中掌控着朝堂的一部分人,周显平就是证据。蛮族怎么知道王妃有神异的?就是这个叫徐盛祖的白衣术士告诉他们的。朝廷里面的二五仔,肯定和北方蛮族有勾结,因为他们中有一个纽带——神秘术士。

术士都是老阴货,监正在暗中谋划,那位神秘术士也在暗中谋划,一个比一个阴险。等等,监正八成是知道这位术士存在的……许七安神色略有呆滞地张开嘴巴,脑海里一个念头霍然浮现:监正在和这位神秘术士博弈?!所有人都是他俩的棋子,包括我,也包括神殊……

许七安缓缓吐息,决定先不管监正和神秘术士的事,那是将来要应对的,却不是现在的他能够左右。棋子有棋子的好处,可以通过棋手的馈赠成长,等将来他有了足够的实力,就把这盘棋给掀了。但在此之前,他得韬光养晦,从其他渠道获取养分,毕竟只吸收棋手的馈赠,肯定无法发展壮大到可以掀棋盘的地步。

他转而问起这次行动的主要目的:"血屠三千里,是不是你们蛮族干的?"

第 354 章

撸手串

"血屠三千里……"扎尔木哈表情依旧呆滞,用没什么感情的语气回复,"什么血屠三千里……"

是我问话的方式不对?许七安皱了皱眉,沉声道:"屠戮大奉边境三千里,是不是你们蛮族干的?"

扎尔木哈目光空洞地望着前方,喃喃道:"不知道。"

许七安呼吸一下粗重起来,他深吸一口气,又问了天狼同样的问题,得出的答案一致,这位金木部首领不知道此事。

他没有放弃,接着问了汤山君:"屠戮大奉边境三千里,是不是你们北方妖族干的?"

汤山君表情茫然,回答道:"不知道。"

不知道?不知道!

许七安的呼吸再次变得粗重,他的瞳孔略有涣散,呆坐了几秒,沉声道:"褚相龙,你可知道血屠三千里?"

褚相龙神色木讷,闻言,下意识地回答:"魏渊试图构陷淮王,用一具尸体和魂魄栽赃陷害,而后派遣银锣许七安赴边境,企图捏造罪名,诬陷淮王。"

我不是,我没有,别瞎说……许七安在心里做了否认三连。

这是褚相龙的想法?他认为所谓的血屠三千里是魏公和朝堂诸公

的谋划,针对的是镇北王,于是将计就计,利用使团来护送王妃。这么说来,元景帝打的也是这个主意,顺水推舟?如此看来,元景帝和镇北王是穿同一条裤子的,毕竟是一母同胞的兄弟。

北方蛮族和妖族不知道血屠三千里,而镇北王的副将褚相龙却认为这是魏公和朝堂诸公的陷害,也就是说,他也不知道血屠三千里这件事。

那,到底谁才是"狼人"?

案件突然扑朔迷离起来。许七安不知为何,竟松了口气,转而问道:"你回了北方,打算怎么对付我?"

对于这个问题,褚相龙直白地回答:"监视或软禁,等过段时间,把你们赶回京城。"

还真是简单粗暴的方式。许七安又问:"你觉得镇北王是一个什么样的人?"

褚相龙没有犹豫:"霸道、强势,对弟兄们非常好,是值得效忠的主上。"

想了想,许七安问了一个大逆不道的问题:"你觉得镇北王会造反吗?"

"不会!"褚相龙的回答言简意赅。

"为什么?"许七安想听听这位副将的看法。

"淮王是天生的统帅,他喜欢沙场征战,不喜欢朝堂。淮王是个武痴,除了沙场,他心里只有修行。"褚相龙说道。

唔,也是,皇位虽然诱人,但未必人人都想坐那个位置。如果淮王真是一个武痴,那么皇位于他而言,就是束缚。许七安勉强接受这个说法,也没全信,还得自己接触了镇北王再作定论。

他没有继续问话,微微垂首,开启新一轮的头脑风暴:

两件事我还没想通。第一,王妃这么吃香的话,元景帝当初为何赠给镇北王,而不是自己留着?第二,虽然元景帝和淮王是一母同胞的兄弟,可以这位老皇帝多疑的性格,不可能毫无保留地信任镇北王啊。事关皇权,别说兄弟,父子都不可信。但老皇帝似乎在镇北王晋升二品这件事上,鼎力支持,甚至,当初送王妃给镇北王,就是为了今日。

对于第一个问题,许七安的猜测是,王妃的灵蕴只对武夫有效,元景帝修的是道门体系。在这个体系分明的世界,不同体系,天差地别。有些东西,对某个体系来说是大补药,可对其他体系而言,可能一无是处,甚至是剧毒。当然,这个猜测的正确与否还有待确认。

至于第二个问题,许七安就没有头绪了。

对褚相龙的问答结束,他把目光投向剩余两道魂魄,一个是横死的假王妃,一个是白衣术士。

那位白衣术士看起来比其他人要更呆滞更木讷,嘴里一直碎碎念着什么。

"你叫什么名字?"许七安试探道。

"徐盛祖……"白衣术士一边喃喃自语,一边抽空回答了他的问题。

原来你就是徐盛祖,我还以为是幕后老板的名字……许七安心里涌起失望。这家伙用望气术窥探神殊和尚,神智崩溃,这说明他品级不高,从而能轻易推断,他背后还有组织或高人。

"你背靠什么组织?"

"……"

"你在为谁效力?"

"……"

"你叫什么名字?"

"徐盛祖……"

这,这完全无法沟通啊,除了会念自己的名字,其他的问题都无法回答,这不就是三岁小娃吗……许七安嘴角抽搐。

我记得地书碎片里还有一个香囊,是李妙真的。许七安取出地书碎片,敲了敲镜子背面,果然跌出一个香囊。这只香囊里养着那只念叨着"血屠三千里"的残魂。

当初魏渊取走香囊,在朝堂上举报镇北王,事后把香囊退回给许七安,他就一直留着,忘记还给天宗圣女。这种香囊是李妙真自己炼制的小法器,有养魂、困魂的效果,除非是那种被人祭炼过的老鬼,像这类刚死亡的新鬼,是无法突破香囊束缚的。

这个术士以后有大用,虽然他成了智障。嗯,先收着,到时候交给李妙真来养,堂堂天宗圣女,肯定有手段和办法让这具鬼魂恢复理智。这就是人脉广的好处啊……

许七安把术士和其他人的魂魄一起收进香囊,再把他们的尸体收进地书碎片,简单地处理一下现场。好在这里没有发生太过激烈的战斗,神殊和尚强力碾压,干脆利索,因此只要处理掉尸体就可以。

最后,许七安因为不知道该怎么处理这些婢女而烦恼。

还是杀了吧?成大事者不拘小节,她们虽然不知道后续发生什么,但知道是我拦截了北方高手们。可她们一没伤天害理,二没对我不利,都是无辜的生命……

许七安权衡许久,最后选择放过这些婢女,一方面是他无法略过自己的良心,做残杀无辜的暴行。另一方面是,杀人灭口的动机不足。

除非他打算把王妃一直藏着,藏得死死的,永远不让她见光;或者他监守自盗,攫取王妃的灵蕴。那么杀人灭口是必须的,否则就是对自己、对家人的安危不负责。不过,以许七安的性格不会做这种事。

而且在他的后续计划里,王妃还有另外的用途,非常重要的用途。所以不会把她一直藏着。这样一来,杀人灭口的动机就不存在。

"虽然我不会杀你们灭口,但你们过早地脱困,会影响我后续计划,所以……在这里好好睡着,醒来后各奔东西吧。"

夜里的风有些微凉,老阿姨沉沉地睡了一觉,醒来时,只觉得浑身舒坦,疲惫尽去。她好几天都没睡好,身体积压了许多疲惫,正需要这样一场酣畅淋漓的睡眠。

她缓缓睁开眼,视线里最先出现的是一棵巨大的榕树,树叶在夜风里沙沙作响。而她躺在树底下的草甸上,身上盖着一件袍子,耳边是篝火噼啪的声音,火焰带来适合的温度。她目光呆滞片刻,瞳孔倏然恢复焦距,然后,这个养尊处优的女人,一个鲤鱼打挺就起来了……

以她的体质来说,这属于潜能爆发。

她最先做的是检查自己的身体,见衣裙穿得整齐,心里顿时松口气,接着才惊恐地左顾右盼。然后,看见了坐在篝火边的少年郎,火光映着他的脸,温润如玉。

"醒了?"手里烤着一只兔子的许七安,没有抬头,淡淡道,"水囊就在你身边,渴了自己喝,再过一刻钟,就可以吃兔肉了。"

昏迷前的记忆快速闪过,老阿姨瞪大眼睛,难以置信地看着许七安:"是你救了我?"

"是!"

许七安刚想人前显圣一下,便见王妃摇摇头,警惕地盯着他:"不可能,许七安没这份实力,你到底是谁?你为什么要伪装成他,他现在怎么样了?"

她一手护住沉甸甸的胸,一手在身边胡乱抓着,试图找个武器,来获得安全感。她抓了个水囊,严阵以待。要是"许七安"敢靠近,她就把对方脑袋打开花。

合理的怀疑,脑子不算太笨……许七安白了她一眼,没好气地道:"我们第一次见面是在南城擂台边的酒楼,我捡了你的银子,你气势汹汹地跟我要。后来还被我用钱袋砸了脚丫子。第二次见面还是在南城擂台边,我不顾危险护你,你还打我。"

一声闷响,水囊掉在地上,老阿姨怔怔地看着他,半晌,轻声呢喃:"真的是你呀。"

许七安点点头。

她痴痴地看着篝火边的少年,平平无奇的脸庞闪过复杂的神色。

"我拼尽全力救了你,至于其他人,我无能为力。"许七安随口解释。

"是,是哦。"她露出悲戚神色,低声道,"王、王妃死了……"

许七安看了她一眼,不咸不淡地嗯了一声,说:"这种祸国殃民的女子,死了不是一了百了,死得好,死得让人拍手称赞。"

她一下子瞪大眼睛,怒视许七安:"你胡说八道什么,王妃哪里祸国殃民,她是一个可怜的女人。"

"哪里可怜?"许七安笑了。

"哼!"她昂起雪白下颏,撇开头,气呼呼地道,"你一个粗鄙的武夫,怎么知道王妃的苦,不跟你说。"

脱离危险后,那股子傲娇劲儿又上来了,又厌又胆小又傲娇……许七安心里吐槽,专心致志烤肉。

老阿姨最开始还安分地坐在榕树下,与许七安保持距离。随着兔子越烤越香,她一边咽口水,一边挪啊挪,挪到篝火边,抱着膝盖,热情地盯着烤兔子,像一只等待投喂的猫儿。

焦黄的兔子烤好,许七安撒上鸡精,撕下两只后腿递给她。

老阿姨眼睛微亮,迫不及待地接过,啃了一口。

嘶……她被滚烫的肉烫到,但饥肠辘辘又不舍得吐掉,小嘴微微张开,不停地嘶哈嘶哈。鸡精掩盖了兔肉的腥味,还提鲜,再加上许七安烤得焦脆可口,平时很厌恶腥膻的她,竟然把两只兔腿啃得干干净净。然后爬到榕树下,捡起水囊,咚咚咚地喝了一大口,感觉人生无比满足。

酒足饭饱后,她又挪回篝火边,分外唏嘘地说:"没想到我已经落魄至此,吃几口兔肉就觉得人生幸福。"

你这过河拆桥的姿态,像极了进入贤者时间的我……许七安觉得她浑身都是槽点,有趣的女人。

"咦,你这菩提手串挺有意思。"许七安目光落在她雪白的皓腕上,不经意地说道。

她花容失色,连忙拢了拢袖子藏好,道:"不值钱的货物。"

他没发现吧,他肯定没发现,谁会记得一串平平无奇的手串,都大半年过去了。

"给我瞅瞅。"许七安伸手去抓她的手腕。

"你,你,你放肆……"老阿姨大惊失色,自己的小手是男人随便能碰的吗!她把双手藏在身后,然后蹬着双腿往后挪,不给许七安看手串。

许七安抓着她的脚腕,把她拖了回来。老阿姨双腿胡乱踢蹬,嘴里发出尖叫。这一幕看起来,就像一个丧心病狂的少年郎,企图侵犯女子。

"给我看看手串,又不会抢了去。"许七安疑惑道,"你反应这么大干吗?"

"不给不给不给……"她大声说。

"啊!"在尖叫声中,手串还是被撸了下来。

第355章

使团抵达北境

手串脱离雪白皓腕,许七安眼里,姿色平庸的年长女子,容貌宛如水中倒影,一阵变幻后,现出了原貌,属于她的容貌。

她的眼圆而媚,映着火光,像浅浅的湖泊浸入璀璨宝石,晶莹而动人。她含羞带怯地抬起头,睫毛轻轻颤动,带着一股扑朔迷离的美感。她的嘴唇饱满红润,嘴角精致如刻,像是最诱人的樱桃,引诱着男人去一亲芳泽。她美则美矣,气质风姿却更胜一筹,如画卷上的仙家仕女。

"……"

许七安是见过绝色美人的,也知道镇北王妃被誉为大奉第一美人,自然有她的过人之处。然而,真正见到了传说中的大奉第一美人,许七安还是涌起强烈的惊艳感,心里自然而然地浮现一首诗:

云想衣裳花想容,春风拂槛露华浓。

若非群玉山头见,会向瑶台月下逢。

"还,还给我……"她的声音带着哭腔和哀求。

许七安沉默地看着她,没有继续戏弄,把手串递了过去。

王妃劈手夺过,重新戴好,又是一阵水波般的光影晃动,她再次变成了平平无奇的老阿姨。三十出头的年纪,五官平庸,气质普通。王妃摸了摸脸,如释重负地松口气,然后把戴着手串的右手,紧紧藏在身后,一步步后退,警惕地看着许七安。

她知道自己的美貌,对男人来说是无法抗拒的诱惑。

这世上能忍住诱惑对她不闻不问的男人,她只遇到过两个,一个是沉迷修道,长生高于一切的元景帝;一个是痴迷武道,对她另有图谋的淮王。

至于许七安,在王妃对他的固有印象里,身上的标签是:少年英雄、好色之徒。传闻此人成日流连教坊司,与多位花魁有着很深的纠葛,少年英雄和不羁风流是交相辉映的,常被人津津乐道。但王妃最怕的就是好色之徒。

王妃美则美矣,但真正让许七安如遭雷击的,是她身上那股奇特的魅力,很能触动男人内心的柔软之处。

这就是大奉第一美人吗?呵,有趣的女人。

许七安握着树枝,拨动篝火,没再去看充满警惕和戒备的王妃,目光望着火堆,说道:"这条手串就是我当初帮你投壶赢来的吧?它有屏蔽气息和改变容貌的效果。"

王妃略有错愕,想到自己摘下手串的前后变化,认为他是根据这个推断出来的,便点了点头。

许七安继续说道:"早听说镇北王妃是大奉第一美人,我原先是不服气的,现在见了你的真容……也只能感慨一声,当之无愧。"

王妃柳眉轻蹙:"不服气?"

如果是其他女人这么说,王妃认为她是嫉妒,可也算合理。但这句话出自男人嘴里,就显得很奇怪。

许七安点头:"因为我觉得,我认识的那些女子,个个都是出类拔萃的美人,妍态各异,犹如百花争艳。所谓王妃,不过是一朵同样娇艳的花。"

但他得承认,刚才昙花一现的倾城容貌中,这位王妃展现出了极强大的女性魅力。

闻言,王妃冷笑一声。

这个好色之徒勾搭的女子岂能与她相提并论,那教坊司中的花魁固然美丽,但如果要把那些风尘女子与她相比,未免有些侮辱人。

在京城,王妃觉得元景帝的长女和次女勉强能做她的陪衬,国师洛玉衡最娇媚时,能与她争艳,但大多数时候是不如的。至于其他女子,她要么没见过,要么容貌艳丽,却身份低微。京城是一座山,王妃就是山顶的独孤求败,她轻轻一瞥,最多看见怀庆和临安的脑瓜,偶尔看一看洛玉衡的半张脸。当然,还有一个人,如果是风华正茂的年岁,王妃觉得或许能与自己争锋,那就是大奉的皇后。

许七安勾搭的这些女人里,自然不会包括怀庆、临安以及国师。所以,王妃对他的说法嗤之以鼻,并傲娇地抬了抬下巴。

"离京快一旬了,伪装成婢女很辛苦吧?我忍你也忍得很辛苦。"许七安笑道。

"什么意思?"王妃一愣。

"那天晚上咱们在甲板上,我就想摘你手串了,但又不想节外生枝,毕竟我是主办官,得为大局考虑。"

王妃表情呆滞,愕然看着他,道:"你,你那时候就猜到我是王妃了?"

骗人的吧,她明明伪装得那么好,晚上常常为自己的演技喝彩,认为自己把婢女的角色演得炉火纯青,谁都没认出来。

"准确地说,你在王府用金子砸我时,我就开始怀疑了。真正确认你的身份,是咱们在官船里相遇时。那会儿我就明白,你才是王妃。船上那个,只是傀儡。"许七安笑道。

弃船走陆路后,看见假王妃,许七安心里毫无波澜,甚至更加肯定她是冒牌货。理由很简单,他以前写过日记,日记里记录过王妃的一个特征。

我,我暴露得这么早……王妃张了张嘴,说不出话来,想起自己这几天的表现,一股恨不得掘地三尺把自己埋掉的羞耻感涌上心头。

"跟你说这些,是想告诉你,咱们北行还有一段路程,需要你好好配合。"许七安宽慰她。

大奉许银锣从不强迫女子,除非她们想开了。

还是无法逃脱北上的命运……王妃抿了抿嘴,略有失落,黯然沉默半响,问道:"我们什么时候与使团会合?"

少年银锣抬起头来,火光映照他的脸,嘴角勾起,露出意味莫名的笑容:"谁说我们要和使团会合?"

这一晚,榕树沙沙作响,什么都没发生。

清晨,第一缕晨曦照在她脸上,耳边是清脆悦耳的鸟鸣,她于浅睡中醒来,看见篝火已经熄灭,上面架着一个大铁锅,粥香扑鼻。

王妃肚子咕咕叫了两下,她难掩惊喜地来到篝火边,揭开铁锅,里面盛着三五人分量的浓粥。此外,边上还有干净的碗筷。

他哪来的锅煮粥?不,他哪来的米?哪来的干净碗筷?……王妃给自己盛了一碗粥,喜滋滋地喝起来。

浓稠香甜、温度恰好的粥滑入腹中,王妃回味了一下,弯起眉眼。昨儿啃完两只兔腿,胃就有点不舒服,半夜爬起来喝水,又发现水被那家伙喝完了。现在是口干舌燥且腹内空空。这一碗清甜的粥,胜过山珍海味。

这时,脚步声从远处传来,踩着草甸的许七安返回,他换上了一身便衣,戴着貂帽,似乎刚洗完澡。

"那边有条小河,附近无人,适合洗澡。"许七安在她身边坐下,丢过来皂角和猪鬃牙刷,道,"你要不要洗澡?"

王妃两只小手捧着碗,审视着许七安片刻,微微摇头。

"不脏吗?"许七安皱眉,好歹是千金之躯的王妃,居然这么不讲卫生。

"你才脏。"王妃不识好人心地反唇相讥。她才不会洗澡呢,那样岂不是给这个好色之徒可乘之机?万一他在旁偷窥,或者趁机要求一起洗……

是啊,女神是不上厕所的,是我觉悟低……许七安拿回猪鬃牙刷和皂角。

王妃连忙说:"漱口是需要的。"

她胃口小,吃了一碗浓粥,便觉得有些撑,一边打量猪鬃牙刷,一边往河边走。主要怀疑这牙刷是许七安用过的,但她没有证据。

等她刷完牙回来,锅碗都已经不见,许七安盘坐在灰烬边,凝神地看着地图。

"我们接下来去哪儿?"她问道。

"三黄县。"许七安没有故意卖关子,解释说,"这是楚州与江州相邻的一个县,有打更人培养的暗子。我想先去找他,打探打探情报,而后再逐步深入楚州。"

血屠三千里的案子扑朔迷离,似乎另有隐情,在这样的背景下,许七安认为暗中查案是正确的选择。过于高调的话,会让自己和同伴陷入危局。杨砚率领的使团,是明面上的幌子。

稳打稳扎的计划……王妃微微颔首,又问道:"那些东西哪里去了?"

"不要你管。"许七安毫不留情地撑她。

两人继续上路,避开官道,走山间小道、田埂,或直接翻山越岭。

整整一天,某个小气的女人再没有和他说过一句话。

走山路也有好处,沿途的风景不差,青山绿水,白云悠悠。偶尔能见到傲立崖上的青松,亭亭如盖。也能见到路边盛放的野花,朴实而坚韧。

许七安是个怜香惜玉的人,走得不快,偶尔还会停下来,挑一处景色秀丽的地方,悠闲地歇息小半时辰。

半旬之后,使团进入了北境,抵达一座叫宛州的城市。

宛州是小州,比县大,比郡小。宛州土地肥沃,适合耕种,是楚州的粮仓之一。此地建筑风格与中原的京城相差不大,不过规模不可同日而语,又因附近没有码头,所以繁华程度有限。

杨砚出示了朝廷文书后,城门上的最高将领百夫长,亲自带队领着他们去驿站。

使团在驿站休整,杨砚洗了个热水澡,刚要坐下来喝茶,宛州知州来了。

知州大人姓牛，体格倒是与"牛"字搭不上边，高瘦，蓄着山羊须，穿着绣鹭鸶的青袍，身后带着两名衙官。

"下官不知几位大人大驾光临，有失远迎，有失远迎……"牛知州态度极为谦卑，与大理寺丞和两名御史还有杨砚见礼后，问道，"敢问，几位大人所来何事？"

杨砚不擅长官场交际，没有作答。

大理寺丞取出早就准备好的文书，笑容满面地递过去，并三言两语与知州开始称兄道弟。

牛知州与大理寺丞寒暄完毕，这才展开手中文书，仔细阅读。

看完文书后，牛知州表情极为古怪，甚至觉得荒谬，目光扫过众人，试探道："敢问，哪位是许银锣？"

大理寺丞叹息一声，悲伤道："使团在途中遭遇敌人伏击，许银锣为保护大伙，身受重伤。我等已派人送许银锣回京城。"

牛知州大惊失色："竟有此事？何方贼人敢伏击朝廷使团，简直无法无天。"

姓刘的御史摆摆手，道："此事不提也罢。牛大人，我等前来查案，正好有事询问。"

牛知州连忙作揖："御史大人请问。"

刘御史沉声道："楚州战况如何？"

闻言，牛知州叹息一声，道："去年北方大雪连天，冻死牲畜无数。今年开春后，蛮族便时常入侵边境，沿途烧杀劫掠。好在镇北王麾下兵多将广，城池未丢一座。蛮族也不敢深入楚州，只可怜了边境附近的百姓。"

并不是所有百姓都住在城里，那些遭遇蛮族劫掠的，是村落和镇子里的百姓。

使团众人相视一眼，刑部的陈捕头皱眉道："血屠三千里，发生在何地？"

牛知州苦笑摊手，道："这简直是天方夜谭，诸位大人应该知道，楚州纵横加起来,不过八千里。若是有血屠三千里之事,那下官还能站在这里与大人们说话?"

刘御史嗤笑一声:"大家都是读书人,牛知州莫要耍这些小聪明。"

"血屠三千里"是一个典故,源于古时战国时期,有一位嗜杀成性的将军,破灭敌国时,带领军队屠戮三千里。后世引为典故,用来形容大型杀戮以及残暴冷酷。

蛮族虽有骚扰边境百姓,烧杀劫掠,但镇北王传回朝廷的塘报里,只说蛮族滋扰边关,但都已被他带兵打退,捷报不断。蛮族如果真的做出血屠三千里的暴行,那就是镇北王谎报军情,严重渎职。

第 356 章

问询使团

"下官是真的不知道,宛州离北边尚有数日路程,几位大人若是不信,不妨再往北走走,眼见为实。"牛知州连声辩解,就差指天为誓。

牛知州一个小人物,大概率是不知情的,因此众人没有为难他。刘御史又询问了几个关于北境的问题后,大理寺丞笑眯眯地起身相送。

目送牛知州坐上马车,带着衙官离开,大理寺丞返回驿站,屏退驿卒,环顾众人:"我们现在是北上,还是在驿站多逗留几天?"

刑部的陈捕头低声道:"继续留在驿站,淮王的人必然会寻来。届时,我们便只能与他们一同北上。"

"这不是正好吗?"另一位姓周的御史笑道,"我们在明,许银锣在暗,吸引淮王的注意,就是我们的任务。"

大理寺丞感慨一声:"也不知道王妃状况如何,是生是死。"

闻言,陈捕头和两个御史一脸冷笑,王妃和褚相龙的死活,与他们何干。那种阴险狡诈的卑鄙小人,死了才好。

杨砚告诉他们,许七安打退北方高手后,便独自上路,秘密前往北境查案。这个计划赢得众人的一致赞同,并承诺保守秘密。

三司官员们如此配合,一来是刚受过许七安的救命之恩,对他的态度有所转变,从敌视转为亲近;二来,许七安秘密查案,意味着使团可以消极怠工,也就不会因为查到什么证据,引来镇北王的反噬,一举两得。

杨砚还有一件事没有告诉他们,那就是王妃的下落。据杨砚推测,王妃极有可能已经被许七安救走了。这是他事后沿着许七安离去的方向摸索,一直摸索到战斗现场,发现昏迷不醒的婢女,从而得出的结论。

　　现场除了留下密布树林的蜘蛛丝和婢女们,没有其他残留。杨砚唤醒婢女询问情况,从她们口中得知许七安追了过来,而后可能发生大战。为什么是可能,因为婢女也不清楚,许七安到来后,她们很快就昏厥过去。

　　杨砚推测出两种可能:要么是许七安半途劫走王妃,与北方高手展开追逃;要么是许七安战胜了北方高手,成功解救王妃。他更偏向前一种猜测,因为现场没有打斗痕迹,极有可能是许七安利用儒家书卷里记录的法术,成功救走王妃。

　　北方四个高手深入大奉境地,不敢太明目张胆,这就给了许七安很多机会……他有儒家书卷护体,自身又有小成的金刚神功,不是毫无自保能力。而且,正好可以借机磨砺他,让他早些触摸到化劲的门槛,晋升五品。杨砚当时是这么想的。

　　这会很危险,但武夫体系本就是突破自我,磨砺自我的过程。杨砚自己当年也参加过山海关战役,尽管那会儿他还很稚嫩,但仍然敢拎着刀在战场厮杀,九死一生,磨砺武道。许七安当然也行,如果他不行,那死了也怨不得谁。

　　此外,他偷偷安排十名禁军,护送婢女南下,返回京城。

　　使团现在只有九十名禁军,大理寺丞等人对此毫无察觉,并非他们不够心细,而是他们从未关心过底层士卒。

　　一条行人踩踏出的山间小道,许七安背着用布条包裹的佩刀,大步昂扬地走在前头。

　　青丝凌乱的王妃拄着一根树枝,慢悠悠地跟在许七安身后。几天下来,她穿着的婢女服变得又皱又脏,身上开始冒酸味。最开始,她还很注意自己的头发,早上醒来都要梳理得整整齐齐。到后来就不管了,随便用木簪束发,发丝略显凌乱地垂下。哪里还有王妃的尊贵仪容,分明是个逃荒的落魄妇人。

"不错嘛,能跟这么久,你这几天体力大有长进。"前头,许七安停下脚步,笑眯眯地称赞道,"我听见前面有水声,加把劲,到那里休息一下。"

闻言,王妃眼睛亮了亮,继而黯淡。她不敢洗澡,宁愿每天嫌弃地闻自己的汗臭味,东抓一下西挠一下。

王妃不洗澡是有原因的。第一,防备许七安偷窥,或趁机色性大发,对她做出丧心病狂的事。第二,只要她一直这么臭下去,这个家伙就不会碰她。

我越来越受不了你身上的酸味了……这是许七安几天来常挂在嘴边的口头禅。

不多时,两人在左侧的崖壁看见一挂纤细的瀑布,有瀑布就一定有水潭。果然,走近之后,瀑布底下是一个小小的水潭,水潭里的水,往外流淌,形成一条细流。

"我越来越受不了你身上的酸味了,要不要洗个澡?"许七安提议。

"不洗。"她一口拒绝。

"脏女人。"许七安啐了一口。

你才脏,呸……王妃嘴角翘起,心里老得意了。

"你不洗我洗。"许七安脱掉外套,展露出强健的上半身,肌肉匀称,比例极佳,把男性的阳刚之美展现得淋漓尽致。

王妃翻着白眼,别过头去。耳边传来扑通声,回眸看去,确认许七安跳进水潭,她在溪边的石头上坐下,慢慢脱去脏兮兮的绣鞋。一双玲珑小巧的脚丫子露出来,她捧着脚丫子看了看,脚底板通红一片,还有几个水泡。王妃小嘴一撇,差点想哭。

虽然许宁宴那个好色之徒被她美色诱惑,颇为怜香惜玉,没有抓紧时间赶路,可是,跋山涉水,徒步走了五天,对一个养尊处优的王妃来说,是何等艰辛的旅程。用通俗易懂的话说:我承受着这个美貌和身份不该有的对待。

王妃把小白足泡入溪流,接着把脏兮兮的绣鞋清洗干净,晾在石头上,虽然仲春的阳光正好,但未必能晒干她的鞋子。

这里,王妃又有一个小心思,鞋子湿了,她就可以以此为借口,多休息一会儿。倘若那小子不同意,她正好可以使唤他为自己蒸干鞋子,两全其美。

冰凉的溪水浸泡到脚踝,她眯着眼享受了许久,然后把丰满滚圆的臀儿从石头上挪下来。她站在溪水里,把裙摆撩起,在膝盖处系紧。这个时代的女性,裙底肯定不会疏于防御,共三层,分别是亵裤、正常绸裤、裙子。

王妃俯身掬起一捧水,洗了洗脸蛋。

舒服……她眯着月牙儿般的眸子,做出享受表情。

这时,她看见前方高处,潭边,许七安不知何时已经上岸,这家伙背对着她,面朝水潭。

一道晶莹的水线划过优美的弧度,汇入水潭。

"许宁宴!"王妃崩溃地尖叫。

砰!山道上,走在前头的许七安,后脑勺被石头砸了一下。肉身防御无双的许银锣没搭理,继续往前走。

砰!又一块石头砸在后脑。

"喂,你有完没完啊。"许七安扭过头,瞪着孜孜不倦砸了他一个时辰的女人。

她手不酸吗?

王妃把手里的石头藏在身后,负着手,撇过头,假装看四处的风景。

许七安瞪了她几眼。王妃倒也识趣,知道自己在队伍里处在弱势阶段,从不明面上和他抬杠。可是等许七安一回头……

砰!砰!石头又来了。

我是真没见过这么小气的女人,我看你能砸到什么时候,反正累的是你!许七安心里吐槽。

她力气有限,石头砸不出多大力道,再加上许七安防御惊人,这种不痛不痒的攻击可以无视,他只是觉得烦。

在宛州待了三天后，驿站迎来了一支军队，人数不多，只有两百。但领队的将军身份不低，是镇北王麾下突击营参将，正四品。

参将姓李，楚州人，外貌有着北方人特色，孔武有力，五官粗犷。他身上穿的甲胄色泽暗淡，遍布刀痕，这是久经战场的凭证。

他带着人马闯入驿站，目光锐利地扫过闻声下楼的杨砚和三司官员，沉声质问道："王妃呢？褚副将呢？"

身后两列士卒，脸色严肃，目光紧紧地盯着使团官员。

大理寺丞顿觉压力山大，顶着军中莽夫咄咄逼人的眼神，硬着头皮上前，道："你是何人？"

"楚州，突击营参将，李元化。"李参将审视着大理寺丞，"你又是何人？"

"本官大理寺丞。"

李参将颔首，又问道："王妃何在？"

今日，他突然收到淮王密探的命令，让他前往宛州，向使团问询王妃情况。李元化这才知道王妃离京北上，以为淮王密探是让他去接王妃，当即率两百骑兵，带着那个淮王密探，从附近的长门郡赶了过来。

大理寺丞脸上笑容缓缓消失，叹息道："使团在途中遭遇截杀，我们与王妃失散了。"

截杀？！李参将悚然一惊，满脸意外。大奉境内，竟有人敢截杀使团？何方贼人如此大胆，目的是什么？

种种疑惑闪过，他扭头，看向了身侧裹着黑袍的密探。

这位密探裹着黑袍，戴着挡住上半张脸的面具，只露出白皙的下颌，是个女子。但李参将不会因此就轻视她，因为她是"地"级密探，这个级别的密探，修为要么是六品，要么是五品。

"我有话要问你们，但必须一个一个来。"女子密探沉声道，面具下，深邃的目光审视着众人。

"你是什么人？"刑部陈捕头眉梢一挑。

女子密探袖中滑出一块玄铁令牌，抖手一掷，令牌嵌入陈捕头脚边的地面。令牌上,刻着一个"地"字。

"淮王养的探子。"杨砚终于开口说话。

镇北王的密探……三司官员心里一凛,收敛了不满的态度。

大理寺丞脸庞堆起笑容,道:"你想问什么?"

裹着黑袍的女子密探,与众人擦身而过,自顾自上楼,道:"随我来。"

大理寺丞和两个御史没动,杨砚面无表情。陈捕头皱了皱眉,一边心里暗骂文官人尽胆怯,一边硬着头皮跟了上去。

黑袍女子随便挑了一个房间,于袍子里取出一块三角符印,轻轻扣在桌面,然后说道:"我们说的话,外面的人听不见。我有几个问题想问你。"

陈捕头颔首。

"你是谁?"女子问道。

"刑部总捕头,陈亮。"陈捕头如实回答。

女子藏于面具下的脸庞让人看不到表情,红唇轻启,道:"你知道王妃的真实身份吗?"

陈捕头一愣,皱眉反问:"王妃的真实身份?"

女子密探没有回答,问出下一个问题:"说说你们遇袭的经过。"

陈捕头便将使团离京后的过程,大致地讲了一遍,重点描述遇袭经过。

对面的女子密探听完,沉吟许久,道:"他预测出使团会在流石滩遭遇伏击?"

陈捕头颔首,听出了女子语气里的意外,道:"你可能不了解他,此人心思细腻敏锐,对局势洞若观火……"

女子密探抬了抬手打断他,淡淡道:"我知道他。如果连断案如神,一人独挡数万叛军的许银锣都不知道,那我们显然是不合格的探子。"

陈捕头听得出来,她说到"一人独挡数万叛军"时,语气里有着不加掩饰的揶揄和嘲讽。

"我要他近期的情况,佛门斗法之后的。"她补充道。

佛门斗法之后……陈捕头想了想,道:"那当然是科举舞弊案和天人之争,这是最令人瞩目,影响最大的事迹。至于其他小事,我没有那么关注他。"

女子密探颔首,示意他可以开始说。

尔曹身与名俱灭,不废江河万古流……以儒家法术和不败金身,压服天人两宗杰出弟子……她许久没有说话。科举舞弊案和天人之争发生在近期,消息还没来得及传到北境。

"你可以出去了,把那个大理寺丞叫进来。"她说。

陈捕头点头,默不作声地打开房门离去。几分钟后,大理寺丞敲了敲门,而后推门进来。

女子密探把刚才的问题重新问了一遍,但在大理寺丞这里,她有了补充,质问道:"为何事后继续北上,没有搜寻褚相龙和王妃的下落?"

对此,大理寺丞冷笑道:"弃我去者,何必留恋?使团的任务是调查血屠三千里的案子,而不是护送王妃。"他的意思是,我们已经仁至义尽,褚相龙不仁,就别怪他们不义。

女子密探不作评价,戴着兜帽的头动了动,示意他可以离开。

大理寺丞起身,走到门边,正要开门离去,身后突然传来女子密探的声音:"你觉得许七安这个人如何?"面具下,那双幽深平静的眸子,一眨不眨地望着大理寺丞的背影。

大理寺丞眯了眯眼,没有半分犹豫,冷哼一声,道:"黄毛小儿罢了。"

女子密探微微颔首,收回了灼灼凝视的目光。

第 357 章

李妙真的传书

大理寺丞离开房间,顺着楼梯来到大堂。陈捕头、两个御史和杨砚坐在桌边,默然喝茶。桌上摆着笔墨纸砚。

四十出头,在官场还算年富力强的大理寺丞,默不作声地在桌边坐下,提笔,于宣纸上写下:不是术士!

宣纸上还有一行字,是陈捕头写的:右手藏着东西。接着,是两个御史进房间与女子密探交谈。两人出来后,一人写"没问案子的事",另一人写"对许银锣极为关注"。

杨砚把宣纸揉成团,轻轻一用劲,纸团化作齑粉。他随手抛洒,面无表情地登楼,来到房间门口,也不敲门,直接推门进去。

"王妃失踪了,你们打更人要负主要责任。"女子密探沉声道。

杨砚坐在桌边,五官宛如石雕,缺乏生动的变化,对于女子密探的指控,他语气冷漠地回答:"有事说事。"

"好!"女子密探点头,缓缓道,"我与你开门见山地谈,王妃在哪里?"

"右手握着什么?"杨砚不答反问,目光落在女子密探的右肩。

"不愧是金锣,一眼就看穿了我的小把戏。"女子密探抬起藏于桌下的手,摊开掌心,一只小巧的八角铜盘静静躺着。

"司天监的法器,能分辨谎言和真话。"她把八角铜盘推到一边,淡淡道,"不过对四品巅峰的你无效。要想辨认你有没有说谎,需要六品术士才行。"

杨砚没去看八角铜盘,回答了她刚才的问题:"我不知道王妃在哪里。"

女子密探的第二个问题紧随而至:"许七安在哪里?他真的受伤回了京城?"

杨砚抬了抬手,道:"你问一个问题,我问一个问题。"

斗篷里,面具下,那双幽深的眸子盯着他看了片刻,缓缓道:"你问。"

"为什么蛮族会针对王妃?"杨砚的问题直指核心。

女子密探没有回答。

杨砚点头:"我换个问题,褚相龙当日执意要走水路,是因为等待与你们碰头?"

"嗯。"女子密探给出肯定答复,问道,"许七安在哪里?"

杨砚摇头:"不知道。密探为什么不回京城,暗中护送,非要在楚州边境接应?"

不知道……也就是说,许七安并不是重伤回京。女子密探沉声道:"我们有我们的敌人。王妃北行这件事,魏公知不知道?"

分不开人手……杨砚目光微闪,道:"知道。"

女子密探离开驿站,没有随李参将出城,独自去了宛州所(地方军营),她在某个帐篷里休息下来。到了夜里,她猛地睁开眼,看见有人掀起帐篷进来。

来人同样裹着黑袍,戴着只露下巴的面具,嘴周一圈淡青色的胡楂子,声音嘶哑低沉:"我刚从江州城赶回来,找到两处地点,一处曾发生过激烈大战,另一处没有明显的战斗痕迹,但有金木部羽蛛留下的蛛丝……你这边呢?"

女子密探以同样低沉的声音回应:"与我从使团那里打探到的情报吻合,北方妖族和蛮族派出了四个四品,分别是蛇妖红菱、蛟部汤山君,以及黑水部扎尔木哈,但没有金木部首领天狼。

"褚相龙趁着三位四品被许七安和杨砚纠缠,让侍卫带着王妃和婢女一起撤离。另外,使团的人不知道王妃的特殊,杨砚不知道王妃的下落。"

男子密探嗯了一声:"这么看来,是被天狼守株待兔了,褚相龙凶多吉少,至于王妃……"

帐篷里,气氛凝重起来。

"等等,你刚才说,褚相龙让侍卫带着婢女和王妃一起逃走?"男子密探忽然问道。

"准确地说,是他带着王妃逃走,侍卫带着婢女逃走。"女子密探道。

"呵,他可不是心慈手软的人。"男子密探似讥笑,又似嘲讽地说了一句,接着道,"事情很明显,他带的那个王妃是假的,真正的王妃混在婢女里。既聪明又愚蠢的做法,聪明在于他混淆了视线,愚蠢则是他这样的举动,怎么可能瞒过天狼几个。

"危急关头还带着婢女逃命,这就是在告诉他们,真正的王妃在婢女里。嗯,他对使团极不信任,又或者,在褚相龙看来,当时使团必定全军覆没。"

女子密探点头道:"出手阻击汤山君和扎尔木哈的是许七安,而他真实修为大概是六品……"她把许七安最近的事迹讲了一遍,道,"根据刑部的总捕头所说,许七安能战胜天人两宗的杰出弟子,依赖于儒家的法术书卷。褚相龙大概是没想到他竟还有存货。"

声音嘶哑的男子密探道:"不止如此,外物总有耗尽的时候,而四品的武夫过于难杀,最后的结局依旧是许七安弹尽粮绝,所以褚相龙选择抛弃他们。"

"合理。"女子密探叹息一声,担忧道,"现在如何是好?王妃落入北方蛮族手里,恐怕凶多吉少。"

男子密探轻笑一声:"没那么糟糕,出动四位首领,并让他们联合伏击王妃,妖蛮们必然知晓王妃的特异之处。那么,最想得到王妃的是谁?"

女子密探恍然道:"青颜部的那位首领。"

男人藏于兜帽里的脑袋动了动,似在点头,说道:"所以,他们会先带王妃回北方,或平分灵蕴,或被许诺了巨大的好处。总之,在那位青颜部首领没有参与前,王妃是安全的。"

女子密探赞同他的看法,试探道:"那现在,只有通知淮王殿下,封锁北方边境,于江州和楚州境内,全力搜捕汤山君四人,夺回王妃?"

男人没有点头,也没反对,说道:"还有什么要补充的吗?"

"有!主办官许七安没有回京,而是秘密北上,至于去了何处,杨砚声称不知道,但我觉得他们必定有特殊的联络方式。"

"何以见得?"男子密探反问。

"许七安奉命调查血屠三千里案,他害怕得罪淮王殿下,更害怕被监视,因此,把使团当作幌子,暗中调查是正确选择。一个断案如神、心思缜密的天才,有这样的应对是正常的,否则才不合理。"女子密探继续道,"而且,使团内部关系不睦,三司官员和打更人互相看不惯。使团对他来说,其实用处不大,留下来反而可能会受三司官员的钳制。"

男人摸了摸透着淡青色的下巴,指尖触及坚硬的短须,沉吟道:"不要小瞧这些文官,也许是在演戏。"

"但如果你知道许七安曾经在午门外拦住文武百官,并作诗嘲讽他们,你就不会这么认为。"女子密探顿了顿,补充道,"魏渊知道王妃北行,蛮族的事,是否与他有关?"

男人嗤笑一声:"你别问我,魏青衣的心思,我们猜不透,但不能不防。嗯,把许七安的画像散布出去,一旦发现,严密监视。使团那边,重点监视杨砚的行动。至于三司文官,看着办吧。"

第二天清晨,盖着许七安袍子的王妃从崖洞里醒来,看见许七安蹲在崖洞口,捧着一个不知从哪里变出来的铜盆,整个脸浸在盆里。

王妃心里还气着,抱着膝盖看他发神经,一看就是一刻钟。

然后,这个男人背过身去,悄悄在脸上揉捏,许久之后才转过脸来。

"啊！"王妃尖叫一声，像受惊兔子似的往后蜷缩，睁大灵动眸子，指着他，颤声道，"你你你……许二郎？"

见鬼了吧？这个男人她见过，正是许七安的堂弟许二郎，可是许家二郎怎么会出现在这里？

"大惊小怪……"许七安得意地哼哼两声，"这是我的变脸绝活，就算是修为再高的武夫，也看不出我的易容。"说话间，他把铜盆里的药水倒掉。

"你变成你家堂弟作甚？"听到熟悉的声音，王妃心里顿时踏实，狐疑地看着他。

这女人真的没啥脑子啊，可能是一个人在淮王府耀武扬威习惯了，没人跟她搞宅斗，就像婶婶一样。许七安没好气地道："你是不是傻？我能顶着许七安的脸进城吗？这是最基本的反侦查意识。"

反什么？王妃也没听懂，撇撇嘴："我饿了。"

"粥煮好了，外头有一只刚打的山鸡，去把它修理、清洗一下，然后烤了。"许七安吩咐道。

"噢！"王妃乖乖地出去了。

这段时间里，她学会了处理猎物，并烤熟等一整套流程，这当然是许七安要求的。王妃也习惯被他欺负了，毕竟现在人在屋檐下不得不低头。

当然，王妃也是蔫儿坏的女人，她从不正面顶撞许七安，往往私底下报复。

比如趁他洗澡的时候，把他衣服藏起来，让他在水里无能狂怒；又比如把叶片上沾染的鸟粪涂到猎物上，然后烤了给他吃；最近她寻思着要在烤好的猎物上吐口水。

每次付出的代价就是夜里被迫听他讲鬼故事，晚上不敢睡，吓得差点哭出来；或者就是一整天没饭吃，还得长途跋涉，晚上睡着睡着，口水就从嘴里流下来。

好半天，鸡烤好了，吐了好一会儿口水的王妃阴险地笑一下，把烤好的鸡搁在一旁，回头朝着崖洞喊道："鸡烤好啦，我喝粥。"

许七安吃肉,王妃喝粥,这是两人最近培养出的默契,准确地说,是互相伤害后的后遗症。许七安很生气,所以不高兴让她吃肉,王妃也不高兴他不让自己吃肉,使劲地报复,恶性循环。

顶着许二郎脸庞的许大郎从崖洞里走出来,坐在篝火边,道:"我们今天黄昏前,就能抵达三黄县。"

王妃面露喜色,这意味着辛苦的跋涉终于要结束了。

许七安瞅她一眼,淡淡道:"这只鸡是给你打的。"

王妃脸色倏然呆滞。

"怎么,你不想吃?还是说你又在鸡里涂鸟粪了?"许七安眯着眼,质问道。

"你,你少以小人之心度君子之腹。"王妃抓起鸡,凑到他面前,色厉内荏地说,"你自己看看嘛,哪里有鸟粪。"

"那你吃吧。"许七安点点头。

王妃张了张嘴,弱弱地道:"我,我没胃口,不想吃荤腥。"

"那就赶紧吃,不要浪费食物,不然我会生气的。"许七安笑眯眯道。

她那张平平无奇的脸,顿时皱成一团。

这时,许七安心里悸动。时隔多日,地书聊天群终于有人传书了。他端起粥,起身返回崖洞,边走边说:"赶紧吃完,不吃完我就把你丢在这里喂大虫。"

王妃朝他背影扮鬼脸。

许七安背靠着崖壁坐下,眼睛盯着地书碎片,喝了口粥,玉石小镜显露出一行小字。

贰:金莲道长请为我屏蔽诸位。

过了几息,李妙真的传书再次传来:

许七安,你到北境了吗?

许七安放下碗,以指代笔,输入信息:

今日就能抵达北境,你查到什么信息了吗?

第 358 章

三黄县

贰：我在查血屠三千里啊，我寻思着这么大的事，不可能瞒住。可是，许七安我告诉你，这个案子非常诡异。

我在楚州边境飞了三天三夜，暂时没找到血屠三千里的位置。但我发现一件事很诡异。我在边境遇到了一小股蛮族骑兵，将他们斩杀，召唤魂魄询问，发现他们根本不知道血屠三千里这件事。

李妙真直接踏着飞剑北上，比许七安要快很多，非要比喻的话，一个坐飞机，另一个则是"游轮+马车+步行"。

许七安键入信息：

这件事我已经知道，这个案子没有表面那么简单。

另外，血屠三千里是典故啊，不是真的屠戮三千里，姐姐你好歹多读点书……他在心里吐槽。

李妙真极为震惊地回复：

啊，你都知道了吗？不愧是你。

没你想的那么神，我和你一样，杀人招魂而已，只不过你杀的是蛮族骑兵，我杀的是蛮族大佬……

许七安继续问道：

还有没有其他发现？

李妙真传书回复：

有的,我发现楚州的物品都很便宜,不管是住客栈还是吃东西,或者买其他东西,五两银子可以花好久好久。而在大奉京城,五两银子,转瞬就没了。

你在说什么啊……许七安一脸蒙,用了几秒才反应过来,把李妙真这话简化一下就是:这里的窝窝头一块钱四个。所以你说这话是什么意思,感慨一下楚州物价的便宜?还是发泄你身为女人的购物欲?

许七安皱着眉头传书:

妙真,我不太懂你的意思。

李妙真回复说:

通常来说,一个地区如果发生了战乱,那么当地的粮食等价格会飙升。但我查了楚州好几个郡县的粮价,虽有起伏,相差却不大。

许七安明白了,她的意思是,楚州物价还算稳定,这说明蛮族虽有入侵边关,烧杀劫掠,但相对楚州纵横八千里的地域,那只是相对较小的范围。

叁:城池没有被占领?

贰:我没看见,而且,如果边境城池被占领的话,蛮族就不会只劫掠边境,而不敢深入楚州腹地了。

在不攻城略地的情况下,只劫掠边境百姓,绝不深入敌人腹地,嗯,这是因为害怕被包饺子。我大概明白为什么古代打仗,一定要死磕城池了。城池不拿下,就绝不绕过它,因为这等于把后背交给了敌人。

许七安小时候看电视剧,总觉得古代人脑子进水了,为什么非要对一座城池死磕呢,直接绕过它,去攻击下一座城池,甚至打到京城去。

孩子的世界总是这么简单啊……他心里感慨着,又见李妙真传书道:

许七安,我现在有点怀疑血屠三千里是不是真有其事,我不知道该怎么查下去了。

隔着地书,也能感受到李妙真的无奈和烦躁。她这次私聊许七安,就是为了请教他,如何继续查案。

李妙真的怀疑倒也不是不可能,血屠三千里的案子,起因是一个残魂，一具身份不明、来历不明的残魂。

呃，这么一想，魏公、朝堂诸公以及元景帝的决定，是不是有些太轻率了？虽然这案子肯定是要查的，但直接就派使团过来，说实话有点夸张。正常的操作，应该是派少量的人马过来探查情况，甚至派密探来暗访……

可是，血屠三千里案不存在，那么残魂又如何解释？这具尸体是李妙真在路边偶遇，如果不是她恰好为道门弟子，懂得招魂，再过几天，死者魂魄就烟消云散了。所以人为安排的可能性不大。

那个死者是北方人，因为血屠三千里之事，千里迢迢赶往京城告御状，但在距离京城八十里外，被人截杀，死于非命。其实我也没什么特别好的思路……这样回答，会不会让我伟岸高大的形象在李妙真心里减分？

沉吟许久后，许七安有了思路，传书道：

妙真，你在路边捡到的那具尸体，是江湖人士，对吧？

贰：嗯，这是你分析出来的。

叁：你有没有想过，如果北境真的发生这样的大事，谁会第一时间弹劾镇北王？

贰：自然是北境的官员，嗯，遭遇血屠三千里地区的官员。

叁：棒棒哒，那么，为什么你发现的却是一个江湖人士的尸首？

贰：棒棒哒？

叁：这不是重点，重点是，为什么是江湖人士的尸首呢？

李妙真这方面经验丰富，传书回答：

仗义每多屠狗辈，有江湖人士见到惨状，心里愤怒，上京告御状很正常吧？

许七安轻笑一声，传书道：

如果是这样，那他根本不会被截杀。没人会注意到一个江湖匹夫，相应的，他就算到了京城，空口无凭，也告不了御状。我不和你说告御状中的黑幕，仅就事论事，一个匹夫在没有证据的情况下，告得了一位亲王？相信我，朝廷理都不会理。

说到这里,许七安心里再次浮现疑惑,所以,不管是元景帝,还是魏公,或者朝堂诸公,在派遣使团北上这件事上,都显得有些草率了……

李妙真还是很聪明的,经他提点,立刻就意会,传书说道:

你的意思是,当地官员其实有上书弹劾,但遭遇了意外,所以派那个好汉来京城告状。他身上可能携带某种信物,因此遭遇了截杀。

分析到这里,李妙真顿觉豁然开朗,思路通畅。

其实我自己也有点思绪,只是不够通畅,经过他提点才想通。李妙真心说,然后下意识地传书道:

那我该怎么查?

发完信息,她就后悔了,心说:李妙真啊李妙真,你过于没主见了,显得你是个无能的女子,需要依附他!

她一边生气地反省,一边紧盯着镜面。

叁:简单,你隐藏自己天宗圣女的身份,以飞燕女侠的身份行走楚州江湖。最好多做些行侠仗义的事。

李妙真心里一动。

你是说……

许七安传书道:

我们一直忽略了"路边死者"背后的人,背后那人必然遭遇了麻烦,因此才会让江湖人士传送消息。如果他还活着,肯定是藏在某处,静等消息。

他不一定会去找使团,呵呵,使团一进入北境,恐怕就会被层层监视。甚至淮王一系也在利用使团钓鱼,相比起使团,我觉得他更可能会找一些名声极好的江湖侠士,这一点,从死去的那位好汉身上可以得到验证。

当然,这一切的前提是,那位要告御状的人还活着。

对啊,我怎么没想到还可以这样……不愧是你!李妙真眼睛闪闪发亮,传书道:

我明白了,等有了线索,再与你联络。

许七安立刻传书:

好,我还有件事要问。嗯,人死之前,精神崩溃失去理智,招魂后无法沟通,能恢复吗?要多久?

那边沉默了几秒,李妙真回复道:

魂魄完整吗?

许七安道:

三魂完整。

他当日为什么要把尸体一起带走?就是为了让白衣术士的魂魄在七日后重聚。

七日之后,人魂会从尸体里溢出,与飘散在外的天地两魂融合。这时候,魂魄会摆脱懵懂的状态,与生前无异。李妙真在路边发现的那位死者,死之前元神应该遭遇过重创,因此才会残缺,又因为凶手是武者,不擅长灭魂,所以才留下了残魂。

贰:好办,三两天的事。

叁:这件事不急,等我们会合后再说。

结束了传书,许七安把尚有余温的粥喝完,藏好地书碎片,走出崖洞。

"我吃完了。"偷偷把烤鸡丢掉的王妃大声说。

许七安嗯了一声,假装没发现她的小动作,与她并肩走在山间小道。

绿树成荫,鸟语花香,除了偶尔两侧的草丛里会传来窸窣的响动,把王妃吓一跳外,她还是蛮喜欢这种贴近自然的环境。

王妃到底是什么人,竟有灵蕴在身……大奉版的唐僧肉?哈哈哈……许七安忍不住嘴角勾起。

渐渐靠近三黄县,周边村落多了起来,许七安和王妃的午膳是在农家吃的,一人一碗粥,一碟咸菜。

这家农户五口人,两个老人,一对夫妇,一个孩童。他们住在土坯房里,穿着缝缝补补的破旧衣衫,老人瘦骨嶙峋,孩童脸色蜡黄。

他们坐在院子里吃午膳,耳边传来堂内孩子的声音:"娘,我肚子好饿。"

"不是已经吃了吗?"妇人低声说。

"以前都有一碗,今天为什么只有小半碗呀?"孩子委屈地说。

"今天来客人了,少吃一顿饿不死你。"当家的男人训斥道。

孩子害怕父亲,低着头不敢说话。

"北境的人还挺好客的。"王妃小声嘀咕道,"你看他们家,家徒四壁,我猜他们是顿顿喝粥,吃不起白米饭。"

在京城待久了,我差点忘记什么叫民生疾苦……许七安心里感慨,嘴上却说:"这不是很正常的事吗,你指望他们顿顿大鱼大肉?能吃饱饭就不错了。"

王妃抿了抿嘴,小声说:"你身上有没有带银子?"

肯定有啊,我全部家当都在地书碎片里……许七安明白了她的意思,道:"你想跟我借银子?"

她点点头。

"多少?"许七安问。

王妃沉吟一会儿,道:"一百两吧,也不能给太多,会暴露我们身份的。"

许七安脸色僵硬地看着她,一字一句地问道:"多少?"

"给、给多了吗?那、那五十两。"她眨了眨漂亮的大眼睛。

败家娘们……许七安在心里给了她一巴掌,沉声道:"一钱银子,不能再多了。"

受人之恩难道不该涌泉相报吗?王妃诧异地看着他,蹙眉道:"我会还你的,你莫要这么小气。"

许七安叹口气:"咱们这个落魄相,给个一钱银子已经很多了,再多就不合理了。镇北王的人,或北方的探子,只要摸到这里,随口一问,咱们就会暴露。"

而一钱银子,不多不少,却也够这个贫苦人家吃几天的荤腥。

王妃点点头,接受了许七安的说法,许宁宴心思缜密,她是很服气的。接着,她一脸喜滋滋的表情,道:"到了三黄县,我要沐浴,我也快受不了自己身上的酸味了。"

许七安没搭理她,哧溜哧溜地喝完粥,唤来当家的男人,道:"多谢,我带……"他停顿了一下,回身看了一眼王妃,直接略过,"进城探亲,身上没带什么东西……"许七安摸出一粒碎银,递给男人,"小小心意。"

"这,这……"男人惊呆了,他见过铜钱,却极少见到银子。

两人一阵推搡。王妃站在一旁看着许七安一本正经地和男人讲道理,心里莫名地愉悦,嘴角翘了翘。有人情味的男人,虽然好色了些,但也好过那些满腹心机、残忍嗜杀的大人物。

待两人离开后,男人双手捧着碎银,一脸激动地返回堂内,献宝似的展现给家人看。

"他,他们留了银子呢。"男人大声说。

老人伸出颤巍巍的手,摸了摸孩子的头:"明天叫阿爸给你买肉吃。"

这个贫苦家庭的成员脸上,露出了由衷的、感激的喜悦。

黄昏前,他们来到三黄县,但没立刻进城,而是在城外的凉棚里喝了盏凉茶,到了三黄县,算是真正来到北境。

到了三黄县,许七安就能见到打更人的暗子,打探情报。

三黄县规模不大,城里人口不到十万。进城时,两人遭到了盘问,要求出示官凭路引。

王妃一下子紧张起来,心里认怂了。她知道自己没有路引,根本经不起调查。怎么办,这下进不了城啦……她心顿时揪起来,这意味着她要继续长途跋涉,也意味着许七安无法查案。一时间,只觉得前途渺茫。

"有的有的。"许七安笑容满面地掏出官府凭书,恭敬地递上去。

守城的士兵扫了一眼,还给许七安,道:"进去吧。"

王妃低着头,小碎步跟在许七安身边,直到城门渐渐远去,她才如释重负地松口气,道:"你哪来的路引?"

"你睡觉的时候我出去抢的,当了回剪径蟊贼。"许七安淡淡道。

真有你的……王妃眉眼一弯,然后听见许七安叹息一声,道:"情况不容乐观啊,你丈夫的人知道我单独北上了。"

　　王妃脑子里闪过问号,骗人的吧,他们一路北上,偷偷摸摸,不曾暴露半分,淮王的人怎么就知道许七安北上了?而且,许七安是怎么知道的?聪明如她,竟看不出半点端倪。

　　"但好在他们不知道你跟我一起。"许七安又说。

　　"……怎么说?"王妃抿了抿嘴,侧着头,美眸凝视,虚心求教。

　　她一直很喜欢听许七安破案的故事,并津津乐道,听到精彩处还会拍案叫绝。当然,这些爱好王妃从没告诉过许七安。

第 359 章

暗子

"刚才喝茶的时候,我观察了一下,守城的士兵对独行的成年男子尤为关注,不但要检查路引,还摸脸。"许七安道。

"摸脸?"王妃愣了一下,然后才反应过来,鬼祟地压低声音,"检查有没有易容?"

不算笨嘛……许七安点头:"这肯定不是在找你,因为被蛮族掳走的是你,你绝不会独行。"

难怪他突然提出要在凉棚里喝茶,歇歇脚……王妃恍然大悟。而且,像三黄县这样的地区,紧邻着江州,通常来说,不会成为蛮族的目标,那么如此严格的盘查,本身就不合理。

"另外,从这件事上可以看出,血屠三千里绝对不是一句空话。不然镇北王的人不会如此谨慎对待。"许七安冷笑道。心里没鬼,就不会如此忌惮传说中的破案高手,神威如岳的许银锣。

两人在城中找了一家客栈,要了一个上等房间,门一关,在外表现得百依百顺的王妃发飙,怒道:"你就是想占我便宜吧,和话本里写的那些好色之徒一样,故意只开一个房间。"

你看的话本是叫什么名字,借一部说话……许七安嗤笑道:"你要是肯摘掉手串,本官乐意与王妃您共度春宵。至于您现在的样子,"他指了指窗边的梳妆台,揶揄道,"先照照镜子。"

王妃气得磨牙，用力白他一眼，冷笑着反唇相讥："行，那今晚你睡地我睡床，你要是碰我一下你就是禽兽。好了，我要沐浴了，请你出去。"

这么多天过去，她其实不像之前那样防备许七安了，知道他大概率不会碰自己，但傲娇的性格和吵架的惯性，让她很难和许七安这个家伙和平相处。

客栈对街的弄堂里，许七安盯着客栈监视了半个时辰，没见到可疑人物的追踪，也没看见王妃鬼鬼祟祟地溜走。

居然没有逃走，这王妃是脑子有病吗？

这个结果让许七安颇为意外，在他看来，这是千载难逢的逃跑机会。从此天高任鸟飞，海阔凭鱼跃，摆脱王妃这个身份，再不用担惊受怕地成为"药材"。

她是不是不愿意放弃王妃这个身份带来的荣华富贵？呃，通过这几天的相处，她其实更像是涉世未深的女孩，傲娇任性，身上没有风尘气。再说，荣华富贵能有命重要？

从她平时提及淮王的语气来看，对那位名义上的夫君并没有感情。唔，她有时候也会在夜里发呆，表现出消极悲观的态度……难道是对无法反抗的命运绝望了？

真是个悲惨的女人。

许七安于夜色中上路，在城中兜兜转转许久，最后停在一家名为"雅音楼"的青楼门口。

前文说过，通过青楼的尾缀可以判断它的规格，一二等青楼以"院、馆、阁"为主，三四等青楼多以"楼、班、店"为名。"雅音楼"只能算中下等青楼，但在三黄县这样的小县城，大概是最高规格的青楼了。

穿彩衣罗裙的女子在门口迎来送往，言笑晏晏。

那位打更人的暗子，花名叫采儿。

打更人的暗子遍布大奉，三教九流，什么职业都有，如此才能全方位地收集情报。离开京城前，魏渊给了许七安一个名单，上面有楚州各地暗子的联络方式,姓名,资料。

"哟,这位爷,里边请里边请。"甫一踏入堂内,就有一位老鸨迎了上来,毒辣的目光把许七安浑身搜刮了一遍,穿着普通,但容貌俊美无俦。容貌还是其次,最主要的是腰间的荷包鼓涨涨,优质客户!

老鸨表面热情,实则有些拘谨。因为她不清楚对方的段位,所以热情程度有些拿捏不准,害怕不慎惹恼客人。

这时,她看见许七安打开了臂弯。在青楼里,这是示意老鸨抱自己胳膊,以示亲近。

一看就是老色坯了……老鸨抹着浓妆的脸绽放笑容,宛如看到了家人,热切地挽着许七安的胳膊,娇滴滴道:"官人,您先这边坐,喝会儿茶,奴家给你挑几个俊俏姐儿……"

话没说完,许七安挥手打断,道:"我来找采儿。"

"哎呀,您来得不巧,采儿有客人了,您再看看别的姑娘?"老鸨笑容不变。

"我只要采儿。"许七安把荷包摘下来,丢给老鸨。

"这……"老鸨一脸为难地领着许七安上二楼,心里却笑开花,相比起白花花的银子,规矩算什么?青楼里,为争一个姑娘大打出手的例子太多,打架都不是事,大不了把闹事的轰出去。当然,轰的是给钱少的,或者没背景的。

两人来到一间房门前,里面传来男女办事的声音和床榻咯吱的声音。

许七安一脚踹开房门,惊动了房间里的男女,只见床榻上,一个肥胖的中年男人,压在一位娇滴滴的艳丽女子身上。

男子脸色惊恐地看向门口,继而一副要杀人的狂怒模样,大喝道:"滚出去!"

倒是那艳丽女子,见到俊美无俦的年轻人,眼睛猛地一亮。

不要生气嘛……好吧,这种事,是个男人都会大怒。许七安大步上前,摆出纨绔子弟争风吃醋的架势,把男人从床上拎下来,一顿胖揍。

"兄弟,兄弟,有话好好说……"男人挨了两拳一脚,察觉到对方力气大得吓人,便知自己不是对手,果断求饶认怂。

"穿好衣服,滚出去。"许七安骂咧咧道。

男人连忙穿好里衣里裤,然后抓起外套和裤子,慌慌张张地逃离。

站在房门口的老鸨,朝床上的采儿投去质询的目光。后者微微摇头,她并不认识这个俊美男子。

老鸨也懒得多管,脸上堆着笑容,道:"不打扰两位共度春宵,采儿,好好伺候客人。"

说罢,关上房门。

许七安在圆桌边坐下,听力放大,听着老鸨的脚步声远去,然后是踩踏木楼梯的声音……

采儿坐起身,裸露出白皙的上身,脸蛋尚有红潮,笑吟吟道:"小相公,还等什么呢,奴家在床上等得着急。"

说话的同时,她打量着这个俊美陌生的男子。于她而言,身上的男人从一个大腹便便的老男人,换成一个皮相顶尖的俊哥儿,这是天上掉馅饼的好事。

已经确认周遭没有异常的许七安,盯着采儿,悠然道:"青衣侍从。"

简单四个字,就让床榻上的女子脸色大变,仓皇地掀开被子下床,跪倒在地,低声道:"百死无悔。"

暗号没错……肖像画也对……许七安颔首,沉声道:"穿好衣服,本官有话问你。"

采儿收敛媚态,捡起地上的罗裙套在身上,接着开始穿小衣,不多时,便穿戴整齐。这位表面上是风尘女子,实则是打更人暗子的采儿,盈盈施礼,凝视着许七安,道:"大人,我能看看您的腰牌吗?"

"可以。"许七安把独属于他的腰牌取出来,放在桌上。腰牌镀银的,背面是打更人防伪花纹,正面刻着一个"许"字。

采儿抿了抿嘴,把视线从腰牌挪到许七安身上,用一种崇拜的目光看着他,问道:"您,您就是许七安许银锣?"

许七安笑了:"你知道我?"

"当然知道,如果连衙门出了您这样一位少年天才而不知,那奴家搜集情报的本事也太低啦。"采儿脸色兴奋,道,"关于您的一切我都知道,您是大奉诗魁,断案如神。京察之年,京城风雨飘摇,全靠您力挽狂澜,这才平息了风波。我还知道您在京城力挫佛门罗汉,以及您在云州时,一人独挡数万叛军,威名赫赫……"

许七安笑容一僵。

真是的,到底是谁在吹我?都已经传到北境来了吗,在真正懂行的高手眼里,我已经完全成为笑柄了吧?

咳咳!他咳嗽一声,道:"闲话莫说了,我问你,北境近来如何,可有发生大规模战争?"

采儿摇头:"蛮族虽有侵犯边关,但都是小股骑兵劫掠,东抢一会儿,西抢一会儿。如果有大规模战争,百姓会往南逃,那势必路过三黄县,奴家不会不知。"

许七安点头,又问:"各地有没有什么奇特现象,比如,突然有大规模人口失踪。"

采儿皱着眉头,思考片刻,道:"奴家没有搜集到相应情报……不过,经您提醒,奴家倒是想起一件事,甚是古怪。"

许七安眉毛一扬,连忙追问:"什么事?"

"前阵子,奴家接待过一位客人,是一个拥有自己商队的老爷,他常年在楚州各地贩卖货物。那次酒喝多了,他发牢骚说,西口郡以及下辖三县,不知为何竟被官兵封锁,官道全封了,害得他白跑一趟,一路人吃马嚼,亏了几百两银子呢。"

许七安指头敲了敲桌面:"西口郡在哪儿?"

采儿施礼道:"您稍等。"她从床榻底下拉出箱子,最底层是一张堪舆图,取出,铺开在桌上,指着某处道,"这里便是西口郡。"

西口郡在楚州的最西边,与西域佛国地盘紧邻,过了西口郡就是西域地界,故而得名。西口郡与北方并不接壤。

"战争不可能打到那边去,除非北方蛮族绕路,但西域佛国不会借道……既然这样,为什么要封锁西口郡?"

一个大胆的猜测在许七安心里浮现。他不动声色地点头,问道:"你还有什么要补充?"

采儿道:"外头不知道,但三黄县的防卫力量倒是增强了不少,以前出入不需路引,但现在却查得极为严格。"

许七安笑了:"这是不是最近几天的事?"

谁知道采儿摇头,道:"一个月前就这般了。"

闻言,许七安眉头顿时皱起。

第 360 章

许七安的截杀计划

一个月前……三黄县地处楚州边缘,盘查得这么严密,是在寻找什么人,或者围堵什么人?

这几天光往深山老林钻,都没注意官道是不是也设关卡了。

不管在找什么人,肯定不是找我,难道是我想太多了?不排除近期把我添加入"黑名单"的可能。反正找一个人是找,找两个人也是找。

许七安指头敲击桌面,边分析,边制定短期目标:

明天就出发去西口郡,如果那里真有问题,那里极有可能是血屠三千里的案发地点。这样一来,可能就会有危险,要把王妃带上吗?嗯,临近西口郡时,可以把她放在附近安全的客栈。王妃这颗棋子用得好,或许能保我一命,不能丢。

见许七安沉吟不语,采儿乖巧地坐在一旁不说话。

时间一分一秒地过去,许七安终于从沉思中恢复,吩咐道:"帮我沏壶茶。"

采儿心里一喜,开心地应了一声,这意味着许银锣今晚要留宿在这里。

果然,她沏茶后,听许银锣又一次吩咐:"把床单和被褥换了。"

采儿兴奋得浑身发软,手脚飞快地换了床单和被褥。

一壶茶喝完,夜深了,许七安在采儿的服侍下泡完脚,然后往床榻一躺,舒服地伸着懒腰。近日连续夜宿荒郊野岭,睡眠体验极差,很久没有享受到柔软的床铺了。

"许大人,奴家来服侍你。"采儿心花怒放地坐在床沿,边说边脱衣服。

"采儿。"许七安躺在床上看着她,突然说道,"有没有觉得你的床铺太软,睡着不太舒服。"

"许大人说得有理,听说睡硬板床对身子更好,床铺太软,人容易累。"采儿笑道,心说这就与人家研究起床铺了,许大人果然是风流之人。

许七安点头,表情认真地说:"所以为了你的身子着想,今晚你睡地我睡床。"

次日,天蒙蒙亮,许七安洗漱完毕,在采儿幽怨的小眼神里,离开了雅音楼。

许七安沿着大街,优哉游哉地往客栈的方向走。

突然,前方出现一列披甲士卒。领头的不是覆甲将军,而是一个裹着黑袍、戴着面具的男人。

目光只在黑袍男子身上停留了几秒,许七安不动声色地挪开眼,与对方擦身而过。

"你等等!"身后传来黑袍男子的声音,以及勒马的响声。

这么敏锐?许七安转身,脸上自然而然带着几分警惕,几分恭敬,作揖道:"大人,您是叫我?"

黑袍男子掉转马头,居高临下地审视着许七安,问道:"你是哪里人氏,可有路引?"

"有的。"许七安把自己的假身份说了一遍。

黑袍男子再次问道:"练过武?"

许七安摆出低眉顺眼的姿态,回答道:"小人极有武道天赋,十九岁便已是炼精巅峰,只是炼气境实在困难,再加上女色动人心,又是该成家的年纪,就……"他适当地表露出一点得意却又遗憾的情绪。

黑袍男子在他脸庞看了片刻,没说什么,掉转马头,带着军队继续前行。

望着这支军队的背影渐行渐远,许七安如释重负,收回了天地一刀斩的蓄力,这能让他的气息朝内坍塌、收缩。

嘿嘿,有句话怎么说来着,只有废物的人,没有废物的技能。我完美地解决了武夫不擅长隐藏自身的弱点。

这家伙穿得奇怪,应该就是资料上说的,镇北王的密探?镇北王的密探出现在三黄县,呵……他们果然在找人,有可能在找我,也有可能在找别人。

其实打更人也是密探,是元景帝的密探,所以打更人有编制,吃朝廷俸禄。而镇北王的密探,则属于镇北王的"私兵"。他们出了北境,什么都不是。但在这里,就算是朝廷钦差,也得让三分,因为他们只代表镇北王。

身为镇北王的心腹,肯定知道很多内幕,我何必自己一个人瞎琢磨呢。这个案子和云州案、桑泊案都不同,不需要抽丝剥茧,有一个很明确的目标——查明血屠三千里的真相。

而这样的大规模杀戮是瞒不住的,这意味着我不用和以前的案子一样,一点点地找线索。直接抓住他,严刑拷打就可以了,如果对方是个恶人,那就杀了招魂……

返回落脚的客栈,早起的客人已经在一楼大堂里吃早膳,而不想下楼的客人,则吩咐小二把早膳送到房间去。这里面自然不包括胆小如鼠的王妃,许七安没回来前,她不会主动让任何男人进房间,也不会出去。经过这么多天的相处,许七安能确认这一点。

她是一个很没安全感的女人,大概是前半生的经历造成的。

许七安吩咐店小二一刻钟后把早膳送上楼,而后顺着楼梯,来到王妃的房间门口,耳郭一动,捕捉到房间内轻微的呼吸声。

还在睡觉……他掌心贴着门口,用气机操纵门闩,打开房门。

床榻上,王妃侧着身子,睡姿端庄,面容安静。这时候的她,才有几分王妃的仪容。

许七安打开窗户,让新鲜空气涌入房间,他坐在梳妆台前,于脑海里复盘案子。

血屠三千里案

地点:西口郡(疑似)。

凶手:不明。

目的:不明。

王妃遇袭案

地点:北行途中。

凶手:北方蛮族、北方妖族。

目的:阻止镇北王晋升二品,以及馋王妃身子(灵蕴)。

目前来说,这两个案子并没有实质上的联系,没准是蛮族知道镇北王要晋升二品,趁机骚扰,吸引注意,让镇北王不敢随意离开楚州,然后暗中派人埋伏,夺走王妃。镇北王是楚州总兵,手握整个楚州的军事大权,没有传召是不能回京的。不过,元景帝似乎对这个一母同胞的弟弟晋升二品持赞同态度,召他回京不难。所以蛮族入侵边关的动机可以解释得通。

血屠三千里的案子也是这个时候犯下的? 可是,四个四品高手,部落首领,却不知道此事。更有意思的是,身为副将的褚相龙也不知道此事。嗯,不排除是蛮族某个强者干的,但没有泄露出去。

神秘术士也参与其中,他又在谋划什么呢?

正想着,他通过铜镜,看见王妃揉着眼睛,坐起身。

"醒了?"许七安笑道。

王妃打了个哈欠,不搭理他,取来洗漱用具,蹲在床边洗脸刷牙。

洗刷过后,她一脸嫌弃地说:"难闻死了,浑身脂粉味。有些人哪,迟早死在女人肚皮上。"

"你要不再睡会儿?"许七安提议道,"一个时辰后,我们出发,往西,去西口郡。"

"你不办事了?"王妃吃了一惊。

"事都在青楼里办完了。"许七安露出不正经的笑容。

打更人的暗子是秘密,不能泄露,就算是无害的王妃,许七安也不能告诉她,否则就是对暗子的不尊重。不过正是因为王妃无害,许七安才不怕透露这些小细节,想来以王妃浅薄的心机,意会不到。

"呸!"王妃脸红地啐了一口。

京城,教坊司。

浮香姿态慵懒地起床,在丫鬟的服侍下洗漱更衣,对镜梳妆后,她忽然按住心口,皱了皱眉。下一刻,脸色恢复如常,轻声道:"你先出去,我要再睡片刻。"

贴身丫鬟有些奇怪,但也没说什么,乖顺地离开房间。

等人走远,浮香从床底取出一只狐头香炉,一支漆黑的香,她剪断一绺头发缠在漆黑的香上,然后把香点燃,插在香炉上。浮香恭敬地把香炉摆在桌上,双膝跪地,嘴里喃喃自语。

那支漆黑的香以极快的速度燃尽,灰烬轻飘飘地落在桌面,自行汇聚,形成一行简短的小字:

北境事了,许你归族。

看着这行字,浮香脸色莫名激动,有种苦日子熬到头的喜悦。可眼睛里,却藏着一丝眷恋和不舍。

楚州城。

经过三天的赶路,使团在镇北王派遣的五百人军队护送下,抵达了楚州城。

大奉的十三个州,核心的州城通常位于地域中央,唯独楚州不同,它临近边境,直面北方的蛮族和妖族。

北境百姓常说,正是因为有镇北王坐镇楚州城,它才能于北方蛮族的侵扰中,屹立不倒数十年。历史上,楚州城破过两次,有过两次血腥的屠城。但到了镇北王这一代,楚州城附近风调雨顺,蛮族骑兵根本不敢滋扰楚州城方圆百里,因为这片区域驻扎着北境最精锐的军队。

大理寺丞掀开马车的帘子,眺望巍峨高大的城墙,只见墙壁上刻满了繁复古怪的阵纹,遍布城墙的每一个角落。女墙上,架着司天监研制的火炮、床弩等杀伤力巨大的法器。

"《大奉地理志·楚州志》上说,楚州城的城墙刻满阵法,墙体坚固,可抵御三品高手袭击。真是百闻不如一见。"大理寺丞感慨道。

大奉边境的主要城市,都刻画了类似的阵法,加强防御。司天监每隔百年,就会召集所有术士修复、补充阵法。

"再有镇北王坐镇,楚州城固若金汤。"刘御史附和道。

使团抵达城门口,便看到十几名官员已恭候多时,为首者是一位身穿绯袍的官员,长须及胸,面容清癯,透着一股读书人的儒雅,以及边塞官员的锐气——楚州布政使郑兴怀。

"郑大人,京城一别,已有三年了。"刘御史大笑着上前,看起来与郑兴怀颇为熟稔。

郑布政使微微颔首,不苟言笑的脸上挤出些许笑容,一番寒暄后,领着众人去了楚州最大的驿站。

落脚后,杨砚等人与郑布政使坐在堂内谈事。

"郑大人,陛下和诸公听说楚州发生血屠三千里案,惊怒交集,派遣我等前来查明此事,希望郑大人倾力相助。"刘御史拱手道。

早已知晓此事的郑兴怀微微颔首,问道:"几位大人希望本官如何协助?"

杨砚直截了当地说:"我需要楚州边军的出营记录,以及楚州各地衙门的公文往来。"

郑布政使没有回答,环顾众人,不经意地说道:"我听说主办官许银锣因伤返京了?"

刘御史叹息道:"途中遭遇埋伏……"

郑布政使皱了皱眉,用公事公办的语气道:"没了主办官,这便宜行事之权……当然,各地衙门的公文往来,本官可以给几位大人一观,只是边军的出营记录,恐怕只有主办官有权力过问。本官会禀明淮王,但不保证淮王一定会通融。"

刘御史等人也不恼怒,笑呵呵地说:"多谢郑大人,多谢郑大人。"

谈完后,郑布政使以公务繁忙为由,告辞离开。

大理寺丞看了眼刘御史,摇摇头:"可惜,两位御史还是御史,若是巡抚,啧啧……"

御史在京城时是御史,一旦奉旨到地方视察,那就是巡抚。巡抚权力之大直接压过都指挥使、布政使、提刑按察使三位最高领导。可正因为巡抚权力之大,才会委任许七安做主办官,元景帝的态度很明显,不能让使团制衡淮王。

杨砚淡淡道:"这位郑布政使,为官如何?"

刘御史忙说:"我与他有些交情,此人为官清廉,名声极佳。"

三黄县。

城外,官道边的凉棚里,姿色平庸的王妃和俊美如画的许七安坐在桌边,喝着劣质茶水。此地距离城门口不远,一壶茶两文钱,很便宜,再加上位置选得好,一棵大榕树遮下,风一吹来,既阴凉又舒服。沿途不停有进城或出城的百姓在这里歇脚,喝茶。

许七安握着茶杯,思考着他的"截杀"计划。

要想从镇北王的密探口中套取情报,肯定不能在城里,不然会波及无辜百姓,还可能被反杀,最好的办法就是等待对方出城。

既然是寻人,肯定不会在一座小县城逗留太久,北境郡县无数,也不可能每一个城市、乡镇都安插了人手。因此,密探肯定是流动的。

他只要守株待兔就行了。

这时,他发现隔壁几个汉子行为有些反常。

第 361 章

全是谎言

最开始,许七安没有在意,一半的心力沉浸在自己的思考里,另一半则留心观察周边情况。慢慢地,他发现隔壁桌的三个汉子很反常,并不是普通人。

首先,他们强壮的体格与常人迥异,气息可以隐藏,但武夫的体格是瞒不住的。

其次,这些人的目光很有目的性,只往三黄县城方向观望,对周遭的一切视若无睹,似乎在等待着什么。

最后,这三个汉子身上有易容的痕迹。

江湖仇杀吗……许七安心里嘀咕一声。

这三个汉子打的与他相同的主意,于城外的官道上守株待兔,而他们的仇人,会从这条官道经过。

所以说江湖就是危险啊,不是你砍我,就是我捅你,古惑仔没有一个好下场……许七安默默感慨一声,没往心里去。

这个世界有它的规矩,比如江湖事江湖了,江湖儿女江湖老。官府通常不会去管江湖人士的死活,只要他们不伤害平民扰乱治安。

"给我一钱银子……"王妃低声说。

"不,十文钱就好。"她又改口道。

许七安看了她一眼,像孔乙己摆铜钱那样,一枚一枚地摆桌上。

王妃伸出小手,急慌慌地把铜钱收好,鬼祟地左顾右盼,瞪他一眼,啐道:"财不露白。"然后收进小腰的系带里。

许七安笑了,经过他的熏陶,王妃开始主动学习、吸取行走江湖的经验,是个好学的女子。只是她就像一只被养在笼子里的金丝雀,对于底层百姓和社会现状一概不知,难免有些学得画虎不成反类犬。

十文钱而已,还远没到财帛动人心的地步。

王妃收好铜钱,又向店家要了两只碗、一壶茶,然后小心翼翼地抱在怀里,连带着包袱离开凉棚。她顺着路边走,很快停了下来,停在了两个乞丐面前。

一个老乞丐,带着一个小乞丐。

许七安的目光一直追随着大奉第一美人,看着她在两个乞丐面前蹲下,把两只碗摆开,给他们倒茶。接着,姿色平庸的王妃把自己的口粮——许七安大发善心买的上好糕点,分给了小乞丐和老乞丐。等两人狼吞虎咽地吃了一会儿,她警惕地左顾右盼,从系带里摸出十枚铜钱,鬼祟地递给老乞丐,生怕被人看见似的。

许七安平静地看着这一幕,瞳孔略有放空。

过了一阵,王妃抱着茶壶和茶碗,脚步轻快地回来。

"这样的话,我就欠你一钱银子……还有十文钱。"王妃说,她并不知道一钱银子等于多少文。

有必要吗?你这一路上,吃穿住行我都承包了……许七安点点头,罕见地没有嘲讽她,而是问道:"你跟他们说了什么?"

"他们是从边境逃过来的,村子被蛮族灭啦,家人全死了,老乞丐带着孙子小乞丐一路逃亡到这里。"王妃眉梢紧蹙。

许七安嗯了一声,沉默半晌,调侃道:"你今天很漂亮。"

王妃嗤之以鼻,骄傲地昂起下颔。净说些废话,世上还有比她更美的女子吗?

突然,她苦恼地捧着自己的脸,用力搓了搓,愁眉苦脸道:"即使我成了现在这个样子,你依旧会被我的美色所诱。"

恰好此时,急促的马蹄声传来,一支骑兵从三黄县方向奔来,为首者裹着黑袍,戴着兜帽,脸庞覆盖一张仅露出下巴和嘴唇的面具。

这位镇北王的密探,正是今晨与许七安在街边遭遇的那位。

呵,我还以为最少要在官道边等几天……许七安心里一喜,颇为振奋。有了今晨的前车之鉴,为避免引起对方的注意,他没有多看对方,同时收束自己的恶意,以免触及对方的武者直觉。

此地距离三黄县极近,行人颇多,不适合动手。

哒哒哒……这支骑兵从凉棚边经过,迅速远去。

就在许七安要带着王妃尾随跟上时,隔壁桌的三个汉子率先行动,他们丢下一粒碎银,抓起斜靠在桌边用布条包裹的武器,朝着骑兵离去的方向狂奔而去。

三人也是冲着镇北王密探去的?许七安低头喝茶,不动声色。过了半炷香时间,他起身道:"走吧,带你看好戏去。"

王妃立刻撑着桌子起身,摇着臀儿,跟在他身后。

尽管穿着布裙,戴着木簪,但她丰满诱人的身段依旧让凉棚里的男人侧目,心里感慨一声:这婆娘屁股真大。

许七安走了几步后,停下来,回头望着王妃,道:"我背你。"这样走过去,黄花菜都凉了。

王妃下意识地摇头,任何与男性有亲密接触的行为都是她坚决抵触的。

"不行?"

"不行!"

许七安一直是尊重女性的绅士,于是拎着王妃的后衣领,开始了狂奔模式。

轰轰轰……踏地声宛如雷鸣,他每一脚跨出,便跃出数十丈,在官道上留下一个个深深的脚印。

"揪揪窝……快疼下……"王妃承受了她这个段位不该有的压力。

许七安扭头看去,她的五官在扑面而来的强风中扭成一团,眼泪从眼角狂流。能看到大奉第一美人这般丑态,许七安觉得老有意思了。

一刻钟后,许七安突然停了下来,松开王妃的后衣领。

扑通,王妃一屁股坐在地上,小脸煞白,瞳孔涣散,暂时未能从方才的速度与激情中回神。

"浑蛋!"她一副要哭出来的表情,扑过来又抓又咬,要和许七安拼命。可怜王妃漂漂亮亮长这么大,从来没遭遇过这般待遇,没出过这么大的糗。

许七安反手一巴掌把她拍回地上,沉声道:"别吵,看前面。"

王妃抿着嘴,忍着委屈,泫然欲泣地看向前方。

极遥远处,正发生一场激烈的厮杀。三个青面獠牙的蛮子正围攻一个罩黑袍、戴面具的男人。而在双方身边和远处,横陈着数十具尸体、马尸。

王妃心里一凛,小步靠近许七安,在他身边寻求一点安全感。

"那是淮王的密探。"她轻声说。

我知道那是淮王密探,三个围攻他的蛮子,似乎是青颜部的族人……许七安眯着眼,凝神观望。

根据情报显示,青颜部的蛮族,皮肤呈青色,因此得名。而那三个蛮子,不但浑身呈现青色,脸颊上还有厚厚的一层角质,宛如天生的铠甲。这是蛮族中常见的返祖现象。

"很明显,这是一场有目的的截杀。蛮族的蛮子,在截杀镇北王的密探。"许七安沉声道。

王妃用力啄了啄脑袋,又往他身后靠了靠:"所以,我们为什么不赶紧走?"

许七安笑着反问:"为什么要走?"

这时,远处交手的双方,察觉到了这对围观的男女,罩着黑袍的男子喝道:"是你!速速返回三黄县求援,以你的脚程,半炷香就能返回。"他刻意露出惊喜的语气,让三个蛮子误以为自己和许七安相识。

果然,听到他的话,三个蛮子脸色微变,其中一个当即后退,不再参与围攻黑袍密探,转而把许七安和王妃当成目标,打算杀人灭口,杜绝援兵的到来。

看到这一幕的黑袍密探,露出奸计得逞的笑容,避开蛮子长刀劈砍的同时,软剑一甩,缠住对方手臂,猛地一拽。

那蛮子手臂衣袖化作片缕,青色的手臂覆盖一层角质,竟被软剑刮下一层。

他立刻后退,甩动疼痛的手臂,扭头用蛮语喝道:"快解决那两人,我们两个杀不死他。"

负责杀人灭口的蛮子应了一声,加快速度,突然大喝一声,脚下轰隆一响,他竟跃起十几丈高,宛如苍鹰搏兔,手中长刀霍然斩下。

而身为蛮子目标的许七安,一动不动,似乎惊呆了。他身后的女人抱着头,蹲在地上,发出高分贝尖叫。

哼,愚蠢的蛮族……眼见那蛮子越跑越远,黑袍密探心里冷笑一声。如此简单便中了他的调虎离山之计,不是蠢是什么?

支走一人后,他压力减轻许多,不再是难以逃窜的处境。顺着官道再跑二十里便是军营,到了军营,他就安全了。至于远处那个倒霉家伙,为他而死也算死得其所。大不了到时候率军剿杀三个青颜部探子,为他报仇便是。

这时,黑袍密探以及两个青颜部的蛮子,于交战中,听见了一声清脆的崩裂声,久经战场的他们一下子就听出,那是钢刀折断的声音。

怎么回事?双方默契地留了几分余地,飞快朝远处扫了一眼,看见了让他们瞠目结舌的一幕。

只见远处那个男人,此刻变成一尊金光灿灿的金身。他依旧岿然不动,那个高高跃起、挥舞钢刀的蛮子,此刻已然落地,惊愕地看着手中的钢刀。

"佛门武僧?"握着断裂钢刀的青颜部蛮子,声音里带上了一丝颤抖。

王妃抬起头,她的视觉里,看到的是一个青皮头,不对,是金皮头。

他,他没有头发的吗……这一瞬间,旅途中的许多疑惑得到了解答,他从不摘掉头上的貂帽,不管是吃饭、睡觉,还是洗澡。他常常做的一件事,就是稳一手(抬手按貂帽)。

"答错了,惩罚是死亡。"许七安沉着脸,探出右臂,掐住青颜部蛮子的脖颈。

蛮子眼神里充满恐惧，面目扭曲，于奋力挣扎中被捏碎脖颈。所有的挣扎瞬间停止，手脚无力下垂。

"佛门武僧！"围攻黑袍密探的两个蛮子，目睹了同伴的死亡，弱小得像一根草芥。这一刻，他们想起了曾经被佛门支配的恐惧，想起了当年山海关战役中，像稻草一般被收割生命的族人。

佛门武僧？不对，武僧不会穿这样的衣服，他刚才说的话里，带着浓浓的中原口音……黑袍密探心里一动，本能地展开分析，提取有用的情报。

"跑！"两个蛮子默契地转身，一个朝北，一个朝南，往不同方向逃窜。

"你待在这里别动，我杀完人回来接你。"许七安回头，盼咐一声，接着，他发现王妃的眼睛正盯着自己的脑壳。

我感觉被冒犯了……他心里嘀咕一声，化作一道金色残影追击，将两个蛮族击杀，而后拎着他们的尸体返回。

这个时候，那个黑袍探子没有走，在远处观望。

见状，许七安借着处理尸体的间隙，悄悄从怀里夹出一页纸张，用气机引燃。开启望气术的瞬间，他闭了闭眼睛，没让清光溢散，惊动黑袍探子。

"多谢阁下出手相救，不知阁下是佛门哪位长老座下弟子？"黑袍探子主动靠拢过来，出言试探。见许七安不答，他连忙补充道，"方才形势紧张，逼不得已，还请高僧见谅。"

一句"逼不得已"就轻松揭过了吗？我要是个普通人，现在脑壳已经两半了……许七安抬了抬手，开门见山地表明身份："本官许七安，奉旨前往北境，查血屠三千里案。"

黑袍探子脸色一僵，面具下，眼神变得复杂。

还真是许七安！他刚才有过念头一闪的猜测，因为根据情报显示，许七安在佛门斗法中获得金刚不败神功。此人有着中原口音，穿衣打扮又不像佛门中人，极有可能是他们一直暗中寻找的主办官许七安。

想法纷呈间,他目光落在姿色平庸的女人身上,出于密探的职业素养,本能地对她的身份猜测起来。他果然孤身北上查案,可为什么身边要带一个女人?也许是途中所救?如果是这样的话,不该带在身边,这样既不利于查案,又无法保证女子的安全。

是……是王妃?!黑袍探子脑海里灵光乍现,闪过这个大胆的猜测。

根据上级传回来的情报来看,褚相龙逃离前的应对举措,证明王妃有易容,以及携带屏蔽气息的法器。许七安在遇袭后,脱离了使团,而后做了什么,无人得知。近日来封锁边境,却始终没有探查到四个蛮族高手的行踪。

浮想联翩之际,他听见许七安说道:"她就是你们的王妃。"

王妃睁大美眸,咬着唇,有些失望和悲伤地看着许七安。

他就这样把自己出卖了……

竟然就这样承认了,真的是王妃?黑袍探子内心涌起无与伦比的激动。王妃找到了,他找到的,他将立下泼天功劳。

虽然不知道他怎么救回王妃,但有一点可以肯定,他救了王妃却选择独行,目的是用王妃来要挟淮王殿下……黑袍探子深吸一口气,适当地表露出惊喜和感激,笑道:"多谢许大人找回王妃,淮王殿下必有重谢。"

"那我就不客气了。"许七安笑着说,"问你几个问题,如实回答,王妃便交给你。"

王妃后退了几步,远离两个男人,她抿着唇,眼里流淌着悲伤。

黑袍探子沉默几秒,道:"许大人请说。"

"血屠三千里是怎么回事?"

"血屠三千里?"黑袍男子露出诧异的神色,茫然道,"我并不知道什么血屠三千里。不如这样,许大人随我一起前往军营,先安置了王妃,后续需要什么帮助,您尽管开口,我们必定全力配合。"

许七安平静地看着他,似笑非笑:"回了军营,我就是砧板上的鱼肉,对吗?"

黑袍探子脸色微变,愕然道:"许大人何出此言,您乃陛下钦点的主办官,卑职恨不得把您供起来。"他强调许七安的身份,想以此误导,制造一种"朝堂命官无人敢害"的错觉。

　　许七安叹口气,指了指自己的眼睛:"可你一句真话都没有,我望气术都瞧在眼里。"

　　黑袍探子心里一凛,武者对危险的直觉让他本能地后退,顺势挥出了软剑。下一刻,他的脖子被许七安掐住。

第 362 章

真凶

对方强有力的手腕,让黑袍探子意识到双方的实力差距,他是资深的情报人员,并不会因为危急而方寸大乱,丧失理智。相反,多年来的训练,使他在危急关头,反而头脑愈发冷静。

"许大人,你没必要这样,你要查血屠三千里的案子,又害怕得罪淮王殿下,这些卑职是理解的。但我劝你不要冲动,有几件事你要想明白。

"第一,王妃没有被蛮族劫走,这件事瞒不住,呵呵,其中缘由我不能告诉你。但你相信我,王妃落入蛮族手中的话,淮王殿下最后总归会知道。可结果是王妃被你救走了,只要事后调查,你脱离使团的节点与王妃被劫时间点一致,这就够了。淮王殿下想对付谁,不需要证据,只要他觉得你是敌人。"

镇北王比我想象中的更加霸道啊……许七安面无表情,继续听着。

"第二,你救了王妃,是大功一件。淮王殿下掌兵多年,最看重'赏罚分明'四个字。若是能搭上淮王这条线,许银锣,你必将前途无量。魏渊只能提拔你的官位,但淮王是亲王,他能提拔你的爵位。

"第三,案子只是案子,办差了一件,不影响你屡破奇案的威名。前途才是最紧要的,不是吗?何必为了一个与己无关的破案子,影响自身呢?"

王妃又默默地退了一步,她没去看黑袍探子,注意力全在许七安身上。

他虽然是个好色之徒,可行事风格还算正派,绝对不是那种为了前途出卖别人的败类……王妃对此有一定的信心,但仍然有些忐忑和紧张。毕竟许七安现在面临的是得罪亲王的压力,以及加官晋爵的前程。

官僚主义无论哪个世界都有啊。许七安缓缓点头:"说得有道理,我都快信服了。你说得对,王妃本就是镇北王的正妻,我没必要因此得罪一位亲王。"

黑袍探子罩着面具的脸庞露出了笑容,他在赌,赌许七安不敢得罪淮王,赌许七安更在意前程。一边是炼狱,一边是仙境,傻子都知道该怎么选。

当然,这番话是否能兑现,淮王是否愿意给姓许的一个锦绣前程,谁在乎呢?只要度过这一劫难,返回军营,许七安就是砧板上的鱼肉。至于望气术,黑袍探子不担心,他方才说的全是真心话。淮王确实赏罚分明。

看着明显松了口气的黑袍探子,许七安语气沉重:"回答我一个问题,我就让你走。血屠三千里,到底怎么回事?"

黑袍探子心里一沉,厉声道:"许七安,如果你非要查下去,那等待你的只有毁灭。淮王捏死你,就像捏死一只蚂蚁一般。不但是你,你的家人,你的亲友,统统都要连坐。如果不想让他们给你陪葬,你最好乖乖地把我放了!"

见许七安沉默不语,黑袍探子冷笑一声:"你杀了我,最多就是杀人灭口,还有什么意义呢?难道你能招我魂魄吗?识趣点吧,好好想一想,我刚才的话依旧有效。"

身为情报人员,他很懂人心,也懂话术。威逼和利诱结合,以前程做诱饵,以亲友做要挟。

"你说对了。"许七安咧嘴一笑。

黑袍探子一凛,涌起不祥预感,试探道:"什、什么?"

许七安盯着他的眼睛,重复道:"你说对了,我还真会招魂。"

说完,他看见黑袍探子的瞳孔猛地一缩,继而奋力挣扎,色厉内荏地威胁:"许七安,我是淮王殿下的密探,你敢杀我,就是与淮王为敌,你不会有好下场的。你是傻子吗?不,傻子都比你聪明,阳关大道你不走,偏要……"

咔嚓一声,怒喝声戛然而止。

"吵死了。"许七安随手把尸体丢在地上,这个密探睁大眼球,死寂地望着天空,似乎死不瞑目。

杀得好!王妃在心里暗暗喝彩。

她一颗心慢慢放稳,如释重负地吐出一口气,再看向许七安时,眼里的欣赏不加掩饰。不知不觉间,许七安在她这里的形象愈发鲜明立体,她对许七安的信任也在增长,这些转变悄然发生,是本人难以立刻察觉的。

王妃刚想开口说,我们快溜吧,就看见许七安取出一本书,撕下一页纸张,以气机引燃。刹那间,凭空刮起阴风,耳边似有凄厉哭声,天空的暖阳失去了温度。然后,王妃看见一道道不够真实的身影,化作青烟而来,于许七安身前一丈外的半空悬浮。

鬼鬼鬼……王妃眼睛一点点睁大,小嘴一点点张开,吓傻了。

她这辈子就没见过鬼,平时都是自己脑补,自己吓自己。现在见到真的鬼魂,脑子有点蒙,什么念头都没了,甚至忘记逃跑。

许七安没注意到王妃陷入恐惧的情绪里,即使注意到了,现在也没时间安慰这位大奉第一美人,有更重要的事等着他去做。

除了死在许七安手里的三个蛮子,以及黑袍密探,他还招来了横死士卒的亡魂。新魂们傻头傻脑,目光呆滞。

许七安望向黑袍男子,沉默几秒,缓缓道:"血屠三千里是怎么回事?"

密探表情僵硬,声音空洞地回复:"淮王殿下冲击三品大圆满,需要大量的生命精元增长武者气血。"

这句话,宛如焦雷般炸在许七安和王妃耳边。

血屠三千里,是镇北王干的……这一刻,许七安脑子嗡嗡作响,像是被人当头敲了一棒。

我其实已经有所预料,血屠三千里若是蛮族所为,身为部落首领的汤山君等人,怎么可能不知道?怎么可能不参与?只是褚相龙的不知情,让我忽略了这个细节,认为此案仍有内幕……不,真正原因是我不愿意去相信。不愿意相信一个镇守边关十几年的亲王,大奉的皇族,会为了一己私欲,屠戮敬仰他、爱戴他的百姓。

许七安嘴唇颤抖,喃喃道:"不可原谅……"

他宁愿这一切是蛮族干的,大家阵营不同,见面就是生死相向,今日你屠戮大奉子民,来日我便率军踏平蛮族部落。既然是死敌,没什么好说的。但他无法接受酿成这桩惨案的是镇北王,是大奉的亲王。他对自己的子民挥动了屠刀,理由只是为了晋升二品。

畜生!

是,是淮王做的……王妃捂住嘴唇,泪水夺眶而出。

过了很久,许七安听见自己嗓音嘶哑地问道:"屠杀地点在哪里?"

黑袍男子表情愣愣地回答道:"不知道。"

不知道……这个回答出乎许七安的预料,不应该是西口郡吗?那边不是都封锁了吗?另外,竟然连身为镇北王心腹的密探都不知道此事,这点很不科学。

"谁知道?"许七安问出心里的疑惑。

"楚州都指挥使阙永修和'天'字密探知道。"黑袍男子的魂魄说道。

都指挥使阙永修?许七安沉吟片刻,回忆起了此人的资料:阙永修,楚州都指挥使,护国公,世袭罔替的爵位。

第一代护国公是当年的平海王,也就是后来的武宗皇帝的结拜兄弟。武宗皇帝是五百年前,与佛门联手干掉第一代监正,打着清君侧的名义,谋朝篡位的亲王。护国公这一脉,是旧勋贵中罕见的常青树,与皇室宗亲多有联姻,家族历史中娶过二位公主,四位郡主。

阙永修有大奉皇室的血脉。

阙永修和镇北王沆瀣一气,制造了血屠三千里的惨案……收集证据举报他们,我不信元景帝还能包庇两人,就算他想包庇,魏公也不同意,朝堂诸公也不同意……

朝堂上的衮衮诸公,京城的文武百官,好的坏的,昏聩的精明的,是一股连皇帝都无法抗衡的力量。如此触目惊心的惨案,只要掀出去,京城百官就无法坐视不理。

许七安忍住了带着魂魄返回京城的冲动,因为这还不够,仅凭一个密探的魂魄,不足以扳倒镇北王和护国公。

他转而看向三个蛮子,问道:"你们截杀镇北王密探的原因是什么?"

左边的青颜部蛮子回答:"寻找镇北王屠戮生灵的地方,汇报给首领。"

中间的青颜部蛮子接着回答:"首领也想晋升二品。"

右边的青颜部蛮子最后回答:"这段时间以来,我们与镇北王的密探互相狩猎,折损了许多族人。"

"为什么要寻找镇北王屠戮生灵的地方?"许七安看了眼木然而立的黑袍男子残魂。他立刻抓住重点,认为这里有大问题。

按照逻辑,寻找案发地点是他这个主办官要做的事,也是他必须找到的罪证之一。如果连被害人都找不到,案子是没法查下去的。可是,镇北王的密探不知道案发地点,而蛮族却在寻找案发地点,这说明血屠三千里还没真正结束。

"夺精血。"左边的蛮子回答。

许七安又问了中间和右边的蛮子,得到统一的答案。

根据伏击案的事情分析,蛮族要夺镇北王的造化,要从两方面下手:第一,夺王妃;第二,夺精血。

根据第二点反馈的信息可以得知,血屠三千里案并没有结束,或者说,镇北王还没有大功告成。不然青颜部的探子应该早就撤兵了。难怪围杀王妃时,没有青颜部的高手,不出意外的话,他们都潜入楚州,寻找血屠三千里的地点。而镇北王的密探在暗中与蛮子斗智斗勇,相互狩猎。

难怪接王妃时,没有密探护送和接应。他们肯定自顾不暇,一边要隐藏血屠三千里,一边要狩猎潜入楚州的蛮子。

"只有你们青颜部落知道此事?"许七安再次提问。

"是的。"蛮子回答。

这不对劲儿,青颜部的首领又是怎么知道此事?许七安沉吟片刻,道:"你们在部落里有没有见过术士?"

"见过。"蛮子愣愣道。

嗯,这样的话,青颜部知道血屠三千里的一切内幕,而这些都是神秘术士团伙告诉他们的。由此可以得出两个结论:第一,神秘术士团伙在扶持青颜部的首领,支持他夺镇北王造化,晋升二品。第二,神秘术士团伙,夺大奉气运,扶持蛮族首领,渗透朝堂,蚕食大奉国力,立场一目了然。

许七安没有继续问话,沉声道:"蹲下,捂住眼睛。"

王妃熟练地配合,立刻蹲下捂眼睛。

许七安取出地书碎片,把黑袍探子和三个蛮子的尸体收入玉石小镜,然后打开香囊,收了他们的魂魄。

"走吧!"他来到王妃面前蹲下,背对着她,道,"上来。"

这一次,王妃没有犹豫,张开双手,搂住了许七安的脖颈。她发现自己此刻竟不再抗拒和这个男人有些许的肢体接触,真是奇怪。

王妃扭过头,看向身后,一阵狂风吹来,那些不够真实的魂体如同梦幻泡影,在风中扯碎,消散。她突然涌起刺痛心窝的悲伤,低声说:"他不配镇北王这个称号。"

"闭嘴,抱紧我。"

"嗯。"她手臂紧了紧,老实趴在许七安背上。

砰!地面颤抖的闷响中,许七安利箭般地蹿了出去,消失在荒野之中。

正午,距离三黄县百里之外,方向是西。

王妃坐在小溪边,不怎么淑女地啃着一只鸡腿,边吃,边看一眼愣愣发呆的许七安,向来傲娇的她,难得语气温柔:"你接下来打算怎么办?"

许七安看着她,笑了笑,拨弄着篝火,道:"其实我之所以带你北上,是想用你来要挟镇北王,令他投鼠忌器,初衷就不好。"

她抿了抿嘴,黯然道:"我知道。"

她也不是傻子,这个男人北上查案,又将自己带在身边,所图是什么,动动脑筋就能猜到。

许七安诧异道:"咦,你不生气?这不符合你平时的性格。"

王妃摇摇头,轻声道:"我从小就生得好看。九岁那年,随父母去玉佛寺烧香,寺里住持见到我,写了诗。嗯,你应该知道那首诗。

"从此我名声大噪,父母愈发努力地培养我,希望我成为一个知书达理、琴棋书画样样精通的才女。十三岁时,因为过于美貌,家族承受的压力越来越大。不但要应对上门求亲的达官显贵,就连一些没什么血缘关系的族人,看我的眼神也怪怪的。

"父母和长辈们把我保护得很好,并不是因为他们有多疼爱我,而是不愿意珍贵的货物有任何瑕疵。终于在那一年,皇帝派人寻上门来,要我进宫。父母和长辈们高兴坏了,热泪盈眶。是啊,他们辛辛苦苦栽培的货物,终于卖出了最高昂的价格。

"我进宫之后,只见过皇帝一次,而后就被冷落着。后来我知道,皇帝那时候已经开始修道,不近女色。对我来说这是好事,皇宫里好吃好住,锦衣玉食,还不用委屈自己去迎合臭男人。

"山海关战役后,我又被转赠给了淮王,成为他的正妃,在淮王府一住就是二十年。他们兄弟俩打什么主意,我心里一清二楚。可我有什么办法呢?我只是个弱女子,别说有侍卫守着、有婢女监视,就算什么束缚都没有,任由我跑,我从淮王府跑到外城门,命就跑没了一半。

"我从小就是货物,不停地被人转赠。等到哪一天没有了价值,就会被弃如敝屣。"

篝火边,她抱着膝盖,声音轻柔,脸上没有悲喜:"所以你把我当筹码,当货物,我不会怪你,相比起那兄弟俩,我觉得你是好人。"

这，这也太惨了吧！许七安心里涌起怜惜之情，这无关美貌，这份怜惜之情和对钟璃是一样的，完全出于同情。

他看着王妃，质疑道："真的不怪？"

王妃这次很诚实，点了点脑袋："怪的，我刚才以为你要出卖我，气得要死。"

许七安笑了："女人就这样，口不对心。"

她自己也笑了，继而问道："你打算怎么处理镇北王的事，此事既是他做的，那么性质比谎报军情要严重很多。你执意与他作对，恐怕结局不会很好。"

山风吹拂，篝火摇晃，安静的气氛里，过了很久，许七安缓缓道："找到血屠三千里的地点，阻止他，惩罚他。如果有可能，我会杀了他。"

王妃痴痴地看着他。

三黄县，雅音楼。

咚咚，倚在软榻上看闲书的采儿，听见敲门声，继而是老鸨的笑声："采儿，赵老爷来了，好好招待。"

采儿把书收好，娇声应道："好的，妈妈。"

房间的门被推开，进来一位富家翁打扮的中年人，脸上挂着淫荡的笑容。他跨入门槛，反身关门，转回身时，脸上笑容不见，正经且严肃。

中年男人看着采儿，颔首道："把西口郡的消息告诉他了？"

采儿施礼，恭敬道："是的，他没有怀疑。"

中年男人松口气，坐在桌边，倒了杯茶，悠悠道："以他的机敏，事后肯定能意识到不对，不过那时候，事情也就结束了。"

采儿没有说话。

中年男人接着说道："这几天我就要北上，你近期先离开三黄县。如果我死在途中，你就再也不要回来。"顿了顿，他又语气严肃地说，"青衣侍从。"

采儿低下头："百死无悔。"

第 363 章

我很中意他

吃完午膳,王妃跪坐在溪边,歪着螓首,仔细地梳头。她的身姿在水中模糊,可正因为模糊,反而有了几分朦胧的美感,独属于王妃的美感。

盈盈眼波流转,瞥了眼溪对面树荫下盘膝打坐的许七安,她心里涌起怪异的感觉,仿佛和他是相识多年的故人。可分明自己一开始是讨厌他的,他捡了香囊不还,捡了钱包不还,还砸她脚丫子……

经过方才的吐露心事,王妃心里轻松了许多,至于自己将来会怎么样,她没想过,毕竟很多年前她就认命了。不认命还能怎样,她一个看到虫子都会尖叫,看见床幔摇晃就会缩到被子里的胆小女子,还真能和一国之君,以及亲王斗智斗勇?

现在,她依旧不知道自己往后会迎来怎样的命运,但不知道为什么,却比待在淮王府更有安全感。

"唉,我真是个红颜祸水。"王妃感慨一声。

漂亮女人都是骄傲的,何况是大奉第一美人。

树荫下,许七安借着打坐观想,于心底沟通神殊和尚。攫取了四个四品高手的精血,神殊和尚的 Wi-Fi 稳定多了,喊几声就能连线。

"大师,镇北王的图谋你已经知道了吧。"许七安开门见山,不多废话。

"……我不会一直关注外界的事。事实上,我从不主动关注外界的事。"沉默了几秒,神殊和尚说道。

啊?你这回答一点高手风范都没有……许七安把血屠三千里的情报告诉神殊,试探道:"大师,镇北王冲击三品大圆满的精血,你可有兴趣?另外,我有个疑问,镇北王需要王妃的灵蕴,却又血屠三千里,这是不是意味着,他需要精血和王妃的灵蕴,两者合一,方能晋升?"

许七安敢打赌,神殊和尚绝对感兴趣,不会放任精血大补药擦肩而过。这是他敢扬言惩罚,甚至杀死镇北王的底气。

回应他的是一片沉默……

"大师,大师?"

许七安在心里连喊数遍,才得到神殊和尚的回应:"方才在想一些事情。"

我还以为你又没信号了呢……许七安顺势问道:"什么事?"

神殊没有回答,侃侃而谈:"知道为什么武夫体系难走吗?和各大体系不同,武夫是自私的体系。攫取一切可以壮大自身的力量化为己用,专注于打造体魄、元神。大奉的这位镇北王屠杀生灵,攫取生命精华,倒也不奇怪。只是……"

这和神殊和尚吞噬精血补充自身的行为吻合……许七安追问:"只是什么?"

神殊沉默几秒,缓缓道:"少说也得数十万生灵。"

许七安如雕塑般一动不动,而后呼吸粗重,脸颊肌肉轻微抽动,额角青筋一根根凸起。

呼……他吐出一口浊气,平复了情绪,低声问:"为何不直接发动战争,而是要屠戮百姓?"

神殊和尚温和道:"没那么简单的,三品已非凡人,那么想要通过攫取凡人生命精华完善自身,必须让凡人的精血蜕变。因此,他需要时间来炼化、提纯精血,达到预期才能攫取。"

说白了就是量变引起质变,所以需要数十万生灵的精血。许七安皱眉沉吟道:"所以,战争是无法满足条件的。因为敌人不会给他炼化精血的时间,而且这种事,当然要隐秘进行。"

这就能解释为什么镇北王不通过战争来炼化精血,战争期间,双方谍子活跃,大规模地搬运尸体炼化精血,很难瞒过敌人。

所以镇北王暗中杀戮百姓,炼化精血。但不知道为什么,被神秘术士团伙洞察,出卖给了蛮族,因此才有了如今谍战频繁的现象?

神殊和尚继续道:"我可以尝试参与,但恐怕无法斩杀镇北王。"

许七安皱眉:"连您都没有胜算吗?"

神殊呵了一声:"他既然有把握晋升二品,那说明本身不是寻常三品,距离大圆满只差一线。现在的状态,最多也就争一争,打赢他都难,何况是斩杀?三品武者很难杀死的。"

"可您在古墓里还打败过二品巅峰的古尸呢。"

"那只是一具遗蜕,况且,道门最强的是法术,它一概不会。"

所以您和古尸都是虎落平阳,一只没有眼睛,一只没有尾巴,就看谁残得更厉害……许七安险些捂住脸。

结束谈话,许七安思考自己接下来要做什么。得知神殊大师如此不济,他只能改变一下策略,把目标从"斩杀镇北王"改成"破坏镇北王晋升"。

一、找到案发地点,那里极有可能是镇北王炼化精血的场所,找到那里,阻止他,破坏他的好事。

二、他必须隐藏自己的身份,不能被镇北王发现昨晚那个强力输出的男人就是大奉许银锣。

三、该怎么安置王妃?

第一点的线索是西口郡,先去那边看看是怎么回事,但要快,因为不知道镇北王何时大功告成,不能耽误时间。所以路上还得继续背着王妃……

第二点是如何隐藏身份?肯定不能现出金身,虽然这是佛门绝学,拥有这套绝学的武僧数量恐怕不少,但依旧不够保险。

许银锣也会金刚不败,许银锣恰好潜入北境,不在监控范围。只要沾上一点点的怀疑,镇北王就会查,永远不要低估别人的智商,更不要心存侥幸。

好在神殊和尚还有一套皮肤——不灭之躯。这是我从未在旁人面前展现过的,所以不会有人怀疑到我头上。

嗯,监正知道,把神殊寄存在我这里的妖族知道,神秘术士团伙知道。但他们都对我有所图谋,在我还没有瓜熟蒂落之前,不会急惶惶地下手。也不对,神秘术士团伙大概率是想下手的,但在此之前,他们得先想办法清理掉神殊和尚,嗯,我依然是安全的。

反倒是我这张脸不能用了,这个锅不是二郎这个年纪能承受的。但人皮面具肯定不行,一打就掉,我的"瞒天过海"易容术还未大成,只能模仿最熟悉的人,比如二郎、二叔、婶婶、玲月、魏渊,还有许铃音。不如易容成小豆丁吧,让镇北王见识一下金刚芭比的厉害,哈哈哈……

许七安苦中作乐地想着,缓解一下心里的郁火。他笑完,脸色慢慢平静,轻声自语:"其实有一个人,是我最熟悉的。"

第三点是如何安置王妃?

肯定不能还给镇北王了,只能带回京城偷偷养起来,不能养在家里,得给她另外买一栋小院。原本在许七安的计划里,北行结束,王妃肯定要交出去。现在知道了镇北王的暴行,以及王妃的过去。许七安打算把王妃偷偷藏起来。

但这样一来,那些婢女就麻烦了……唉,先不想这些,到时候问问李妙真,有没有消除记忆的办法,道门在这方面是专家。

楚州城。

大理寺丞乘坐马车,从布政使司衙门返回驿站。

三人穿过大堂,进入内院,径直来到杨砚的房门口,不等敲门,里面便传来杨砚的声音:"进来。"

推门而入,三人看见杨砚和陈捕头坐在桌边,盯着楚州八千里版图,沉吟不语。

大理寺丞给自己倒了杯凉茶,猛灌一口,舒服地吐出一口气,抱怨道:"这天可真够热的,出行一天,口干舌燥。驾车的车夫,顶着烈阳晒了一路,一点汗水都没出,果然是一方水土养一方人。"

刘御史调侃道:"是寺丞大人自己太虚了吧。"

喜好女色的大理寺丞老脸一红,反唇相讥:"风流才显本性,不像刘御史,高风亮节。"在暗讽御史之类的清流,一边好色,一边装正人君子。

杨砚静静地等两位文官吵完,问道:"楚州各地的公文往来如何?"

大理寺丞脸色转为严肃,摇了摇头,语气凝重:"没有问题,从定期的公文往来情况看,除了受蛮族侵扰的抵御外,各地都看不出端倪。如果想要进一步确认,只有实地视察,但我觉得没有必要。"

楚州纵横八千里,何时走完?而且,身为经验丰富的官场老油条,大理寺丞只要看一眼,就能对公文的真假做到心里有数。

陈捕头领首:"而且,驿站附近全是眼线,我们出行就会被跟踪。"

杨砚重新看向地图,用手指在楚州以北画了个圈,道:"以蛮族侵扰边关的规模来看,血屠三千里不会在这片区域。"

只要城池没破,村镇的百姓遭遇杀戮,朝廷是不会太重视的。而仅仅劫掠村镇百姓,根本够不上"血屠三千里"这个典故。

杨砚想了想,又在西口郡和云胜州画了圈,这两个地方,一个在西边,一个在东边。

"这两个地方的公文往来正常吗?"

大理寺丞点头,道:"没有问题。"

杨砚沉默片刻,道:"陈捕头,你这几天带人在楚州城四处逛一逛,从市井中打探消息。刘御史,你与我去一趟都指挥使司,我要见护国公阙永修。"

刘御史缓缓点头。

楚州某处山脉。

刀削斧劈的陡峭崖壁之上,一株虬结的百年老松斜斜地向外长出,探着层叠如盖的枝丫。

老松下的岩石上,盘坐着一个穿白裙的女子。她的秀发和裙摆在风中舞动,勾勒出不可描述的身姿曲线。她的气质多变,时而清纯唯美,宛如山中精灵;时而慵懒妩媚,如颠倒众生的绝代尤物。

白裙女子怀里抱着一只六尾白狐,它尖细地低鸣一声,乖巧温顺。

这时,一道轻笑声传来:"公主殿下,山海关一别,已经二十一个年头,您依旧风华绝代,不输国主。"

白裙女子咯咯娇笑:"你又没见过我娘,怎知我不输她?"

白裙女子身后,突兀出现一位白衣身影,他的脸笼罩在层层迷雾之中,叫人无法窥视真容。

"九尾天狐一脉,凝天地之菁华,集世间之灵慧,每一位天狐都是世间独一的皮相。"白衣男子顿了顿,补充道,"论及容貌与灵蕴,当世除了那位王妃,再无人能比。可惜公主的灵蕴独属于你自身,她的灵蕴却可以任人采摘。"

白裙女子笑了笑,声音柔媚:"她才是世间独一无二。"她微微低头,抚摸着六尾白狐的脑袋,淡淡道,"找我何事?"

白衣男子感慨道:"公主炸毁桑泊,释放出神殊便罢了,竟还截和了我的果实,让我二十年的辛苦谋划,险些一朝散尽。希望这次能高抬贵手。"

白裙女子嫣然道:"棋手落子,各凭本事。想让我高抬贵手可以,那小子有句名言我很喜欢,等价交换。你与我说说监正在谋划什么?"

五官模糊的白衣男人摇头:"我只要透露半个字,监正就会出现在楚州,大奉境内,无人是他敌手。"

"大奉国运被你拿走一半,监正早不是当初的监正,不怕。"白裙女子笑道,她侧了侧头,望着白衣男子,"那小子于你而言,不过是个容器。若是以前,我不会管他生死,但现在嘛,我很中意他。"

"中意?"白衣男子皱了皱眉,似乎很意外她会说出这样的话。

白裙女子没有回答,望着远处大好河山,悠悠道:"反正于你而言,只要阻止镇北王晋升二品,无论谁得了精血,都无所谓。"

"不!"穿着白衣的男人沉声道,"我要让蛮族出一位二品。"

第 364 章

妖军过境

姿容倾城的白裙女子微微一笑："你不妨先试着找找，镇北王血屠三千里的地方在何处。"

面容模糊的男子摇头，无奈道："这几日来，我走遍楚州每一处，观看气数，始终没有找到镇北王屠杀生灵的地点。但天机告诉我，它就在楚州。"

白裙女子收敛颠倒众生的媚态，又长又直的眉毛微皱，沉吟道："他在和我们争时间，一旦精血炼化完毕，我们再想阻止，就不可能了。到时候，只有杀了慕南栀，才能阻止镇北王晋升二品。

"不过慕南栀和那小子在一起，要杀的话，你们术士自己动手。呵，被一个身怀大气运的人记恨，是非常伤气数的。对了，你说监正知道镇北王的谋划吗？如果知道，他为何漠不关心？我突然怀疑慕南栀和许七安走在一起，是监正在暗中推波助澜。"

白衣男子冷笑道："你可以继续猜，等你猜到他的谋划，天机有感，监正就会过来。我肯定是有办法走掉，至于你嘛，这条狐狸尾巴别想要了。"

白裙女子果然有所忌惮，没再多说与监正相关的事情。

"三天，三天之内必须找到镇北王屠戮生灵的地点，否则一切将成定局。"白裙女子沉吟道，"我有一个想法。"

不露真容的术士眺望远处山河,接话道:"许七安?"

"是,也不是。"她嘴角浅笑,抚摸着六尾白狐柔顺的长毛,道,"你认为许七安的大气运,能为我们指路,这确实是个思路。但我的想法是,好像大家都忽略了魏渊这个人。他是唯一能与监正在棋盘上打成平手的谋士,我们为什么不去盯着使团呢?"

白衣男子呵一声:"你既知道他能和监正打成平手,就该知道使团只是幌子。我从来没有轻视过魏渊,只是估摸不准他在这件事上的态度。

"魏渊是国士,同时也是罕见的帅才,他看待问题不会从简单的善恶出发。镇北王若是晋升二品,大奉北方将高枕无忧,甚至能压得蛮族喘不过气。

"魏渊这些年一边在朝堂斗争,一边缝补日渐衰弱的帝国,他应该是希望看到镇北王晋升的。但镇北王的所作所为,触及他的底线。魏青衣是默许,还是暗中捅镇北王一刀,呵,恐怕连镇北王自己都心里没底。"

说到这里,白衣术士冷哼一声:"那蠢货,现在还在西行。"

白裙女子轻轻抛出怀里的六尾白狐,轻声道:"去通知群妖,速入楚州,啸聚山林,等待命令。"

娇小可爱的白狐坠下悬崖,过程中,体态膨胀,圆滚毛绒的身躯拉长,顷刻间化成一只一丈长的巨狐,身躯线条流畅,四肢强而有力,身后狐尾宛如孔雀开屏。它四足狂奔,于虚空中如履平地,迅速远去。

西行路上的许七安在阴凉的树荫下打了个瞌睡。过了一会儿,他睁开眼,树影摇曳,光斑细碎,侧头,他看向依靠树干、歪着头打瞌睡的王妃,以及她那张姿色平庸的脸。许七安顿时心若冰清,天塌不惊,心底涌起一种另类的贤者时间。

"喂喂,起来了。"许七安推醒王妃,看着她睁开迷糊的眸子,催促道,"午膳前能抵达下一座城市,我们去改善一下伙食,顺便看看能不能再杀几个蛮族或你丈夫的密探。"

王妃皱了皱眉,听到"你丈夫"三个字不是很开心,她翻着白眼哼了一声。

但在许七安蹲下的时候,她还是乖乖地趴了上去。

王妃傲娇了一阵子,环着他的脖子,不去看快速倒退的风景,缩着脑袋,低声道:"喂,你打得过淮王吗,你准备怎么对付他?"

尽管当时被他一瞬间展露出的气质所吸引,但王妃还是能认清现实的,很好奇许七安会怎么对付镇北王。

许七安回过头,邪邪一笑:"没想好怎么对付他,正在想怎么对付他老婆……"

楚州卫。

杨砚带着刘御史,停在军营外。所谓军营,并不是通常意义上的帐篷。除了行军时住帐篷,各地驻扎的军队都有专属的营房,与普通的民居房没有区别。

正常而言,州城的卫兵,人数是五千到六千人。边境州城的卫兵人数一万到两万之间。而像楚州这样临近边关的州城,加上镇北王增幅,卫兵人数达三万六千人。这三万六千人是镇北王可以在短时间内直接支配的兵马,至于楚州各地的卫所,身为楚州总兵的镇北王同样可以支配,但需要经过一道手续——楚州都指挥使的印章!

杨砚和刘御史坐在马背上,晒了一个时辰的烈阳,胯下马匹都热得直打响鼻了。刘御史无精打采,嘴唇干裂地趴在马背上,有气无力地道:"杨金锣,我,我们先回去吧。本官快晒成人干了。"

就在这时,一名卫兵按着刀柄出来,朗声道:"都指挥使大人请两位进去。"

刘御史如释重负,虚脱般地吐出一口浊气,连滚带爬地翻下马背。

两人随着卫兵进入军营,穿过一栋栋营房,来到一处两进的大院。进入大院,于会客厅见到了楚州都指挥使、护国公阙永修。

阙永修有着极为不错的皮囊,五官俊朗,留着短须,只不过瞎了一只眼睛,仅存的独眼眸光锐利,且桀骜。他端坐在大椅上,手里端着茶盏,独目冷冷地凝视着杨砚:"这不是魏渊的螟蛉之子吗,到我军营作甚?"

螟蛉之子就是义子,只不过前者带了点嘲讽意味。

杨砚这样的面瘫,自然不会因此动怒,眼睛都不眨一下,淡淡道:"查案。"

阙永修明知故问:"查什么案?"

杨砚语气冷漠:"血屠三千里,我要看楚州卫兵出营记录。"

之所以从楚州卫兵这里开始查,是因为使团抵达北境,自然得先来楚州城,就近原则。再就是楚卫三万六千兵马,全是镇北王的心腹。也是楚州的主力军队。蛮族血屠三千里,镇北王肯定要出兵交战,那么出营记录就是证据。

军队的调动是一个烦琐的工作。并不是说出营就出营,相应的辎重、器械等等,都是有迹可循的。碍于镇北王对楚州城的掌控,未必会留下蛛丝马迹,但该查还是要查,不然使团就只能待在驿站里喝茶睡觉。

"什么血屠三千里!"阙永修拍桌而起,吓了刘御史一跳。这位护国公大步走到杨砚面前,指着他鼻子,破口大骂,"本公追随镇北王,镇守楚州十几年,岂是你这个魏阉狗的螟蛉之子说查就查的?"

杨砚没回应,面无表情地看着他。

"本公在阵前杀敌,戍守边关的时候,你们在京城躺在美娇娘的床上。如今跑来跟我说什么血屠三千里。呸,滚回去告诉魏渊,告诉那群只会提笔杆子的酸儒,想构陷本公,构陷淮王,做梦!"护国公阙永修冷笑道,"现在,给我从哪里来,滚回哪里去!"

刘御史勃然大怒,指着阙永修怒斥:"护国公,我等奉旨查案,你敢违命?"

阙永修皮笑肉不笑地说道:"刘御史回京后大可以弹劾本公。"

就是这么狂。

刘御史脸颊肌肉抽动,怒不可遏,偏偏拿他没有办法。他非主办官,更非巡抚,无权处置护国公,更不可能在楚州与对方硬碰硬。他没那个资本,能做的只有回京后,狠狠弹劾护国公。

"走吧!"杨砚转身,打算离开。

刘御史的怒火几乎到达顶点,在外面晒了一个时辰的烈阳,痛苦不堪,好不容易进了军营,结果对方是故意让他们进来,借机狠狠羞辱一番。想查案,门儿都没有。

"等等!"阙永修突然喊住两人,待杨砚回头后,他嘴角一挑,"杨砚,你护卫王妃不利,害王妃被蛮族掳走,至今下落不明。淮王很愤怒,不追责,是看在魏渊的面子上。但你若是认错,到军营外头跪两个时辰,本公就破例,让你们查一查卫兵出营记录。"

说这些话的时候,阙永修嘴角冷笑,带着不加掩饰的挑衅。

"欺人太甚。"刘御史怒发冲冠,刚想展现文官的唇枪舌剑,让这个粗鄙的武夫领教一下,他全家女性是如何在不知不觉间贞操尽失,但被杨砚用目光制止。

两人转身离开,身后传来阙永修猖狂的嘲笑声。

"简直欺人太甚,欺人太甚……"刘御史气得心脏快爆炸了,嘴唇直哆嗦,"回京之后,本官要让这个匹夫知道读书人笔杆子的厉害。"

杨砚淡淡道:"他在故意激怒我,他想杀我们。"

刘御史大吃一惊:"何以见得?"

杨砚没有回答,一边跨上马背,一边压低声音:"血屠三千里可能比我们想象的更加棘手,许七安的决定是对的。暗中北上,脱离使团。他如果还在使团中,那就什么都干不了。而以他眼里不揉沙子的脾气,很容易中阙永修的圈套。在这里,他斗不过护国公和镇北王,下场只有死。"

刘御史脸色陡然一白,继而收敛了所有情绪,语气前所未有的严肃:"以许银锣的聪慧,不至于吧。"

杨砚摇了摇头:"单纯的激将法自然没用……"可如果是像当初那姓朱的银锣那样,许七安还能忍吗?

刘御史没追问,倒不是明白了杨砚的意思,而是出于官场敏锐的直觉,他意识到血屠三千里比使团预料的还要麻烦。否则,护国公为何会起杀机?

许七安背着王妃在山野间奔跑了一阵,突然在一个山谷里停下来。
"怎么了?"王妃问道。
"尿尿。"许七安坦然回答。
王妃啐了一口,从他背上下来,别过身子。
许七安钻进了山谷边的密林里,刚准备宣泄膨胀的膀胱,王妃的尖叫声突然传来。与此同时,许七安捕捉到了远处传来的动静,声音嘈乱,密密麻麻。急匆匆地勒好裤腰带,冲出密林,他迎面碰见脸色惊恐、带着要哭的表情追到密林的王妃。
"许七安……"王妃大喊。
许七安的嘴角轻轻抽搐一下,然后把目光投向远处,他顿时知道王妃为何如此惊恐了。
前方有一条一丈粗、十几丈长的巨蟒,游动着身躯进入山谷,沿途灌木折断,留下清晰的"足迹"。
巨蟒身后,有匹两米多高的黑马,额头长着独角,双眼猩红,四蹄缭绕火焰;有一人高的大老鼠,肌肉虬结,领着密密麻麻的鼠群;有四尾白狐,体型堪比普通马匹,领着密密麻麻的狐群。
这还不止,山谷两侧的林子里,潜藏着无数种类各异的动物,有猿猴、山魅、岩羊、猛虎、山猫,还有更多许七安不认识的凶兽。
大军过境!
"是妖族……"
许七安立刻把王妃拉到身后,如临大敌地直面妖族大军。眼前的情况让人猝不及防,许七安没料到自己竟然会遇到这样一支妖族大军。他怀疑妖族是冲他来的,可自己行踪无定,低调行事,不可能被这样一支大军追击。
不管如何,遭遇了就是遭遇了。
这时,前头带路的蟒蛇长嘶一声,停下来,高高昂起头颅,冰冷的竖瞳凝视着许七安。四尾狐狸、黑马、鼠怪等头领纷纷发出尖啸或嘶鸣,传递信号。山林里各种各样的吼声此起彼伏,遥遥呼应。

然后,这支妖族大军停了下来。

一道道视线从对面、从密林间透出,落在许七安身上。无数恶意如海潮般汹涌而来,全部被武者的危机直觉捕捉。

王妃吓得面无血色,双腿打战,死死抱住许七安的胳膊,仿佛这个男人就是她唯一的依靠。

许七安大脑高速运转,思考着如何应对糟糕的处境:

密密麻麻的气息,这些妖族每一尊都不是弱手。我一个人单枪匹马杀出去都够呛,更何况还要保护王妃……不管它们是不是冲着我来,以妖族的行事风格,能顺手猎食肯定不会放过。

这些是北方妖族?妖族大军群聚楚州,这,楚州要发生大动乱了?

许七安胸腔起伏,轻扣玉石小镜表面,倾倒出黑金长刀和儒家法术书卷。他一手牵住王妃,一手持着笔直的长刀,慢慢把书咬在嘴里,环顾周遭的妖族大军,略显含糊的声音传遍全场:"尔等之中,谁是领头妖物?"

巨蟒口吐人言,冰冷的瞳孔盯着许七安:"你是何人?"

不知道我……不是冲我来的。许七安松了口气,道:"我只是一个江湖武夫,无意与你们为敌。"

他先摆明自己的态度。这年头,讲究和气生财,打打杀杀的不好。

但他显然错估了妖族的习性,一道道声音从山林间传来:

"吃了他,吃了他!"

"好强大的气血之力,血肉大补。"

"边上那个女人看起来也很鲜嫩可口,可以当个零嘴。"

"吃了他,吃了他,敲骨吸髓。"

海潮般的恶意,排山倒海而来。

王妃脸上的血色尽退,宛如寒风中的小花,可怜无助。

巨蟒吐了吐芯子,冰冷的瞳孔渐渐充满进食的欲望。它们奉公主命令,潜入楚州,理当低调为好,但这个男人的气血实在太诱人。

看来是无法息事宁人,正好,神殊和尚的大补药来了……许七安叹息一声,长刀指点在眉心,嘴角一点点咧开,狞笑道:"你们确定要吃我吗?"

眉心处,一点金漆亮起,迅速扩散全身,灿灿金光散发巍然之意,映入众妖眼里。

"金刚神功?!"惊恐的尖叫声从密林间响起,妖族瞬间一片大乱。

几个领头的妖族首领,下意识地后退。

第365章

白马银枪李妙真

哗啦啦,前方妖族大军齐刷刷地后退,仿佛出于本能。山林间的妖族,同样做出了本能的举动,有的后撤、后跳,也有的下意识爬上树。

一具金身吓倒一大片。

王妃愕然四顾,她看见前一刻还蠢蠢欲动、流露出贪婪的妖兽,此刻竟如同丧家之犬,似乎害怕极了。见到这一幕,王妃芳心缓缓落定,惨白的脸蛋恢复血色,只觉得在许七安身边,她就能收获无穷的安全感,这不是她的幻觉。事实上,自北行以来,这个男人始终给予她安全感,让她恐惧的心慢慢沉静。只是他同样很可恨,喜欢戏弄她,针对她,无形中冲淡了那种心安的感觉。

"金刚神功,你是佛门哪个派系,师尊是谁?"巨蟒昂着头颅,嘴角筋膜拉开,血盆大口咧开一百八十度。

它表现得很凶狂,实则色厉内荏,因为眼里进食的欲望,转变成了忌惮和仇恨。群妖们的表现与它相同,恐惧带来的应激反应后,它们突然暴怒了,齐刷刷地前冲一段距离,龇牙咧嘴地瞪着许七安,凶睛闪烁着暴戾和仇恨,似乎许七安杀害了它们的族人,抢走了它们的配偶。

咦,北方妖族这么害怕佛门?许七安有些意外,他目光锐利地扫过周遭群妖,宛如一尊怒目金刚,心里则在狂呼:

"神殊大师,快,快出来吃饭!"

"神,神殊大师?"

"……"神殊又断网了?不应该啊,刚给他充了四张VIP年卡。

许七安满脑子的槽找不到对象吐。他一下有些急了,身怀小成的金刚不败,他并不怕这些妖族围攻,打肯定是打不过,但闯出去没问题。可王妃怎么办?在万军之中护一个身体脆弱的女子,不受波及不受伤害,只会搞破坏的粗鄙武夫没有这份能力。

想要摆脱这群妖族,使用儒家书卷或许能做到,可许七安想要的不是离开,而是逮住妖兵们的首领,拷问情报。

神殊大师偏偏在这个时候断网。

"嘶……"这时,巨蟒嘶吼一声,口吐人言,"吃了他!"

霎时间,百兽咆哮。鼠群发出吱吱的尖细叫声,亮出强有力的啃齿;狐群龇牙咧嘴,獠牙尖锐;黑马低着头,打着响鼻,原地刨蹄子。

山林间,群妖齐动。猿猴群在树梢间腾跃;岩羊低着头发起冲锋;大虫、猎豹、山猫等中大型妖兽速度更快,腰部一伸一缩之间,便已冲出林子。

王妃害怕得闭上眼睛,紧紧握住许七安牵着自己的手。

与此同时,许七安脑海里回荡起神殊和尚的声音:"刚才在想一些事。"

这脑袋那么空,这回忆那么凶?许七安边吐槽,边松口气,放开了对身体的掌控权,心里说道:"先别杀它们,我要拷问情报,这群妖族极可能是北方妖族,我想知道它们的目标。"

下一刻,他失去对四肢的主导权。

"不得杀生狩猎。"

幽幽的叹息声回荡在山谷,凶猛扑击的群妖耳边如春雷炸响,它们同时失去了对身体的控制权,纷纷扑倒。由于奔跑的惯性,让它们翻滚着前冲,滚下山坡,掉下树梢,场面瞬间大乱。

"一群乌合之众。"许七安开口道。

神殊:"……"

嘶嘶……游动的巨蟒被一股无形的力量压得贴在地面,无法动弹。

直到恐惧占据了它的心灵,杀戮的念头消散,这才找回对身体的掌控权。

比它更快的是那些弱小的妖兽,它们更怂,更早打消杀戮念头,因此更早夺回身体的主导权。

夺回身体掌控权的巨蟒正要发出逃亡信号,竖瞳倒映出的金身诡异消失,再捕捉到时,那位强大到不可能的佛门高手已经来到近前。

巨大的恐惧在蟒蛇心里炸开,它甚至生不起玉石俱焚的念头。当对方拥有如神似魔的力量,而你只是一只蝼蚁的时候,连拼命都成为奢望。这位佛门高手既是武僧,同时兼修禅法,佛门两条路子他都修行……

许七安缓缓开口:"本座有话问你,如实回答。"

在可怕的压迫下,巨蟒低下头颅,战战兢兢地口吐人言:"大师请问。"

这时候许七安已经接替了神殊,重新找回身躯掌控权,问道:"你们北方妖族大规模入侵大奉领地,要去做什么?"他其实已经猜到答案。

"我,我们不是北方妖族。"巨蟒低声回答。

一个问号从许七安脑海里闪过,接着就听巨蟒解释道:"我们是万妖国的国民。"

万妖国余孽,国主是九尾天狐的万妖国?许七安险些脱口而出。

关于万妖国的资料,在脑海里瞬间浮现。

万妖国曾是主宰南疆十万大山的妖国,也是九州大陆上,南北妖族中的南妖一脉。国主是九尾天狐,疑似半步武神,这条信息来自天地会伍号成员丽娜。她曾经说过,当初甲子荡妖中,万妖国的半步武神让佛陀亲自出手,这才被杀死。而后万妖国崩解,九尾天狐的遗孤,九尾公主,带着残部逃亡,展开了长达五百年的抗争。

万妖国余孽怎么出现在这里,绝对不是偶然,这是不是意味着那位妖族公主也打算掺和到楚州这个泥潭里……三品武夫晋升二品,竟然牵扯出那么多大人物,呃,似乎又合情合理……许七安目光冷厉道:"你还没回答我的问题。"

"秘密潜入楚州,等公主找到镇北王血屠三千里的地点,便群起而攻之。"巨蟒连忙回答,战战兢兢地低下头颅。

她也要夺精血?如果再加上蛮族那位青颜部的首领,楚州这水就浑了啊。

好处是,我可以浑水摸鱼,不再是孤军作战;弊端也很明显,这些人都不是好鸟,他们无论谁得了精血,都不是好事。

唔,好想得到那位妖国公主的联系方式,问问她有没有线索……许七安啊许七安,你这是与虎谋皮,死都不知道怎么死的。

念头闪烁,许七安皱眉道:"你们也没有找到镇北王血屠三千里的地点?"

巨蟒摇头。

许七安于心底沟通神殊大师,把主动权交给他。神殊淡淡道:"蛇妖不打诳语。"

许七安重新问话,得到与刚才一样的答案。

这,万妖国在找血屠三千里的地点,北方蛮族也在找血屠三千里的地点……许七安错愕不已,镇北王到底杀了哪里的百姓。楚州纵横八千里,自然是地域广阔,但不可能隐蔽到这种程度。

"大师,我要问的都问完了,你动手吧。"许七安心里沟通神殊和尚。

"让它们走吧!"出乎意料,神殊和尚并没有杀戮妖族,攫取精血。

"为什么?大战在即,您不多补补手臂?"许七安愕然。

神殊和尚呵呵笑道:"我想起了一些往事,在我修为还没大成的时候,万妖国雄踞南疆,强大无比。那位妖国公主,可能认识我,或者听说过我。"

对啊,正是万妖国余孽炸毁了桑泊,并将神殊的断臂寄存在我体内。妖国公主绝对认识神殊,而神殊大师记忆残缺,想寻回过去,见一见当年的故人或同时代的人,是最好的办法……许七安恍然大悟。

"大师,你不愿得罪妖国公主的想法我理解,但是,放任这些妖兽不管,它们会猎食百姓的。"他仍旧不想放过这些妖兽。

"百姓是生命,妖族同样是生命,有何区别?"神殊淡淡反问。

这……您是要和我讨论哲学吗?许七安哑然,回答不上来。

从哲学角度出发,神殊的话很对。众生平等,生命自然没有高低贵贱之分,大家都是一条命。

从个人角度来讲,许七安是人,所以立场毫无保留地站在人类一方,他也不觉得这有什么问题。对于其他生命,他心怀尊重,不滥杀不虐杀,但必要的情况下,也绝不心慈手软,比如妖族残杀人类。

可神殊是佛门中人,他的思想与常人不太一样。许七安不认为自己的理念能影响到一位修为通天彻地的大佬。

他重新取回身体的掌控权,沉吟道:"我需要你们公主的联络方式。"

"这……"巨蟒露出为难之色。

"不可以?"许七安眸光如刀。

"公主神出鬼没,只有她主动联络我们,不然我们是无法找到公主的。"这时,那只四尾白狐主动开口,解释缘由。

听起来就像是九州版的特务头子……许七安见神殊和尚没有开口的意思,于是冷眼环顾众妖,脸色严肃,声音威严,道:"上天有好生之德,我不会杀你们。但尔等须谨记,潜伏楚州期间,不得蚕食人族生灵,否则,定叫尔等烟消云散。"也不知道这样的威胁有没有用,真是的……

巨蟒冰冷的竖瞳迸发出喜悦的光,卑躬屈膝,连连点头:"大师放心,我等不会在楚州逗留太久,其间只狩猎野兽,绝不残杀人族。"

众妖一副低眉顺眼的臣服姿态。

身边的王妃,眼波流转,凝视许七安的侧脸,有些崇拜。

得到神秘大法师首肯后,妖族大军重新上路,绕开了许七安和王妃,于沉默中快速行军,宛如刚吃了败仗的落水狗。

大奉百姓喜欢用北蛮子来称呼北方蛮族,南蛮子形容南疆蛮族。反倒是北方妖族,出现在大奉百姓口中的频率,远不及北蛮子。这是因为与楚州边境接壤的土地,大部分属于北方蛮族。

北方妖族的领域与东北巫神教大面积接壤。正因如此,东北巫神教和北方妖族是死敌,隔三岔五就会打一场。

这样的历史背景、地域环境下,北方妖族和北蛮子成了最亲密的盟友,双方时有联姻。

北方蛮族有十二个部落,每一个部落都有至少三位四品高手。相比起大奉数以亿计的人口,北蛮子的人口稀少得可怜。不过,身为魔神血裔的他们,在个人战力上,拥有压倒普通人族的绝对优势。一支百人规模的蛮族游骑,和一支千人规模的大奉游骑如果在野外遭遇,那么全军覆没的必然是没有火炮和床弩助阵的大奉游骑。

过了楚州边境,北方的景色一下子粗犷起来,满眼都是灰白色或深黑色的连绵山脉,缺乏绿色植被的贫瘠土地。荒凉是北方唯一的主基调。

当然,这里也有湖泊和草原,有欣欣向荣的绿洲和青山。这些地方,大部分都被蛮族部落、分支占据,繁衍生息。

青颜部位于西北位置,一座名叫驮天的山脉脚下。传说驮天山是青颜部先祖陨落后所化。山中物产丰富,瓜果草药,飞禽走兽,数不胜数,是青颜部的圣山。

青颜部的建筑风格,糅合了北方与大奉的特色,连绵成片的帐篷里,混杂着同样连绵成片的黄土屋、木屋,甚至殿宇。后者是由青颜部从大奉劫掠来的奴隶们建造。

黄昏。

呼,呼……闷雷般的呼噜声传遍整个青颜部,浑身青色的族人们习以为常,或驱赶牛羊,或进山狩猎,或饮酒作乐,各自忙碌。

仅是呼噜声,便能传出数十里,这是什么样的怪物?

呼噜声来自青颜部落的首领——吉利知古。三品巅峰的高手,北方蛮族第一强者。此人曾与镇北王有过一场鏖战,结局不为人知,但事后双方斥候寻找战斗地点,发现战场连绵数百里。数百里内,一片狼藉,生灵绝迹。

一位背着双刀的青颜部蛮子,骑乘马匹,快速掠过帐篷和房舍,沿着那条直达山脚的大路行去。路的尽头,是具备浓浓大奉风格的宫殿。背着双刀的蛮子取出令牌,通过关卡,进入建筑群,直奔那座最高耸华丽的宫殿。

"首领,首领……"蛮子没有进入宫殿,站在外边的院子里,用蛮语大声呼喊。

呼噜,呼……呼噜声戛然而止,两丈高的宫殿大门自动敞开。

背双刀的蛮子抬脚进入,殿内的装饰风格堪称粗犷,十六根粗壮的石柱撑起十丈高的巨大穹顶。一条猩红的地毯从大殿深处延伸到殿门口,地毯两边立着等人高的火把,熊熊燃烧。大殿的尽头,伫立着一张巨大的石椅,石椅上端坐着一位两丈高的青色巨人。

他庞大的身躯没有任何毛发,体表覆盖着一层层厚重的青色角质甲胄,额头生出一只弯曲朝天的尖角。他没有收敛自己的气息,也没有刻意外放,但即便如此,背双刀的蛮子已是战战兢兢,双腿不停颤抖。

蛮族高手从来不会刻意地收敛气息,他们不会掩饰自己的强大,因此殿内只有吉利知古一人,不存在侍卫和侍女。

石椅边靠着一柄比门板还宽的巨剑。巨剑色泽黯淡,呈斑驳的深红色,那是吉利知古斩杀的强者留在上面的鲜血。

石椅上的巨人眸子半阖,声音如同雷鸣,回荡在殿内:"为何打扰我沉睡?"

背双刀的蛮子趴伏在地,额头抵住地面,用蛮语恭声道:"首领,我们抓住一个俘虏,他说知道镇北王屠戮生灵、炼化精血的地点。"

青色巨人半阖的双眼,骤然睁开,威严可怕的气息扩散,笼罩殿内每一个角落。

距离边关不远的北山郡,城外的官道上,一列车队缓缓而来。

为首的是一位身穿轻甲、扎着高马尾、提着一杆银枪的女子。她眉目如画,却没有普通女子的温婉。双眼清亮,五官俊美,与其用漂亮来形容她,不如说是帅气。这个时代,极少有这么帅气的女子,英姿勃勃。

白马银枪李妙真重操旧业,飞燕女侠再现江湖。

第 366 章

错综复杂

车队里全是佩刀带枪的江湖人士,他们是听说了飞燕女侠的大名后,自发组织、跟随。

这是他们第三次外出狩猎蛮族游骑,得益于飞燕女侠神功盖世,他们这次依旧满载而归——杀死一百二十个蛮族游骑,俘虏五十匹战马,六十八把弯刀,以及夺回被蛮族骑兵劫掠走的女人和粮食。战马、弯刀以及女人和粮食,在双方交战中出现不同程度的损坏和死亡。

守城的士卒眯着眼眺望,瞧见白马之上,英姿勃勃五官精致的飞燕女侠,顿时露出敬仰之色,呼唤着城头的守卫,手持长矛迎了上来。

"飞燕女侠您回来了?哎哟,这次又杀了这么多蛮子。"

"快,护送飞燕女侠去衙门领赏。"

守城士卒惊喜不已,只觉得飞燕女侠是江湖豪杰的标榜,是值得追随的大人物。

两列士卒在前头领路,护送李妙真一行人进城,城中百姓见到白马之上的飞燕女侠,见到运送回来的蛮子尸体,热情地夹道欢迎,高喊"飞燕女侠"之名。李妙真身后的江湖人士挺直胸膛,与有荣焉。

大概一旬前,飞燕女侠突然来到北山郡,打着替天行道之名,严惩了一群哄抬粮价的奸商,把劫走的数百石粮草,分发给揭不开锅的贫民、乞丐。奸商背后有官场大佬撑腰,当然不会就此罢休,于是派兵擒拿,但被飞燕女侠一一打退。再后来的事情,市井百姓就不知道了,只是那次事件后,飞燕女侠在北山郡拉拢起一批江湖人士,专门狩猎蛮族游骑。然后找官府领赏,赏金换成粮食,在城外建起粥棚,施舍给吃不起饭的流民和乞丐。

一时间,飞燕女侠的善举在百姓中广为流传,津津乐道。

甚至有其他郡县的流民,徒步数十里,翻山越岭来北山郡等待施粥。

施舍结束后,李妙真返回落脚的客栈,在苏苏的服侍下沐浴,洗掉身上的血腥味。

她坐在桌边,沉吟不语。

那天传书结束,李妙真按照许七安的意见,高调出场,到处行侠仗义,如今在北境算是小有名声。由于"出道"时间有限,想如当初那样名声传遍整个云州,肯定达不到。

整整一旬过去,投奔她的江湖人士数不胜数,有的是为名声,有的是为利益,有的纯粹是想抗击蛮族。李妙真用天宗心法做了简单的排除,把心术不正的剔除,留下来的,多是些为名、为利、为百姓的江湖豪侠。在她看来,只要愿意做好事,为名为利都可以。

然而,李妙真真正想等的人没有到来。

"主人,那小子没有新的进展吗?他不是断案如神吗?怕不是也没辙了。"苏苏捧着茶,放在桌上。见主人眉头紧锁,劳心费神的,苏苏就有些心疼。

"这件事没这么简单。"李妙真通过地书传讯,已经从许七安那里得知了血屠三千里案件的真相。

"这几天我一直在想,如果楚州真的发生过血屠三千里的大事,即使官府要隐瞒,但江湖人士和市井百姓的嘴是堵不住的。"李妙真愁眉不展,"可不管我怎么打听,都没有人知道。"

苏苏歪着头,倾国倾城的绝美容颜,露出很少见的沉思,忽然美眸一亮,喜滋滋道:"我想到啦,我想到啦。"

李妙真保持怀疑态度:"你又知道什么了?"

苏苏青葱般的玉指捻住一缕青丝,俏皮地眨眨眼,笑嘻嘻道:"你想啊,如果真的发生血屠三千里的大事,却没人知道,那会不会是当事人被消除了记忆?就像我记不起当初父亲是因何获罪,被判斩首。"

李妙真闻言,嗤之以鼻:"如此规模的大型杀戮,即使消除记忆,也会留下无法抹去的痕迹。蛮族探子会查不到?你真是……"

她忽然愣住,眼神一点点放空,整个人呆了呆。

苏苏忙问:"主人,你想到什么了?"

李妙真恍然回神,沉思道:"但你的想法未必不是一条线索,如果真的发生了这么大的事,却能瞒住所有人……哪个体系,第几品的强者能做到?"

首先,她把武夫排除出去,这是不需要思考的事。接着,她脑海里浮现两个字:术士!

许七安曾经说过,高品术士能屏蔽天机,屏蔽某人或某些事,把自己变成小透明……李妙真只觉得大脑通电了,思路豁然贯通。

当今九州,有这份能耐的术士,她能想到的只有一个人:监正。

李妙真因为这个猜测而浑身战栗。许七安说过,先大胆假设,再小心求证,在没有证据证实之前,一切都是我的臆测,而不是真实……李妙真深吸一口气,打算取出地书碎片,告诉许七安自己的大胆想法。这时,房间的门被叩响。

李妙真淡淡道:"进来。"

说话的同时,候在门后的小鬼,殷勤地打开了房门,请客人进来。

来访者是一个中年男人,投奔李妙真的江湖匹夫之一。是楚州本地人,叫赵晋,此人修为还可以,每次杀蛮子都身先士卒。不为名利,只因为是楚州人,想驱逐蛮子,造福楚州乡亲。

穿着常服的李妙真不苟言笑,有着军人的严肃和沉稳,道:"赵兄,找我何事?"

赵晋豪爽地大笑道:"咱们这次又是满载而归,换的米粮够城外的流民喝三天粥,兄弟们都很高兴,想找家酒楼庆祝一下。"

他一边说着，一边来到桌边，手指探入李妙真的茶杯，蘸了蘸水，在桌面写下：

我家大人想见您，事关镇北王屠戮百姓一事。

"我就是过来问问，您今晚要赴宴吗？"赵晋声音洪亮，笑容豪爽。

李妙真凝视着桌上的字迹，沉默了许久，道："替我谢谢兄弟们的好意，不去。"

赵晋点头，没有继续逗留，转身离开房间。

他顺着楼梯返回大堂，一众围着桌子喝酒吃肉的江湖人士立刻追问："怎么样，飞燕女侠同意了吗？"

赵晋无奈摇头。

众人一阵失望，嘘声一片。如李妙真这样的女侠，最符合江湖人士的胃口，这群人里，内心仰慕她，想娶她做媳妇的比比皆是。这种暗恋，十有八九都会无疾而终，成为多年后的回忆。

赵晋喝了几杯酒，借口不胜酒力，回房间睡觉。

关上门，他从怀里摸出李妙真刚才给的一张符箓，以气机引燃。嗤的一声，在符箓燃烧中，他只觉困意如海潮般涌来，眼皮一沉，陷入沉睡。蒙眬之中，他再次睁开眼，房间里多了一位穿道袍的俏佳人，正是李妙真。

"这是一场梦境，你见到的是我的元婴。呵，你们虽然没有明说，但我知道有部分人已经知道我的身份。"

天人之争发酵了一个多月，天宗圣女是李妙真，也是飞燕女侠的真相，知道的人不多，但也不少。

不过这不是重点，李妙真盯着赵晋，沉声道："你是谁？"

"我真名就叫赵晋，是楚州游侠。"赵晋道。

李妙真微微颔首，似乎有能力在梦境中分辨他有没有说谎，接着问道："你家大人是谁？你怎么会知道镇北王屠戮百姓这件事？据我所知，除了蛮子，楚州似乎无人知晓此事。"

她的言外之意，你一个江湖游侠，不可能知晓内幕。

"我家大人，他……"

暗中调查、走访数日后,陈捕头无奈返回驿站,表示自己没有获得任何有价值的线索。

刘御史沉吟道:"我觉得可以从楚州布政使郑兴怀这里寻找突破口,此人风评向来极好,在楚州深受百姓爱戴,是少有的良臣。他如果知道这件事,绝对不会隐瞒不报。也许,是受了镇北王和都指挥使的威胁。不如我们去找他探探口风,动之以情,晓之以理。"

杨砚看向大理寺丞和另一位御史,见两人没有反对,想了想,道:"那就去一趟布政使司衙门。"

当即,他带着与郑兴怀有交情的刘御史,骑乘马匹,来到布政使司。

通传之后,郑兴怀在内堂接见了两人。

得知两人的来意,刻板严肃的郑兴怀眉头紧皱,反问道:"两位,我有个问题想请教。"

刘御史笑道:"请说。"

郑兴怀目光扫过杨砚和刘御史,道:"所谓的血屠三千里,只是因为一具尸体的残魂透露的只言片语。凭借这个,就要查淮王,诸位大人不觉得过于轻率了吗?"

刘御史皱眉道:"您的意思是……"

郑布政使笑了笑:"本官处理楚州事务,何处有动乱,何处有蛮子劫掠,一清二楚。如果真的发生这样的事,相信我,淮王堵不住悠悠众口,理由,刘御史应该能懂。"

即使是皇帝,也不可能堵住群臣的嘴,何况是镇北王。

刘御史不再说话,皱着眉头坐在那里,陷入沉思。

这时,杨砚淡淡道:"既然如此,为何阻挠使团办案?"

郑布政使笑容不变:"淮王毕竟是亲王,朝廷派使团查他,在将士们眼里,这是子虚乌有的陷害。他们为淮王鸣不平,这也是人之常情。更何况,淮王坐镇北方,手掌兵权,朝堂之上,不知道多少人想削他兵权。使团在楚州城的遭遇,是淮王一系的应激反应罢了。"

刘御史和杨砚对视一眼,起身告辞。

骑马并肩而行的路上,刘御史侧头,看着杨砚,道:"杨金锣觉得,郑大人所说,有没有道理?"

"不知道!"杨砚的回答干脆利索。这几天如此努力,只是在给许七安找线索,不至于双方会合后,使团一行人什么线索都没找到,过于丢人。但他不擅长查案,只觉得此案莫名其妙,错综复杂。

"我家大人是唯一的活口,他从淮王的屠刀中侥幸逃脱,而后一直四处逃亡。"

赵晋刚说完,就被李妙真冷冷打断:"淮王是三品武者,你家大人能从他屠刀中逃脱,又是何方神圣?另外,你既早就潜伏在我身边,为何始终不现身,直到今日?"

"此事说来话长。"

"先告诉我,你家大人是谁。"李妙真蹙眉。

"我家大人是楚州布政使郑兴怀。"赵晋沉声道。

第 367 章

碰头

听完赵晋描述完事情的经过,李妙真差点控制不住自己,拎着飞剑去斩镇北王和护国公阙永修。但她已经不是当初下山历练时的新手李妙真,一年半的历练,让她更加冷静,经验丰富。

"我知道了,想让我帮你可以,但我需要等待同伴的到来。在此之前,你留在客栈里,当作什么事都没发生。"李妙真望着坐在床榻边的赵晋,道,"明白了吗?"

赵晋没有说谎,但他说的未必是事实,这并不矛盾。她已经踏入四品,可此事涉及更高层次的争斗,李妙真自知水平有限,强行干预,恐遭不测。

"好的!"赵晋点头,表示没有意见。

话音方落,他看见屋子里的李妙真离奇消失。紧接着,他再次睁开眼睛,发现自己躺在床上,刚刚睡醒。床边的地面上,残留着符箓烧毁后的灰烬。

天宗的手段真是让人惊叹啊……赵晋产生了武夫都会有的感慨。

另一边,李妙真返回屋子,取出玉石小镜,以手代笔输入信息:

金莲道长,我有话要单独与你说。

等金莲道长屏蔽了其余成员后,李妙真传书:

我有紧要的事与许七安联络。

天地会成员之间联络过于紧密,也并非好事……金莲道长心里吐槽,充当老实的工具人,为李妙真和许七安开启了私聊。

贰:许七安,你身在何方?速来北山郡,我有镇北王屠戮百姓的线索了。

另一边,正陪王妃在小院里喝茶闲谈的许七安,感受到了来自地书碎片的心悸,以解手为由,短暂离去。

叁:你找到什么线索了?

贰:许七安,你的办法非常有效。今日我麾下的江湖人士中,有一个叫赵晋的突然私底下找我,向我吐露了镇北王屠杀百姓的内幕。

等等,你什么时候麾下又有马仔了,你是天生的大姐头吗?许七安回应道:

他潜入在你身边很久了?

李妙真传书解释:

有几天了,算一算时间,大概是在我打出名声不久就找上门来,不过他并没有暴露自己,只说是久仰飞燕女侠的大名,想随我行侠仗义。

你知道的,不管我走到哪里,总有一批豪杰争相投奔。我并没有当作一回事,接纳了他。

不,我并不知道,相比起来,你才是主角吧?飞燕女侠娇躯一颤,便有王霸之气溢出,众豪杰纷纷折服,纳头便拜……

许七安:

这符合逻辑,他害怕飞燕女侠是冒名顶替,是镇北王的探子在钓鱼,于是决定近距离观察你。如果我没猜错,他肯定表现得对你万分敬仰,不停找人打听你的近况。

李妙真张了张嘴,这都被他猜中了。确实,赵晋对她的敬仰不加掩饰,表现出强烈的热情,积极地在团队里打探她的情报。李妙真原以为赵晋对她有意,试问哪个走江湖的男人不敬仰飞燕女侠,她早就习以为常。如今被许七安点出,她才恍然大悟。

又学到了……我看待问题的角度,与他果然存在巨大差异,不愧是许七安。

李妙真沉淀一下知识,继续传书:

赵晋说,他背后的人物是楚州布政使郑兴怀。镇北王屠杀的百姓,就是整个楚州城。

哐当,地书碎片摔落,发出清脆的声响。

许七安的大脑仿佛被重锤砸了一下,意识出现恍惚,大脑停止思考,整个人蒙在原地。

楚州城?镇北王竟然屠了整座楚州城!他怎么敢?他疯了吗?

楚州城是整个州的主城,汇聚了整个州的人才,各行各业的精英。他把城给屠了,楚州的气运将荡然无存。

过了许久,许七安深吸一口气,俯身捡起地书碎片,传书道:

这不可能,如果是楚州城的话,不可能瞒过蛮子。楚州官场和市井百姓、江湖游侠不可能不知道,这不符合逻辑。

李妙真没有回应他,似乎也在思考。

这时,金莲道长传书说道:

如果是楚州城的话,不正好出人预料吗?你认为不可能,蛮族也认为不可能,谁都认为不可能。

呵,贫道刚才也是一样,认为妙真受人欺骗。可转念一想,越不可能,反而越有可能。你前阵子不是说,蛮族有术士暗中相助吗?镇北王唯有兵行诡道,才能瞒天过海。

许七安搓了搓脸,强行压住翻涌沸腾的怒火,传书反驳:

可他如何瞒住各方势力?有件事我没告诉你们,万妖国余孽也参与进来了。蛮族、神秘术士、万妖国余孽,这些都是九州顶尖的大势力。想瞒过他们,难度有多大,可想而知。

李妙真见缝插针,给出自己的看法:

会不会是术士干的?你说过,术士能屏蔽天机,让人忽略某些事件或人。

许七安想都没想,否决了李妙真的猜测:

首先,如果屏蔽天机的话,血屠三千里的案子不会出现,甚至镇北王自己都会忘记这回事。

其次,屏蔽天机是让人忘记相关记忆,或忽略相关事件,而不是彻底抹去痕迹。我打个比方,你李妙真把金銮殿给砸了,由术士替你屏蔽天机,皇帝和朝堂诸公会忘记是你砸的金銮殿,并对金銮殿的破损感到迷惑。但金銮殿被破坏了,就是被破坏了,痕迹无法抹去。

李妙真明白了,并不是术士屏蔽了事件。如果是监正出手,那么朝廷至今也不知道血屠三千里事件。而现实中,楚州变成了废墟,变成了鬼城。现在是,大家都知道血屠三千里案,却都找不到它的地点,恰好相反。

念头纷呈间,她看见许七安传书询问:

那个布政使郑兴怀,怎么逃出来的?

李妙真立刻回复:

据赵晋说,当日屠城的不是镇北王,而是都指挥使阙永修。当日镇北王率兵阻截蛮族游骑,不在楚州。

这是典型的制造不在场证据啊,同时也是烟幕弹,毕竟镇北王自身是各方视线的焦点,他离开楚州,也就带走了大部分的视线。那个什么都指挥使借机屠杀城中百姓。

许七安传书道:

什么时候发生的事?

李妙真:

大概一个月前。

一个月前……三黄县青楼里的暗子采儿姑娘说过,大概在一个月前,三黄县突然实行严格的出入检查。最初我以为是在找我,如今看来,找的是这位楚州布政使。许七安念头转动间,又提出一个问题:

那位赵晋,没经历过此事吧?

李妙真传书道:

赵晋有位兄弟,是郑兴怀府上的客卿,事发之后,郑兴怀在侍卫的护送下一路逃亡,潜藏了起来。于暗中招纳正义之士,试图揭发镇北王暴行,却都杳无音信。

许七安有一堆细节想问,但隔着地书,说不清楚。当即传书道:

行,我立刻过来,短则半天,长则明日,便能抵达。

结束传书,许七安收好地书碎片,返回院中。

坐在桌边的王妃,一手托腮,另一只手在桌面写写画画,嘴里哼着小调儿,嗓音柔媚悦耳。

"王妃,我知道镇北王屠戮百姓的地点了。"许七安在桌边坐下,脸色凝重。

"不是西口郡吗?"王妃反问。

许七安摇摇头,凝视着大奉第一美人平庸的脸蛋,表情严肃:"咱们出来这么久,一直躲躲藏藏不敢见人。现在,终于到了和你丈夫见面的时候了,一切恩怨,都要清算。"

王妃笑容收敛,神色古怪地看着他:"你这话,听起来怪怪的……"

她突然瞪大眼睛,只见对面的臭男人挥舞手刀,朝她后颈砍来。王妃因为没有保护好后颈,被直击要害,嘤咛一声,昏厥后趴在桌面。敲晕王妃后,许七安不太放心,又兑了一杯迷魂酒灌进王妃的小嘴。

"应该够她睡两天了。"许七安这才放心地取出地书碎片,把她装进里面。而后,他撕下一页纸,以气机引燃。

"我有一双隐形的翅膀,能日飞千里。"许七安悠然道。

呼……气流被搅动,那是隐形的翅膀展开造成的。

许七安扇动隐形的翅膀,脚下灰尘扬起。他冲天而起,直入云霄,到达一定高度后,陡然折转,朝着东北方向飞去。

天高地阔,山脉河流俱在身下,蜿蜒的河流如同银带,起伏的山峰透着不同的巍峨和雄奇。

儒家法术简直是作弊,他只用了一个半时辰,就从遥远的西南部,飞到了楚州的北部。

风景独秀,其实能带她上天玩玩,也是一个奇妙的体验,但我现在要去做正事,不能再随身携带王妃。许七安心里想着,挑了一座无人的山峰降落,而后展开地图看了一眼,发现距离北山郡还有八十多里。

这一次没有施展儒家法术,步行前往,一来是太浪费纸张,二来肩膀吃不消。儒家法术的反噬,与施展技能威力的大小有关。这类飞行法术,顶多是事后肩颈疼痛,得歪着脖子。

黄昏前,他来到了北山郡,顶着许二郎俊美的脸,戴着貂帽,歪着脖子。找人打听到客栈的地点后,不多时他便寻上门来,敲响李妙真的房门。

吱,李妙真打开门,见到久别的朋友,本来是很欣喜的。但是这个朋友歪着头,斜着眼,冷冰冰地盯着她。

"你怎么了?"李妙真后退一步,蹙眉道。

"落枕了。"许七安歪着头说。

李妙真没有多问,引着他进来,吩咐捂着嘴憋笑的苏苏倒茶。

"时间紧迫,咱们长话短说吧。"许七安故意失手,打翻茶杯,滚烫的茶水泼到苏苏的胸口。

苏苏跺脚怒道:"主人,你看他,你看他,一见面就欺负我。"

李妙真无奈地瞪一眼许七安,又把苏苏哄走。

打发了苏苏,她问道:"你的想法是……?"

许七安惩罚过女鬼,指头敲击桌面,没做犹豫:"当然是去见一见那位布政使。"

李妙真皱眉道:"你不怕是陷阱?"

许七安笑着摇头:"概率不大。"

他笃定的语气让李妙真心里一动,她迫切地追问道:"怎么说?"

她喜欢听许七安盘逻辑,能学一点是一点。

第 368 章

遇袭

"首先我们要从作案动机来分析,嗯,更准确地说,是对方的目标。"说到专业领域的内容,许七安侃侃而谈,"那位自称是楚州布政使的人物,他逃离楚州城后,一直暗中调配人手,试图将此事捅出去。传递信息失败后,仍然不死心,直到你的出现,让他觉得飞燕女侠是个可靠的人物,是高风亮节的女侠,于是派人接触你。"

李妙真啐道:"说事便说事,恭维我作甚!"

许七安摇头,用无比诚恳的表情道:"我没有恭维你,飞燕女侠是我最钦佩的侠士。"

李妙真嗤之以鼻。

旁边的苏苏瞅了眼许七安,心说这个家伙哄女孩子很有一手嘛。主人下山历练以来,最得意的就是自己"飞燕女侠"的名号。虽然她故作不屑,但苏苏知道,许七安的话说到主人心坎里去了。

许七安继续道:"你是局外人,他不可能对你有所图谋,却依然找你求助。那么,他的动机很明显,就是要把镇北王屠城的事散播出去。

"他没有透露给蛮子,这意味着他不知道蛮族也在觊觎精血,在阻止镇北王晋升。由此可知,他是被卷入其中的受害者,而非棋手。

"另外,此人求生欲还是很强的。他越谨慎,说明越想活着,否则不管不顾地散播出去,也能达到目的,但代价是被镇北王的探子找上门灭口。"

对啊,合情合理的分析……李妙真边听边点头:"所以,他认为我能帮忙传递信息。他应该有过一次尝试,但那些帮他传信的江湖人士,都被人截杀在了京城远郊,其中也有我在路边发现的那具尸体。"

细节对上了,这让李妙真有种拨云见日的畅快感。

楚州布政使从屠城的灾难中逃离,而后潜伏起来,暗中派遣江湖人士传递消息,把消息传回京城。但江湖人士遭遇了追杀,死在京城外,无意中被自己撞见。

歪着头的许七安摸了摸下巴,道:"郑兴怀不敢写公文,可以理解,因为会被拦截。不敢在楚州传扬,这也可以理解。楚州是镇北王的地盘,很容易招来杀身之祸。

"我想不通的是,那位死在路边的好汉,明明快到京城了……照理说,既然能成功逃到京城地界,就不难进城。京城势力错综复杂,可不像楚州到处都是镇北王的密探和下属。"

李妙真道:"也有可能是守株待兔,提前在京城附近设下埋伏。"

许七安点了点头,他急于休息,没有纠缠这个话题,起身走向李妙真的床,直挺挺地一躺:"我睡一会儿,天黑后叫我。"

"你……"李妙真张了张嘴,欲言又止。

这人怎么回事,女子的床是说躺就躺的?算了算了,江湖儿女不拘小节,回头让店小二换被褥和床单。她深吸一口气,安慰自己。

果然躺着比较舒服啊,以我现在的体质,这点腰酸背痛本该很快就恢复。儒家法术的反噬后果真可怕……嗯,这股子幽香是怎么回事?李妙真不像是会用胭脂水粉的女子,难道是传说中少女的体香?

许七安收敛精神,让自己快速入睡。

同一走廊,隔着十几米的房间里,赵晋在焦虑中度过一天。

经过这段时间来的观察,以及收集到的情报,他相信这位横空出现的飞燕女侠是如假包换,可以通过两点来验证。

第一,北境蛮族劫掠,嚣张猖狂,许多江湖游侠纷纷前来,他们中有人见过飞燕女侠,或听说过她的招牌飞剑。

第二,发生在京城的天人之争虽然刚结束不久,可提前酝酿了一个多月,关于飞燕女侠的真实身份,江湖上早就有定论。

但他依旧难掩紧张和焦虑的情绪,自己道出了大秘密,却始终得不到准确的回应,苦苦等待的这段时间是最煎熬的。

这时,他看见桌上的茶杯突然倾倒,吓了他一跳。扭头看去,水迹流淌,形成四个字:来我房间。

赵晋露出惊喜的神色,他急忙起身走向门口,又停了下来,深吸一口气,平复狂乱的心跳和紧张的情绪,让自己尽量显得平静。然后,他既不压制脚步,又不显得猴急,自然而然地走向李妙真房间,轻轻叩一下房门。

房门自动敞开。

宽敞整洁的室内,飞燕女侠和她倾国倾城的婢女坐在桌边,烛光给她们绝美的脸庞染上温润的橘色。

赵晋早已习惯两位绝色美人的魅力,他自动略过,目光投在两位女子身后的床榻上,那里躺着一个男人。

这……他就是飞燕女侠口中的同伴?竟能睡飞燕女侠的床,看起来关系匪浅。赵晋吃了一惊,然后看见李妙真回过神,朝床榻喊道:"你给我起来,人过来了。"

床铺上的男人动了动,似乎被唤醒,然后猛地翻身坐起,看向赵晋。

噔噔噔,赵晋吓得连连后退,那人歪着头,斜着眼,冷冷地看着他。斜眼看人就算了,竟还歪着头看来,这是何等的桀骜。

"你就是赵晋?"歪脖男人说道。

"是,是我……"这个时候,赵晋借着烛光,看清了男人的脸,俊美无俦,宛如浊世佳公子。这样看来,倒是和飞燕女侠郎才女貌。

"我有个问题想问你。"歪脖男人沉声道。

赵晋点点头。

那歪脖子的俊美少年郎,盯着他片刻,问道:"你是如何判断,或确认郑兴怀说的是真话?"

李妙真心里一动,既然赵晋没有经历过屠城惨案,他是如何判断郑兴怀所说真伪?倘若只是听了郑兴怀一面之词,那今日之事,就得搁置。

赵晋低声道:"我有一个结拜兄弟,在郑布政使府上当差,是他与一众客卿护送郑布政使逃离楚州城。"

大奉把版图划分十三洲,洲下辖有州、郡、县。楚州原本在官面上的称呼是"楚洲",后来改成楚州。其他洲亦然。

郑布政使作为主管一州民生及政务的官员,位高权重,府上自然养着许多高手。如果屠城之人不是镇北王,许七安认为他侥幸逃离楚州城是合理的。

"当日,我那位结义兄弟来找我,请求相助。我得知此事后,只觉得不可思议。于是暗中前往楚州城,发现那里一如往常,根本没有屠城的景象。"

"那你是如何判断屠城真伪的?"李妙真皱眉。

"但我随后发现,城中竟然还有一位郑布政使,这世上怎么可能存在两位布政使呢?我怀着疑惑,答应了那位结义兄弟的请求,边暗中保护,边拉拢信得过的江湖人士,试图把此事传扬出去。

"在这个过程中,我们发现楚州边境的官道、郡县都被封锁,将军四处盘查,镇北王密探暗中搜捕。我才意识到郑布政使大人所说,极可能是真的。

"大概半个多月前,我们第一批兄弟悄悄离开楚州,欲前往京城告御状。结果杳无音信。"赵晋叹息道。

许七安眸中清光一闪。

没说谎……所以当日那个残魂说的原话是:血屠三千里,请朝廷派兵讨伐镇北王!

许七安沉吟道:"关于楚州城的现状,你有什么看法,或者说,那位真的郑布政使有什么看法?"

赵晋摇头苦笑:"我不知道,郑大人同样迷惑不解。他亲眼看着阙永修率兵屠城,可事后我们再潜入楚州城,却发现那里已经恢复了原样。"

简单的描述,却让许七安头皮发麻,脊背生出一层寒意。

使团不出意外,早就抵达楚州城,如果那里有问题,以杨砚的修为应该能察觉……不对,杨砚只是粗鄙的武夫,未必能看出端倪。要知道,就连万妖国的公主、神秘术士团伙都在寻找镇北王屠戮生灵的地点。

镇北王到底用了什么手段掩盖这一切?

我的见识还是不够啊,毫无头绪,先见一见郑布政使再说,他是当事人。许七安盘坐在床上,歪着头,斜眼道:"真正的郑兴怀在哪里?"

事到临头,赵晋反而沉默了。他看了眼许七安,又看了眼李妙真,有些犹豫。

李妙真皱眉道:"你不信我?"

赵晋摇头:"我自然是信飞燕女侠的。"说着,看了眼许七安,他对这个歪脖男人一无所知,即使对方是飞燕女侠的同伴,心里依旧抱着疑虑。

这是人之常情。对于不熟悉的人,很难做到毫无保留地信任,尤其事关郑布政使的安危。

李妙真没好气地瞪了眼身后的男人,转头,解释道:"你应该听说过他。"

赵晋一愣,继而重新审视许七安,试探道:"飞燕女侠何出此言?"

苏苏掐着腰,颇为骄傲地说:"大奉银锣许七安,听说过没?"

大奉银锣许七安?!

这句话,仿佛惊雷般响在赵晋耳边,震得他脸色呆滞,呆若木鸡。几秒后,狂喜的情绪涌上心头,仿佛漂泊在黑暗中的船只,找到了灯塔;仿佛迷途的旅人,看见了烛光。赵晋心里,生起终于找到一位大人物当家做主的激动。

大奉银锣许七安,此人于京察之年崛起,屡破奇案,为朝堂立下汗马功劳;此人代表司天监与佛门斗法,力挫佛门罗汉。

关于此人的传说,早已不局限于京城。

至于天人之争中力压李妙真和楚元缜的事迹,暂时还未传到北境,但这已经足够了。

李妙真继续道:"你应该知道使团抵达北境的事吧?"

赵晋依依不舍地从许七安身上挪开目光,连忙点头:"就是来查血屠三千里案的。"

李妙真笑了笑,指着许七安:"主办官就是他。为了能暗中调查案子,他途中脱离使团,秘密潜入北境。"

原来如此……赵晋再无半点怀疑,激动地抱拳,压低声音:"许大人,您是赵某最敬佩的人。您力挫佛门,为朝廷赢回颜面,被江湖人士津津乐道。但我认为,您最让人钦佩的是云州之时,一人独挡数万叛军的壮举。每每想起,就让赵某热血沸腾,男儿当如此。"

这个梗过不去了是吧?许七安险些捂住脸,因为当事人之一的李妙真,朝他投来了鄙夷的目光,让许七安无地自容。

这人永远喜欢吹嘘,臭毛病改不掉,还连累我一起丢人,不敢在天地会内部公开他的身份……李妙真瞪了他一眼,在心里哼道。

许七安咳嗽一声,淡淡道:"好汉不提当年勇,闲话少说,我们立刻去见郑布政使。妙真,你用飞剑带我们离开,多绕几圈路。"

李妙真皱了皱眉:"你认为我被人监视了?可我的小鬼没有给出反馈。"

许七安呵了一声:"那只能说明对方潜伏的水平很高,试想,镇北王的密探既然截杀了传信的江湖人士,对郑布政使的想法,当然会有一定的掌控。

"而你恰好在这个时候出现,镇北王的密探们不会忽略你的,他们极可能故意无视你,暗中钓出郑布政使。

"幸好赵兄谨慎,早早潜伏在你身边,而不是突兀地找上门来。但就算这样,恐怕包括赵兄在内,你麾下的江湖人士都处在调查中。或许再过几日,镇北王的密探就会寻上门来。"

李妙真蹙眉沉思片刻,似有所悟,缓缓点头:"难怪当日我截了哄抬粮价的奸商后,官府最开始打算剿杀我,后来却又改变了主意,暗中找我谈话,希望我能收敛一二。"

当即,她把苏苏收入香囊,念头一动,斜靠在桌边的飞剑"活"了过来,于房间内盘旋飞行。李妙真挥手,哐当一声,窗户打开,飞剑蹿了出去。

"走!"

她当先跃出窗户,许七安和赵晋紧随其后,三人同时踩在剑脊。李妙真在前,许七安在中,赵晋在后。飞剑拖着三人,直蹿云霄。

就在这时,许七安脑海里浮现相应的画面,下方,一道裹挟着强大气机的箭矢激射而来。这道箭矢蕴含着一股不射穿敌人誓不罢休的气势。

"往左!"许七安大声道。

李妙真想都没想,操纵着飞剑一个左侧漂移,下一刻,一道流光激射而来,贯穿三人方才的位置。

箭矢落空后,一个折转,再次锁定三人,呼啸着破空而来。

"是四品武夫。"李妙真沉声道。

"快,快,飞高点,不能被四品武夫近身。"许七安头皮发麻。

第 369 章

共情

四品武夫近身的话,秒杀同级别的其他体系并不困难,一套带走的操作可以实现。

四品武夫能有这般实力,依赖于两个条件:化劲和"意"。化劲期的武者,是个人体术的巅峰。别说李妙真,就算同为武夫的许七安,遇到化劲武者,恐怕也是处在挨打状态。更遑论是修炼出"意"的四品。

当然,一个是天宗圣女,一个是大奉银锣,两人都有后手和压箱底的手段。只是现在并非死斗的时候。四品武者,一时半会儿是杀不死的。一旦被对方纠缠,那么三人就走不了。届时其他密探和官兵汹涌而来,就无法脱身了。许七安不能暴露身份,儒家书卷和金身都不能施展,所以不能被四品贴身。

咻!李妙真拔高飞剑,直直地往天空蹿去,避开了那支折转的箭矢。

底下,一道人影跃上屋脊,在一栋栋居民楼顶狂奔、腾跃,追击着飞剑,过程中,那道裹着黑袍的人影不停地拉弓,射出一道道蕴含四品"箭意"的箭矢。

扶摇直上的李妙真被两支箭矢逼了下来,刚摆脱头顶的箭矢,忽听下方破空声阵阵,数支箭矢激射而来。

屋脊上腾云的黑袍人一共射出十三支箭矢,这些利箭宛如飞剑,从不同角度攻击许七安三人,蕴含着不射中敌人绝不罢休的真意。

李妙真宛如老司机,驾驭飞剑漂移、折转、回旋,灵活地躲避每一支箭矢。但黑袍人射出的箭矢越来越多,三人被困在了由箭矢组成的大阵里。

逮虾户逮虾户……许七安一边为李妙真的车技喝彩,一边思考着如何摆脱地面上的追踪。

儒家魔法书不能使用,神殊和尚不能用,底下不知道多少人盯着……金刚神功不能用,这会暴露我的身份,天地一刀斩同样如此……许七安这才发现,自己学的东西还是少了些,不够花里胡哨。

等等,不能施展儒家法术,不代表不能使用魔法书,他心里灵光一闪。

念头闪烁间,许七安看见下方黑袍人脚下的楼舍轰然坍塌。黑袍人腾跃而起,御空飞行到一定高度,眼见就要力竭,一支箭矢飞至他脚下。他就这样踩着一支支箭矢,不停地升空。而在这个过程中,四周仍旧不停射出箭矢,不给李妙真喘息机会。

这应该是四品巅峰了……许七安皱眉。

李妙真袖口滑出一道符箓,竖于嘴唇,念念有词,而后猛地抖手甩出。符箓在空中燃烧,火焰呼地膨胀,化作直径超过十米的巨大火球,犹如一颗太阳。熊熊火光照亮了下方的城市,让人误以为白天提前到来。

许七安闻到了一股烧焦的味道,扭头一看,赵晋的睫毛已经没了,头发也鬈曲枯黄。

我的睫毛肯定也没了……想到自己现在的青皮头,以及刚刚离他而去的睫毛,许七安心里一阵悲伤。

李妙真秀发狂舞,单手伸出,猛地一推。火球犹如陨石,砸向黑袍人。

黑袍人于半空中横移,踩着一支支箭矢,避开火球,任由它砸落,任由它危害城市里的百姓,并不打算阻止。

李妙真眉头一皱,张开的手掌骤然握紧。

轰！火焰当空炸开，犹如盛大的烟花，一簇簇流火呈圆形炸散，未等落地，便已熄灭。

抓住这个机会，黑袍人踏着箭矢，御空而行，迅速拉近双方的距离。一旦让他近身，他有把握迅速重创李妙真，最不济也能把她从空中打下来。而李妙真能做的，要么是丢下两个同伴独自逃走，要么与同伴一起成为困兽。

面对气势汹汹杀来的黑袍人，李妙真巍然不惧，俏脸一副山崩于前面不改色的冷静表情，剑指朝天，低喝道："赦！"

轰隆！天空乌云滚滚，雷声大作，翻涌的黑云中，骤然劈下一道刺目的闪电。闪电速度太快，空中不是武夫的主场，这次黑袍人没有避开，被当头劈中。

嗞嗞！闪电被无形的气罩挡开，细密的电弧在气罩表面游走，他鼓荡气机硬抗了一记雷击。

赵晋脸色大变，这样狂暴的雷击都无法阻拦黑袍人，以双方的距离，下一刻黑袍人就会贴近他们。

李妙真皱了皱眉，既然没有选择，那就只能落地死战。以自己和许七安的战力，或许有实力杀死这位四品巅峰的高手。

就在这时，她听见许七安说道："继续飞！"

她没有犹豫，当即打消落地死斗的念头，驾驭飞剑往上冲去。

而这个时候，黑袍人就在几丈开外，并已蓄力，随时就会扑击而来。

嗤！许七安抖手烧掉一页纸张，用身体挡住纸页的燃烧，朗声道："上天有好生之德，不可杀生！"

黑袍人作势欲扑的姿态，猛地一僵，锐利的瞳孔转为柔和，战斗的意志烟消云散，内心竟生起忏悔的冲动。忏悔自己对眼前三人的追杀，忏悔自己以前犯过的杀孽。

这个过程只有短短的半秒，武者强大的意志便驱散了影响。但一切都晚了，失去控制的箭矢坠落，他只看见李妙真三人的黑影，越来越远，迅速消失在云端。

"佛门？"黑袍人似愤怒似无奈地喃喃着。

李妙真在云海之上飞行了一刻钟,而后折转方向,又飞一刻钟,最后脚尖一沉,带着两人冲破云海,回到人世间。

"刚才那个是镇北王的密探?"她传音道。

"天字级密探。"赵晋传音回应,"有这番修为的,绝对是天字级密探。许银锣说得没错,我们果然被盯梢了。"说着,他露出了感慨和钦佩的表情,"幸而有两位在,否则方才赵某必死无疑。"见识到飞燕女侠和许银锣的厉害,他对接下来的行动愈发有信心。只要他们两人愿意相助,必能将此事传回京城,由朝廷降罪镇北王。

半个时辰后,按照赵晋的指引,李妙真在一处山谷外降落,甫一落地,许七安便察觉到有敌意的目光锁定了自己。这是炼神境武者的直觉,能捕捉周遭具备敌意的视线、念头。没有反馈出袭击的画面,这说明对方暂时没有出手的想法……许七安不动声色地侧头,看一眼赵晋。

后者微微颔首,往前走了几步,然后模仿夜枭啼叫。

几秒后,山谷里传来同样的啼叫声,两者频率一致。

又过片刻,一道高大魁梧的身影从山谷密林中走出来,腰挎长刀,背着牛角硬弓,典型的北境武者标配。

"赵兄,你终于回来了。"来人是一个络腮胡汉子,身高七尺,肌肉饱满撑起衣衫,相貌粗犷,有着浓浓的北境人的外貌特征。他站在远处没有靠近,审视着许七安和李妙真,"他们是谁?"

赵晋解释道:"这位是飞燕女侠李妙真,也是天宗圣女。至于这位,嘿嘿,他便是大名鼎鼎的银锣许七安。

"两位,他就是我的结义兄弟,李瀚,是一位六品武者。"

背牛角弓的魁梧汉子颇为谨慎,看着两人:"你们如何证明自己的身份?"

李妙真一拍香囊,一道道青烟袅袅浮出,在半空游动,鬼哭声阵阵。

"这驭鬼的手段,除了巫神教便只有道门。"背牛角弓的魁梧汉子旋即看向许七安,抱拳道,"我等在躲避搜捕,必须谨慎,希望兄台理解……你如何证明自己是许银锣?"

许七安没有说话，掏出象征身份的腰牌，丢了过去，道："把这个交给郑兴怀，他自然知道我的身份。"江湖匹夫未必识得打更人的腰牌，但身为一州布政使的郑兴怀，绝对不会陌生。

魁梧汉子接过腰牌，沉吟一下，道："两位稍等。"

他当即大步进了山谷，大概过了一刻钟，许七安看见火把的光芒正朝自己这边移动。

一伙人迎了上来，为首者是一位清癯老者，五十出头，蓄着山羊须，给人的第一印象是古板威严，透着上位者不苟言笑的气质。

此人身后跟着六名江湖人士，其中一位给许七安带来极大的威胁感。他个子高瘦，双眼有着浓重的眼袋，像是纵欲过度，被淘空了身子。

其余五位，分别是赵晋的结拜兄弟李瀚，以及三男一女。

许七安审视着众人的时候，对方也在观察他和李妙真，对于这个歪着头、斜眼看人的年轻男子，众人都觉得他有些桀骜。

清癯老者凝视着许七安，作揖道："可是许银锣？"

"正是！"许七安点头，手掌捧住脸颊，轻轻揉搓，恢复了真容。

"真的是许银锣。"李瀚惊喜地笑起来。

在场众人似乎见过许七安的肖像画，微微松了口气，心想，不愧是许银锣，难怪歪着脖子斜眼看人，这份桀骜嚣狂的气势，非一般人能及。

"本官楚州布政使郑兴怀。"清癯老者作揖道，"这里不是说话的地方，里边请。"

许七安和李妙真随着他们进入山谷，谷中有一个天然的洞窟，宽敞深邃，直通山腹。赵晋搬来洞口的枝丫，简单地做了伪装。洞窟里燃烧着一团篝火，用枯草铺设成简单的"床榻"，地面散落着许多骨头。此外，这里还有铁锅，有米粮储备。

逃出城后，藏进了深山……许七安扫过洞窟，在郑兴怀的示意下，于篝火边坐下。

"他们都是我府上的客卿，原本我们逃出来时，有二十多人，而今只剩他们六个。"郑兴怀介绍道。

那位高瘦的男人叫申屠百里，五品化劲高手，在两位四品陨落后，他便成了这支落难队伍里的最强者。

剩下的三个男人,膘肥体壮的汉子叫魏游龙,六品修为,穿着脏兮兮的紫色袍子,武器是一把大砍刀。

使长枪的叫唐友慎,左脸颊有一道刀疤,看人时目光锐利,宛如刀子,让许七安想起同样以鹰眼锐利著称的姜律中。据郑兴怀介绍,唐友慎是军伍出身,因得罪了上级被革职,后被郑兴怀招揽,成为府上的客卿。

最后一个男人背着一把长剑,五官清俊,叫陈贤。那位面容姣好的少妇是他妻子,夫妻俩同样使剑。

再加上赵晋的结义兄弟李瀚,正好六人。

许七安目光扫过众人,而后看向李妙真。后者心领神会,打开香囊上的红绳,释放出一缕青烟。

青烟在空中化作一个面目模糊的汉子,喃喃道:"血屠三千里,请朝廷派兵讨伐……"他不断地重复着这句话。

魏游龙拄着大砍刀,盯着残魂,露出悲恸之色:"他叫钱有义,是当年与我一起行走江湖的兄弟。我们曾经当过镖师,杀过乡绅,后来我在郑大人麾下效力,他继续浪迹江湖。

"楚州屠城后,我们六人包括郑大人,早已被镇北王密探通缉,无法长途跋涉。我第一个想到的人就是他。他依旧是当年那个兄弟,愿意为朋友两肋插刀的兄弟……"

说到这里,他眼圈红了,用力搓了搓胖脸。

同伴们微微低头,气氛略显压抑。

郑兴怀叹息道:"我们找了数名江湖豪杰帮忙送信,带到京城给我当年的故友,揭发镇北王的暴行。可没想到……"

"为什么不在楚州官场揭露镇北王?"许七安问道。

"没用的,那样只会害了别人。消息一旦传出去,便会招来镇北王密探的暗杀。而且,他们说楚州城至今还好端端的……谁会相信?只会招来镇北王密探的追捕。"郑兴怀摇头,眼神里有困惑和恐惧,并非恐惧密探暗杀,而是对楚州城的现状感到恐惧。

其实蛮族和妖族都在找镇北王残杀百姓的地点,可惜你不知道这一层面的斗争,否则只要把消息传扬出去,根本不需要朝廷派使团来查案。"

许七安点了点头,接受了郑布政使的解释。

"你们应该知道朝廷派了使团来调查此案。"许七安试探道。

"我们听赵晋说了,他定期会传信回来。但我们不敢去找使团,害怕被灭口。镇北王连屠城都做得出来,何况是使团呢?"背着牛角弓的李瀚义愤填膺。

"我就是主办官。"许七安强调自己的身份。

众人面露喜色,京城距离楚州万里之遥,但许银锣的威名他们是知道的,如雷贯耳。许银锣破获一桩桩奇案,加上佛门斗法事件,名声大噪。许银锣不在楚州,楚州却有他的传说。

郑兴怀起身,整了整衣冠,作揖道:"请许银锣为楚州百姓做主。"

许七安没有回应,而是反问道:"郑大人对楚州现状有什么看法?照你所说,楚州既已屠城,又怎么会是如今歌舞升平的景象?"

郑兴怀脸色一僵,颓然道:"本官也是毛骨悚然,疑惑不解。"

申屠百里等人,同样露出迷茫的表情。

许七安看向李妙真,传音道:"我用望气术看过,没有说谎。可是,这与现实相悖。除了望气术外,你还有什么办法鉴别谎言?"

粗鄙的武夫无可奈何,只能求助花里胡哨的女道姑。

李妙真沉思片刻,传音回应:"有一种法术叫共情,能让双方魂魄短暂融合,记忆互通,不知道你有没有听说过?"

共情?许七安一愣,不由想起当日买宅子时,在采薇的帮助下,与井中的女鬼共情,看到了齐党兵部尚书勾结巫神教的经过。当时,他以第一人称的视角,被那个叫塔姆拉哈的巫师进进出出无数次。虽然并没有真实感觉,就像是看一场第一人称的电影,但依旧对他造成了巨大的心理阴影。

这个不行啊,我浑身都是秘密,一旦共情,不等镇北王密探找过来,我就得杀他们灭口了……许七安传音道:"有没有办法单方面共情,我不想自己的记忆被别人窥探。"

　　李妙真笑了笑，自信十足地传音："自然可以。"

　　许七安深吸一口气，那就让我见见当日屠城的景象吧。

　　"郑大人，我们要看一看当日屠城的景象，希望你配合。"许七安说完，看向李妙真。

　　天宗圣女补充道："闭上眼睛，回忆当日屠城时的细节。"

　　郑兴怀颔首，盘坐在地，闭上眼，回忆起那血腥残忍，让他时常惊醒的夜晚。

　　李妙真袖子里滑出三张符箓，分别贴在自己和许七安以及郑兴怀三人额头上。接着，她按住许七安的肩膀，纵身一跃。许七安感觉自己跳了起来，低头一看，愕然发现他和李妙真明明还留在原地。

　　元神出窍了？他来不及细问，便觉郑兴怀额头的符箓产生巨大吸力，化作旋涡，将他和李妙真吞噬。

第 370 章

四方动

黄昏,残阳似血。

许七安看见身前是颇为丰盛的佳肴,桌边坐着气质温婉的老妇人,一个年轻人,一个清秀女子,以及两个年岁各不相同的孩子。

他们是郑兴怀的家人,我现在是以郑兴怀为第一视角,在回溯他的记忆。有过一次共情的许七安,立刻产生明悟。

他静静听着郑兴怀训斥儿子。

郑兴怀有两个儿子,长子走了仕途,得益于郑兴怀的教导,官声极为不错,前途无量。

次子是个纨绔子弟,整天熬鹰斗狗,无所事事。又因郑兴怀家教甚严,这个次子不敢做欺男霸女之事,连纨绔子弟都做不好,是个一事无成的废物。

今日,郑二公子在青楼喝酒时,与一位军官起了冲突,被人家狠狠暴揍一顿。郑兴怀呵斥次子,疾言厉色。

郑二公子不服气,委屈道:"爹,我只是去青楼而已,是那个匹夫主动挑事,非我惹事啊,我有什么错?"

是啊,逛青楼有什么错?许七安为郑二公子鸣不平。

"父亲,我想回娘家一趟,下个月便是我爹六十大寿。"这时,儿媳妇开口说话。

郑兴怀还没开口，次子连连摆手，道："你疯了？最近外头蛮子闹得凶，楚州城又离边关这么近，胡乱出城，半途遇到蛮族游骑怎么办？"他脸上露出了惊恐，训斥不知死活的妻子。

郑兴怀怒道："贪生怕死的东西，我怎么会生出你这样的废物！"

许七安看不见郑兴怀的脸色，但在共情状态下，他能体会到郑兴怀恨铁不成钢的愤怒。郑兴怀对这个次子既失望又无奈，只觉得对方一无是处，连长子一根头发都比不过。

这时，一个穿轻甲的汉子急惶惶地奔进内厅，他背着牛角弓，腰挎长刀，正是李瀚。李瀚连声道："大人，卫所的军队不知为何突然进城，大肆集结百姓，不知道要做什么。"

郑兴怀大吃一惊，有些茫然地追问道："卫所军队集结百姓？在何处集结？是谁领军？"

集结百姓，大屠杀？许七安心里一凛，打起十二分精神，然后听见李瀚说道："百姓被聚集在东南西北四个方向，领军的是都指挥使，护国公阙永修。他现在应该在南城那边。"

郑兴怀放下筷子，起身道："备马，本官要去看看。通知朱先生，陪我一同前去。"

当即，郑兴怀带着府上的"客卿"，骑马奔向南城，沿途果然看见卫所士兵押解着百姓，组成队伍，不知要去往何处。

"住手，你们要做什么？"郑兴怀大声制止。

披坚执锐的士兵们冷冷地看着他，一言不发。

郑兴怀又喝问了一遍，仍旧无人应答。他心里涌起不祥的预感，没有继续与底层士卒纠缠，猛地一抽马鞭，沿着街道向南城方向狂奔。

循着沿途的士卒，郑兴怀很快抵达目的地。他看见了黑压压的人头，粗略估计，足有十几万人。有市井百姓，有商贾，甚至还有衙门里的吏员，这群人被聚集在南城一个荒地上，摩肩接踵。

数千名披坚执锐，或背硬弓，或挂军弩的士卒，把这群人团团包围。

郑兴怀目光一扫，锁定高居马背的都指挥使阙永修，以及他身边十几个裹着黑袍的密探。

镇北王的密探……郑兴怀眯了眯眼,沉声喝道:"护国公,你这是作甚?"

"郑布政使,你来得正好。"阙永修的独眼冷冰冰地看向郑兴怀,道,"郑大人,蛮族屡屡入侵边关,烧杀劫掠,你知道这是为何?"

郑兴怀不明白他为何有此一问,皱着眉头:"这与你集结百姓有何关系?"

阙永修手里长枪指着十几万百姓,大笑道:"当然有关系,身为大奉子民,自当为大奉边疆的安稳鞠躬尽瘁,死而后已,为大奉国祚连绵抛头颅洒热血。郑布政使认为,本公说得可有道理?"

"莫名其妙……"郑兴怀正要呵斥,忽然看见阙永修一夹马腹,朝着百姓发起冲锋。

噗!阙永修的长枪捅入一个百姓胸口,将他高高挑起。鲜血泼洒而出,枪尖上的男人痛苦挣扎几下后,四肢无力下垂。

场面瞬间大乱,周遭的百姓们惊叫起来,而更远处的百姓没有见到这血腥的一幕,兀自茫然。

郑兴怀目眦欲裂:"阙永修,你敢滥杀平民,你疯了吗?"

屠城要开始了……许七安已经知道接下来的剧情,他通过共情,深刻理解到此时郑兴怀的错愕和惊怒。

"郑大人别急,马上轮到你了。"阙永修抖手甩掉枪尖的尸体,大手一挥,"放箭!"

数千名甲士共同弯弓,对准集结起来的无辜百姓。

咻咻咻……铺天盖地的箭矢激射而出,密集如蝗虫,如暴雨,每一支箭矢都会收走一条生命。一个个百姓中箭倒地,发出绝望的哭喊,生命宛如草芥,这其中包括老人和孩子。

侥幸躲过第一波箭雨的人开始逃离这里,但等待他们的是精锐士卒的屠刀,身为大奉的士卒,砍杀起大奉百姓毫不手软。

"救命,救命……"

"不要杀我,不要杀我……"

百姓们惊慌起来,吓得跪地求饶,他们想不明白,为什么大奉的军队要杀他们。为什么这些戍守边关的将士，不去杀蛮子，而是将屠刀挥向他们。

噗！屠刀落下，人倒地，鲜血溅射。士卒们并不因为他们求饶和下跪，而有半分怜悯。

"混账，你们在做什么？我是府学的学子，秀才功名，尔等屠戮无辜百姓，罪大恶极……"一位穿青色儒衫的读书人脸色发白，但勇敢地站了出来，站在百姓面前，大声呵斥士卒。

不远处，一个什长锵的一声，抽出佩刀，凶狠地捅进书生胸膛。温热的鲜血沿着刀锋流淌，书生盯着他，死死盯着他……

许七安感觉自己的灵魂在颤抖，不知道是源于自身，还是郑兴怀，大概都有。

"杀光所有人，不留活口！"阙永修扬起长枪，大喝道。

不留活口，当然也包括在场的郑布政使。数名密探抽出兵刃，气势汹汹地朝郑布政使杀来。

姓朱的客卿沉腰下胯，拳头燃起透明火焰般的气机，扭曲空气，霍然击出。

一个黑袍密探不退反进，五指宛如利爪，摄住呼啸而来的拳劲，猛地一撕，呼，拳劲溃散成飓风。

"大人，快走！"姓朱的客卿留下来断后，其余侍卫带着郑兴怀往郑府逃走。

马匹疾驰而去，郑兴怀最后回头，看见数千士卒弯弓劲射，箭矢洞穿百姓身躯；看见士卒挥舞佩刀，斩杀一位抱着孩子逃亡的母亲；看到阙永修高居马背，独眼冷漠地看着这一切。

生命就像草芥。

畜生！许七安听见了心声，分不清是自己的，是李妙真的，还是郑兴怀的。

沿途的士兵无视了他们，机械而麻木地重复着押解百姓的工作，将他们往指定地点驱赶。

郑兴怀知道这些百姓将面临什么样的结局，几次命令侍卫营救，但侍卫们拒绝了，一路护送郑兴怀返回府邸。

"我去集结府上侍卫，你们速去通知夫人和少爷们，现在立刻出城，我们杀出去！"背着牛角弓的李瀚大吼道。

很快，府上侍卫在前院集结，除了武器和盔甲，他们没有携带任何细软。

"爹，爹……怎么了，是不是蛮子打进来了？"郑二公子带着女眷奔出来，脸色苍白，眼里布满惧意。

"城中士兵哗变，屠杀百姓，我们也在其中，速速出城。"郑兴怀长话短说。

直到这个时候，郑兴怀依然是迷茫的，他不知道阙永修和镇北王为何要集结百姓屠戮，出于什么目的做出此等暴行。但官场沉浮半生，他深知此刻不是探究真相的时候，为今之计是先离开楚州城，脱离险境。

郑二公子身子一晃，险些摔倒，竟是他媳妇搀了一把。大家早已习惯郑二公子的窝囊样儿，包括郑兴怀。

在侍卫的保护下，女眷和孩子进了马车，众人骑马，朝着城门方向疾驰狂奔。

"他们追来了！"背牛角弓的李瀚大吼。

数个黑袍密探追击而来，他们奔驰的速度远胜马匹。李瀚扭腰回身，拉出一个强劲的满弓，嘭，箭矢呼啸而去。

密探们都不是弱手，躲开一支支箭矢，瞬息间杀至，他们挥着长刀从天而降，斩向马车。

"保护夫人。"穿紫袍的魏游龙砍刀逆撩，挡住了密探的刀锋，气机轰然一炸，马车发出濒临散架的咯吱声。

双方边打边跑，不多时便抵达了城门口。

前方，数百名披坚执锐的士卒早早等待着，城墙上，更多的士卒等待着。

都指挥使、护国公阙永修高居马背，望着试图逃出城的众人，面带冷笑："郑大人，你逃不出去的。城墙上不但有精锐士卒，还有镇北王悉心培养的天字级高手，没有人能逃出去。"

跑不出去的,城门一关,又有大军和高手居高临下守卫,蛮子大军都未必能攻过来……许七安心里一沉。他身临其境,内心无比煎熬和焦虑。理智告诉他,郑家这些人,逃不掉……

郑布政使勒住马缰,喝问道:"阙永修,你究竟想做什么,你要造反不成?"

阙永修狞笑道:"杀你们这些蝼蚁,何须造反?"他的独眼绽放凶光,残忍冷漠。他扬起长枪,喝道:"杀!"

前有狼,后有虎,处境瞬间变得危急。侍卫们竭力保护郑布政使和家眷,然生死之间,自身就得拼尽全力,如何还能顾及这么多手无缚鸡之力的普通人。

一轮冲杀之后,马车倾翻,女眷被乱刀砍死。阙永修长枪一递,挑起郑兴怀的小孙儿,猖狂笑道:"郑大人,你自诩清官名流,眼里不揉沙子。前年不顾淮王颜面,严查军田案,以侵占军田为由,杀了我三名得力部下,可曾想过会有今日?我杀你子孙,是礼尚往来,接好了。"

他一抖手,把孩子的尸体甩向郑布政使,但这只是幌子,在郑兴怀下意识伸手去接的瞬间,阙永修投出了长枪。

长枪贯穿身体,把人钉在地上。但死的不是郑兴怀,而是那个窝囊怕死的纨绔子弟。

郑二公子,这个怕死的纨绔子弟,抬起苍白的脸,哽咽道:"爹,我好痛。我,我好怕……"

他依然是那个没用的纨绔子弟,早已成家立业,却仍然会向父亲哭诉。可这个贪生怕死的没用废物,却在危急关头推开父亲,用自己身体挡住了长枪,眼睛都没有眨一下。他畏惧父亲,唯唯诺诺,但在心里,父亲是头顶的一片天,比什么都重要。

许七安突然感觉泪水模糊了视线,眼眶灼热。他下意识地想伸手擦拭眼泪,这才想起自己只是旁观者,真正流泪的人是郑兴怀。

共情到这里结束,画面支离破碎。许七安眼里最后定格的,是阙永修狰狞的笑脸。

他霍然惊醒,睁开眼,耳边是郑兴怀号啕大哭的声音。如此清晰地回忆起家人惨死的一幕,让郑布政使情绪崩溃,共情提前结束。

哭声从激烈高亢,到低声哀鸣。过了许久,郑兴怀用袖子仔细擦干眼泪,双眼通红,拱手道:"本官失态了。"

"抱歉。"许七安抱拳回礼,吐出一口悠长的气息,道,"后来呢?"

背硬弓的李瀚沉声道:"我们牺牲了两位四品才杀出城去,而后一直东躲西藏,暗中联络侠义之士,试图曝光镇北王的阴谋。"

所以,除了郑兴怀之外,他的家人都死在了楚州城。许七安扫了众人一眼,低声道:"我出去静一静。"

这里的空气异常沉闷,篝火产生的二氧化碳让人极为不适,许七安竟有些胸闷。没理会众人的表情,他转身走到洞窟口,推开遮挡的树枝,走了出去。

他站在山谷里,呼吸着微凉的空气,这才发现,胸闷与空气无关,是块垒难平,是气难吐,意难舒。

轻柔的脚步声从身后传来。

"我要去楚州城。"李妙真低声道。大眼是无声的,她平静的脸上看不出喜怒,但她的眼神充满了坚定。

"是要去楚州城看看,但愤怒只会冲垮理智,去之前,我们整理一下思路,重新来看一遍血屠三千里案。"许七安折下一根枯枝,咬在嘴里,道,"镇北王屠城是为了炼化精血,冲击二品。不过炼化精血需要时间,所以他选择屠杀楚州城,以灯下黑的思维惯性瞒住所有人。

"我之前截杀镇北王密探,招魂问过情况。那密探并不知道镇北王屠杀百姓的地点,可从郑布政使的回忆来看,参与屠杀的士卒和密探有很多。"

李妙真皱眉道:"你的意思是,那些士卒和密探,极有可能被修改了记忆?"

许七安颔首:"也有可能,他们并不知道自己做过什么事,不管怎么样,都不是武夫能做成的。所以,镇北王还有帮手,有其他体系的顶级强者在帮他。

"那位强者甚至有能力让楚州城恢复'原样',但我不确定是哪个体系。北境被许多蛮子渗透,都在调查此事,镇北王必然知晓。他要么终止炼化精血,要么就是有恃无恐。这样一来,凭我们的实力,很难有所作为。

"妙真,我需要你把消息传递出去,传给蛮子,传给妖族。"

李妙真点了点头,她能御剑飞行,很适合传递消息。

许七安迎着她的目光,道:"我在这里保护郑大人,等你回来,一同前往楚州城。"

李妙真松了口气:"务必等我。"

"事不宜迟,快去。"

"好。"李妙真召来飞剑,翩然跃上剑脊,浮空而立。

许七安返回山窟,郑布政使等人纷纷望来,他沉声道:"郑大人,诸位,你们在此等我消息。"

郑布政使似乎察觉到了什么,忙问道:"你要去做什么?"

"去一趟楚州,去查案。"

这无可厚非,郑布政使等人微微点头。

许七安目光扫过他们,道:"几位侠士保护郑大人,不离不弃,在下佩服。世上有你们这样的豪杰,才让人觉得有趣,让人向往。许某向诸位保证,一定严惩凶手,还楚州百姓一个公道。"

郑兴怀起身,拱手:"如此,本官便死而无憾。"

李瀚等人拱手:"死而无憾。"

清晨后,许七安来到一座小县城,寻了当地最好的客栈,支付银子,问小二要了一桶水。

许七安关上房门,掏出地书碎片,一抖手,沉睡中的王妃滚落在柔软的床铺上。

"醒醒……"许七安轻轻拍了拍她的脸蛋,猛然想起这女人被自己灌了迷魂汤,当即渡送气机,强行唤醒了她。

王妃呢喃着睁开眸子,涣散的瞳孔缓缓恢复焦距。她茫然地看着许七安,大概有个几秒,脸色陡然一僵,小兔子似的缩到床脚。一边审视自己,一边转头四顾,叫道:"你你你,对我做了什么?!"

王妃眼睛瞪得又大又圆,做出凶巴巴的姿态,却给人色厉内荏的感觉。

许七安看到她就想笑,内心不知不觉地平和,耸肩道:"我没对你做什么,只是让你睡了一觉。"

"我不信,你打晕我,肯定对我图谋不轨。"她气道。

许七安见状,淡淡道:"我出去一会儿,你自己检查检查。"

他在门口等了片刻,直到里头传来王妃娇柔的声音:"姓许的。"

许七安推门而入。

王妃坐在梳妆台梳头,侧着身子,用余光瞪他一眼:"你没事敲晕我作甚?"说着,继续凝视镜中的自己,专心梳头。

看来已经确定自己完好无损,心里怒火消了许多。

许七安提起木桶,往铜盆里倒水,再兑入一瓶红色药水。随后他把整个脸埋进去,不停地揉搓,不停地揉搓。大概一刻钟后,许七安脸皮发烫,再抬起脸时,已经换了一个人。

此人帅到惊天动地,是当世绝无仅有的美男子……许七安是这么认为的。他推开王妃,望着镜子里熟悉的脸,恍然失神。半晌,他喃喃道:"久违了……"

王妃审视着他,缓缓点头:"你易容的是谁?这般平平无奇的模样,倒是很适合潜伏。"

说完,她看见许七安杀机重重地斜了自己一眼。

你懂什么叫帅?许七安不去看在地狱里走了一圈的王妃,淡淡道:"我查案去了,不方便带着你,所以出此下策。"顿了顿,他沉声道,"镇北王屠的是楚州城。"

啪嗒一声,木梳掉在地上。王妃回过神来,脸庞交织着惊骇和悲恸,她不自觉地压低声音:"楚、楚州城?"

不管是谁,乍闻消息,都不相信。王妃也不例外。

许七安把郑兴怀的事情,简单地描述了一遍。

王妃喃喃道:"我虽不喜欢他,更厌恶他们兄弟俩把我当货物一般交易,可是,我内心里还是佩服他的。他是大奉武道第一人,雄才伟略,为大奉百姓戍守边关十几年……我错了,他是个自私自利的人。他戍守边关,不是为了百姓,仅仅是因为大奉是他们家的,不允许外人劫掠。

"同样,百姓在他们眼里,也是物品,可以交易,可以牺牲,当他需要时,可以毫不犹豫地牺牲。"

她早知道镇北王屠戮百姓,只是听许七安提及屠城过程,一时间情难自禁。

镇北王暴行不容宽恕,护国公阙永修更该千刀万剐。可是,镇北王既是三品武者,又是大奉亲王,谁能降罪他?谁又能让他认罪伏法?

这时,她听许七安说道:"我要离开几天,你安分待在客栈里,哪儿都不要去。"说着,许七安把地书碎片放在桌上,"你帮我保管几天。"

一旦让神殊和尚放开拳脚,那么身上所有的物品都有遗落的风险,包括衣服。地书碎片事关重大,他本不愿让王妃看见,最好的打算是把它交给李妙真,但王妃还睡在里面呢,她不是物品,不可能一直待在地书里。为了不让大奉第一美人断粮而死,他只能出此下策。好在王妃是个傻姑娘,没什么见识,地书碎片对她来说,可能只是一面手工粗糙的小镜。

王妃没有去看玉石小镜,凝视着他:"你要去哪儿?"

这一刻,许七安脑海里闪过如草芥般倒下的百姓,闪过被刀捅入胸口的书生,闪过抱着孩子逃窜却被杀死的母子,闪过被枪挑起的稚童,闪过被钉死在地上的郑二公子……

"我说过,我要去惩罚镇北王,他不配得到那些精血。我要让他,还有护国公阙永修付出代价。"许七安平静地看着她,脸上没有喜怒,眼神却无比坚定,"我要去楚州。"

王妃看着他的眼睛,便知自己阻止不了这个男人,她咬了咬唇,轻声道:"你要回来,你,你答应我。"

"好。"许七安点头,起身朝门口走去。

"许七安。"她大喊一声,似乎不放心,仓促中起身撞翻凳子,追出来几步,鼓足勇气道,"少年侠气,交结五都雄。肝胆洞,毛发耸。立谈中,生死同,一诺千金重。"

一诺千金重,所以你一定要回来。

驮天山。

号角呜呜奏响。两万名青颜部精锐骑兵在山脚下的平原集结,他们骑乘着头生独角、覆盖鳞片的战马,挥舞着弯刀。于号角声里,眺望那片巍峨的宫殿。

轰,轰,轰……沉重的脚步声从远处传来,两丈高的青色巨人踏出宫殿,每一脚都造成轻微的地颤。他手里拖着一柄常人无法使用的巨剑,只见地面拖出深深的沟壑。

青颜部的骑兵们默默地注视着他们的首领,现场一片寂静,唯有沉重的脚步声。

青色巨人扬起厚重的巨剑,沉沉咆哮一声:"在楚州城!"

"在楚州城!"

"在楚州城!"

青颜部骑兵扬起弯刀,挥舞着,咆哮着。

北方某座黑色大山,云雾缭绕的山谷。

面容模糊的白衣术士站在崖边,低头俯瞰。山谷里缭绕着常年不散的浓雾,寸草不生,生灵绝迹。

"烛九。"

随着白衣术士话音落下,浓雾突然沸腾,如女子舞动的轻纱。层层迷雾中,一道黑影疾速掠来,在白衣术士面前停下。

浓雾散开,那是一只巨大的蛇头,通体赤红,无鳞,额头一只紧闭的独眼。它高高支起的身体,便有一座山峰那么高,白衣术士在它面前,渺小如蝼蚁。传说上古时代,有一位神魔主宰北方极寒之地,独目,无鳞而赤红,睁眼为昼,闭眼为夜。北方妖族的首领,烛九,便是那位神魔的后裔。

"在楚州城。"白衣术士笑道。

巨蛇额头的竖眼骤然睁开,一道金光绽破云霄,数十里外都能看到。

陡峭悬崖之上,盘根老松下,风华绝代的妩媚女子伸出手,袖子滑落,露出白皙藕臂。

于天空中盘旋的黑鹰扑击而下,落在女子藕臂上,口吐人言:"那人传来消息,在楚州城。"

白裙飘飘的绝美女人嫣然道:"看来他不仅想要精血,还想要镇北王的命。传我命令,所有妖兵,进攻楚州城。"

第 371 章

攻城

楚州城。

高大巍峨的城墙上,建着三层高的巨大城楼,飞檐翘角,站在最高层,可以直接看到数十里之外。

顶层的大堂里,一个中年男人拄着刀,坐在披着虎皮的大椅上。他穿着百炼钢锻造的重甲,身披猩红大氅,生了一双狭长凌厉的丹凤眼,五官颇为俊朗,与元景帝有五分相似。此人既有武将的沙场锐气,又有天潢贵胄的凛然傲气。是天生就要身居高位的掌权者,气象不凡。

大奉镇北王。

这位亲王的人生经历堪称传奇。他自幼力大无穷,生撕虎豹,但绝不是莽夫。相反,淮王天资聪颖,远胜一众兄弟姐妹。

淮王好杀戮,痴迷武道,先皇曾言,七皇子乃天赐大奉的护国神将。因而,并没有将皇位传给他。淮王自己也不在乎,对他来说,只要能问鼎武道巅峰,权力自然会来。亲王的身份,不过是他武道登顶途中的助力。

这世上有的人沉迷美色,有的人沉迷金钱,有的人沉迷权力,有的人沉迷修行。

淮王十五岁掌兵,二十岁打遍京城无敌手,二十五岁坐镇北方,而今已是十六个年头。他最风光的时候,是二十年前,随魏渊出征,担任副将，手持镇国剑斩杀南北蛮族高手无数。被史书评价为山海关战役第二功臣。

"报！"

一位黑袍密探低着头，疾步进入大堂，双膝跪于堂内，手中捧着一沓密信。

镇北王探出手，密信自动飞入掌心，他展开密信，逐一阅读。

第一封密信是告罪书，密探们竭尽全力，在边境大肆搜捕，仍然没有发现王妃以及劫走她的四个蛮族首领踪迹。

第二封密信是关于屠城中逃走的郑布政使。信上称，飞燕女侠李妙真成功与郑布政使搭上线，天字密探拦截时，遭遇佛门高手阻拦，不幸让李妙真逃脱。

第三封与第四封密信，则是军情。青颜部两万骑兵倾巢出动，没有携带辎重，火速行军，正朝楚州城杀来；北方妖族首领烛九，率领麾下妖族南下，直指楚州城。他们途中没有劫掠百姓，没有尝试攻击其他城市，目的性极强地扑向楚州城。而楚州城本就离边关很近，黄昏前，青颜部骑兵和烛龙麾下妖族便会兵临城下。

镇北王手里的密信化作齑粉，挥退了密探。他从大椅起身，望着空旷无人的大堂，沉声道："还是让他们发现了。"

"这是意料之中的事，慕南栀的神异知晓之人不少。无数双眼睛盯着你，就等着你修为精进，夺取她的灵蕴。即使你这些年韬光养晦，但能估算出你修为的人可不少。我们屠戮楚州城，隐瞒了近月余，已经是很成功的谋划。"一道声音在堂内响起，回应镇北王。

"还有多久大功告成？"淮王目视前方，脸色平静。

"三个时辰。"那声音轻笑一声，"别急，你该知道，凡人的生命精华于你无用，必须将他们炼制成血丹，呵，三十八万人，自然耗时耗力。当然，如果不是还要炼制魂丹，早在一旬前，血丹便能炼成。"

停顿了一下，那个声音又道："丢了慕南栀，你即使服用血丹，也无法晋升二品。"

镇北王淡淡道："我们已经想好了弥补的措施不是吗？放心，答应你的事,我不会食言。"

那声音发出嘶哑的笑声:"合则两利……有人来了。"

大门处,人影晃动,独眼的护国公阙永修腰挎长刀,单手按刀柄,大步而来。

"淮王,还是没有郑兴怀的行踪。"阙永修沉声道。

"此役之后,我若晋升二品,便无须管他死活。我若败了,也有办法保你,不必担忧。"镇北王淡淡道。

护国公阙永修松了口气,道:"此战可有把握?"

镇北王缓缓点头。

阙永修顿时露出笑容,大马金刀地坐在椅子上,笑道:"我大奉也该出一位二品了,这些年北方蛮子和妖族嚣张跋扈,不把我们放在眼里。此役过后,我们踏平那驮天山,再把烛九剥皮抽骨,给将士们炖汤喝。"

镇北王严肃的脸庞露出笑容。

阙永修是他年少时的伴读,而后一起领兵,从山海关战役到北境,他们金戈铁马近二十年,感情比亲兄弟还要深。

不然,屠城的事也不会交给他来办。

日头渐渐西移,站在城墙眺望的士卒眯着眼,看见天边扬起一阵尘埃,无数骑兵疾驰而来。而在骑兵之后,是一个两丈高的青色巨人。

他们来了。

咚咚咚!鼓声敲响,震荡四野。城墙上的士卒们立刻动了起来,有条不紊地准备守城器械,如滚石、火油、檑木等。蛮族大军即将攻城的消息,早已传回楚州,对此,不管是军官还是底层士卒,都没有慌张。

在甲胄铿锵声里,镇北王提着刀,迈步而出,站在城楼的眺望台,遥望青颜部的首领。

两位三品强者,隔着广阔的平原对视,清晰地看见了对方的表情、眼神。吉利知古狰狞一笑,镇北王则嘴角一挑,带着几分冷笑和不屑。

短暂的对视之后,吉利知古忽然低头,摆动双臂,开始发足狂奔。

轰轰轰……大地震颤,宛如炮弹爆炸,青色巨人化作残影,似乎想一头撞塌城墙。

"开炮!"护国公阙永修咆哮道。

城墙上的大型床弩、火炮,纷纷对准青色巨人。

床弩的弓弦由四名士兵合力拉开,随着弓弦缓缓拉开,烙印在床弩骨架上的咒文逐一亮起,咒文散发出的微光如水般流动,汇聚到两米长的重箭上。随着弓弦拉满,微光尽数凝聚在重箭上,两米长的重箭爆发出耀眼的亮光,宛如由纯粹的光组成。

嘣!嘣!嘣!长达两米的重箭呼啸而出,宛如一道道流光,射向青色巨人。

轰!轰!轰!与此同时,同样被阵法加持的火炮,射出了一道道燃烧的火球,如同炫目的陨石。

大奉军队,个人武力不如蛮族,数量不如可以操纵尸首的巫神教,灵活方面又不如诡谲难缠的蛊族军队,中高层次的战力更不如佛国。

然,大奉能占据中原,称雄九州,以前靠的是儒家。在儒家主导朝堂的时候,三军统帅、总兵这种职位,通常都是儒家读书人来担任。历史上有名的儒将,基本出身云鹿书院。儒将们既精通兵法,用兵如神,还能自己下场干架,牛皮一吹,天崩地裂。儒家没落后,司天监的法器扛起了重任,重型杀伤法器、火器,是大奉赖以生存的根基,尤其在守城的时候,堪称绞肉机。

散发着刺目光芒的重箭、宛如陨石的火球,不停地轰炸在青色巨人身上。

吉利知古硬扛着可以轻易轰杀六品武夫的重箭和火炮,每发出一声轰隆,他的身躯便会震颤一下。但他没有避让,甚至主动迎接重箭和火炮的洗礼,挥舞巨剑打散可怕的箭矢和火球,这些攻击对他来说问题不大,却会给身后的骑兵带来灭顶之灾。

就算这样,一轮轰击下来,仍有百余名精锐骑兵牺牲。

临近楚州城不到两百米时,吉利知古双膝猛地一沉,在地面坍塌中,身子倾斜,撞向城墙。

强风呼啸而来,两丈高的青色身影裹挟着沛然莫御的气机,仿佛能把一座山给撞塌。不,确实能撞塌一座山。

这时,城楼上的镇北王动了,砰!他于石砖碎裂中冲天而起,猩红大氅猎猎鼓舞。他跃至最高处时,抽出长刀,高高举起。紧接着,镇北王俯冲而下,长刀斩出。他虽一人,却给人天倾般的压迫感。

青色巨人不得不止住冲撞的姿势,稳住身形,巨剑猛地反撩,斩击天空中的镇北王。

轰!天地间,巨响声如霹雳,海潮般的气机呈圆形荡漾,宛如数十枚火炮引爆,冲击波在半空中扩散。

下方的青颜部骑兵侥幸躲过一劫,城墙的墙体上则亮起咒文,形成无形屏障,挡住气机余波。

镇北王复而飞起,落回城楼,手持长刀,渊渟岳峙。

"镇北王,战神!"护国公阙永修高举兵器,大吼道。

"镇北王,战神!"

"镇北王,战神!……"

城墙上,士卒们齐声呐喊,众志成城,对镇北王充满信心,敬若神明。

北城门口,城外无边无际的旷野上,一条庞然大物出现在地平线的尽头,它通体赤红,无鳞,额头的独眼宛如一颗金色的骄阳。

赤红巨蛇贴地游走,卷起漫漫尘埃。

它的后方,是密密麻麻的妖族大军,有蛟,有黑鳞巨虎,有独角蜥蜴,有猿猴……它的头顶,黑压压的禽部大军铺天盖地,疾速掠来。

城墙上的士兵面无表情,脸色没有恐惧,也没有紧张,机械地发射床弩、火炮,或弯曲硬弓,攻击盘旋在半空的禽类。

中箭坠落的禽类原本已经死去,但在下坠过程中,突然睁开猩红的眼睛,重新振翅飞起,扑杀同伴;死于炮火和弩箭的妖族大军,也重新爬了起来,撕咬身边的同伴,甚至是赤色巨蟒。

妖族大军还没冲到城下,自身便发生小规模混乱。

嘭嘭嘭……重箭激射而出，自动忽略了妖族大军，目标锁定赤色巨蟒。重箭并不是走直线，而是曲线，且攻击同一个目标——巨蟒的七寸之处。

如同有一只看不见的手，在拨弄着重箭和炮火，让它们瞄准弱点。

巨蟒体型庞大，带来压倒性力量的同时，也相应地展现出不够灵活的弊端，无法躲避重箭和火炮。尽管不会遭受重创，七寸之处却仿佛被一根根钢钉嵌入血肉，疼痛难忍。

嗷……它昂起头颅，张开血盆大口，宛如暗红色的黑洞，额头的独眼连连颤抖，猛地喷射出一道金光，激撞在城墙上。

墙体阵纹亮起，无形屏障应激浮现。金光撞在屏障上，激起细碎的光屑，墙体咔嚓连声，崩裂出无数细小裂缝。

自山海关战役之后，北境迎来了第一次大型战役，参战的三品高手共有三位，还有一位隐藏在暗中的未知高手。

楚州城内，一个个江湖人士冲出客栈、房舍，惊愕地看向城门方向。

轰隆的火炮声、床弩清越的弦声、马蹄声、城墙守兵的吼声，以及可怕的、来自高品级强者交手的气机波动。这些声音和波动清晰地被城中的江湖人士听见、感知，让他们内心不可避免地产生恐惧，全身瑟瑟发抖。

"怎么回事，蛮族打到楚州城来了？"

"该死，这群蛮子竟然敢打到楚州城，他们想和大奉全面开战吗？"

"走，咱们也去城墙上，一起守城。"

楚州城最大的酒楼门口，几个江湖人士跳脚怒骂，这时，他们看见掌柜、店小二，脸色木然地走出客栈。

看见街边一栋栋房舍里，当地居民木然地走出来，他们脸色苍白，眼神空洞，缺乏灵气，像是一具具行尸走肉。

越来越多的人走出房屋，来到街道，表情木讷地望着天空。

他们头顶，一道道细碎的血光溢出，飘向天空，而后汇聚一处，凝成一团巨大的血球。而他们体内，一道道黑影被拉拽出来，沉入地面，过

程中,黑色的阴影不停地挣扎,发出恸哭声:

"原来我已经死了……"

"我死了?我死了!"

"不甘啊,不甘……"

城中各处,屠城之后进入楚州城的平民、江湖人士,目睹了这般可怕的一幕,内心一片森冷。

楚州城的人已经死绝了?那他们之前是和谁交谈,和谁说话,和谁朝夕相处了月余?原来我们在一座鬼城里生活了月余……

巨大的恐惧在所剩不多的活人心里炸开。

驿站里。

使团众人胆战心惊地来到街上,看着一具具苍白的人形,木然而立,抬头望天。一股股血气从他们头顶抽离,涌上半空;一道道黑色阴影从他们体内剥离,被卷入地底。

杨砚喃喃道:"原来,血屠三千里的地点,是楚州城。"

"畜生!"突然一声暴吼,大理寺丞跪倒在地,泪水汹涌而出,"楚州三十八万人口,三十八万条怨魂……纵观大奉六百年,未曾有人做出此等暴行。本官,本官要回京弹劾淮王,至死方休!"他握拳用力捶打地面,大吼一声,号啕大哭起来。

刘御史嘴皮子颤抖:"他怎么敢,他怎么敢……身为大奉亲王,他受北境百姓爱戴,受北境百姓奉养,他如何能对这些无辜百姓下手啊?淮王死不足惜,死不足惜……"

陈捕头双目赤红,握着刀的手不停颤抖。

杨砚看着他们,微微动容。这些文官油滑鬼祟,最爱钩心斗角,但他们并非彻彻底底地道德沦丧,内心还有着圣贤书熏陶出的情结。既坏,又好。

陈捕头咬牙切齿道:"淮王他究竟想做什么?"

杨砚沉吟道:"可能要晋升二品,这是我的猜测。"

晋升二品……大理寺丞、两名御史,以及陈捕头吃了一惊。

如果,如果淮王真的借此晋升二品,那即使他们把此事曝光出去,上书弹劾,皇上会降罪吗?诸公能处置淮王吗?

二品武夫是什么概念?大奉已经三百年没出过二品武夫了。放眼九州,二品武夫都已绝迹,至少北方蛮族、妖族是没有二品的。淮王若能晋升二品,那么屠城还是罪吗?就算是罪,谁有能力惩罚他?

恐怕陛下和诸公,只能捏着鼻子认下来。而一旦陛下和诸公妥协,就算是监正,也只能以大局为重。

用三十八万百姓的性命,换一位二品,值吗?

非常值。

刘御史深吸一口气:"淮王若是晋升二品,我便血溅金銮殿,以死明志。"

陈捕头沉声道:"没人能阻止他了吗?北境谁能阻止镇北王……"

杨砚摇头:"北境之中,谁还能比镇北王更强?"

没有了。谁都无法阻止镇北王,楚州没有人能成为镇北王晋升的绊脚石。

谁都不行,使团不行,江湖武夫不行,他们只能眼睁睁地看着镇北王晋升。

陈捕头突然说道:"我突然惋惜许七安实力不够……"等众人看来,他自嘲道,"以前我嫉妒他在佛门斗法里名传天下,嫉妒他在天人之争中力压道门杰出弟子,大出风头。可我现在,只恨他修为不够。因为如果是他的话,绝对不会坐视不理,甚至现在已经对淮王拔刀了。对吗,杨金锣?"

众人齐刷刷看向杨砚。

杨砚有些恍惚,不知想起了什么,他用喟叹的语气说道:"魏公说过,他最大的缺点就是逞血气之勇。不管是当初刀斩上级,还是在云州独挡叛军。"

是啊,那个男人是个滚刀肉,是茅坑里的石头,又臭又硬。痛恨他的文官们常说:此人迟早会为他的脾气付出代价。可是,有时候,却正是这样的人,成为他们心中的"救世主",成为他们希望在某些时候振臂一呼的那个人。

刘御史喃喃道:"先皇他错了,如果大奉真的有一位护国神将,我觉得是许七安,而不是淮王。"可惜他还稚嫩,尚未成长起来。

大理寺丞露出恶狠狠的表情:"本官现在唯愿蛮族破城,斩了镇北王。如果大奉无人能阻止,那就让蛮族来吧。"

第 372 章

镇国剑

"血丹!"青色巨人望着城内天空,望着那一团巨大的血球,眼里闪烁着贪恋之色。

以数十万人口的生命精华炼制的血丹,对于强化自身的武夫来说,是冲关的大补药,即使无法冲关,也能让实力百尺竿头,更进一步。这枚血丹到手,他就有把握在一甲子内晋升二品。

而如果血丹被镇北王得到,对于蛮族来说,意味着边境多了一位二品武夫。这已经不是眼中钉,肉中刺,而是致命的威胁。

山海关战役后,蛮族的二品高手陨落,中高层强者也损失惨重。北方妖族亦然,原本有两位三品,而今只剩一条烛九。

北方妖族和蛮族联盟,急需一位二品高手的诞生。

"来得恰到好处,镇北王,你这血丹是专门为我做的嫁衣吧?"吉利知古大笑道。

"你没这命。"镇北王嗤之以鼻。

两人说话的同时,刀刃不停碰撞,每一次短兵相接,半空都宛如惊雷炸响,冲击波连绵不绝,让城墙上的士兵、城下的骑兵误以为置身海啸之中,稍有不慎就会死于三品强者交战的余波中。

"破城!"吉利知古咆哮一声,两丈高的青色身躯跃起,地面轰一声,坍塌出直径数十米的深坑。空中的青色巨人把堪比门板的巨剑高举过头顶,嗤,巨剑激射出数十丈长的刀剑,霍然斩下。

这道擎天剑罡宛如开天辟地,它斩落的瞬间,城墙上的士卒,城墙下的蛮族骑兵,双腿战战兢兢,失去了战斗力,能站稳便已是豪杰。这是对力量的畏惧,最原始的畏惧。

墙体发出砰的一声,碎石激射,迸开一道始于城头,终于城下的裂缝。

"给我破!"吉利知古大吼一声。

剑罡气息再强几分。

轰隆隆……城墙再也支撑不住,出现小规模的坍塌。不幸身在那一段的士卒,惨叫着坠落,被碎石埋葬。

"杀进去,夺血丹!"蛮族骑兵们士气大振。

城头的士兵搬起准备好的檑木、巨石、箭矢,居高临下地攻击,阻挠蛮族冲击裂口。

另一边,赤红色巨蟒见到血丹在天空凝聚,瞬间发狂,独眼射出一道道金光,冲击城墙法阵,打得墙体不断崩裂。

妖族大军却陷入了困境,它们不但要面对来自城墙上的攻击,还得面对死去同伴突然挺尸、痛击队友的操作。

"真狠啊,为了这枚血丹,屠杀整座楚州城。镇北王比我狠多了,我不敢这么干,我北方妖族数量有限,舍不得。"巨蟒口吐人言,发出嗡嗡的冷笑声。它似乎并不着急,保留着战力,持续轰击城墙法阵,与暗中的巫师纠缠。

随着时间的流逝,天空中,那团血球没有继续扩大,反而在浓缩,体积越来越小,血光却愈发浓郁,一股股强横的元气从中溢散。

咕噜……杨砚吞了吞唾沫,仰着头,只觉得那是世间最诱人的东西。

陈捕头等一群习武之人同样如此,眼巴巴地抬头看着。

反而是普通人的大理寺丞和两位御史,没有任何异样,但他们警惕地后退了几步。因为杨砚等人此时的表情,就像寒风里的饿狼,那垂涎欲滴的眼神,那透着狰狞和渴望的脸色……

杨砚心里涌起无法自控的渴望,渴望得到血丹,渴望吞服它。

他正要付诸行动,忽见几道人影腾空而起,不顾一切地扑向血丹。他们身影刚一靠近,便迅速化作枯骨,精血被血丹吞噬。

杨砚如梦初醒,浑身一颤,明白这不是他能谋夺的东西,贸然靠近,只会招致无法挽回的后果。

"别看,低下头。"杨砚吼道。声音宛如雷霆,炸在使团一众武者耳边。

陈捕头等人霍然惊醒,低下头,不敢再看。

就在这时,一阵银铃般的笑声响起,回荡在楚州城每个角落,声音带着强烈的魅惑,让人忍不住心生爱意,渴望寻找到它的源头。不管是守城的士兵,还是攻城的蛮族,抑或城中活着的江湖人士,但凡是男性,统统抬头,看向天空。

一道缥缈的人影从天界走入凡间,她美则美矣,魅惑却更胜一筹。风拂动她的秀发,撩起她的衣裙,飘飘欲仙。她如同九天之上的仙子,一步步踏入凡间。

世上竟有如此风华绝代的女子……男人们心里不约而同地浮现这个念头。

白衣飘飘的仙子踏空而来,声音娇媚软糯,极具魅惑,如同情人在耳边低语,却传遍所有人耳畔:"多谢镇北王为本国主做的嫁衣。"

"抢得好,哈哈哈,镇北王,你以为我要破城吗?我只是在逗你玩儿。"吉利知古挥舞着巨剑,像打苍蝇似的攻击镇北王,后者同样不让分毫,明明显得非常渺小,却爆发出可怕的怪力,正面硬刚,不输青色巨人分毫。

"真是个美人啊,如果能抢回部落当夫人就好了。"吉利知古一边与镇北王激斗,缠住他,一边眯着眼望着城中美若天仙的女子,看着她坐收渔翁之利,笑道,"你一介武夫如何瞒过我等?早知道你有帮手,为了确保万无一失,我们邀请了万妖国的国主。嘿。你这城墙可防不住九尾天狐。夺走你的血丹,我,她,还有烛九平分血丹。"

"是吗?"镇北王嗤笑道,"那你为什么不想想,城中大阵是谁画的?"

北城方向,双目赤红、受巫师操纵的大奉士卒、妖兵突然僵住,仿佛提线木偶失去主人一般。

"想走?"烛九见状,额头竖眼骤然射出一道乌光,这道乌光并没有实质性的杀伤力,因此穿透了城墙法阵,打在城中某处虚空。

那里一道身影从隐匿状态跌出,裹着黑袍戴着兜帽。他没有遭受伤害,但被乌光一照,便浑身僵凝,如坠冰窖,思维和行动变得缓慢。

这让黑袍巫师没能及时阻止白裙女子摘取胜利果实。

云海之上。

白衣飘飘的人影站在云端,俯瞰下方的楚州城,他面容模糊,身影仿佛与周遭云雾合二为一。他站在那里不动,很容易被人忽略,他的存在感和容貌一样,模糊,低调,似乎不在这个世界。

"屠城之后,将魂魄封回躯壳之内,以秘法维持肉体生机,而后以整个楚州城为丹炉,以生灵精血和魂魄为料,大丹炼成之前,一切如常。以巫神教秘术干扰天机,以城中大阵维系气数。好一招瞒天过海之术,好一个灵慧境巫师。"

整个城就像一个丹炉,蕴含三十八万人精血的"灵丹"炼了整整一个月,终于接近成功。

术士是炼丹的行家,如这般旷世大丹,炼一个月并不奇怪。

见到城中异象的瞬间,本就擅长谋算的术士,立刻明白前因后果。

镇北王和巫神教勾结,后者助其炼化精血,瞒天过海。镇北王的目的很明确,吞噬精血,把修为推到三品大圆满,而后夺去王妃灵蕴,晋级二品。那么,巫神教谋划的是什么?

"是烛九啊……"白衣术士恍然道。

大奉与巫神教有宿怨,但因为东北各国以人族为主,且东北物产丰富,既能狩猎,又能耕种。虽然因为人口增长问题,有一定的侵略野心,但总体还是偏向安居乐业。大奉亦是如此,所以等闲不会开战,边关摩擦不断,大规模战争却没有。

反观与东北疆域接壤的北方妖族,具备极强的侵略性,以及嗜好吞食人族,经常入侵边关,侵略城镇。

　　"助镇北王晋升二品,而后结盟,双方联军北上杀烛九。不过现在它自己来了……"白衣术士忽然皱眉,"不对,这阵法非巫神教所为。"

　　白裙女子伸出手,探向血丹,就在将要摘取胜利果实之际,异变突生。

　　下方,一朵笼罩数十里范围的黑色莲花浮现,继而徐徐绽放。莲花流淌着黑色黏稠的液体,每一朵花瓣都象征着堕落和邪恶。

　　白裙女子身子一僵,指尖沾染了一层墨色并迅速蔓延,白嫩的藕臂染上漆黑丑陋的颜色。她双眸不受控制地变红,顷刻间从飘飘欲仙的谪仙子,变成了丑陋邪异的魔女。

　　在白裙女子身后,一条蓬松巨大的狐尾冒出,接着第二条,第三条,第四条……每一条狐尾出现,漆黑就褪去一分,九尾俱现后,她把所有的堕落都排出体外。九条狐尾宛如孔雀开屏,在她身后缓缓拂动。

　　黑色莲花中央,黑色黏稠的液体聚拢,形成一道人形。这道人影由漆黑黏液组成,双眼透着阴邪之色,充斥着恶意和堕落。

　　白裙女子眯着眼,盯着漆黑人形,诧异道:"你是地宗道首金莲?"

　　漆黑人形淡淡道:"我是黑莲。"

　　白裙女子啧啧道:"没想到,你最终还是入魔了。"

　　黑莲冷笑道:"种善因无善果,这世间黑暗永存,人性本恶。我只是顺应天时,应运而生。"

　　白裙女子站在云端,缓缓摆动九条狐尾,掩嘴轻笑:"天宗道首若是听了你这番话,恐怕要先与你论道一番。"

　　黑莲冷哼道:"我已攫取世间最大的恶,于魔道更进一步,迟早有一天会统一道门,唯我独尊。"

　　白裙女子冷哼一声:"区区一道分身,也敢口出狂言。"狐狸尾巴一竖,扑击而下。霎时间,宛如天塌一般,整座楚州城微微颤抖,房舍摇晃。

莲花中央,黑色人形一边抬起手,一边反唇相讥:"一条狐狸尾巴,也敢如此猖狂。"莲瓣乌光喷涌,散发着腐蚀一切、堕落一切的力量,逆空而上,阻击白裙女子。

两道力量在空中交击,碰撞。冲击波化作狂风,把附近的房舍推倒,把砖块和碎木卷到半空,把方圆十里夷为平地。两个顶尖高手的对决,制造出如同天灾的景象。

客栈里。

王妃坐在窗边的梳妆台,愣愣出神。

那小子清晨离开,此刻已是黄昏。她刚才问过客栈里的小二,这里是宾州,位处楚州腹地,距离楚州城有三百多里。王妃凭借自己的聪明才智,判断许七安大概要三四天才能抵达楚州城。

这会儿还在路上,可她已经开始担忧了。

"淮王是三品,是大奉武夫眼里的巅峰。许七安可千万别逞强,他要是死了,我……"王妃忽然愣了愣,呆坐半响,对着镜中的自己强调道,"我以后可就没着落了,毕竟我只是个弱女子,身上也没银子,他要死了,我怎么办?"

"对,就是这样,我是担心自己的未来。"

最后,她轻叹一声:"要惩罚镇北王啊,但也记得要回来。"

李妙真驾驭飞剑,降临山谷。她本想随机抓几个蛮族骑兵,然后把消息透露出去,让他们回部落禀报,简单粗暴地完成情报泄露工作。可临近边关后,她惊愕地发现青颜部的骑兵大举南下,风风火火往楚州城方向而去。而她本人,险些被青颜部的首领发现,或许已经被发现了,只是对方懒得理会。

出于谨慎态度,她继续往北飞行。在相隔数十里外的官道上,看见了那条赤红色的巨蟒,它在山中爬动,如同一条赤红色的路。

此情此景,李妙真下意识地做了一番推理。花了一刻钟,她推理出一连串的问号,然后就火急火燎地赶回来,向许七安汇报见闻。

洞窟里，听到动静的申屠百里、李瀚等人奔了出来，一脸警惕，见到李妙真后，如释重负。

李妙真目光掠过他们，望向洞窟："许银锣呢？"

郑布政使从洞窟里走出来，道："许银锣说他去楚州城查案，让我等在此等待。"

"……"李妙真张了张嘴，表情凝固在脸上。大概有个三秒，她眼圈陡然一红，在众人反应过来前，御剑而去。

臭男人臭男人臭男人……她咬着银牙，心底没来由地涌起委屈和恐惧。委屈是觉得他又骗了自己，虽然因为一个男人而委屈，这样的心态明显有问题，但她现在没有心情深究；恐惧则是害怕再看到云州时的一幕，那个浑身插满羽箭、挂着刀、站在尸山上的身影，至今还清晰地烙印在天宗圣女心里。

查案便查案，不要冲动，不要做傻事，她知道许七安的性格，害怕他一如云州那般。

当！一刀格开吉利知古的巨剑，镇北王不再恋战，御空冲回城内，扑向那枚愈发凝实、散发诱人气息的血丹。

甫一接近血丹，北边忽然打来一道金光，笼罩了镇北王。

他的重甲在金光中消融，皮肤变得通红，呈现灼烧痕迹。但这并不能阻止一位三品武夫前进的脚步。镇北王张开手掌，做出抓摄动作，血丹朝他飞射而去。

白裙女子探出手掌，扭曲的气机凝聚出一只巨大的手掌，从侧面抓向血丹，试图拦截。

黑色人形双手结印，打出一道污秽邪恶的浊流，腐蚀半透明的巨掌，消融它的气机。

呼……当是时，在镇北王即将得到血丹的刹那，巨剑旋转着飞来，目标不是镇北王，而是成年人拳头大的血丹。

砰！血丹激射出去，嵌入地表，依旧散发静默的血光，不曾损坏。

比房舍还高的青色巨人缓步走来，伸手一招，将巨剑召回，握在掌中。

北边,赤红巨蟒爬上城墙,沿着城墙的马道快速游走,凸起的女墙如纸糊般破碎,墙体在它的身躯下不断崩裂,随时都会坍塌。

楚州城的护城法阵破了。这是意料之中的事,本就没指望阵法能一直挡住三品强者。

地宗道首、万妖国新一代国主、大奉镇北王、巫神教神秘高手、蛮族三品强者、妖族赤色巨蟒……众高手汇聚楚州城,可怕的气息笼罩,让城内存活着的江湖人士战战兢兢,双膝跪地。

"原来还有帮手啊。"青色巨人吉利知古,铜铃大眼扫过敌方阵容,冷哼道,"那巫师看起来不过三品,调兵遣将无人能及,捉对厮杀,还不够我一只手打。至于这个地宗道首,仗着污秽之力无所顾忌,但就像粪坑里的蛆,虽然讨厌,却也对我们造成不了太大的威胁。"

烛九震荡口气,发出嘶哑的声音:"巫师精血就是鸡肋,但也聊胜于无。东北巫神教与我妖族有仇,这个三品巫师就由我来解决了。吉利知古,地宗手段诡谲,加之此人入魔,更加难缠,你去对付镇北王,让国主来对付地宗妖道。"

对于烛九嚣张的口吻,神秘巫师嗤笑一声,缓缓道:"今日宜炼丹,宜刀兵,宜斩烛九。"

镇北王突然笑了,接着,烛九、吉利知古和白裙女子,就看见他张开没有握兵器的左手,道:"剑!"

轰隆隆,远处城楼里,一道金色流光呼啸而来,落入镇北王手中。这是一把造型古朴的青铜剑,剑脊烙印着古老的花纹,剑身裹着一层淡金色的、宛如薄膜的光。青铜剑被镇北王握住的刹那,发出欢悦的鸣颤,似乎找到了主人。

"镇国剑!"吉利知古惊叫一声,眼里闪过实质性的恐惧,以及仇恨。

嘶……城墙上的巨蟒高高昂起头颅,却不是做扑击状,而是猛地一缩,像是受到了惊吓。

空中的九尾女子迅速拉升高度,精致绝伦的俏脸无比严肃,凝视着镇北王手里的铜剑。

镇国剑不是在大奉京城吗？它什么时候秘密送到楚州的……她精致的眉毛紧皱，眼里的忌惮极浓。

镇北王一手握刀，一手持剑，笑吟吟地扫视敌方高手，道："我既决定晋升，又怎么会不做万全之策？"

"你们没发现楚州城也就罢了，本王顺势晋升。而如果楚州城的秘密被你们知晓，也无妨，镇国剑在这里等着你们。而今王妃下落不明，缺了她的灵蕴，就只能从你们中的一位来弥补了。"

裹黑袍戴兜帽的巫师笑容阴冷："本尊今日算过一卦，大吉，不然又怎会让本尊留在此处。"话音落下，他抬起手，对准城墙上的巨蟒，悠然道，"死！"

噗噗噗……无鳞巨蟒身躯不断裂开，鲜血横流，染红了墙头。

到了高品巫师，咒杀术已不需要媒介，可以作为一个百试百灵的攻伐手段。当然，如果有对方血肉、毛发的话，咒杀术的威力会更胜一筹。

无鳞巨蟒吃痛狂吼，血肉炸开的下一瞬间，立刻恢复原状，这对它构不成太大伤害，但疼痛难忍。它在城墙迅速游走，猛地一跃，跃过小半个城区，扑向巫师，过程中，额头竖眼绽放金光。

黑袍巫师无法躲避迅如闪电的金光，整个人笼罩在金光中，肢体出现消融的征兆。巫师不慌不乱，手捏法诀，于虚空中召来一道不够真实的虚影，与之合二为一。与此同时，他周身血气大涨，肌肉撑裂黑袍，化作数丈高的巨人。

九品血灵：最大程度激发自身潜力，增幅程度视个人修为而论；激发血气，让生命力不输武夫，激发程度视个人修为而论。

五品祝祭：能召唤天地间徘徊的英灵，或者先祖的英灵，化为己用。

注：通常只能召集武夫、妖族和自身体系的先祖英魂。无法召唤佛门强者的英灵；召唤儒家英灵会被英灵反打一波；不能召唤初代监正英灵，因为会被当代监正抹杀；召集道门前辈英灵可以，但会很危险，比如可能召来一位入魔的地宗道首英灵，或业火缠身的人宗道首英灵，不过从未成功召唤过天宗道首英灵。

双方高品强者展开激烈战斗,打得楚州城化作一片废墟。

谁都没有去夺血丹,但谁都锁定了血丹,无论是谁,强行拾取,会招来所有人的攻击。

城墙上,一刀劈开青颜部战士的阙永修,看到镇守十多年的楚州城化作废墟,不怒反喜。

毁掉它!

楚州城是在蛮子和妖族手里化作废墟的,楚州百姓是在高品强者的战斗里,尸骨无存。所有痕迹都会在这场战斗中埋葬。

这一切,与我阙永修何干?而他,镇守楚州城,与镇北王一同奋勇杀敌,大功一件,名扬天下。

多方高手大战,余波冲上城头,士兵们稍有不慎,就会死于可怕的冲击波中。

杨砚率领使团,已经提前一步退到城墙下,试图沿着城墙,从最近的城门口逃离出去。

有了镇国剑这一招奇兵,镇北王占尽上风,以碾压之势在吉利知古身上留下道道伤痕,时而还能援助巫师,以镇国剑割裂巨蟒身躯。

当,噗……镇北王与青色巨人擦身而过,吉利知古手里的巨剑折断,胸腹出现一道深深的剑痕,隐约可见脏器。伤口并没有愈合,淡金色的火焰静静燃烧,摧毁着生机。吉利知古发出痛苦的嘶吼。

"烛九,这回要栽了,这把镇国剑当年杀了我父亲,今日又要杀我。"吉利知古连连后退,愤怒地咆哮。

"喊什么喊,当年老子麾下那么多精英,不也被这凶器给斩了吗?"烛九暴怒,庞大的身躯在城中肆虐,恐怖的怪力根本不是巫师能抗衡的,但它知道,这场战争的局面对己方极为不利,甚至可以说陷入绝境。

"本尊不甘心,本尊还没晋升二品呢。镇北王这黄毛小儿,当年要不是有魏渊在背后给他撑腰,老子早吞他几百次了!"烛九不停地咆哮。

"魏渊?"镇北王冷笑道,"一个自废武功的懦夫罢了,只是当年本王没有起势，与他共事而已。本王需要靠他撑腰？可笑！"他突然改变目标，抛弃吉利知古，转而针对烛九，似乎是因为烛九的话惹他不快了。

这是一场请君入瓮的猎杀，镇北王不但要晋升二品，还要斩去蛮子高手，扬名天下。楚州城三十八万百姓是他武道途中的垫脚石，是他登顶绝巅必要的牺牲，他们死得其所。

"来得好！"烛九突然拧回头颅，竖眼爆射出乌光，将镇北王笼罩。后者身躯骤然一僵，思维变得缓慢，手脚关节生涩。

趁着这个机会，白裙女子九条狐尾迎风膨胀，宛如触手，缠住镇国剑，用力拉拽。

吉利知古狂奔而出，过程中扬起拳头，拧腰摆臂，一拳轰出。这一刹那，拳头竟因速度过快，与空气摩擦，表面燃起一层火焰。镇北王脑袋挨了一拳，身体宛如炮弹飞出，撞穿房舍，撞入废墟。而这时候，出拳的音波和击中镇北王脑袋的砰声才"后知后觉"地响起。

镇国剑飞旋着钉入远处坍塌的一处废墟。

呼呼……吉利知古剧烈喘息，借机修补身上燃烧着淡金火焰的伤口。烛九和白裙女子也终于得到了宝贵的喘息时间。

眼下的处境极为不利，继续争夺血丹的话，必然有人会陨落。可若是就此退去，镇北王吞食血丹后，必然会拎着镇国剑杀上门，夺去吉利知古或烛九的精血，他不会放过晋升二品的良机。

进退两难。镇北王从废墟中起身，拍了拍身上的灰尘，冷笑一声："镇国剑有灵，非死物，只有我大奉皇室之人能使用。尔等做困兽之斗，不过是拖延死期罢了。"说罢，他伸出右手，像是要展现给众人看，喝道，"剑来！"

吉利知古、烛九和白裙女子，一阵头皮发麻，强如他们，此刻也忍不住泛起无力感。

这时一只五指修长的手，握住剑柄，将它拔了出来。

镇北王看着空空荡荡的右手，愕然地扭头，看向远处。镇北王冷峻的脸庞出现了罕见的惊怒和错愕，以及茫然……他，第一次见到有皇室之外的人，拔起镇国剑。

遭受重创的青色巨人先是浑身紧绷,如临大敌,而后发现镇国剑没有回到镇北王手里,他疑惑地转动脖子,带着茫然的目光看了过去。

巫师和巨蟒双双罢手,前者暴退数里,目光始终在一个方向,在一个地方——镇国剑所在的地方。后者昂起头颅,调整蛇躯,金色竖眼忍不住眯了眯,似乎觉得一只眼睛看不清楚。

莲花中央,黑色人形充满恶意地盯着镇国剑,以及握住剑的人。唯独白裙女子神色复杂,痴痴地望着那道身影,神色似喜似悲。

握住镇国剑的,是一个穿着青衣、外貌平平无奇的男人,他拔出镇国剑,像是做了件微不足道的事。他的双眼紧盯着镇北王,嘴角缓缓咧开一个似狰狞、似愤怒、似悲恸的笑容。

"很好,这把剑,我也能用。"

第 373 章

人无道,天罚之

这个突然出现的男人,似乎已经在楚州城潜伏许久,就等着这一刻夺去镇国剑。他穿着青色的袍子,乌黑的长发用一根粗劣的玉簪束起。虽然有着一张平平无奇的脸,可他握着镇国剑,独自面对在场六位绝顶高手时,那冷静从容的姿态,那狂放不羁的眼神,让所有注视着他的人,自然而然地认可了他的实力。

这是一位可以与六位绝顶高手争锋的人物。

该死,镇北王不但要炼制血丹,竟然还安排了这么多后手,召集如此数量的顶尖强者埋伏我和烛九……青颜部首领脸色大变,噔噔噔地往后退开,然后探出手掌。

掌心呼地腾起气旋,远处的城墙上,一把把或破损或完好的兵刃,宛如游动的鱼群一般,朝着吉利知古汇聚。嗤嗤,兵刃组成的钢铁鱼群,在触及气旋的刹那,熔化成亮红色的铁水。铁水不断凝聚,排除杂质,重新凝聚成一把常人无法使用、门板那么大的巨剑。

"大奉皇室还有一位高品武夫?是山海关战役之后晋升的高品?不可能,大奉皇室没有这样的人物。可你不是皇室中人的话,你怎么可能使用镇国剑?"巨蟒烛九游动蛇躯,撞倒一座座民舍,在城墙边缘支起身躯,忌惮地观察着青衣男子。

烛九问出了众人的心声,他们把目光投向穿青衣的年轻人。

但回应他们的是沉默。

浑身充盈血气、头顶浮着虚幻战魂的巫师,当场卜了一卦,而后,他发现镇北王、吉利知古、烛九,还有地宗道首都在看着自己。高品巫师张了张嘴,缓缓道:"占卜不出,他身上有屏蔽天机的法器。"

屏蔽天机的法器?

众强者审视着青衣男子,充满忌惮,并对他的身份愈发好奇。

他身上有地书碎片的气息,他是地书碎片的主人……黑色莲花中央,那道黏稠脓液的黑色人形,突然感应到了熟悉的气息。石油般的液体推着他离开莲花,站在高空,充满恶意的眼神盯着许七安,咆哮道:"你是谁,你是谁……"

在场众高手一愣,有些愕然地宗道首的态度,听他所言,似乎不认识此人,却又是认识的。

高品巫师皱眉道:"你认识他?此人是何根脚?"

漆黑人形不理,带着堕落和恶意的目光锁定许七安,居高临下,咆哮道:"金莲在哪里,金莲在哪里?"

金莲?!

他不就是金莲吗,入魔后的金莲……高品巫师皱了皱眉。

此人不但拿起镇国剑,似乎还和地宗有莫大的干系,看地宗道首的态度,似乎是敌非友……吉利知古和烛九不了解地宗的隐秘,只觉得这个不速之客的身份愈发神秘了。

白裙女子专注地凝视着他,也对这件事产生了兴趣。她并不知道许七安和地宗道首有什么牵扯。

这时,许七安缓缓道:"金莲曾恳求我,助他清理门户,斩入魔道首。我并未拒绝,只说来日闲暇之时,自会帮他。金莲欣然应诺。"

漆黑人形猛地暴退数十丈,恶狠狠地盯着他,像是择人而噬的猛兽,却又忌惮猎人的强大。

黑莲是地宗道首,二品巅峰强者,此人竟如此轻描淡写地把"清理门户"四个字付之于口……烛九和吉利知古心里一沉,强大如他们,也不敢有丝毫松懈。不只是因为对方手握镇国剑,还因为他本身的神秘和强大,让两位北方强者感到棘手。

真不是说大话?嗯,看黑莲的态度,似乎金莲并没有彻底入魔。虽然不知道具体发生了什么,但黑莲口中的那位金莲,既然恳求了这位神秘强者,那说明他真有这样的实力……想到这里,高品巫师心里泛起了危机感。每一位擅长卜卦的巫师,在发现事情发展超出卦象所示后,都会丧失安全感。

激烈的战斗停止了,这边的动静引来了城内存活的江湖人士,以及守城士兵的关注。

楚州城作为一州主城,一个月来,拥入其中的江湖人士数不胜数。尽管刚才的战斗中死了很大一部分,但依旧有小部分人存活着。楚州城面积广阔,他们看不见战斗现场,但可怕的冲击波忽然停止,归于平静,引来了不少存活者的猜测。

"打,打完了?谁赢了,是蛮族还是镇北王?"

"肯定是镇北王,绝对是镇北王,如果镇北王输了,我们统统活不了。"

"过去看看吧?"

"你不要命了吗,对了,楚州城这些百姓究竟是怎么回事?"

蛮族骑兵和妖族军队缠住了大奉军队,但战况不算激烈,因为城墙已破,各自的首领、亲王在城中展开激烈争斗。他们已经没必要生死相向,更多的是相互牵制。即使是百战老卒,或凶狂的蛮子,也是爱惜生命的,不会做无谓的牺牲。因此各方将士能抽空旁观城内动静。

阙永修站在城墙上,有些不安地看着突兀出现的青衣人,分不清是对方那身与魏渊风格极为相似的穿着,让他本能地忌惮,还是因为一位高品强者的插足,会带来许多不稳定因素。大概两者皆有。

楚州城一定要化作废墟,城中幸存的人也必须死,包括使团。如此一来,我才能掩盖屠城的真相。只要没有证据,有镇北王护着我,加上我堂堂一等公爵的爵位、开国将领的子嗣,以及这些年镇守北境的功劳,即使是魏渊和王贞文,也不能拿我怎样。

希望一切都按照既定的计划走,此人到底是谁,为何能拿起镇国剑,皇室还有这样的高人?不知道他的态度如何,嗯,淮王是大奉亲王,他晋升二品比什么都重要。此人既然能拿得起镇国剑,说明是大奉阵营。想必也会欣喜镇北王的突破,给予支持……阙永修念头闪烁,不断分析利弊。

另一边,杨砚跃上屋脊,眺望极远处的战场。

以他的目力,相隔极远,也能清晰看见场中变化,看见那个不知名的青衣男子,握住了镇国剑。杨砚看着那道身影,眼神出现明显的恍惚。

"杨金锣,发生何事?为何战斗停止,你看到了什么?"屋脊下,大理寺丞扯着嗓子喊道。

使团里的护卫、士卒警惕四方,防止有妖族、蛮子,甚至镇北王的士兵杀来。

杨砚收回目光,淡淡道:"有一位神秘高手出现了,他握住了镇国剑。"

"什么?"两位御史、大理寺丞大吃一惊。

镇国剑何时出现在楚州的?它不是一直在永镇山河庙里镇压气运吗?

还有,神秘高手握住了镇国剑?怎么可能?

当年元景帝亲自把镇国剑交给镇北王,除了他当时已是战力无双的强者,还有一个原因,非皇室之人,无法取得镇国剑的认同。镇国剑是大奉开国皇帝的佩剑,随他征战四方,一点点凝聚起大奉气运。神剑是有灵的。

"那、那人是谁?"大理寺丞颤声道。

杨砚摇摇头,低声道:"他,让我想起了当年的魏公,山海关战役时的魏公。"说完,他陷入沉默,没有多作解释。

"那位神秘高手,是敌是友?"刘御史问道。

"不知道。"杨砚摇头,而后补充道,"但既然拿得起镇国剑,或许,或许是镇北王的后手之一。"

大理寺丞眼神一黯。

刘御史咬牙切齿道："所以，屠城是早就谋划好的，就是为了推淮王一把，让他晋升二品。为此，可以出动镇国剑，可以牺牲三十八万百姓。三十八万人啊，他们上有老下有小，是妻子，是丈夫，是子女，是老人，就这么死了，全死了啊……怎可如此，怎可如此，本官不甘啊！"

亲眼所见城中百姓被血祭的一幕，远比看到公文的冲击力要强无数倍。几乎都成刘御史的心魔了。

镇北王眯了眯眼，眼睛一转，笑道："你来得正好，打破了我们僵持的局面，北方妖蛮两族，屡屡侵扰我大奉边关，烧杀劫掠，眼下是千载难逢的机会。杀了他们，大奉北境将永远太平。"

他先不管对方是谁，但既能得到镇国剑认可，便不可能是妖蛮两族的人。拉一拉仇恨，以大奉与妖蛮两族的旧怨说服这位神秘高手，与他联手先杀了吉利知古和烛九。至于屠城的事，等他想办法取回镇国剑再说。

听到镇北王的话，吉利知古和烛九如临大敌，把大部分心神转移到青衣男子这边，谨防他持着镇国剑杀来。

"我是来杀你的！"许七安随后的一句话，让在场的巅峰高手们一愣，露出惊愕神色。

镇北王脸上笑容缓缓收敛，锐利地盯着他："你说什么？"

许七安不搭理他，缓缓浮空，凝于高处，而后，他的眉心浮现出一道漆黑的、宛如火焰般的符文。他的身躯开始膨胀，撑裂衣衫，裸露在外的皮肤是非人的漆黑之色，宛如玄铁锻造，充斥着爆炸性的力量。这一刻的许七安，比地宗道首更邪恶，浑身燃起黑色魔焰，如神似魔。

"这，这……到底是何方神圣？"高品巫师脸色布满震惊，九州何时出了这样一位巅峰武夫？

城墙上，城里，存活的江湖人士、蛮子、北境士兵、妖族，同一时间感受到了这股邪恶的、强大的力量，这让他们险些握不住兵刃，心里涌起逃跑的念头。

"镇北王,你该死!"空中,缭绕黑焰,如神似魔的许七安,声音滚滚如惊雷,仿佛天神宣布的命令。

"镇北王,你为晋升二品,为一己之私,杀戮楚州城三十八万百姓,一条条人命因你而死。

"北境百姓敬你爱你,把你奉若神明,认为是你守护了边关,让百姓免遭蛮族铁蹄。可你是怎么对他们的?你勾结巫神教,让他们变成行尸走肉,以巫神教秘法炼制精血,耗时一月,此等暴行,罪大恶极。

"镇北王,你对得起爱戴你的大奉百姓吗?对得起创业艰难的开国大帝吗?对得起过往先祖的英灵,对得起那三十八万条冤魂吗?

"你这个畜生!"

一声声喝问,响彻云霄。

许七安说这些话的时候,脑海里闪过一个个中箭倒地的百姓,闪过他们哭喊着求饶,却被尖刀刺穿心脏的一瞬。

闪过热血的书生大声喝问,遭残忍杀害后,依旧死死盯着屠夫的目光。那目光,既绝望又悲愤。

闪过把孩子护在身下,却无法保护他,连同孩子和自己一起被捅穿时,年轻母亲只有绝望痛苦的眼神。

闪过郑布政使的次子,死亡前疼痛哭泣的脸,闪过郑兴怀号啕大哭的模样。

一条条冤魂在嘶吼,在咆哮,在恸哭。

许七安的"三观"在怨魂的哀号中摇摇欲坠,今日不杀镇北王,终究意难平。

数万名北境士卒骚动起来,怀疑自己听错了。

"他说镇北王屠城?他说楚州城的百姓是镇北王勾结巫神教杀的?"

"这不可能,楚州城的百姓之前还活得好好的,是蛮子和妖族攻城时才死的,分明是他们用了阴毒的法术,杀光了城中百姓。"

议论声在士兵之间响起,回荡。有人破口大骂,有人茫然不解,有人激动地替镇北王解释,无法接受这样的事实。

受限于身份和见识,底层士兵根本不知道镇北王的谋划,更不知道炼制血丹的秘密。即使刚才亲眼看到城中诡异的现象,但他们根本没这个见识去理解眼前那一幕。

当日屠城的士卒,本就是高品巫师手底下的尸兵。巫神教能操纵尸体和魂魄,能激发气血,自然也掌控着炼制精血的手段。但前提是,那些人必须已经死亡,活人是无法被巫师控制的。以控尸之法炼制精血既隐蔽又安全,这才没有被蛮族和妖族发现,纵使术士,也被瞒天过海。

因为巫师本就有干扰天机和气数的能力。包括那些已经死去的百姓,魂魄被封在体内,直到血丹炼成之时,才知道自己已经死了。

底层士卒,如何能理解此中玄奥。

除了这些士卒,存活着的江湖人士,听着一声声喝问,先是呆若木鸡,而后涌起强烈的质疑,认为那个凶焰滔天的强者是在诋毁镇北王。镇北王戍守边关十几年,抵御蛮族,保卫疆土,是大奉武道最强者。他的功绩,天下人看在眼里。突然蹦出一个神秘高手,指责镇北王屠城,任谁都不会相信。

"满嘴胡言,真希望镇北王能斩了他。"

"如果形势不妙,我等身为白丁匹夫,也要为楚州出一份力,楚州人不怕死。"

"可是,那人拿着镇国剑啊。我听说,能得镇国剑认可的,只有皇室中人,他说的话,不会是真的吧……"

"骂得好,骂出老夫心声。亲王又如何,此等暴行,与畜生何异!"刘御史激动得浑身颤抖,唾沫飞溅,"此人必是我大奉皇室隐藏的高手,他来替天行道,来讨伐镇北王了。"

"直抒胸臆啊,如若牺牲百姓才能换来一位二品,那我大奉活该亡国。镇北王他错了,他大错特错。"大理寺丞愤慨道。

文官们没有想到,竟真有强者站出来痛斥镇北王,将他的罪行揭露,并扬言要斩他。尽管不做好人很多年,可此时此刻,当这个神秘强者痛斥镇北王,他们心里泛起"邪不胜正"的喜悦。

"百姓可以死于战乱,死于蛮族和妖族之手,大不了杀回来便是。今日他屠我大奉一城,明日我大奉灭他一部。本就是敌国死仇,不死不休。"陈捕头握紧拳头,咬牙切齿,"可百姓不该死在镇北王手里,他们临死都认为镇北王是大奉顶梁柱,是守护他们的英雄。可这个英雄,却向他们挥动屠刀,攫取他们的精血,只为了自己能晋升二品。何其可悲!

"镇北王怎么下得了手,他是个狗贼,是个冷血无情的畜生!"

武夫自有血性,陈捕头已经全然不顾对方亲王身份,只觉得镇北王死有余辜。

至于镇北王死后,北境怎么办。

呵,一个为了私欲可以献祭一座城池的亲王,他不死,难道要等着将来晋升一品,献祭十座城?

蛮族虽有烧杀掠夺,但杀的人反而没有镇北王多。山海关战役后,蛮族休养生息十余年,而后屡有侵略边关,也只是小规模的劫掠,没发生过大型战争。而镇北王呢?三十八万百姓,说杀就杀,说屠城就屠城。将来他要晋升一品,怎么办?

其他人同样明白这个道理,所以大理寺丞才在悲恸中发狠地说:希望此战蛮族胜出。

镇北王面不改色,朗声道:"阁下是何人,何故血口喷人,污蔑本王。"

阚永修脸色一变,骤然握紧了剑柄。此人是敌非友,竟是为了杀淮王而来。该死,该死,他该死,哪来的狗东西,为何要坏我大事,坏淮王大事。阚永修怒发冲冠。听到镇北王的话,阚永修心里一动,踏在女墙上,喝道:"众将士们,今日一切都是妖蛮两族的阴谋,他们想害我们的镇北王。"

闻言,北境士卒们恍然大悟,义愤填膺:

"妖族和蛮族不但要害镇北王,还想污他名声,可恨,恨不得杀光这群鼠辈。"

"镇北王戍守边关,多年未曾返京,是我等心目中的英雄,大家不要被那人蛊惑。"

"镇北王不能死,他是大奉军神,大奉需要他,百姓需要他。"

"我们誓死保护镇北王。"

北境士卒激起了血气,大不了一死,也要用尸体为镇北王铺出逃生之路。

这时,高空中,许七安抛出手里的镇国剑,让它铮一声刺入地面。

"镇北王,镇国剑有灵,它能辨忠奸,识人心。你若是问心无愧,那就问问它,选不选择你。"许七安隐隐听见剑鸣,似在委屈控诉,控诉他抛弃自己。

这一瞬间,远处的谩骂声忽然停了。

站在城墙上的士兵居高临下,死死盯着远处的镇北王,盯着镇国剑,不敢眨眼睛。在城下的士兵看不见,心急如焚,恨不得立刻插上翅膀,飞到城墙上。

这个时候,除了几处稀稀拉拉的战斗还在继续,大部分人都停止了拼杀。蛮子、妖族还有大奉士兵,一边相互警惕,拉开距离,一边分神关注。

镇国剑只认气运,不认人。本王身为大奉亲王,名声还在,气运便还在,怎么可能无法使用镇国剑……镇北王嘴角一挑,朝着高祖皇帝的佩剑,探出了手,气机牵引剑柄,就要把它拔出。

眼见这一幕,烛九和吉利知古,以及白裙女子脸色微变,本能地想要阻止,奈何方才一退再退,距离过远。此时再想阻止,来不及了。

嗡嗡……突然,铜剑绽放淡金色的光辉,竟震开了淮王的气机牵引,不让他碰。

镇国剑拒绝了淮王……

吉利知古和烛九相视一眼,隔空传音:"此人身份不明,但来头大得超乎想象,不要疏忽大意,纵使他针对镇北王,多半也不会放过我们。"

镇北王死活不论,争夺血丹才是我们此行的目的。"

莲花中央,漆黑人形惊疑地盯着许七安,此人福缘深厚不假,但并非大气运之人,怎么会让镇国剑对淮王弃如敝屣。

"镇北王,他到底是什么人,你们皇室还隐藏了此等高手?是不是你们大奉皇室的某位先祖?"高品巫师悚然一惊,他许多年不曾有过脊背发寒的感觉。

镇北王脸色铁青,沉声道:"从高祖皇帝到武宗皇帝,哪一位巅峰武夫能长生久视?他不是我皇室中人。"

说话间,他身形一闪,出现在镇国剑前,伸手欲拔。

嗡!淡金色的光芒瞬间炸开,气浪如海潮掀起,把镇北王推了出去。一道道剑气激射在三品武夫的体魄上,溅起密集的火星。

镇国剑——这把镇压大奉气运的神兵,这把曾经随镇北王参与山海关战役,斩杀敌酋无数的神兵,竟然因为镇北王的靠近,而产生这般的过激反应。

远处的城墙上,哗然声四起。

此刻城墙上足有上万名士卒,他们远远地看见这一幕,看见镇国剑厌弃镇北王,抗拒他的触碰。众士卒心里,仿佛有什么东西坍塌了。

"我看见了什么?我肯定是中幻术了,我看见镇国剑在抗拒镇北王。"

"镇北王……他真的屠城了吗?"

"这不是真的,这不是真的。"

兵刃哐当坠落,许多士兵痛苦地抱住脑袋,嘴里喃喃自语。有人不相信自己看到的一切,疾言厉色地质问身边的战友,希望对方给出不一样的答案,却不料战友已经崩溃——信念坍塌了。

镇国剑是大奉神兵,是开国大帝传下来的利器,在军伍人士眼里,它的地位无比崇高。当年山海关战役,皇帝陛下举行祭祖大典,亲自取出镇国剑,赐予镇北王。这一段历史至今还在军中流传,被津津乐道,成为镇北王众多光环中的一部分。

正是如此,镇国剑拒绝镇北王的一幕,给了士卒们难以承受的冲击。

城墙之下的士卒看不到那么远，头顶响起哗然的瞬间，无数人抬头望去，然后，他们听见的不是欢呼，而是崩溃的吼声；看到的也不是同袍的笑脸，而是一张张崩溃的脸。

这……事实很容易猜到，镇国剑做出了选择，而这个选择，对他们来说是巨大的打击。这意味着，高空中那位神秘强者说的都是真的，镇国剑厌弃了镇北王，因为他犯下了不可饶恕的罪行。

他屠杀大奉百姓，他与镇国剑离心离德。

"人无道，天罚之。镇北王，今日就是你的死期！"许七安俯冲而下，裹挟着无边无尽的怒火，拖曳着滔天的魔焰。

咻！镇国剑自动飞起，把自己交在许七安手中。他霸道嚣狂，他威风凛凛，他如神似魔……其实真实情况是，他只是一个配音演员。

镇国剑爆发出刺目的金光，悍然斩向镇北王。

这位大奉第一武夫脸色阴沉，毫不畏惧镇国剑的锋芒，手里长刀反撩。

轰！仿佛数百枚的火炮爆炸，可怕的冲击波席卷一切，摧枯拉朽，把周围房屋坍塌的废墟都吹得一干二净。从城墙俯瞰的士兵，清晰地看见一道圆形气波扩散，呈涟漪状散开。凡触及之物，统统化作齑粉。这一幕，只能用天灾来形容。

镇北王手里的长刀化作齑粉，这是司天监炼制的极品法器，削铁如泥，坚韧无比，纵使三品级的战斗，也能发挥锋利的特点，切割敌人。但在镇国剑之下，它脆弱不堪。

赤红色的巨蟒抓住机会，额头竖眼转动，迸射出一道乌光，比闪电快，比念头疾，咻一下打在镇北王身上。

镇北王身躯不可避免地出现僵硬，关节生涩，眼睁睁看着铜剑斩落。

"死！"远处的巫师突然伸出手，对准许七安，用力一握。

咒杀术。

缭绕魔焰的不灭身躯如遭打击，承受了一定的伤害，劈斩的动作也被打断。

镇北王趁机出手,一瞬间打出上百拳,拳影密集,因为速度过快,上百拳只有一个声音:砰!

许七安宛如一颗出膛的炮弹,飞射出去,胸口略显凹陷,瞬息恢复原样。

九条狐尾宛如遮天蔽日的屏障,在许七安身后的高空展开,为他挡住颓势。

刚于高空中顿住身形,下方风声呼啸,一股宛如石油喷泉的黑色黏液冲起,带着腐蚀一切污染一切的架势,泼向许七安。

轰轰轰……青色巨人狂奔起来,骤然跃起,以苍鹰搏兔的姿势扑向黑色莲花。手中巨剑化作刺目的骄阳,奋力劈下。

黑色莲花在沛然莫御的剑罡中崩溃,化作袅袅黑烟,于远处重聚。

楚州城的地面,在这一剑之下,崩裂开延绵数里、深不见底的裂缝。

"我讨厌别人用拳头打我。"这次是神殊自己的声音。

黑色魔躯背后,长出十二条不够真实的漆黑手臂,肌肉虬结,每一条手臂都握紧拳头。十二只拳头同时落下,拳势快如残影。每一拳都会在大地上制造出数丈方圆的拳印。

镇北王快如闪电,时而冲锋,时而折转,凭借武者的本能直觉,避开一个个拳头。

双方在城中展开激烈混战,因为人数失衡,不再是一对一地交手,彼此之间更注重配合。

各大体系的法术纵横交错,你来我往,打得整座楚州城几乎找不到完好之处。房舍化作废墟,废墟化作深坑,河流改道,池塘被填平。自山海关战役后,九州承平二十载,还是第一次发生这个级别的混战。人类城池对于这些几乎站在巅峰的高手来说,一场战斗下来,就会被夷为平地。

这时,吉利知古趁着"己方"三人拖住对手,一个腾跃来到血丹前,从废墟中捡起了这颗蕴含巨量生命精华的丹药。

"我大奉百姓生命精华凝聚的血丹,你一个蛮子,也配?"

许七安最先杀来，一剑斩在青色巨人手臂，斩出森森白骨，斩得青色巨人痛苦咆哮。赤中带蓝的鲜血如同喷泉，触目惊心。这一剑，险些把三品武夫的手臂斩断，威力奇绝。

可惜儒家圣人的刻刀远在京城，又被书院封印，否则我能打十个……许七安心里惋惜。

血丹冲天飞起，九条狐尾卷了过来。巨蟒则直接扑起赤红身躯，遮天蔽日，似是要把血丹一口吞下。镇北王、地宗道首分身、巫师相继出手，争夺血丹。

咔嚓……多方角逐之下，血丹当场崩裂，被均分成七个小碎块。

没有丝毫犹豫，烛九和吉利知古吞噬了血丹，两人身上的伤势尽数修复，气息节节攀升，体魄和气机竟更上一层。

事已至此，巫师只有吞噬气血，来维持自身状态，应对后续战斗。

镇北王脸色阴沉，额头青筋一根根凸起，怒火欲喷。这本来是他的机缘，他辛苦谋划的一切，结果却被众人分去一杯羹。这下子，不仅丢了王妃，连血丹都没了，真正赔了夫人又折兵。

镇北王把血丹丢入嘴中，嚼碎吞下，咬得咀嚼肌凸起，仿佛吃的不是血丹，而是许七安。

"大，大师……这些，这些都是我大奉子民的精血。"许七安内心沟通神殊，对吞服血丹产生本能的抗拒。

"我有一招秘术，可以燃烧不灭之躯，让力量短暂达到巅峰，但需要庞大精血作为燃料，帮你提早结束这场战斗。"

许七安心里一动："是你生前的巅峰？"

神殊沉默片刻："不是，但对付他们足够了……还有，我并没有死。"

许七安盯着手里的血丹，喷喷里闪过一句话：屠龙的少年终将成魔。

神殊见他默然，不再犹豫，吞下了血丹碎块。

"好强大的力量，不愧是祭炼三十八万人而成的血丹，喷喷，镇北王，不如你把炼制血丹的秘术告诉我。我们一起屠城，一起晋升二品如何?"吉利知古舒展身姿,感受着庞大能量在体内化开,心情愉悦到达巅峰。

"的确!"烛九口吐人言,揶揄道,"我俩不会炼制这种血丹,胡乱吞噬生灵,顶多滋补,没有这样效果。而你镇北王一个人,偷偷摸摸屠一城可以,再多,就要被监正给宰了。不如咱们三人联手,炼制第二枚、第三枚血丹,如何?"它边说着,边扭动蛇躯,似乎体痒难耐,要蜕皮了。

高品巫师冷笑道:"鹿死谁手还不知道。"

白裙女子看了眼许七安,咯咯笑道:"本国主再陪你们玩玩。"

地宗道首不屑多言,血丹于他用处不大,他没有吞服,藏了起来。反正只是一具分身,他已提前获取了自己想要的——屠城的恶!怎么都是赚了,不介意再陪他们打一场。

吞食血丹后,各方气息暴涨,都是自信满满,自身超越了巅峰,连带着对镇国剑的畏惧也减轻了许多。

镇北王撕裂甲胄,露出古铜色的体魄,淡淡道:"本王亦突破到此生为止的巅峰,既然血丹平分,你们的目的也达到了。烛九、吉利知古,咱们联手,先把这个家伙干掉。"

吉利知古和烛九,立刻看向许七安,三只眼睛里流淌着深深的忌惮。

镇北王这是祸水东引,把压力分担给他们。

可这是阳谋。此人来历神秘,能驱使镇国剑,刚才的战斗中,对他们同样抱着敌意,如果镇北王死在镇国剑下,可以想象,此人的下一个目标必然是他们。而镇国剑的存在,又对他们具备实质性的杀伤力,威胁巨大。反观镇北王,他已经被镇国剑厌弃,实力又不比他们强,威胁不大。

烛九和吉利知古对视一眼,狞笑道:"好。"

镇北王嘴角一挑,笑容森然:"结盟达成。"

等杀了此人,夺回镇国剑,我再与镇北王联手斩杀烛九,不除掉这个隐患,镇北王极可能会死,烛九杀不成……内心一番权衡,高品巫师做出妥协。

刹那间,镇北王、巫师、黑莲、烛九以及吉利知古,都将目光投向许七安。五大高手形成默契,共杀此人。

场上的变化,让城墙上围观的士卒、密探,以及军中高手猝不及防。士卒们目光复杂地看向孑然而立、手持镇国剑的神秘人。

白裙女子没有插手,拔高身形,一副袖手旁观的姿态。她盈盈眼波凝视着许七安,似欣喜,又似悲伤。

神殊,展现出你真实战力的冰山一角吧。

第 374 章
/
复仇者

常言道,战场瞬息万变。这句话恰好应在此处。

任谁都没想到,前一刻还打生打死、势如水火的蛮族和镇北王,竟在此刻突然结盟,把矛头对准手持镇国剑的神秘强者。

对于五位巅峰高手同时望来的目光,许七安舔了舔嘴唇,露出了狰狞的、嗜血的笑容。

"你似乎很兴奋?真以为有镇国剑,就能以一敌五?"镇北王眯着眼,冷笑道,"看你的气息,也是三品,正好血丹效果不够,那就用你的生命精华来弥补。"

三品高手的生命精华不比血丹差,更准确地说,镇北王炼制血丹是为了庞大的生命能量推动他冲击二品的关卡。本质是"庞大的生命能量",三十八万百姓炼制的血丹是生命能量,三品高手的精血也是生命能量。只不过平时要杀一个三品太难太难,远不如屠城容易。

听到镇北王的话,烛九和吉利知古舔了舔嘴唇,露出垂涎之色。

围杀一个三品武夫,平时可没有这么好的机会。

蛮族和妖族是盟友,两个三品,而北境虽只有镇北王一个三品,但镇北王占据主场优势,有护城法阵和重型杀伤法器,本身就是硬骨头。其次,镇北王肯定不会死守楚州城,他和烛九拦不住一个只想逃跑的三品。而杀不死镇北王,只会招来大奉的反噬,他们害怕那个魏渊再次挥师北上。所以双方偶有冲突,但没有这样的大规模战役。

现在不同,现在是五个巅峰高手围杀一个三品,即使对方有镇国剑,顶多也就是在烤肉上扎了一根针,吃起来有难度,但也只是有难度。

在众人注视之下,许七安把镇国剑插在地上,抬起双手,捧住脸,昂起头,发出嘶哑的怪笑声:"压抑了这么久,终于可以尽情释放力量,五个三品的黄毛小子,勉强够本座吃一顿。"

然后,他竖起一根指头,宣布道:"第一阶段。"

镇北王等人眉梢一挑,只觉得对方不是虚张声势,就是因为血丹带来的力量有些失去自知之明了。

喂喂,大师你也太飘了吧,虽然你生前可能很强,可你现在只是断臂加残魂啊……许七安也觉得神殊状态有些不对。每次现出不灭之躯,神殊就会变得怪怪的,性情大变,仿佛换了个人。

"虚张声势!"巫师冷哼一声,展开手掌,对准许七安,"歹……"他想说的是"死",用咒杀术给予这个突然精神失常般的强者一记重创。

但"死"字刚说到一半,许七安突然食指抵住嘴唇,以一种浮夸的语气,压低声音说道:"嘘,三缄其口。"

刹那间,巫师只觉得嘴巴被无形的力量封住,不论他如何努力地张大嘴巴,就是无法发出声音。

许七安随后消失,贴身近战输出。

一轮刺目的光团爆发,外人根本看不清战斗细节,只能通过不断的爆炸、如雷声般的巨响来感受战斗的激烈。

随后一道人影跌飞出去。激发气血后,这位巫神教的巫师肉身膨胀,原本比青色巨人吉利知古还高大,但现在被打回了原形,胸膛凹陷,腹部一个透亮的剑孔,左臂齐肩而断,断口平齐,是被一剑斩断。

高品巫师快飞暴退,过程中激发气血,以九品血灵的能力,为自己修复伤口,重塑断臂。

"小心,他没有弱点,我找不到他的弱点。"巫师沉声道。

三品巫师叫作灵慧,可以看穿敌人的弱点、招式破绽,从而为自己规划出一套有效的攻击或反击计划。灵慧给人最大的感观特点就是游刃有余,像是高高在上的强者,不管你如何发狂攻击,他永远不慌不忙地化解。

"你是佛门中人?"烛九尖叫一声,本能地忌惮,竖眼旋即迸射出仇恨的光芒。

五百年前,在一甲子里被灭国的南妖也好,如今人才凋敝的北方妖族也罢,都吃过佛门的苦头,都被佛门教育过。两百年前的九州,能和佛门一较高下的,只有大奉的儒家。而今儒家没落,佛门堪称九州第一大势力。

"佛门算什么,待我重聚肉身之日,便是佛门覆灭之时。"许七安猖狂大笑,像极了无法无天的狂徒。

一道金光突兀刷来,看似直直打中神殊,其实是打中了残影。

下一刻,出手偷袭的烛九心里一凛,猛地回头,竖眼爆射出金光。那里一道身影刚浮现,便被金光撕裂,原来只是一道幻影。

噗!浑身缭绕魔焰的许七安落在赤红巨蟒的背上,他把青铜剑刺入巨蟒背部,拖着它,在这条赤红色的大路上狂奔。镇国剑切开了巨蟒的血肉,切断一节节颈椎骨。他身后开出一丛丛血色的花。

烛九凄厉咆哮,巨大的蛇身在城中翻转,横冲乱撞。在城头士兵们眼里,就如同一条发狂的蛇冲进了沙盘。

这时,青色巨人吉利知古,无声无息地出现在许七安身后,巨剑霍然劈下。

许七安身后仿佛长着眼睛,回身反撩镇国剑。

当当当……门板似的精铁重剑在青色巨人手里像是玩具,两人在一瞬间,对拼二十余剑,重剑一寸寸缩短,崩出一块块碎铁片。

许七安腾身而起,按住青色巨人的脑袋,游鱼般地蹿到他身后,咔嚓一声,青色巨人的正脸出现在了后背。铜剑一闪,割开了皮肤外的角质甲胄,割开喉管,割开颈动脉。红中带青的鲜血如同喷泉一般,在强大的压力下,喷起数米高。

镇北王突然头皮发麻,出于武者对危险本能的直觉,他猛地朝前腾跃,劈开了斩向头颅的一剑。

也就在他站稳的刹那,许七安如影随形,已杀至身后,镇国剑爆发出耀眼的金光,仿佛要将虚空斩碎。

镇北王眼里只剩金色的剑光,汗毛竖起,身体每一根神经都在向他传输危险信号,告诉他:危险危险,不避开会死!

自山海关战役后,他已经很多年没有遭受过致命的威胁。这一刻,他的心反而平静下来,念头前所未有地清晰,有些人,越是危险,就越能爆发潜力。天赋绝伦的镇北王恰好如此。他表情波澜不惊,眼神平静如镜。他握住了拳头,缓缓打出,却又快到极致。

一股霸道无双的拳意激荡而出,引起天地异变,高空云层旋转,呈旋涡状。大地轰隆隆颤抖,似乎无法承受如此霸道的意气。众所周知,武夫之粗鄙,古今少见,没有炫目的特效,没有花哨的技能。因此,镇北王这一拳,完全以自身气机引动天地异象,极其可怕。

当!拳头和剑刃碰撞在一起,天地间一声巨响,直接震晕遥远处的士卒和蛮族骑兵。狂暴的能量化作纯粹的冲击波,以两人为中心,方圆数里地面轰然下沉。

吉利知古、高品巫师等人也不得不暂避锋芒,躲避这股可怕的冲击波。

高压之下,镇北王轰出了他人生中最巅峰的一拳。他的拳头已经化作血泥,断裂的腕口不断流淌出鲜血。霸道,是他坚持的武道,也是他凝炼的意。

"有趣有趣,极少见到有人修霸道之意。"许七安一手持剑,一手捂脸,神经质般地大笑,笑得镇北王脊背发寒。

呼,呼……缓缓后退的镇北王,听见了身旁传来喘息声,他左右瞥了一眼,发现吉利知古和高品巫师缓步靠近自己。

似要会合。而远处的地宗道首也慢慢挪移方向,挪移到三位近身战强者的后方。他们不敢分散了。

"他没有弱点,近身战堪称无敌。"巫师传音说。

"他的肉身很古怪,非我等能比。"青色巨人也给出自己直观的感受。

"但他似乎没有'意'。"镇北王传音道。他的手还没恢复,血肉缓慢蠕动,消除淡金色的火焰。

佛门中人,禅武双修,肉身邪异可怕……太强了,佛门何时出了这样一位强者,他到底是谁?

到此,五位强者不复刚才的自信。

靠近城墙的房舍顶上,大理寺丞和两位御史站在屋脊,眯着眼,眺望着远处的战场。他们只是凡人,根本看不清战斗细节,最多就是从轰隆隆的爆炸声,以及吹到近前来时,化作狂风的气机波动中,判断此战的激烈程度。

但好在身边有杨砚这样一位金锣,堂堂四品,平时还是很有威慑力的。如今做个"望远镜",也是个不错的人选。

刘御史一边踮脚张望,一边问道:"杨金锣,战况如何?"

大理寺丞紧接着追问:"那位神秘高手如何能战五人,他,他可还好?"

杨砚心潮澎湃:"……太强大了,那位神秘高手太强了!面对五位三品围攻,竟凭一己之力,压住了他们。"

"好,好!"大理寺丞激动得浑身颤抖。

趁着大奉士卒与蛮族停止交战,那些存活的江湖武夫纷纷溜上城墙,各自挑了一处城墙俯瞰。

太强大了,这就是巅峰高手的战斗。

楚州城可是一座拥有三十多万人口的大城,普通人横穿这座城市,得走整整一天。骑马也要两个时辰。而今他们从城头俯瞰,只看见大片大片的废墟,只有临近城墙位置的房舍保持完好。这是因为城中的强者们不以破坏为目的,否则,只怕连四面城墙都已经被拆。

"杀了镇北王和蛮子、蛇妖,为楚州城的百姓报仇!"一个年轻的江湖人怒骂道。

"放肆!镇北王乃亲王,你犯了大不敬之罪。"远处,一个黑袍密探闻声,勃然大怒。

"老子说得有错?"那年轻的江湖人有着北境人的暴脾气,吊着眼睛,毫不畏惧地与密探对骂,"镇北王为一己之私屠了楚州城,狗屁的亲王,连镇国剑都厌弃他。"

"对,杀了他们,老子这次要是能保住狗命,一定把镇北王干的事宣传出去。"

周边的江湖人士同仇敌忾,纷纷叫骂,并按住了刀柄。江湖匹夫桀骜难驯,心里本就憋了无尽的怒火。他们按刀柄可不是震慑,而是真的会抽刀子玩命。

密探见对方人多势众,且都不是弱手,便冷笑道:"尔等以为妖蛮联军攻城,内忧外患,非常时期,便可以目无法纪,诋毁亲王?我现在就让你们知道,这楚州,依旧是镇北王的楚州。"说罢,他大手一挥,命令身后的数百士卒,"给我拿下这几人,如有反抗,格杀勿论!"

没人动。

黑袍密探霍然转身,面具下的眼睛恶狠狠瞪着众士卒:"你们想违抗军令吗?!"

士兵们低下头去,依旧不动。

"老子虽是匹夫,但也知道读书人常说一句话,'得道多助,失道寡助'。镇北王丧心病狂,早已人心尽失。你这镇北王的走狗,还敢在这乱吠。"

十几个江湖人士,果然抽出兵刃,一拥而上,把密探活活砍死。

不远处的士卒依旧垂着头,仿佛什么都没看见,保持沉默。

砍完人后,众江湖人士继续关注战场,俯瞰远方。其实他们完全可以借此时机逃离楚州城,远离是非之地。但没有人走,并非爱看热闹,而是想看到一个结果。为此,即使付出性命也在所不惜。

匹夫以力犯禁,然,匹夫胸腔热血未息。

这时,地宗道首传音:"不夺走镇国剑的话,我们很难战胜他,吞噬血丹后,此人实力突飞猛进。"

黑莲道首的话,引起烛九、吉利知古等人的一致认同。五人保持着严阵以待的架势,暗中传音交流。

镇北王腕口血肉缓慢蠕动,恢复,传音回应:"你有什么办法?"

黑莲道首传音道:"我能利用阵法侵蚀镇国剑,让它短暂失去灵性,维持一刻钟,代价是这具分身消散。"

镇北王等人不惊反喜,武夫只有暴力蛮干,遇到战力比自己强的同体系强者,很容易被压制。但其他体系不同,手段诡谲多变。黑莲道首的一具分身,换取对方失去镇国剑一刻钟,这是无比划算的买卖。

远处的巨蟒烛九传音道:"不行,以他肉身的可怕,即使没有镇国剑,我们也不可能在一刻钟里将他杀死,或重创。"

没有镇国剑,他们有信心打败对方,但做不到在一刻钟里杀死。高品武夫太难杀了。

镇北王略作沉吟,道:"或许可以,只要我们的总体实力能短暂达到二品,嗯,我单纯指二品的力量。"

三品晋升二品,当然不只是气机方面的提升,还有"意"的蜕变。

青色巨人嗤笑传音:"二品的力量,你说有就有?"

镇北王淡淡道:"我有一张阵图,是监正早年作品,此阵叫无双法相,它能把众人之力合二为一,凝成一具法相。有一无二,故名无双。"

阵图是很多年前,他从监正那里求来的,理由是一旦北方妖蛮两族联手,他独木难支,需要强有力的自保手段。监正也觉得他说得有道理,于是赐了阵图,顺便清一清库存。

大敌当前,五人很快达成共识。

青色巨人吉利知古率先行动,目标却不是许七安,而是对准某一段城墙,猛地一摄。

嗡嗡……城墙上的士卒和蛮族骑兵,手里的武器忽然脱手,自动飞向空中。呼……钢铁铸造的炮架等重型武器也飞了起来,一股脑儿往高处汇聚。这些铁器在空中熔化成铁水,不断排出杂质,浓缩成赤红色的铁水球。

许七安持着镇国剑,嘴角翘起,桀骜地看着这一幕。

大师,他们在憋大招,莫啰嗦,干了他们……许七安心里一凛,于脑海沟通神殊和尚。

神殊和尚置若罔闻,保持着挂剑而立的姿势,像是信号不稳,突然掉线了似的。

这个状态下的神殊太桀骜太嚣张了,我根本驾驭不住他……呃,是什么让我产生了能驾驭他的错觉?许七安心里叹息。

巫师抬起手,掌心对准许七安,喝道:"死!"

许七安下意识地施展佛门法术,打断他的咒杀术。但这时镇北王杀到了,这位大奉第一高手气势如虹,拳意霸道无双。

许七安施法被打断,抬剑刺出。

砰!他的胸口突然凹陷,咒杀术产生了巨大的杀伤效果,并打断他的剑势,镇北王顺势一拳轰在许七安的胸口。轰的一声,拳意透出后背,炸起飞瀑般的气机。

此时,天空中铁水铸成一口亮红色的大钟,并迅速冷却,钟体呈现漆黑之色。巨钟朝着许七安轰然罩下,过程中,地宗道首化作黑色浊流卷住巨钟,钟体表面浮现出一个个漆黑扭曲、充满邪异和堕落的符文。顷刻间,这口现场炼制的巨钟,融合地宗道首,变成一口散发邪异黑雾的法器。它象征着堕落,腐蚀世间一切。

烛九额头竖眼亮起,骤然爆射出一道乌光,直直打中许七安,打得他思维混乱,身躯僵滞。

巨钟轰然罩下,尘埃落定。

见状,镇北王等人露出了胜利在望的笑容,此钟一落,奠定了他们胜利的基础。

当!突然,巨钟表面出现一只手掌,一只向外凸起的手掌印。

当当当……越来越多的手掌印凸起,这口象征堕落的法器形体扭曲,濒临破碎。

众人脸色一变,镇北王不再犹豫,冲天而起,喝道:"随我来!"

他凝立在高空中,肌肉膨胀,一个个泛着白色微光的符文凸显,覆盖他身躯每一个角落——阵图就在他体内。

青色巨人、烛九、巫师纷纷腾空,撞向镇北王。

泛着微光的咒文猛地扩散,同步覆盖他们,而后几乎照亮整个楚州城的光团诞生,宛如一颗小太阳。几秒后,小太阳缓缓消散,一股强大到难以想象的气息诞生了。这股气息宛如天神降临,带着高位生物的威压,如渊如狱。

一个十丈高的巨人浮空而立,他皮肤青中带赤,胸口、关节等要害处覆盖角质甲胄,手脚比例完美,肌肉线条有力。一具完美的躯体,为战斗而生的完美躯体。他的脸是镇北王,他脑后浮动着一道虚幻的黑影,那是巫师召唤来的战魂,有战力加成。

城头,大奉士卒、青颜部蛮子、妖族大军,一个个战战兢兢,双腿不断颤抖,低着头,不敢直视可怕的"神灵"。

另一边,靠近城墙的屋脊上,大理寺丞和两个御史一屁股瘫坐在地,吓得脸色惨白,瑟瑟发抖。

杨砚看着他们,声音前所未有的凝重:"准备好出城,赶紧离开这里,不然,我们会被灭口。"

使团众人心里一沉,杨砚的意思很明白,那个扬言要惩罚镇北王的高手,即将落败。

"这是怎么回事?"突如其来的转变,让几个文官无法理解。

杨砚摇头:"我不清楚他们使了什么手段,但这股力量比那位神秘高手要强大太多太多,他没有胜算的。走,赶紧走。"

他带着三个文官跃下屋脊,陈捕头和百夫长陈骁迅速行动起来,在前方开道。

见这些武夫脸色紧张、焦急逃命的姿态,刘御史等人心里再无侥幸,知道局面陷入糟糕处境,楚州城不可多留。

砰!巨钟被狂暴无匹的力量撕碎,地宗道首的分身湮灭。浑身缭绕魔焰的许七安顺利脱困,他手里的铜剑染上一层漆黑的墨色,再无半分灵性。

"暂时不能用了。"许七安随手把铜剑丢弃,毫不眷顾,然后,他昂着头,望着天空中的十丈巨人,咧嘴,"变那么大做什么?"

那巨人低下头,凝视着许七安,森然道:"我已经迫不及待想要吞噬你的精血,那一定很美味。"

"镇北王,你屠了整座楚州城,可曾想过,有一日会遭天谴?"这一次,是许七安的声音。

镇北王冷笑不答,但下一刻,他开口说话,响起吉利知古的声音:"镇北王,你堂堂三品武夫,敢做就要敢当,怎么,还要把屠城的罪过甩到我们妖蛮身上?"

而后是烛九的怪笑声:"屠城便屠城了,有什么不敢承认,多大的事。不过是一些卑微的蝼蚁,在我们祖先统治九州的年代,人族的地位不比牲畜高多少。想杀就杀,想吃就吃,能成为我们的血食,为我们提供生命精华,是这些蝼蚁的福气。镇北王,你不也是这么想的吗?不然,做得出屠城之事?"

声线转为吉利知古,哈哈笑道:"镇北王,其实咱们没有区别,只不过我们更赤裸裸,而你们人族强者,习惯了把自己蒙上一层叫作'虚伪'的面纱。今日之战后,你屠城的罪行必将传遍天下,还是想想如何善后吧。"

巨人再次开口,响起镇北王的声音,语气淡漠:"坑杀所有士卒便是。"

他孤高桀骜,霸道冷酷,是文武双全的枭雄,这样的人不屑做口舌之争。烛九说得没错,屠城便屠城了,他并不在乎凡人的死活。

今日之事,本是设局猎杀吉利知古和烛九,而今因为一个佛门神秘高手的出现被搅黄,甚至把他的罪名公之于众。因为镇国剑的厌弃,北境这些士卒已经对他抱有怀疑。聪明的人,结合妖蛮两族的表现,巫神教高品巫师的出现等细节,早就笃定他炼丹屠城。所以,在镇北王眼里,楚州城内这些士卒,已经提前被判处死刑。

"镇北王,真的屠城了……"城头上,一个百夫长痛苦地喃喃道。

"哈哈哈,人族都是傻子。"一个蛮子大笑起来,笑得前仰后合,"早在一个月前,我蛮族密探就渗入楚州,寻找屠城之地。你们也不想想,今日我们妖蛮两族为何要攻城?楚州城有床弩火炮,有护城阵法,而我蛮族人口向来有限，珍惜得很。不是事出有因，我们攻城作甚？

"因为我们知道镇北王在楚州屠杀大量生命，炼制血丹，妄图晋升二品。嘿，这对我们妖蛮两族来说是灭顶之灾。"

蛮族猖狂的嘲笑，与士卒们惨白的脸色形成鲜明对比。

其实这些守城的士卒和幸存的江湖人士一样，他们可以逃跑，却没有，为什么？想等一个结果，不是等镇北王落败，而是等一个真相。

镇北王在边境士卒心里，是神明般的存在，是军队的信念，是士卒们崇拜的对象。他戍守边关，修为盖世，守护北境安稳。一直以来，士兵们说起镇北王时，都会双手抱拳，并举到头顶，敬若神明。所以，当许七安呵斥镇北王屠城时，没人相信。直到镇国剑厌弃他，士卒们有惊愕，有茫然，有痛苦，有不信……但只要镇北王不承认，他们愿意在心里保留一丝期待。

可现在，最后的侥幸也破灭了。

许七安仰着头，与空中巨人对视，缓缓道："第二阶段。"

终于彻底唤醒力量了吗？大师你的技能前置时间可真长，还是说越强大的武者，复苏过程越缓慢……许七安心里松了口气。

一股暴烈的气息冲天而起，节节攀升。不是来自镇北王，而是来自浑身缭绕魔焰的许七安。他身躯开始膨胀，两丈、五丈、七丈、十丈……这个过程中，他的肩胛位置，鼓起一团团肉包，突然刺破皮肤伸展出来，那是十二条漆黑的手臂。同时，脑后浮现一道圆环，燃烧着漆黑魔焰的圆环。这尊巨人浑身漆黑，肌肉虬结，宛如黑铁铸造，背生十二条手臂，脑后一道漆黑火焰的圆环。就像，就像……入魔的佛门法相。

巨人气息磅礴，宛如战神。

法相魔焰滔天，宛如魔神。

"你也是二品？"镇北王神色严肃地盯着漆黑法相，他终于知道刚才"第一阶段"是什么意思了。眼前这个第二阶段才是这个神秘强者最巅峰的力量，方才不是。

"二品？"漆黑法相嗤笑一声，"贫僧当年，一只手就能压得二品抬不起头来,不管任何体系。"

镇北王冷哼一声,话音未落,人已闪现至漆黑法相身后,一拳重击其后脑。这一拳打出了天塌般的可怕景象。

漆黑法相脑后的魔焰光环直接崩碎,如黑铁铸造的身躯踉跄前奔。

"就这?"魔焰光环重新凝聚,漆黑法相嘴角一挑,"很多年不知道什么叫痛了,你还差点。镇北王,你屠戮楚州三十八万生灵,我便打你三十八万拳。"

"只管来!"镇北王傲然道。

"走,走,快走……"陈捕头大吼。

威严恐怖的气息弥漫在天地间,他有种窒息的感觉,仿佛下一秒心脏就会炸裂。"神灵"的战争,岂是凡人能够围观。

大理寺丞和刘御史等人双腿已经走不动道,被杨砚拎在手里,使团一行朝着最近的城门跑去。临近城门后,他们发现士兵和蛮族还有妖族纷纷逃向城墙,竟出奇地和谐,过程中没有厮杀。杨砚知道,这是恐惧充斥了他们的内心。

"去东城门,东城门离得最近,战斗波及不到。"杨砚做出决定,带着使团前往东城的城头。那里足够远,可以为他们提供安全的眺望场所。

使团甫一登上城头,忽然听见极远处轰的一声响,连忙扭头看去,只见镇北王被一拳打得踉跄后退,撞塌了身后的城墙。

灰尘瞬间掀起,巨石滚滚。武夫的战斗朴实无华,但足够暴力。

"我们在观看神灵之间的角斗,这是大不敬……"一个蛮族战战兢兢地道。

漆黑法相骑跨在镇北王身上,十二只拳头暴雨般落下,打得气机团团迸爆,打得尘埃扬起,地面塌陷。

"老子不管你是大奉亲王还是皇帝,你敢屠城,我就要杀你!"密集的拳头打在镇北王胸口、脸庞、角质盔甲上,宣泄着最原始的暴力。

"没有人可以依仗力量肆意杀戮,如果你觉得可以,那我今天就以其人之道还治其人之身。"角质盔甲崩裂,猩红的血流淌一地,染红了半边城墙。

这当然是许七安在说话。

咔嚓两声,两条漆黑的手臂被折断。镇北王一个头锤撞飞漆黑的法相,缓缓起身:"何其可笑,你与我生死相斗,只是为了满城蝼蚁?看来,你并不知道什么叫强者之心。"

尽管狼狈,镇北王的声音依旧霸道,桀骜,充满自信。他缓缓吐纳,天空中白云受其牵引,齐聚而来,呈现出旋涡状。随着镇北王吐息,破碎的角质修复,伤口愈合。

另一边,漆黑法相两条断臂飞来,接在断口上,严丝合缝,他平静地说道:"一万拳了。"

镇北王脸色阴沉,气息略有下滑,他抬起手,道:"死!"

他的掌心沾染着鲜血,是漆黑法相的血,这一招咒杀术,本该让漆黑法相遭受重创,但什么都没发生。

因为漆黑法相身后的魔焰光环,拟化成一颗漆黑舍利,绽放温和的、浓郁的乌光。佛门舍利和道门金丹一样,都有万邪不侵的功效。

漆黑法相发起冲锋,踏步声宛如地震。

镇北王微微沉腰,缓缓握住拳头,随着五指合拢,空气发出沉闷的爆炸声,他抓爆了空气,力量之强可想而知。霸道的拳意再次出现,天空中,旋涡状的云层霍然崩散。

十二条手臂骤然合一,融入许七安的右臂,同样一拳打出,针锋相对。

两只拳头轰在一起,气波不是呈涟漪扩散,而是一瞬间横扫整个楚州城。如同台风过境,吹走废墟,吹走平地上的一切,方圆数里都被清空了,连废墟都不存在。

镇北王的拳头一寸寸崩裂,炸出一块块血肉。他痛苦地咆哮起来,踉跄后退。

漆黑法相迈步跟进,十二只拳头持续出击,打在镇北王胸口和脸庞上,打得他不停跌退。

砰砰砰！拳头密集，常人肉眼无法捕捉。打下一片片角质盔甲，修复又打碎，修复又打碎。

"可笑吗，为凡人搏命可笑吗？"

砰砰砰……

"没有百姓，你做什么亲王，你是谁的亲王？"

砰砰砰……

五万拳，十万拳，二十万拳，三十万拳……镇北王的身躯一次次崩裂，一次次修复，最开始他能反击，受的伤越来越多，渐渐便没了招架之力。

三十八万拳！

打毕，许七安十二条手臂探出，抓住镇北王的脑袋、手臂、腰腹、双腿，高高举起。这一刻，许七安目光扫过寂静的城头，扫过满目疮痍的城市，屠城中的一幕幕再次浮现，耳边仿佛响起了三十八万条冤魂的痛哭声。

什么是强者？

视凡人如蝼蚁？

他仿佛回到了云鹿书院，回到了亚圣殿，看见自己握着笔，在石碑上写下歪歪扭扭的四句话：为天地立心，为生民立命，为往圣继绝学，为万世开太平。

"杀了他！"突然，城头传来咆哮声，一个年轻的江湖人站在凸起的女墙之上，用尽全力地嘶吼，脸色狰狞。

"杀了他！"一个士卒忍不住喊道，旋即被身旁的黑袍密探充满杀机地盯了一眼。

那士卒惊恐地低下头。

黑袍密探刚要开口威胁，下一秒，又有士卒厉声喝道："杀了他！"

这一下，仿佛火星掉落在草原，掀起燎原之势。

越来越多的士卒回应。

"杀了他！"

"杀了他！"

"……"

恍惚间,许七安仿佛看见了三十八万条冤魂出现在城头,出现在天空,出现在地面,他们默默地看着自己,所有心声汇聚成三个字:

杀了他!

十二条手臂同时发力,猛地一撕。他把镇北王撕得四分五裂,血雨瓢泼而下。

漆黑法相浑身浴血,宛如地狱中归来的复仇者。

第 375 章

作揖

那尊十丈高身躯四分五裂,他的头颅化作镇北王,躯干化作烛九,双手化作高品巫师,双脚化作吉利知古。

四个高品强者没有一个完好。巨蟒烛九断了一截尾巴,百丈长的尾巴。吉利知古左半边身体被撕得稀烂,肠子和脏器挂露在外。

高品巫师头顶的战魂虚影直接幻灭,他的下半身不见了踪影,狰狞的伤口血肉蠕动,血光膨胀又收缩,宛如呼吸,试图修复伤势。

镇北王身体保存完好,但体表布满瓷器般的裂纹,血流不止。他的气息衰弱到了极致。

"跑,跑……"烛九被吓破了胆,此人根本不是三品,分明是残缺的二品。他们四个不同体系的三品强者合体,爆发出的气机已经触摸到二品的门槛,可依旧打不过他。这说明什么?对方完整状态下,是货真价实的二品,所以,他吞噬血丹后,修复了部分伤势,弥补了残缺,这才爆发出如此可怕的力量。

这和他们本质上是不同的,他们四人以数量弥补质量,可对方其实是真正的二品,是在这个可怕领域里的强者。

巨蟒疯狂扭动残躯,扭出了这辈子的巅峰频率,朝着那面残缺的城墙游去。

吉利知古比它更早一步逃亡,太可怕了,这个神秘强者太可怕了,刚才有一刹那,吉利知古从他身上感受到了和死去父亲一样的威压——那是二品强者的威压。

赤红巨蟒扭动身躯,发出轰隆的巨响,蛮兽过境一般,只不过这条可怕的巨兽竖眼充满了恐惧,一心只想逃走。

青色巨人不顾狂奔中震落的内脏,朝另一个方向逃去。

城头,青颜部的蛮子、妖族大军吓破了胆,纷纷跃下城墙,仓皇逃窜。首领都败了,现在不走,迟了小命就没了。

高品巫师双手捏诀,尖啸一声,一道虚幻的黑影自冥冥虚空中降落,是一只巨大的禽类,展翼数十米,禽类战魂。它卷着高品巫师扶摇直上,朝东北方向飞去。

同时,身为灵慧境的巫师,脑海里闪过一系列的应对措施,如果对方率先阻击自己,会从哪个角度出手,出拳时,攻击落在何处等等。他制定了许多自保手段,务必让自己不被当场轰杀。

当然,以灵慧境巫师的能力,他知道神秘高手追击自己的可能性不高,因为对方的目标是镇北王,必定优先对付镇北王,而后是吉利知古,其次才是自己和烛九二选一。他逃生的概率极大。

漆黑法相一寸寸缩小,恢复等人身高,但十二条手臂和后脑的火焰光环仍在。

"镇北王,血债血偿!"许七安一步跨出,握拳,摆臂后拉,捶爆空气。

镇北王的身躯四分五裂,一块块散落,鲜血溅了一地。肉块随后变成一团扭曲的蠕虫,散发恶臭。而他的身影,出现在百丈之外,御空逃窜。

替身蛊!

天蛊部的保命手段,将蛊养在体内,平日里吸取宿主的生机和气血,与宿主同化,生死关头,可以替宿主挡灾。此蛊只需求来蛊种,植入体内便可,谁都可以用。镇北王身为大奉亲王,自保的手段还是有的。

"你逃不掉!"许七安怒吼道。

神殊和尚配合着追击,夺回话语权,朗声道:"苦海无边,回头是岸。"

御空飞行的镇北王身躯一僵,脖子动了动,似乎想回头,刹那后,他摆脱了佛门戒律的影响,继续逃走。

趁着对方凝滞的瞬间,许七安追赶到了他身后,十二只手同时轰出,打出空气爆炸般的效果。

关键时刻,镇北王身躯炸出一团血雾,潜力爆发,硬生生推着他侧向挪移,避开致命的拳头。

"回来!"十二只手同时展开,气机锁定,猛地一拽,把镇北王抓了回来。十二只手握住了镇北王的头颅、手臂、双腿。

这一刻,城头上,一双双眼睛眺望着此处,望着命悬一线的镇北王。

没有人说话,场面寂静得可怕。

镇北王体内,一股股精纯的气血溢出,十二只手臂,如同十二个黑洞,疯狂榨取他的生命精华。

"我虽不知道你为何能用镇国剑,但你并非大奉皇室之人,楚州城三十八万百姓,与你何干?"

感受到生命精华的流逝,这位大奉第一武夫终于露出了绝望之色。

如果是监正要杀他,他可以理解。朝堂文官们弹劾他,也可以理解。可此人既不是大奉人士,自身亦非善类,魔焰滔天,竟为了整个楚州城的百姓,要置他于死地。

"那我杀你,又与你何干?"许七安冷笑道,"你心中没有正义,你崇尚弱肉强食的规则,那我今天就替三十八万生灵告诉你一件事。"顿了顿,他表情不屑,道,"其实,你何尝不是蝼蚁。"

"不!"镇北王发出绝望的咆哮,如猛兽死前的哀号。

屠城是他最得意的谋划之一,炼血丹涨修为,同时请君入瓮,以镇国剑杀吉利知古和烛九。一旦成功,世上只会记得他的丰功伟绩,歌颂赞扬,谁会记得那三十八万条冤魂?一座城换两个外族三品高手,换大奉出一位二品,他们死得其所。可正是这个最得意的谋划,最终害了他。

镇北王的吼声戛然而止,血肉萎缩干瘪,变成一具干尸。许七安用力一撕,把他的脑袋和四肢撕了下来,随手丢弃。

这一撕,撕碎的是一位亲王,一位巅峰武夫半个甲子的锦绣年华。

塞北的风吹在身上,吹开了心里的阴霾,许七安只觉念头通达,问心无愧。

李妙真发现血屠三千里案,初时,许七安只在心里觉得沉重,却没有太深刻的感受,毕竟是远在天边的事。

随后,他奉命前往楚州,调查此案,便决定要管。

随着一步步揭开真相,意识到镇北王的暴行,那晚,看见布政使郑兴怀的记忆,他便已打定主意,一定要破坏镇北王的谋划,阻止他,惩罚他。既为那三十八万无辜生命,也是为他自己的信念。若是忍气吞声,畏缩不前,这件事会成为他一辈子的心结。

我管不了天下事,但我能管眼前事。

城头上,两万多名北境士卒,数百名江湖武夫,他们看见那道背生十二条手臂的身影,收敛了凶狂气息,朝着下方的楚州城,深深作揖。

见到这一幕,刘御史忽然老泪纵横,跌坐在地,号啕大哭。

大理寺丞红着眼圈,认真严谨地整理衣冠,以读书人最真诚的姿态,朝空中那人作揖。

杨砚深深地看着远处,抱拳。

陈捕头抱拳。

百夫长陈骁抱拳。

两万多士卒齐抱拳。

他拜枉死于城中的百姓,城头上,两万多人拜他。

镇北王死后,北境的势力就失衡了,我得再杀一个三品……许七安在心里沟通神殊大师。

"两炷香时间……我就要进入沉睡了……你想好杀谁了吗?"神殊和尚的声音透着无与伦比的疲惫。

刚才若非吸收了镇北王的生命精华,神殊这会儿已经陷入沉睡。十二臂法相的战力直达二品,而神殊只是一条手臂,潜能压榨巨大,这个法相秘法不是他这条断臂能施展的。

"吉利知古。"许七安没有丝毫犹豫地做出选择。

北方妖族大部分疆土与巫神教接壤,双方矛盾非常激烈,烛九可以留着与巫神教纠缠,相互牵制。

吉利知古必须死,蛮族对大奉北境荼毒最深。

做出选择后,神殊和尚御空而去,循着气息,追踪吉利知古。

云端之上,大笑声响起,白衣术士笑得前俯后仰,笑得酣畅淋漓。

"镇北王死了,终于死了,死得好啊!"白衣术士拍掌称快。

这时,银铃般的娇笑声传来,白裙女子踩着云彩,扭动腰肢缓缓而来,烟视媚行。她容貌绝美,菱形小嘴红润诱人,透着光泽;一双勾人的狐媚子眼,顾盼生辉;琼鼻俊挺,眉毛又长又直。这些精致的五官勾勒在一张尖俏的瓜子脸上,让人不自觉地想到"红颜祸水"四个字。兼之系带勾勒出蜂腰,胸脯撑得鼓涨涨的,身材比例极好。就算是最挑剔的男人,也找不到她身上的瑕疵。

"杀镇北王是你谋划中的一环?"白裙女子笑着问道。

"你想知道?"白衣术士顿住笑容,淡淡地看着她,"不如咱们换一换情报……你认识那人?"

白裙女子颔首:"认识。"

白衣术士沉吟道:"他就是佛门使团要找的那个魔僧。他是一个可敬的人。你和他是什么关系?"

白裙女子促狭地笑道:"你猜。"

白衣术士不答,气定神闲。

她叹了口气,轻声道:"我很尊敬他。"说完,白裙女子看着术士,嗓音软糯,"该你啦。"

白衣术士负手而立,俯瞰万里河山,语气里透着一切尽在掌控的自信,缓缓道:"我只告诉你两件事。一、是我蛊惑元景帝修仙;二、镇北王一死,监正再难挡住滚滚大势。至于其中缘由和细节,我就不说了。"

这时,两人同时把目光投向远处,一道人影御剑而来,对两人视而不见。

"这一代的天宗圣女资质不错,有望三品,甚至冲击二品。"白裙女子点评道,并未掩饰自己的声音。

白衣术士呵呵笑道:"于我等而言,未来两年内,最值得期待的盛事就是天人之争。"

等许七安的身影消失在视线里,城头慢慢响起一些声音,这些声音最后汇聚成河流,变得嘈杂混乱。

镇北王死了,楚州城化作废墟,北境群龙无首,存活下来的两万多士卒陷入巨大的迷茫里。

杨砚注意到了士兵的异常,气沉丹田,喝道:"众将士听令,本官乃金锣杨砚,本次使团主办官。如今镇北王已死,本官接收楚州城一切军政要务,速下城头,在城外聚集。"

士卒们顿时有了主心骨,井然有序地离开残破的墙头,群聚在城外的空地上。杨砚的少年时代,追随在魏渊身边,参加过山海关战役,领军的经验还在,很快就安抚好将士,维持住了秩序。

恰好此时,李妙真御剑而来,停在楚州城上空。此时天色已经青冥,再过几刻钟,就会彻底暗下来。

她俯瞰着化作废墟、满目疮痍的楚州城,心说我还是来晚了,楚州城已破,看这架势,刚刚城中发生过高品武夫的战斗。

李妙真粗略地扫了一眼废墟,而后转头望向城外聚集的军队。

这不合理……有过丰富军旅生涯的白马银枪小女将,一下子判断出情况不对劲,按理说,这般激烈的战斗,必定厮杀惨烈,不可能有这么多的士兵存活。

"杨金锣,楚州城发生何事?镇北王……人呢?"李妙真驾驭飞剑,悬在杨砚等人不远处的低空。

杨砚早就看到她了,两人在云州剿匪时,有过交集,勉强算有交情。只是面瘫武痴性格古板,即使见到熟人,顶多是目光交接时微微颔首,不会刻意出声招呼。

闻言,大理寺丞等人表情古怪起来。

杨砚解释道:"镇北王屠城,被杀了。"

李妙真一听,脸色僵硬,怔怔地看着他。

杨砚点了点头,表示事情就是这样。

你这算什么解释,你这是在吊人胃口吧?要不是知道你性格本就如此,我现在就撸袖子揍你了,哦,我打不过四品巅峰的武夫,那没事了……李妙真心里嘀咕。

大理寺丞咳嗽一声,补充道:"黄昏时,北方妖蛮两族大军联手攻城,青颜部首领吉利知古,妖族首领烛九,为争夺血丹而来。而血丹,是镇北王屠了楚州城三十八万人口炼制而成。镇北王为一己之私,竟将整座城屠戮一空。"

说到这里,大理寺丞露出沉痛之色,然后,他看见李妙真一脸淡定,没有一丝一毫的震惊。

"你,看起来不以为意?"大理寺丞有些生气。

"我早就知道了,但后面的事不知道,你继续说。"李妙真道。

"……好。"大理寺丞清了清嗓子,把发生在城中的战斗,参战的高手数量等细节,详细地告诉李妙真。

英姿飒爽,做女军人打扮的天宗圣女,整个人愣在那里。

镇北王屠城她是知道的,巫神教高品巫师的参与,也不能让她惊讶,毕竟许七安已经分析过了,镇北王背后还有其他体系的高品相助,现在只觉得果然如此。但李妙真万万没想到,这一战里,竟然还有入魔的地宗道首、镇国剑、神秘女子以及那位横扫全场的高手的参与。

难道不是镇北王为一己私欲屠城,然后引来妖蛮两族的反扑吗?为什么还有这些高手参与,关系太错综复杂了吧?我需要冷静下来分析一波,不,我需要许七安……李妙真有些惭愧地想。

"李道长是如何知道镇北王屠城的?"读书人心思细腻,刘御史拱手问道。

经他提醒,李妙真柳眉倒竖,踩着飞剑升空,在两万士卒中盘绕,喝道："杨金锣,立刻擒拿都指挥使、护国公阙永修,镇北王是屠城的罪魁祸首,他则是镇北王的屠刀。当日正是此人率军屠城。"

"什么?!"

不止杨砚,大理寺丞等人脸色一变。来不及多问细节,当即配合李妙真搜寻阙永修,但找遍军队,找遍城池废墟,没有找到阙永修——他已经逃了。

或许是趁着蛮族溃散时一起溜了,或许是目睹镇北王身亡后,悄悄潜逃。当时所有人的注意力都在战场,在不知道阙永修犯下不可饶恕罪行的情况下,又有谁会过多地关注他?

不仅是他,镇北王的密探也早已暗中潜逃。

众人又气又怒,却又无可奈何。

大理寺丞沉声道："多谢李道长提醒,若不是你,我们极可能忽略了此贼,让他逍遥法外。待使团回京后,我便上书弹劾,发布通缉令,捉拿此獠。"

刘御史极为激动："没错,阙永修是淮王死党,淮王要想在楚州城瞒天过海,少不了此獠的帮助。多谢李道长提醒,请受本官一拜!"

李妙真不愧是飞燕女侠,能力出众,她应该是听说了血屠三千里案,或蛮族侵扰边关,这才千里迢迢赶来楚州。相比起她,我们直到今日揭开一切,才知道真相,实在惭愧……使团众人感激之余,心里难免生出惭愧的情绪。

使团人数众多,有四品金锣杨砚,有经验丰富的刑部总捕头,更有传奇人物许七安暗中调查,结果来楚州这么久,一无所获。

陈捕头抱拳："李道长,阙永修是开国功臣之后,一等公爵,兼楚州都指挥使,位高权重,哪怕在京城,职位、身份比他高的也屈指可数。镇北王屠城,有数万士卒众目睽睽,可为人证。但阙永修……请李道长明示,您是如何查出此案?"

大理寺丞、两名御史纷纷看向李妙真。

性格寡淡,对其他事缺少热情的杨砚,也罕见地露出求知欲。

第 376 章

复盘

得知北境发生血屠三千里案后,贫道灵机一动,化身飞燕女侠,暗中走访楚州,历经千辛万苦,终于寻到侥幸逃过一劫的郑兴怀布政使。

谁知在此时刻,镇北王密探突然率兵杀到,欲将贫道和郑布政使杀人灭口。原来敌人竟早已暗中跟随,守株待兔。

但他们遭遇了贫道激烈的抵抗,贫道以一当百,如许七安在云州时一般半步不退,最后打退了镇北王密探,并从郑布政使口中了解到屠城的详细经过。

这一波,贫道在第十层!

以上是李妙真的内心戏,她很想把这番话付之于口,但有了许七安独挡数万叛军和不敢以真面目见地书碎片持有者们的前车之鉴,有了在云州时,一时春风得意,在许七安面前说"本将军查案自是厉害"的羞耻经历,话到嘴边又咽了回去。

对推理破案热衷无比的李妙真忍住了炫耀的欲望,如实回答:"这一切其实都是许银锣的功劳。"

许银锣?!

使团众人一愣,不明白这和许七安有什么关系。

李妙真道:"是许七安邀请我前往楚州查案。"

原来如此……大理寺丞抚须,颔首微笑:"李道长真乃高人也,虽说道门天宗修的是天人合一，无为自然，但您对功名利禄不在乎是您的事。我们并不能因此而忽视您的贡献。您不用把功劳都推到许银锣身上。"

刘御史闻言，附和道："使团一定会向朝廷禀明情况，为您请功的。"

许银锣邀请天宗圣女来楚州查案，这不代表圣女她在楚州做出的努力，都是许银锣的功劳。

读书人说话真好听呀……李妙真有些开心，有些受用，也有些惭愧，继续道："而后我来到楚州，四处游历寻找线索，但一无所获……"

使团众人听得很认真，深知此案难查，非常好奇李妙真是如何从中寻找到突破口，查出屠城案的真相。

"但其实任何事都是有迹可循的，那具揭露血屠三千里的尸体是我在京城外的山道边发现的，他一介匹夫无凭无据，怎敢来京城告状，背后极可能还有高人。那人不发塘报和文书，选择让江湖人士带信，我猜他必会故技重施。

"于是我以飞燕女侠的名号在楚州行走，杀蛮族惩奸商，施粥济民。呵，贫道在江湖略有薄名，识我之人不少，知我之人更多……果不其然，没几天，便有人暗中寻我，希望我能出手相助。"

妙啊！

使团众人心服口服，大声称赞："李道长心思玲珑，竟能从这个角度寻出破案线索，我等实在佩服至极。"

陈捕头汗颜道："本官这么多年，在衙门真是白干了，惭愧惭愧。"

刘御史佩服道："我原以为这件案子，能否水落石出，最后还得看许银锣，没想到李道长技高一筹啊。"

文官们毫不吝啬自己的赞美之词，一半出于真心，一半是习惯了官场中的客套。听得李妙真嘴角不受控制地勾起，露出小小得意，然后清了清嗓子，道："贫道不是谦虚，其实这些都是许七安教给贫道的，我们在暗中一直有联络。"

笑声、赞美声突然卡住了，就像被按了暂停键。使团众人脸色僵住,茫然地看着这位天宗圣女。

为什么这个李妙真要把最重要的事留到最后再说?

这是她的什么恶趣味吗?

有点尴尬……

难怪许银锣要中途脱离使团,暗中前往北境,原来从一开始他就已经找好帮手。陛下和诸公委任他当主办官时,他就已经制定了计划……刑部陈捕头深深感受到了许七安的可怕。孙尚书屡屡在他手里吃瘪,气得发狂却无计可施,不是没有道理的。

是本官疏忽了,从税银案、桑泊案、云州案,以及后来的福妃案,一桩桩一件件,都说明了许银锣是个经验丰富、心思细腻的人,不可小觑,亏我还觉得他这次终于栽了一回……大理寺丞苦笑着摇头。原来这一切都在许银锣的计划之中,原来是我太天真了。

不愧是许大人……百夫长陈骁精神一振,露出敬仰之色。

禁军们也笑了起来,与有荣焉。

杨砚微微颔首,并不觉得诧异,似乎觉得理所应当。

接着,李妙真把郑兴怀幸存的消息告诉使团。刘御史激动无比,不仅是有了人证,还因为他和郑兴怀素有交情,得知他还活着,由衷欣喜。

"许宁宴应该还在赶来楚州城的路上,我御剑快他许多。"李妙真交代了一句,又问道,"那神秘高手去向何处?"

杨砚回忆了一下,突然一惊,道:"他离开的方向,与蛮族逃跑的方向一致。"

大理寺丞心头一颤,闪过一个不可思议的念头,呼吸顿时急促起来:"莫非,莫非……"

刘御史反应也不慢,道:"莫非他是去追杀吉利知古,他害怕北境势力失衡,害怕此役之后,楚州百姓遭受蛮族铁蹄,无人再制衡蛮族。"

杨砚和李妙真相视一眼,齐声道:"我们去看看。"后者补充道:"上来。"

杨砚轻轻跃上剑脊,负手而立。

四品武夫虽能御空飞行,但速度、高度、持久力都无法与道门御剑术相比,硬要形容,大概就是摩托车和高铁的区别。如果换成一个在地面狂奔,一个在天空飞行。那么武夫又要更快一筹,前提是在一望无际的平原,没有山峰河流挡路。

往北飞行两刻钟,李妙真和杨砚看见了吉利知古,这并不难发现,因为对方就站在官道上。

这位山海关战役后的蛮族最强者,已经只剩一副干瘪的躯壳。他的脑袋被人硬生生摘了下来,连着小半截脊椎骨,丢在路旁。

李妙真停了下来,居高临下地俯瞰,喃喃道:"北境这一战,两位三品武夫陨落,此事必将传遍九州,造成轰动。"

杨砚有些恍惚,原来他梦寐以求想要达到的境界,在更高层次的强者眼里,也不过如此。三品啊,不管是哪个体系,哪个势力,都是领袖级的人物。

杨砚跃下剑脊,抓住脊椎骨,拎着青颜部首领的头颅,返回了楚州城。

当他把头颅带回楚州城,挂在城头时,两万名士卒默默仰头看着,流下了热泪。这个威胁了楚州二十年的蛮族强者,终于陨落。

同时,无数人心里闪过疑问,那位神秘强者,究竟是何人?

距离楚州城数百里外,某个水潭边,刚刚洗过澡的许七安,虚弱地躺在被潭水冲刷得失去棱角的巨大岩石上。

先后攫取镇北王和吉利知古的生命精华后,神殊陷入沉睡,这次恐怕是唤不醒了。除非他能如古墓里那般,再吸收一波气运。

没有了神殊和尚做依靠,突然就没安全感了……许七安审视自身,他发现神殊展现出漆黑法相后,自己的肉身强度又有了长进。好比被洪水扩充了宽度的水渠,尽管洪水已经过去,但它留下的痕迹很难消失。

经过这一战,切身地体验高品武夫的战斗,体验他们对力量的运用,许七安对化劲的领悟也更深了。

他强打起精神,盘坐吐纳,脑海里消化了一阵后,出于职业习惯,开始复盘血屠三千里案。

镇北王屠城的目的有两个:

一、炼制血丹,冲击三品大圆满,而后吸收王妃的灵蕴,正式踏入二品。

二、布局猎杀吉利知古和烛九。

镇国剑的出现,意味着元景帝对镇北王屠城一清二楚,甚至参与其中。否则,镇国剑不可能出现在楚州。

当时看到镇国剑出现,许七安是无比惊怒的。只是那会儿大敌当前,没时间想太多。

"元景帝这个狗皇帝……"许七安吐出一口浊气,告诉自己制怒。

狗皇帝知道此事,嗯,倒是让我解开了一个疑惑,那位死在京城外的侠士,是元景帝派人干掉的。只有他,才能在京城周边布下天罗地网,并筛选、排查出目标人物。

这么一来,为什么让我做主办官,为什么不安排巡抚,这一切就可以解释了……因为使团本来就是敷衍了事,没必要安排一位权力过大的巡抚制衡镇北王。而到了万不得已,镇北王还可以杀人灭口。

此外,使团还有一个作用,就是护送王妃去北境。狗皇帝虽然不当人子,但也是个老阴货。不过,总觉得他太信任、纵容镇北王了。

许七安沉吟几秒,顺着这个思路继续想下去。

元景帝知道屠城案的真相,那么魏公知不知道呢?从我给他残魂的反馈看,应该是不知道的……呃,魏公这样的老阴货,他表现出来的反应未必是真实反应,而是他想给我看到的反应。

假设魏公知道此事,那么他会怎么布局?以他的性格,绝对无法容忍镇北王屠城,哪怕大奉会因此出现一位二品。可是直到现在,我也没看出哪里有魏公落子的痕迹。

嗯,逆推一下,假设魏公知道此事,以他的性格肯定会阻止。可是镇北王是三品武夫,大奉第一高手,如何阻止他?打更人里肯定没有这样的高手,否则刚才就不是我阻止镇北王。那怎么阻止镇北王呢?

许七安脑海里灵光一闪,想到一个词:驱虎吞狼。

在北境,能破坏镇北王好事的,只有吉利知古和烛九,换成是我,我会把镇北王屠城的地点泄露给他的敌人。

"不过魏公是怎么知道屠城地点在楚州的?"许七安皱了皱眉,忽然想到一个不合理的细节。

离京前,魏渊告诉过他,因为把暗子都调到东北的缘故,北境的情报出现了滞后,导致他对于血屠三千里案一概不知。

以魏公的智慧,即使要调走暗子,也不可能全部撤离北境,肯定会在固定的、重要的几个城市留几枚棋子。否则,他就不是魏青衣了。

又找到一个侧面的佐证,证明魏渊有所隐瞒。

顺着这个思维发散,许七安的思路渐渐理清。

魏公特意找我谈话,问我打算如何查案。我告诉他,途中脱离使团,独自北上。然后他就给了采儿姑娘的联络方式,我一见到采儿,立刻从她嘴里得知西口郡的重要情报。这一切都太过顺利。

另外,西口郡和楚州恰好背离,这是不是意味着,魏公是故意给我假情报,把我打发到西边,他不想让我参与此事。

如果是这样的话,那他对北境的情况其实了如指掌。

一瞬间,许七安有点头皮发麻,心情复杂。既有感激,又有本能的对老阴货的忌惮。

"等接了王妃,与使团会合,我再去一趟三黄县。"

次日,上午。

许七安顶着帅到惊世骇俗的前世容貌,进入客栈,敲响了王妃的房门。

第 377 章

回京

咚咚,敲门声响了两下,屋里没有反应。许七安侧耳听了会儿,捕捉到轻微均匀的呼吸声。

太阳晒屁股了,还在睡,这女人得多没心没肺……许七安嘀咕一声,掌心按住房门,在气机的推动下,门闩自动弹开。

踏入房间,干净整洁的屋子里,窗户紧闭,圆桌上倒扣着三个茶杯,另外一个杯里残留着没有喝完的茶水。正对着房门的屏风上挂着罗裙、衣衫和淡粉色绣梅花的肚兜。

她应该是昨晚洗的澡,洗完便躺在床上呼呼大睡,衣服和贴身小物件没来得及收。许七安在房间里寻了一圈,没看见地书碎片,循着与法宝的感应,最后发现它被用来垫桌脚了。

许七安心疼地把地书碎片收回怀里。这女人根本没意识到这面玉石小镜的珍贵,它里面可是藏着我许七安毕生的积蓄。

想到这里,他扭头看向床榻上,侧着身子酣睡的女人,睡姿倒是文静得很,有几分王妃的气质,醒来时就一言难尽了。

时间一分一秒过去,梳妆台边上有水漏,床上的女人时而嘟囔一声,时而不安分地扭几下身子,或者不知道梦到了什么,眉头紧皱,抗拒性地蹬一蹬脚丫子。她睡得并不安稳。

时间滴滴答答地走到巳时初,她终于呢喃一声,缓缓睁开眼。

随后,许七安看见王妃的娇躯猛地一僵,接着缓缓松弛。他端着茶杯喝了一口,对她笑道:"醒了?"

见到他,王妃眼里隐晦地闪过惊喜,支起身,故作漫不经心的姿态:"你怎么回来了?呵,想明白了对吧,镇北王是三品,整个大奉都没人比他更厉害。你能趋利避害,也挺好。"顿了顿,语气略转柔和,"这件事交给朝廷处理便是,你没必要去逞威风。"

王妃昨晚辗转反侧,难以入眠,这一切当然和她担忧许七安被镇北王杀死没有一文钱关系……

许七安淡淡道:"镇北王已经死了。"

王妃呆在那里,如同雕塑。

"我,我不信……"她死死盯着许七安。

"这又不是什么值得开玩笑的事。"许七安没好气道,"堂堂亲王被杀,这么大的事,我骗你作甚。"

王妃愣愣地看着他,颤抖道:"当、当真?"

许七安点头。

他看见王妃长长的睫毛颤抖了一下,一颗泪珠滚落,两颗三颗四颗……泪珠如断线的珍珠,簌簌而落。

她为自由而哭泣。

许七安想着,自己和她也没那么熟,便冷眼旁观大奉第一美人嘤嘤嘤地哭。

等她哭完了,许七安才总结性地安慰道:"你已经自由了。九州之大,想去哪儿就去哪儿,和蒙多一样。"

她哭哭啼啼地抹着眼泪,不忘问道:"蒙多是谁啊?"

这么无聊的问题,许七安懒得搭理她。

吃早膳的时候,情绪恢复的王妃,在只有两个人的房间里,鬼祟地说:"是不是你杀的?"

许七安摇头:"镇北王这么强,我怎么打得过他?是因为有神秘高手出现,把他当场斩杀。此事使团众人可以做证,以后你就知道了。"

王妃哦了一声,也觉得不太可能是许七安做的,自己是个聪慧而理智的女子,又不是京城里那些盲目崇拜许银锣的无知少女。镇北王虽说性情桀骜无情,但修为是不打折扣的,要比现在的许七安厉害很多很多。

她捧着葱油饼啃着,小手油汪汪,亮晶晶的眸子在许七安头上徘徊:"你头发怎么长回来了?"

"我本来就有头发。"

"你没有。"

"我有。"

"你……"王妃被许七安用筷子敲了一下,识趣地改口,"你有。"

得益于神殊的强大,许七安的头发终于再生。三品武夫能断肢重生,何况是头发呢。这是一件让许七安很是欣慰的事,更欣慰的是自己一直把光头保护得很好,戴着貂帽,别人并不知道头发的生长情况。

以后在外面还是戴着貂帽,等过段时间,就可以摘下来了……我还是那个长发飘飘的少年郎……许七安开心地想。

吃完早膳,他坐在梳妆台前。镜子里是恢复了原样的许七安,剑眉星目,鼻挺,嘴唇偏薄,脸颊轮廓偏硬朗,整体透着男人俊朗阳刚的美感。与唇红齿白的许二郎,眉目如画的南宫倩柔,是截然不同类型的帅哥。

王妃坐在床边,晃荡着脚丫子,看着他结发髻,问道:"我以后怎么办呀?"

许七安盘着头发,用事不关己的语气道:"都说了你想去哪儿就去哪儿。"

察觉到许七安不太想管自己,她有些赌气地说:"再借我十两银子,我要回江南慕家,以后有钱了,托人把银子还你。"

啪!许七安把一锭银子放在桌上。

竟如此干脆……王妃咬了咬唇,板着脸,把银子收好,然后她默不作声地把脏兮兮的几件贴身衣服打包好,小包裹往肩上一背,宣布道:"我走了。"

"去吧!"许七安点头。

王妃深深看了他一眼,猛地转身,跑出房间。

跑出客栈后,她独自一人往城外走,穿过熙熙攘攘的人流,穿过闹市和长街,这座城并不大,很快就走到城门口。

可是,看着宽敞的城门,王妃突然胆怯了,仿佛那不是通往自由的途径,外面的世界那么危险,人心那么复杂。

她十三岁时,便被家族送进宫,换取高官厚禄。她在层层宫闱里生活了许多年,而后又被元景帝转赠给镇北王,在王府一住就是二十年。

她渴望获得自由,渴望无拘无束,可当自由唾手可及时,她突然明白自己根本无法在外面生存。她就像被关在笼子里的金丝雀,二十多年的锦衣玉食,让她丧失了飞往自由天空的能力。

尽管可以回到"娘家",可那不过是被父母再卖一次,不,大概率是她刚回府,第二天就被族人重新送回皇宫。

她茫然地杵在原地,许久后,她不再茫然,只是眼里的亮光一点点熄灭。

王妃低着头,看着脚尖,肩膀瘦削,背影单薄,像一个无家可归的小女孩。

这时,身后传来男人的叹息声:"小婶子,我想了想,觉得还是要带你一起走。"

王妃赌气,没有转过身来。

许七安走到她前面,蹲下来,没有说话。

王妃用力瞪了他背影一下,嘴角轻轻翘起,张开双臂,扑到他背上。

出了城,许七安背着她沿着官道狂奔。

"我很麻烦的。"王妃在他耳畔轻声说。

你倒是有自知之明……许七安问道:"你这副模样,元景帝知道吗?"

王妃摇头:"但他知道我有改变容貌的法器。我好几次偷偷溜走,他肯定也知道的,但没见过我这副模样。"她想了想,补充道,"王府的侍卫见过我这个样子。"

许七安没有作答,思考起来。

镇北王虽然死了，但王妃依旧是香饽饽，元景帝绝对不会对她不闻不问，虽然使团上下一致认为王妃被蛮族掳走。可那些丫鬟知道我最后找到了她们，当然，她们并不知道是我打败蛮族强者，救回王妃。可她们能存活下来，并顺利回京，这本身就是一个疑点。虽说无法作为我救回王妃的证据，可只要有疑点，元景帝绝对会派人来查，都不用监视，直接光明正大地查。

所以王妃不能随我回府，但可以养在外面。京城人口三百万，不可能挨家挨户地找，而且，并没有任何线索指明我把王妃带回了京城。

最好的办法是把她养在外面，离许府不远，但也不能太近。考虑好细节后，许七安满意地点头，觉得很稳妥。

然后，他不可避免地茫然了一下，为什么我要为一个老阿姨做到这一步？我是什么时候中了她的毒的？

许七安没有往楚州城方向去，打算先去和郑兴怀会合，把他带去楚州城。而今楚州城毁了，他是楚州布政使，得收拾一下残局，顺便告诉他镇北王已经陨落，不必再东躲西藏。

途中，他故意要求金莲道长屏蔽天地会成员，与李妙真开启私聊，问她身在何处。

毫不意外地被天宗圣女臭骂一顿，而后被告之镇北王陨落的消息。许七安"大吃一惊"，直呼不可能，充分表现出一个"震惊党"该有的素养。这让李妙真心里微微得意，便不再那么生气被他放鸽子。

随后，许七安让她以找"正在赶来的路上的许银锣"为由，离开楚州城，来山谷会合。

中午时分，许七安终于带着王妃抵达山谷，当日拜别郑兴怀，他在附近的县城找一家客栈安置王妃，两地离得不远。

山洞里，篝火熊熊，李瀚和赵晋哥俩，分别烤着山鸡、野兔、鲜鱼等猎物。

高瘦的申屠百里闭着眼睛，盘膝吐纳。

膘肥体壮的魏游龙擦拭着大砍刀，沉声道："不知道许银锣和飞燕女侠怎么样了。阙永修和镇北王残暴凶狠,如果被他们发现端倪,很可能招来杀身之祸。而他们如果出了意外,那我们极可能被顺藤摸瓜。"

军伍出身的枪兵唐友慎,目光锐利地扫向洞口,而后又收回目光,抱着长枪,闭目养神。

郑兴怀摆摆手,声音轻,但语气透着笃定:"不会的,他们两人即使一无所获,也不会被镇北王和阙永修盯上。"

容貌姣好的少妇问道:"郑大人为何如此肯定?"

郑兴怀道:"飞燕女侠闯荡江湖,好管闲事,能搏下这么大名声,又安然无恙,绝非鲁莽之辈。至于许银锣,破一次大案,也许是运气。但这一桩桩一件件的,足以说明他的能力。"

众人缓缓点头。无论是飞燕女侠还是许银锣,都是让人有踏实感的人中龙凤,是那种把事情交给他们,就会无比安心,不用整日担惊受怕的人物。

这时,申屠百里猛地睁开眼,声音低沉且急促:"有人来了。"

李瀚和赵晋下意识地丢掉猎物,抓起各自的兵器,与众人冲出山洞。

一男一女结伴而来。

男子阳刚俊朗,气度不凡,正是银锣许七安。至于女子,他们只是看一眼便忽略,脚步行走没有章法,颠颠地跟在许银锣身边。姿色平庸,疾走间带着微微的气喘,是个再普通不过的女子。

后头的郑布政使迎上来,拱手道:"许银锣。"

他身后的武夫们带着诧异,许银锣前天夜里还信誓旦旦地说要去楚州城查案,岂料今日便返回。此地距离楚州城有数百里,这点时间,不够一个来回。

许七安没有废话,开门见山地说道:"我收到消息,镇北王已经陨落在楚州城。我是来接你们过去的。"

晴天霹雳!郑布政使脸色倏然僵硬,眼睛缓缓瞪出,嘴巴慢慢张大,让许七安明白,原来这才是"震惊党"的真正素养。

众侠士无声对视,都从彼此眼中看出"不信"二字。

"是,是不是收到的消息有误……"郑布政使跨前几步,脸上表情复杂,一边奢望消息属实,一边又认定许七安收到的是错误消息。

申屠百里等人没有说话,但也认为布政使大人说得有理。

千真万确,镇北王就是我亲手宰的……许七安笑着点头:"没有错,是真的。"

怦怦,怦怦……郑布政使听见了自己狂乱而激烈的心跳声。

"飞燕女侠很快就来,她知道事情的经过。"许七安把锅甩了出去。

众人随后返回山洞,在忐忑的情绪里等待着。

王妃乖巧地坐在许七安身边,小口小口地啃着鸡腿,大奉第一美人在努力扮演一个微不足道的路人甲。来时的路上,她从许七安口中得知郑兴怀的身份,明白他的家人死于屠城。尽管自己和镇北王并没有感情,可毕竟是有名分的夫妻,王妃对郑大人心怀愧疚。

半个时辰后,李妙真来到山谷,降下飞剑,轻飘飘落入山谷。她环顾着早已等在洞口的众人,微微颔首,又在姿色平庸的王妃身上顿了顿。

"飞燕女侠,许银锣说,说……镇北王陨落在楚州城?"郑布政使疾走几步,直勾勾地盯着她。

李妙真给予肯定答复:"是的,他的尸体还在楚州城。"当即把楚州城的战斗经过简单地说了一遍。

郑布政使听完,缓缓点头。他布满血丝的双眼,扫过众人,低声道:"本官,本官想一个人独处片刻。"

他拱了拱手,转身,慢慢走回洞窟。几秒后,里面传来撕心裂肺的哭声。

许七安叹息一声,旋即耳边响起李妙真的传音:"她是谁?"

"一个命苦的人,正好我有事要拜托你,血屠三千里案已经尘埃落定,善后的事不必你操心。你能帮我带她回京吗?切记不要招摇,最好先找个客栈歇下来,等我回京。"许七安传音回复。

李妙真不作答,审视王妃片刻,撇撇嘴,传音道:"命苦之人,所以要带回京安置?这妇人倒是一副好生养的模样,只是你何时变得这般饥不择食？"

妙真啊，不是我贬低你，摘了手串的她，可以很自信地说一句：在座的各位都是垃圾！许七安察觉到李妙真有些不高兴，便没有回应，只是拱了拱手。然后转身，对王妃小声说道："她是我小妾的娘家人，可以信任，你先随她回京，听她安排。"

王妃闻言，柳眉轻蹙。她第一次听说许七安有小妾，不过想到他的身份和地位，想到他这样的教坊司常客，有小妾难道不是很正常吗？至于李妙真，她是认识的。

"嗯！"她冷淡地点点头。

三日之后，昼夜兼程，马不停蹄的郑布政使，在时隔月余后，终于重回楚州城。

头发花白的郑兴怀，一步步登上城头。他看见昔日繁华的楚州城已经化作废墟，到处都是残垣断壁，大地满目疮痍。

北面的城墙坍塌了一半，西边的城门也被撞塌。

两万多名士兵分散在城中，各自忙碌着，有的搜寻米面等食物，虽然城市破坏严重，但藏在地窖里的物资保存完好，且坍塌的废墟里也能找出很多物资。

有的士兵在修建房屋，充当临时军营，为两万多名士兵提供暂时的住所。有的士兵在修补城墙。有的士兵在埋葬尸体，有同袍的，有城中百姓的，也有蛮子和妖族的。

这些工作已经有条不紊地进行了三天。

"史书必定会记下这件事，警醒后世之人，同时，也会把镇北王的罪过记下来，让他遗臭万年。"刘御史出现在他身边，使团这边已经从李妙真口中得知郑兴怀死里逃生的事，明白他们在城中见到的郑兴怀是假的。多半是那个三品巫师的手笔，否则不可能瞒过四品的杨砚。

"朝廷，真的会定镇北王的罪吗？"郑布政使低声说。

"胜利是靠争取的。"刘御史一字一句道。

这时，许七安和杨砚、陈捕头等人登上城墙，主办官许银锣沉声道：

"接下来,我们就要回京了,回京定镇北王的罪,为此案盖棺论定。但在那之前,郑布政使应该会想先敬几杯薄酒给城中的亡魂。"

百夫长陈骁手里拎着酒壶,迈步向前。

郑布政使接过酒壶,再次眺望下方的城池,在祭拜之前,他想留点时间回忆自己的前半生。

郑兴怀出生在被誉为大奉两大粮仓之一的漳州,但他幼时家里很穷,靠着母亲给殷实人家洗衣服、做绣工艰难度日。

年少的郑兴怀最期待的是秋收的日子,他可以去别人的田里捡稻穗。捡一篮子稻穗,他和寡母可以喝三天的粥。但不能捡太多,不然会被毒打。

秋收过后,最难熬的是冬天,每个冬天他的手脚都是冻裂的。而他的母亲,即使在冬天,为了几个铜板,也要在结冰的河边给人浆洗衣衫。

寡母就这样一点一点,给他攒够了先生的束脩,攒够了进国子监的银子。

郑兴怀十六岁进国子监,苦读十年,元景十九年,他金榜题名,二甲进士。

他马不停蹄地赶回老家,想把喜悦分享给母亲,想接母亲去京城定居,想光耀门楣,让所有曾经说过冷言冷语的人刮目相看。

可他看见的是母亲矮矮的坟茔。

寡母去世好多年了,一直没有人告诉他。家书是族人帮忙代写,因为那个辛苦操劳了一生的普通妇人,不希望影响儿子的学业。

郑兴怀在母亲的坟前跪了一天一夜。

接下来,郑兴怀的仕途并不顺利,因为过于刻板,不愿同流合污,他得罪了当时的首辅,被贬到塞北的楚州,当了八品的县令。

起初他并不喜欢楚州,因为塞北苦寒,民风彪悍。刻板的他,也终于开窍了,耗尽积蓄找熟人打点关系,希冀能重新调回京城。

直到有一年,蛮族骑兵过来打草谷,劫掠数十里。事后,郑兴怀被打发去慰问百姓,视察情况。他走在田埂上,看着被铁骑践踏的青苗;

他走在官道上,看着被蛮族吞吃得只剩残躯的尸首;他走进山里,看见侥幸逃过一劫的百姓,看着他们贫苦和沧桑的脸庞。

郑兴怀想起了去世多年的母亲。

后来那位首辅致仕,同窗和好友们在朝中运作,打算把他调回京城。但那时候郑兴怀已经不想离开楚州,因为他把所有的精力、心血都倾注在这片土地上。他是那么拼命,时常彻夜不眠地处理政务,似乎这样,就能弥补他对母亲的亏欠。

时光荏苒,十八年弹指而过,他的大半个人生都交给了楚州,如今却落得孤家寡人的下场。

"功名利禄一纸书,不过扬灰于尘土……"郑布政使悲从中来,潸然泪下。

酒水倾倒而下,溅起尘埃。

很长时间没人说话,直到郑兴怀情绪稳定,大理寺丞才清了清嗓子,道:"阙永修已经畏罪潜逃,镇北王伏诛,但他们的罪行还没昭告天下,郑布政使是主要人证,必须随我们回京。但楚州城这般景象,如今的北境,需要人留下来主持大局……"

刘御史皱了皱眉,分析道:"楚州城三十八万百姓惨死,善后之事倒是简单,只需安置好这两万多名将士便成。至于其他州郡县,保持原样就可以,不需要特别关照。而蛮族和妖族,刚经历这场大战,早已吓破了胆。他们害怕那位神秘高手,短期内不会再侵略边境,甚至许多年都不会了。"

郑兴怀沉吟片刻,看向杨砚:"秀才不掌兵,本官处理政务在行,管理军队是门外汉。杨金锣,在场你修为最高,更有掌兵经验,既能管理也能震慑士卒。"

杨砚颔首,淡淡道:"行。"

头儿其实就是升级版的朱广孝啊,沉默寡言,但踏实肯干,非常可靠……许七安从头到尾都没有插嘴。因为他想说的,都被这些文官说完了。

"对了,"他忽然想起一事,"镇北王的尸体带回京去。他是此案主角,死,也要带回京。"

"这是自然。"郑布政使点头。

镇北王的尸体,无论如何都要带回京城的。这件案子,杀了镇北王只是初步结束,为案子定性,才是一个完美的收官。

见事情已经谈完,杨砚看向许七安,沉声道:"随我过来。"

许七安乖乖地跟他走了。

两人沿着城墙,走出一段距离后,杨砚停下来,转身说道:"镇北王献祭城中百姓时,我曾看到城中百姓的魂魄汇入地底,地底似乎还有一座阵法。可当我事后去挖掘,掘地三尺,什么都没找到。"

魂魄汇入地底?这是什么操作,镇北王屠城不是为了炼制血丹吗……许七安听完,第一反应就是:妙真,我需要你!

有关于魂魄方面的知识盲点,找李妙真就对了。如果李妙真学艺不精,那没关系,还有金莲道长。

杨砚凝视着他,问道:"你有什么线索吗?"

人脉广的好处非常明显,我以后要继续把自己的强项发扬光大……许七安心里想着,沉声道:"头儿,你稍等片刻,我去趟茅厕。"

杨砚是知道他持有地书碎片的,当初那位紫莲道长,就是杨砚单枪匹马干掉的。

许七安走下城头,找了个僻静的角落,取出地书碎片,用叁号的身份传书:

金莲道长,我有事要与你单独商量。

大晚上的,看到这则传书的天地会成员,心里很不是滋味。

最近不知是怎么了,李妙真那个女冠,三天两头要求屏蔽大伙,现在叁号也有样学样。

几秒后,金莲道长传书道:

什么事?

叁:妙真呢,妙真可以参与话题。

金莲道长叹息一声,传书道:

妙真,你可以传书了。

贰:你找我什么事,有话就说,有屁就放。

这是怎么了,火气那么大?许七安传书道:

你似乎不太高兴,怎么了?

李妙真:

呵,你托给我的这个女人是怎么回事,她快把我当丫鬟使唤了,不知道的还以为她是王妃呢。那种心安理得的架势,就很气人。

您和钟璃一样,也是大预言师?许七安传书安慰圣女:

别和她一般计较,她习惯了。

王妃那个蠢女人,未必是故意的。她当了半辈子的王妃,锦衣玉食,丫鬟伺候,生活中的很多习惯,不是说改就能改的。除非李妙真像他一样,不停敲打王妃。

李妙真:

有事说事,别打扰我打坐。

明显是余怒未消,带着火气啊,我还是哄哄她……许七安传书道:

我觉得你不必这么刻苦,以我们飞燕女侠的天资,只需要把部分精力放在修行,就能傲视同辈。

李妙真传书:

哼,我觉得你在骗我。

她心情稍稍好转。

许七安:

金莲道长觉得呢?

金莲道长:

我觉得你们根本不尊重我。

就像闹哄哄的教室迎来了班主任,许七安和李妙真没敢继续闲聊,前者把话题扯了回来,传书说明情况:

是这样的,镇北王献祭楚州城百姓时,杨砚亲眼看见百姓们的魂魄汇入地底,事后却怎么都找不到端倪。

李妙真回复道:

有阵法残留吗？

杨砚没有说，那就是没有……许七安回复：

没有。

李妙真不说话了。

沉默之中，金莲道长传书道：

听妙真前几日说的情况，参与其中的高手有地宗道首和巫神教。呵，都是元神领域的强者，阵法可有可无。嗯，道门和巫神教虽炼鬼养鬼，但基本不会收集那么多魂魄，除非要炼制魂丹。

家有一老如有一宝，果然还是金莲道长经历丰富……许七安传书道：

魂丹？魂丹是什么，有什么作用？

金莲道长传书道：

作用多了，比如增强元神、充当炼丹材料、炼制法宝、修补不健全的魂魄、培育器灵等等。可能是地宗道首需要魂丹吧。另外，屠城产生的怨气和戾气，这种世间大恶对他来说是大补药。

所以，地宗道首是为了魂丹才和镇北王合作？许七安恍然点头。

叁：这样的话，他会不会继续屠城？地宗道首是二品啊。

许七安担忧地问道。

玖：呵，他不敢，因为他距离天劫只差一线，以……他那个状态，根本不敢渡劫。所以你不用担心他屠戮生灵，除非他不想活了。

许七安顿时放心。

结束传书，他返回城头。杨砚立刻看了过来。

许七安沉吟道："我刚才突然想起来，那些魂魄应该被炼制成魂丹了。极可能是地宗道首与镇北王合作的报酬。"

魂丹就是地宗道首口中的"最大的恶"？杨砚缓缓点头。他当时就在现场，虽隔得很远，但听得很清楚。

接下来，就是给楚州屠城案定性，让镇北王和阙永修背上应有的罪名，这必将遭受阻碍……杨砚道："有事找魏公，多听取他的意见，不要再鲁莽冲动了，明白吗？"顿了顿，他低声道，"如果魏公觉得此事不可违,你千万不要逞强。"

许七安看着他,不说话。

五月初,初夏。

一艘来自楚州的官船,破浪而来,缓缓驶入京城地界,最后在京城的码头停泊。

使团众人站在甲板上,望着人流如织、热闹非凡的码头,心里感慨万千。

前往楚州时,是暮春时节,当他们回到京城,已经是初夏。这段时间发生的事,搁在普通人身上,可以吹嘘一辈子。

使团众人松口气的同时,眼里燃烧起信念。

他们将给京城带来一个重磅消息——大奉再无镇北王。

第 378 章

三气元景帝

按照规矩,到地方巡视、查案的官员,返回京城后,第一件事是进宫面圣,述职交差。而在此之前,加急或者不加急文书,要提前一步送达京城。

不管是上朝时的奏对,还是此类的大事,在事先都必须有文书送到京城。急事就加急,六百里或八百里,视等级而论。不急的事,也要提前一步把文书发回京城。这既是为了君王的威仪,遇到大事胸有静气,也是为了让皇帝有更多的时间去思考,去找心腹大臣商量。

但有一种情况例外,那就是造反。

楚州城屠戮一空,城毁人亡;镇北王伏诛于城中,大奉再无镇国神将。如此大事,本该是八百里加急,如果马能长翅膀,一千里加急都不为过。可使团偏偏就是不提前发文书,不通知朝廷。使团当然不是为了造反。

"我们要打朝廷和陛下一个措手不及!"这是郑兴怀布政使说的。

朝廷因此事大乱,他才能从中斡旋、操作,游说当年的故友,游说王首辅,让整个文官集团联合起来。

使团离开官船,由禁军扛着一口薄棺,棺材里陈列着镇北王的尸体,拼凑起来的尸体,倒是完整得很。

码头上,有丰富经验的工头立刻呵斥着苦力后退,不准挡这些官老爷的道,甚至不许围观。因为这种情况,往往意味着官老爷中有人牺牲了。你若露出看好戏的眼神和姿态,极可能招来死者同袍的迁怒。

几个工头在去年就遇到过类似的事,开春之时,运河还漂浮着浮冰,一艘据说来自云州的官船抵达码头。一伙打更人扛着几口棺材下来,有几个工头自以为隔得远,窃窃私语,指指点点,当成谈资打发时间。结果被领头的银锣打折双腿,敲碎满口的牙,丢下运河,半条命都没了。

众人抬着棺,从码头入城,进入内城,进入皇城,而后在宫城外被拦下来。许七安站在前头,左边是两位御史,右边是大理寺丞和陈捕头。

"你去禀告陛下,赴楚州查案的使团,回京述职。"许七安命令道。

"诸位大人稍等。"守城的羽林卫躬身说道,而后小跑着进了宫。

寝宫内,元景帝盘膝而坐,闭目吐纳。

一个宦官疾步走到门槛边,低着头,也不发出声音。

侍立在元景帝身边的蟒袍老太监,看了眼门口,又看了看老皇帝,小步迎了上去,低声道:"何事?"

小宦官低声耳语几句。

蟒袍老太监闻言,皱了皱眉,而后挥挥手,打发走宦官。他轻手轻脚地回到元景帝身边,小心翼翼地压低声音:"陛下……"

元景帝打坐修道时,是不允许打扰的,除非有要紧的事。老太监陪伴元景帝这么多年,这点默契还是有的。

元景帝睁开眼,缓缓道:"何事?"

老太监躬身道:"赴楚州查案的使团回来了,如今就在宫外,等待陛下的召见。"

元景帝皱了皱眉,看向老太监,问道:"怎么没见内阁传来楚州的公文?"使团回了京城,他才知道这事。元景帝眯着眼,沉吟片刻,缓缓道,"召他们到御书房来。"

老太监转身离去。

元景帝面无表情,如同一尊深沉可怕的雕塑。

使团众人得到通传，由一个青衣宦官领着进了宫，其余人包括那口棺材，自然是进不了宫的。即使里面躺着镇北王，也得受到皇帝的召见才能进宫，何况目前为止，除了使团，皇宫里没人知道棺材里的尸体是大奉第一武夫、元景帝的胞弟。

进入宽敞奢华的御书房，众人默然等候，一刻钟后，元景帝领着几个宦官过来。

穿着道袍，乌发黑润的老皇帝长袖飘飘，没有坐在大案后，而是停在使团众人面前，威严的目光扫过他们的脸，声音沉稳："朕遣人问过内阁，事先并没有收到你们的文书。"老皇帝看了许七安一眼，似乎觉得这小子是粗鄙武夫，懒得搭理，转而望向两位御史和大理寺丞，"你们也不懂规矩吗？"

两位御史和大理寺丞低下头，不等他们回应，郑兴怀踏步上前，作揖道："陛下，楚州城已毁，如何传递文书？"

元景帝这才注意到他似的，审视片刻，道："郑爱卿，你身为楚州布政使，没有朝廷允许，竟敢私自回京？"

这是擅离职守之罪。

郑兴怀惨笑一声，不甘示弱地和元景帝对视："楚州城没了，我这个布政使名存实亡。"

自称"我"而不是"臣"，郑大人心态有点不对啊……心如死灰，故无所畏惧？许七安皱了皱眉。

"何出此言？"元景帝那两条眉毛拧在一起。

郑兴怀深吸一口气，朗声道："楚州总兵镇北王，为晋升二品，勾结巫神教以及地宗道首，屠戮楚州城三十八万条性命。臣，上书弹劾镇北王，请陛下为无辜惨死的百姓做主，严惩镇北王。"说完，他从袖子里取出一份奏折，双手呈上。

"臣，上书弹劾镇北王，请陛下为无辜惨死的百姓做主，严惩镇北王。"使团众人跟着取出奏折，双手呈上。其中，许七安的折子是刘御史代笔写的。

虽然许七安一直不承认自己粗鄙,自信受过九年义务教育,学识渊博,但八股文这种东西,他只能拱拱手,表示无能为力——主要是书法实在稀烂。

乍闻消息,元景帝脸上反而是没有表情的,他愣愣地看着使团众人,半晌,抬起手,微微颤抖地伸向奏折。

许久后,元景帝看完奏折,声音嘶哑地问道:"镇北王,如今何在?"

狗皇帝的演技,真的绝了,他和魏公可以同台飙戏,角逐一下影帝……许七安用吐槽的方式来嘲讽元景帝。屠城的事,元景帝怎么可能不知道,甚至,他就是幕后谋划者之一。他是故意这么问的,他还以为镇北王依旧在北境逍遥快活吧。

"陛下!"身为主办官的许七安出列,觉得这一刀应该由自己亲手捅出去。他慷慨激昂道,"陛下放心,镇北王不当人子,天人共伐,如今已经伏诛。使团把他的尸体运回了京城,而今就在宫外。

"如何处置此獠尸体,还请陛下定夺。"

轰隆隆!耳边仿佛炸起焦雷,元景帝的脸褪去所有血色,陡然煞白。他怔怔地看着许七安,眼球一点点浮现血丝,仿佛受了巨大打击,这回声音是真的嘶哑了:"你,你,说什么……你在说什么啊?"

许七安大声道:"陛下,镇北王尸体就在宫外,五马分尸,放心,死得很透。"

噔噔噔……元景帝额头像是被木棍敲了一下,一时站立不稳,踉跄后退,眼见就要仰面栽倒。

"陛下!"老太监凄厉尖叫,上前扶住了元景帝,挽留住皇帝的最后一丝尊严。

"滚开!"元景帝沉沉地低吼一声,猛地推开老太监,踉跄着狂奔出御书房,他的背影仓皇无措,他的脸色苍白如纸。

他,再也维持不住一国之君的威严和静气。

"快,快跟上,保护陛下,保护陛下……"老太监的尖叫声渐渐远去。

许七安低着头,嘴角勾起冰冷的笑。

元景帝冲出御书房,毫无形象地狂奔,风撩起他的长须,吹红他的眼睛,让他看起来不像是皇帝,更像是逃难的可怜之人。

宫门渐渐在望,元景帝看见了随使团出行的禁军,看见禁军扛着的棺材。这个时候,他反而停了下来。

老太监带着宦官和侍卫们,终于追上元景帝,如释重负。他们也缓住脚步,默默地站在元景帝身后,没人敢出声。

过了一会儿,元景帝重新抬脚,慢慢走向禁军,走出宫门,走到棺材边。

"放下来!"老皇帝声音嘶哑地说。

棺材轻轻放下。

元景帝寂然而立,看着棺材板发呆,许久后,他伸手按在棺盖上,接触到棺盖的刹那,元景帝额头的青筋凸了凸。这是一口薄棺,棺盖很轻,这是象征性地给镇北王一点体面,毕竟是要送回京城的。

他的胞弟,只配躺在这样的棺材里?

棺盖缓缓推开,看到内里景象的元景帝,呼吸猛地急促起来。

镇北王的尸体枯萎干瘪,宛如一具风化多年的干尸,他的手脚、头颅,和躯干是分开的。

哗啦啦……在场的禁军和羽林卫纷纷跪下,站着目睹皇帝的悲伤,是大不敬之罪。但总有几个头铁的,比如跟着出来的许七安,以及使团众人。

许七安二话不说,猛虎落地式跪下来,以表示自己对皇帝的尊敬,语气深沉地说道:"陛下一定要保重龙体,不可过度悲伤,需知情深不寿。"

元景帝深吸一口气,对他的厌憎刚刚有所减轻,便听这厮说道:"楚州的百姓要是知道陛下您为他们如此悲伤,九泉之下也该欣慰。"

元景帝脸色猛地一僵,恶狠狠地盯着许七安。

这时候许七安已经低下了头,所以没看见元景帝暗含着"闭嘴"意思的凶狠眼神,继续高声道:"镇北王屠杀楚州城三十八万百姓,死有余辜,可他死了,罪名却没有坐实,是曝尸,还是鞭尸,都由陛下定夺,臣毫无异议。"

守城的羽林卫骚动起来。他们这才知道,棺材里躺着的是威名煊赫的镇北王,是大奉第一武夫,是陛下的胞弟。

这样一位实力滔天的武夫,竟陨落了?

更难以置信的是,他,镇北王,屠戮楚州城三十八万百姓?

在如此惊天动地的消息面前,没有人能管理好自己的情绪,议论声瞬间炸开。即使元景帝在场,也不能让一众羽林卫噤声。

元景帝抬起手,指着远方,缺少血色的嘴唇,缓缓吐出一个字:"滚!"

许七安装聋作哑,继续说道:"陛下准备何时昭告天下?"

"许七安!"元景帝气得浑身发抖,胸膛仿佛要炸开,突然失态地咆哮起来,"你真当朕不敢杀你?朕现在就杀了你,现在就杀了你……"他作势去抽身边禁军的佩刀。

"陛下保重龙体,卑职先行告退。"许七安见目的已经达到,识趣地溜走。

"滚,都给朕滚!"元景帝大吼道。

郑布政使想硬刚一下,但被刘御史一把扯住袖子,一边作揖,一边离去。

使团众人各自散去,没有私底下多做交流,但该说的话,该商议的事,早在官船上已经敲定。

打更人衙门。

时隔月余,许七安终于返回,他目标明确地来到浩气楼底下,经过侍卫通传后,登楼来到七层。

魏渊穿着绣着天青色云纹的青衣,碧绿的簪子简单地束起长发,再配上他清俊的五官,蕴含沧桑的双眼,形象潇洒随意,一股中年老帅哥的魅力扑面而来。

魏渊正在玩左右手互搏,左手捻黑子,右手夹白子,抬头看了他一眼,淡淡道:"回来啦。"

许七安嗯一声,也不行礼,闷声坐在桌边。

"镇北王死了!"他声音低沉地说。

"死了便死了。"魏渊盯着棋盘,皱紧眉头,注意力完全不在许七安身上,"你先等等,我下完这盘棋再说话。"

许七安突然伸出手,在棋盘上一划拉。哗啦啦……白子黑子散落一地,四处乱溅。

魏渊生气了,抬手欲打,又轻轻放下,哼道:"打你我还嫌手疼,沏茶去。"

等许七安沏好茶,他端着茶杯,吹了吹,没喝,用不疾不徐的语气说道:"有什么想问的?"

许七安也不废话,直截了当地道:"魏公早知道镇北王屠城的地方是楚州城?"

魏渊颔首。

妖蛮两族突然挥兵南下,剑指楚州城,很可能是魏公泄露的情报……许七安心里愈发笃定,于是选择先问另一个问题:"魏公是怎么知道的?据卑职所知,即使是勾结蛮族的散修术士,以及妖蛮两族和万妖国余孽,都束手无策。"

"猜的!"魏渊笑道,"知己知彼,百战百胜。法术能让人拥有超凡脱俗的力量,但过于依赖法术,最后反而一叶障目。"

这个回答着实超出了许七安的预料,他深深皱眉:"魏公您的意思是,您是基于对镇北王的了解,猜测出的楚州城?但妖蛮两族对镇北王同样了解。"

魏渊忽地冷笑一声:"谁告诉你我猜的是镇北王?"

第 379 章

首辅大人，楚州出事了

猜的不是镇北王，魏公的意思是，他猜的是元景帝……许七安缓缓点头，认可了魏渊的解释。根据他推测出的事实，镇北王屠城就算不是得了元景帝授意，那也是兄弟俩密谋。那么，说不定屠杀楚州城是元景帝的想法。

元景帝做这一切，真的只是为了助镇北王晋升二品吗？就算他对镇北王无比信任，希冀他晋升二品，顶多也就是默认镇北王屠城吧。这才符合元景帝的心机和城府，符合他的帝王心术……

许七安皱眉道："元……原来如此，陛下他，是否还有其他目的？"

魏渊陷入沉默，俄顷，道："下一个问题。"

这一瞬间，不知是不是看错，许七安看见魏青衣恍惚了一下。

元景帝真的还有目的？而魏公知道，但不想告诉我……精通微表情心理学的许七安不动声色，道："三黄县暗子采儿，给我的情报是假的？"他回去找过采儿，老鸨说她被一个男人赎身了，就在许七安离开的第二天。

"找个由头把你支开而已，楚州城太过危险，你去了是羊入虎口。"魏渊端着茶杯，依旧没喝，"下一个问题是不是想问我，有没有把楚州城情报泄露给蛮子？"

许七安点头。

魏渊嘴角勾起嘲讽的弧度,道:"陛下早已暗中把镇国剑请出永镇山河庙,让人火速送往楚州。兄弟俩不仅是想屠城炼丹,如果最后地点被泄露,他们也打算一劳永逸,斩杀吉利知古和烛九,顺便把屠城的罪名推到蛮子和妖族身上。反正大奉的百姓们都能接受这套解释,蛮族劫掠边境,抢走粮食和人口的传闻,在几百年里从未断绝。

"镇北王为了积累足够多的生命精华,而后攫取王妃灵蕴晋升,不惜屠戮楚州城的百姓。既然如此,那便让他们狗咬狗。"

"吉利知古和烛九中,只要陨落一位,北境的压力就会降低,百姓能有很多年安生日子可以过。倘若是镇北王陨落,那就是对他最大的惩罚。而我,会顺势接管北境兵力为秋收后打东北巫神教奠定基础。"

反正都是狗咬狗,死了谁都是一件令人拍手称快的好事……许七安看着他,低声道:"可是,如果不是那位神秘高手出现,这件事的结局是镇北王晋升二品,成为大奉的英雄。这样的结局,魏公你能接受吗?"

"镇北王晋升不了二品,因为王妃提前被你截和。"魏渊又吹了一口茶水,没喝。

"您,您都知道了?"许七安脸色一僵,干巴巴地笑道,"您是怎么知道的?"

魏渊放下茶杯,没好气地道:"用脑子知道的。这件事稍后再说。"顿了顿,他继续刚才的话题,"镇北王若是成为赢家,吞噬血丹,达到三品大圆满。那正好,打巫神教时,就让他冲锋陷阵。

"呵呵,巫神教大举进犯边关,朝廷亟须高品武夫坐镇军队,而北方的高品首领又已陨落,镇北王再没有借口置身事外。北境发生的事,终究是在万里之外,不受控制。可到了军中,在战场上,想惩戒镇北王还不简单?巫神教这头猛虎,可比吉利知古和烛九有用多了。"

泄露情报给妖蛮两族,让他们和镇北王死磕,既是驱虎吞狼,也是让狼群噬虎。妖蛮两族若是败了,那就让修为大涨的镇北王去应对巫神教入侵,而后伺机再来一次同样的套路。镇北王若是败了,既惩戒了屠城的罪人,又能让自己脱离朝堂,重新掌控军队,因为以北方蛮子的凶狂,没了镇北王,最适合镇守北方的是谁?答案不言而喻。

许七安悄悄咽了口唾沫,摇摇头:"可是,镇北王与巫神教有勾结。"

魏渊温和地笑了笑:"如果利益一致,我也能和巫神教勾结。可当利益有了冲突,再亲密的盟友也会拔刀相向。所以,镇北王不是非要死在楚州不可。

"许七安,你要记住,善谋者,需隐忍。匹夫之勇,固然一时爽利,却会让你失去更多。"

可是魏公,我本就是武夫啊,不信神不礼佛,不拜君王不敬天地,冲冠一怒敢让天地翻覆,这就是真正武夫。这是你当初告诉我的……

魏渊擅谋,喜欢藏于幕后布局,徐徐推进,大多数时候,只看结果,可以忍受过程中的损失和牺牲。

许七安知道自己做不到,他唯心,为人做事,更多时候是注重过程,而非结局。比如,当初姓朱的银锣玷污少女,如果许七安选择隐忍,那么到现在,他可以让朱氏父子吃不了兜着走。而他当时的选择是一刀把朱银锣斩成重伤,被判了腰斩之刑。

这就是魏渊说的,要隐忍,逞匹夫之勇只会让你失去更多。可是,隐忍的代价是那位无罪在身的少女被一个禽兽凌辱,当着一众男人的面被凌辱,结局不是悬梁就是投井。事后的复仇有意义吗?少女还是死了呀。许七安当时要的,不是事后的报复,而是要那个少女平安无恙。

一刀斩下,念头通达,无愧于心。

我和魏公终究是不同的……他心里叹息一声,问道:"魏公,你怎么知道王妃见不到镇北王?"他心里涌起强烈的质疑,怀疑出卖王妃的还是魏渊。

魏渊徐徐说道:"杨砚让禁军送回来的那些婢女,我给打发回淮王府了。以杨砚的性格,如果这些婢女没有问题,他会直接送回淮王府,而不是送到我这里。反之,则意味着这些婢女有问题。

"我问明情况后,就知道王妃必定是被你救走。杨砚也有此怀疑,所以才把人先送回打更人衙门。除了杨砚之外,没人看过现场,你的'嫌疑'很轻,等闲人怀疑不到你。

"但以咱们陛下的多疑性格,但凡有一丝可能,就不会放过。到时候可能会派人盘查。不过,他这会儿是没心情和精力管王妃的事了。"

难怪离开楚州前,杨砚跟我说,有事多请教魏公……许七安松了口气,有一群神队友真是件幸福的事。

这时,魏渊眯了眯眼,摆出严肃脸色,道:"使团出发前,陛下曾多此一举地告知我王妃会随行,他是在警告我,不要做小动作。没想到王妃的行踪还是被泄露出去。"

许七安心里一动:"魏公,关于这件事,我有详情要禀告。"

魏渊深邃沧桑的眸子略有明亮,坐姿正了几分,道:"说来听听。"

"蛮族背后有一个术士团伙在暗中支持,当日我杀……杀过去的时候,发现一位术士正与蛮族高手们混迹在一起。"

魏渊沉吟道:"税银案中幕后主导的那个?"

许七安噎了一下,心里喟叹一声,以魏渊的智慧,又怎么会忽视税银案中出现的神秘术士。

"前户部侍郎周显平,多半是那位神秘术士的人。我曾因此事找过监正,老东西没给答复。不过有一点可以肯定,这位神秘人物在朝中还有爪牙。"

魏渊和许七安提了一嘴,而后两人不自觉地转移了话题,没有继续探讨。转移得自然而然,本能地忽略了,连他们都没有意识到这很不对劲。

"你打算怎么安置慕南栀?"魏渊用一种似笑非笑的语气说道。

"魏公觉得呢?"许七安虚心求教。

魏渊沉吟片刻,道:"当外室养着吧,不过注意控制自己,三品之前,别占了人家的身子,否则就是暴殄天物。"

哎呀,魏公你粗俗了,嘿嘿嘿。

"还有什么问题?"魏渊目光温和地看着他。

"王妃她究竟有何神异?她到底是什么身份?"这个疑惑憋在他心

里很久了。

"去云鹿书院,找一本叫作《大周拾遗》的书,看完你就知道了。"魏渊说完,又问,"还有问题吗?"

许七安摇头。

魏渊轻轻颔首,看着他:"你们把镇北王的尸骨带回京城,后续有什么打算?"

闻言,许七安露出严肃的表情,语气坚定:"给镇北王定罪,还楚州城百姓一个公道。"

他是当过警察的,最看重盖棺论定的判处。镇北王做出屠城这种惨无人道的暴行,即使死了,也别想留下一个好的身后名。

魏渊看了他一眼:"朝堂之事,你不在行,这件事别管了。"

许七安一愣:"魏公这是何意?"

魏渊不答,终于喝了一口温茶。

许七安起身,抱了一下拳,离开浩气楼。

刑部。

陈捕头没来得及回家,出宫后,火速赶往衙门。

他轻车熟路地来到堂内,看见孙尚书正伏案处理政务,陈捕头恭声道:"尚书大人,卑职回京了。"

孙尚书一愣,愕然抬起头:"你何时回京的?"

陈捕头迈过门槛,进入堂内,低声道:"方才回京,便立刻来见尚书大人。"

看来血屠三千里案没有查出结果……孙尚书心里做出判断,低头阅读公文,淡淡道:"此案查得如何?"

他会做出这样的判断,并不是纯靠猜测,而是基于丰富的官场经验。血屠三千里这样的大案,若是查明白了,使团必定提前传回文书,那陛下肯定会提前在御书房召开小朝会,商议此事。可他什么消息都没收到,这说明此案最后无疾而终,因此没人关注。

陈捕头看着伏案办公的孙尚书,轻声道:"楚州城,没了……"

孙尚书嗯了一声,不甚在意,过了几秒,他缓缓地抬起头,像是才反应过来,盯着陈捕头,一字一句道:"你—说—什—么?"

陈捕头深吸一口气,补充道:"镇北王屠的。"

孙尚书当场石化。

堂内气氛瞬间僵凝,无声的静默里,孙尚书撑着桌案,缓缓起身,他神色略有呆滞,望着陈捕头:"镇北王,他,人呢?"

陈捕头沉声道:"镇北王,伏诛了。"

一阵阵眩晕感袭来,孙尚书眼前一黑,又一屁股坐回椅子上。

陈捕头急忙上前,道:"大人,您没事吧?"

孙尚书摆摆手,颤声道:"把、把事情说清楚,如实道来。"

陈捕头当即把自己的所见所闻,事无巨细,全部告诉孙尚书。把事情各自汇报给上级,联合文官集团挟大势威逼元景帝,这是使团早就制定好的策略。

半个时辰后,恰好是午膳时间,孙尚书的马车离开刑部,风风火火赶往王府。差不多的时间,大理寺卿的马车也离开了衙门,朝王府方向驶去。

皇城,王府。

王家的府邸是元景帝赐予的,位居皇城,守备森严,是首辅的福利之一。此刻正是午膳时间,王贞文从内阁返回府中用膳,只需要一刻钟的路程。

餐桌上,王贞文目光掠过妻子和两个嫡子,以及儿媳,唯独不见嫡女王思慕,他皱眉问道:"慕儿呢?"

"一大早就出门了,据说与人有约,游山去了。"端庄得体的王夫人回应丈夫。

"游山?"王首辅眉头皱得愈发深了,他看着发妻,求证般地问道,"慕儿这几天似乎频繁外出,频繁与人有约?"

首辅大人日理万机,能记得这些细节,对这个嫡女确实是上了心的。

王夫人一时竟有些犹豫,其他人纷纷低头,专心吃菜。唯有头脑相对简单的王家二公子,哧溜地抿一口酒,笑道:"爹,妹子最近和许家的二郎好上了,春闱会元许新年,您还不知道?"

一家人脸色陡然僵住,一张张板砖脸,无声地注视着王家二公子,眼神仿佛在说:你是傻子吗?

王二公子皱皱眉头,思慕到了该嫁人的年纪,相上的又是翰林院的庶吉士,一等一的清贵。思慕妹子和那个许二郎能心甘情愿地搞上,这就是传说中的有情人终成……反正就是那个意思。等火候再深些,爹就让许二郎上门求亲,再顺势嫁了思慕,一桩美满婚姻就达成了。

王二公子娶媳妇的时候,就是这么干的。本来媳妇的娘家不同意,嫌他没有官身,王二公子带着扈从和家卫,在媳妇娘家以理服人了一整天,这才把媳妇娶回来。小媳妇现在不知道有多幸福,比在娘家时开心多了。

王首辅的脸色一点点凝重,语气却没有变化:"许七安的堂弟?"

王夫人小心翼翼地观察丈夫的脸色,微微点头,解释道:"没有二郎说的那么夸张,最多是互有好感吧。"

王首辅点点头,喜怒不形于色。

吃过午膳后,有一个时辰的休息时间,王首辅正打算回房午睡,便见管家匆忙而来,站在内厅门口,道:"老爷,刑部孙尚书拜访。"

这个时间点……王首辅有些意外,道:"请他去我书房。"

更让王首辅意外的是,继孙尚书之后,大理寺卿也登门拜访,大理寺卿可是而今齐党的领袖。此外,还有多名身居要职的官员登门拜访,上至四品,下至七品,但都是实权人物。

书房里,王首辅吩咐下人看茶后,环顾众人,笑道:"今日这是怎么了?是不是诸位大人拿错请帖,误以为本首辅府上办喜事?"他即使是调侃打趣,脸色也是威严且严肃的。

"喜事就别想啦,丧事倒是要考虑办不办。"孙尚书扼腕叹息,"楚州出大事了,首辅大人,我们还是想想如何处理接下来的事吧。"

王首辅盯着他,又看了看其他人,无声地挺直了腰杆,沉声道:"出什么事了?"

第380章

骂！

孙尚书的老脸颓废灰败，深深地看着王首辅，痛心道："楚州城，没了……"

轰！一道惊雷砸在王首辅头顶。

大理寺卿痛心疾首地补充道："镇北王，死了……"

轰轰！两道惊雷砸在王首辅头顶，震得他目瞪口呆。

另一位四品官员愤慨道："镇北王，屠城了……"

轰轰轰！王首辅只觉得脑门挨了一道道惊雷，思维渐渐出现空白，什么念头都没了，甚至失去表情管理能力。

在孙尚书等人眼里，王首辅呆坐在桌后，双眼涣散，表情呆滞，像是没有了生气的纸人。

楚州城没了？镇北王死了？楚州城是镇北王屠的？

为什么这么重要的消息，我反而是最后一个知道？

许久，王首辅大脑从宕机状态恢复，重新找回思考能力，一个个疑惑自动浮现脑海。宦海沉浮多年的王首辅深吸一口气，目光沉痛且锐利，道："详细说说，孙大人，从你开始。"

孙尚书点点头，却没有说话，而是望向书房外，喊道："陈捕头！"

陈捕头跨入门槛，进了书房。

孙尚书叹口气，道："还是让当事人来说吧。"

大理寺卿闻言，摇头失笑："你我想到一起了。"他旋即出了书房，让王府下人去把府外等待的大理寺丞喊了进来。

　　等大理寺丞进了书房，陈捕头见王首辅盯着自己，微微颔首，当即朝众官员抱拳，说道："首辅大人，各位大人，这一路北上，我们途中并不安稳，在江州地界时，遭遇了蛮族三位四品高手的截杀。而当时使团中只有杨金锣一位四品。"

　　王首辅满脸愕然，审视着他："你们是如何摆脱截杀的？"

　　陈捕头回答道："其实在官船上，使团就险些覆灭，当时是许银锣突然召集我们商议，说要改走陆路，声称若是不改陆路，明日途经流石滩，极可能遭遇伏击。一番争执后，我们选择听取许银锣意见，改走陆路。次日，杨金锣独自乘船前往试探，果然遭遇了伏击。埋伏者是北方妖族蛟部汤山君。"

　　王首辅微微颔首："此人心思细腻，敏锐如狡兔，当初选择他为主办官，朝堂诸公大半其实是认可他的能力。"

　　"可惜我们依旧没能避开截杀，最后还是被他们寻到。当时三名四品围困使团，杨金锣独木难支。"陈捕头说到此处，露出感激之情，"危急关头，是许银锣挺身而出，以一人之力挡住两个四品，为我们争取逃生时间。也就是那一次后，我们和许银锣分别，直到楚州城破灭，我们才重逢……"

　　王首辅抬了抬手，打断他，问道："蛮族伏击使团的原因是什么？许七安去了哪里？"

　　陈捕头皱着眉头，不太确定道："似乎是为了王妃。至于许银锣，他脱离使团，独自北上，与我们分头行动。"

　　"似乎？"王首辅眯着眼，带着些许质疑的语气。

　　"这是许银锣的推断，并非卑职。"陈捕头抱拳，强调道。

　　王首辅缓缓点头，眼里的质疑散去，认真思考蛮族劫掠王妃的原因。

　　陈捕头见状，继续道："而后我们抵达楚州城，因为阚永修的阻挠，连续多日，一无所获。直到那天……"

在陈捕头的讲述中，王首辅了解到当日发生在楚州城的惊天大战。

长久的沉默后，王首辅道："这个过程中，许银锣在哪里？"他问出这句话时，目光是看向大理寺丞的。

大理寺丞心领神会，作揖道："许银锣独自潜入北境，与天宗圣女李妙真配合，寻找到了唯一的生还者郑布政使。城中发生大战时，他应该刚与郑布政使分别不久。"

王首辅嗯了一声，把目光投向陈捕头："许银锣对那位神秘高手的身份，作何推测？"

首辅大人很重视许七安的推断啊，刚才提到王妃的事，我一说是许银锣的推测，他便不再质疑……陈捕头回答道："提到那位神秘高手，许银锣当时冷笑着说了一句。"

包括王首辅在内，在场官员立刻看向陈捕头。

深吸一口气，陈捕头小声道："许银锣说，庙堂之上衮衮诸公，尽是些妖魔鬼怪。"

这句话对在场的大人们无疑是大不敬，所以陈捕头低下头，不敢再说话，也不敢去看首辅和各位大人的表情。

许七安这话的意思，他怀疑那位神秘高手是朝堂中人，或是与朝堂某位人物有关联……孙尚书心里一凛，有些毛骨悚然。他宦海沉浮多年，自认对朝堂形势、朝堂中人看得颇为清楚。可孙尚书刚才在脑子里过了一遍，会是谁能"驱使"这样一位顶尖高手？他没有找到人选。

许七安敢这么说，意味着他有相当大的把握，但只确定神秘高手与朝堂中人有牵扯，具体是谁，他无法确认……王首辅目光一闪，突然想到了许二郎，思慕与他互有好感，或许可以通过许二郎，试探许七安一番。

"会不会是魏渊？"大理寺卿低声道。

王首辅和孙尚书脸色微变，而其他官员，陈捕头、大理寺丞等人，露出迷茫之色。魏渊只是一个普通人，不知道大理寺卿何出此言。

"这显然是不可能的。"大理寺卿随后摇头。

他的意思是指，魏渊在京城没有离开过，前几日还在御书房参加小朝会。而以朝堂诸公和陛下对魏渊的熟悉，不存在别人易容顶替的事。有人能模仿魏渊的脸，有人能模仿魏渊的面，但模仿不了魏渊的味儿。"

"为什么内阁没有收到使团的文书？"王首辅看向大理寺丞。

后者拱手道："使团认为，此事不该紧急传书。这会让陛下有时间思考如何替镇北王脱罪。"

使团已经见过陛下，可我仍旧没有收到消息，这意味着陛下下达了封口令……王首辅嗤笑一声，道："这样，陛下就会束手无策了？"他嘲笑了使团众人不太高明的对策，叹息道，"既然这样，神秘高手的身份暂且不必去管。该考虑的是我们要借这件事达成什么目的，以及怎么样处理这件事。"

一位六品官员沉声道："镇北王屠杀楚州城三十八万百姓，此事若是处理不好，我等必将被载入史册，遗臭万年。"

另一位官员补充："逼陛下给镇北王定罪，既对得起我等读过的圣贤书，也能借此名声大噪，一举两得。"

最后一位官员面无表情地说："本官不为别的，只为心中意气。"

这些官员，应该是郑兴怀通过奔走运作，才来寻我……王首辅吐出一口气，道："速去打探核实消息，等当值时间一到，就去联合诸公，一起进宫面圣吧。"

午膳刚过，在王首辅的率领下，群臣齐聚可直达御书房的北门，却在此被羽林卫拦了下来。

似乎是早就预料到会有这么一出，宫门口提前设置了关卡，任何人都不准进出，群臣毫不意外地被拦在了外面。

"滚，我们要觐见。"

"镇北王丧心病狂，死有余辜，然，身后事还没定。我等要为楚州城三十八万百姓申冤。"

有官员大声高呼，正气凛然，仿佛是正义的化身。

"身为亲王，屠杀百姓，死不足惜。淮王当贬为庶民，曝尸荒野，给天下一个交代。"

群情激昂,众人开始冲撞关卡。

"放肆!"羽林卫千夫长瞪着群臣,大声呵斥,"尔等胆敢擅闯皇宫,格杀勿论!"

"呸!"头发花白的郑布政使,朝他吐了一口浓痰,非但不惧,反而怒发冲冠,"老夫今日就站在此地,有胆砍我一刀。"

羽林卫千夫长避开喷来的痰,头皮发麻。他还真不敢抽刀子砍人,虽说擅闯皇宫是死罪,但规矩是规矩,现实是现实。以前群臣激愤,闯入皇宫的例子也有。正确的做法是拼死拦住他们,宁愿挨打,也别真对这些老儒抽刀,不然下场会很惨。

眼前这些都是什么人?当朝首辅、六部尚书、侍郎、翰林院清贵、六科给事中……衮衮诸公,形容的就是这些人。

好在士卒们身强体壮,挡住这些老东西不在话下,被吐唾沫,被踢,被抽耳光,就是不退半步。

只是,让人头疼的是,羽林卫越是半步不让,文官们闹得越凶。开始还是十几名朝堂大佬在闹事,渐渐地,皇城衙门里其他小官也跟着凑热闹来了。

城门口闹哄哄的,双方僵持不下。

这时,一辆雅致的马车在远处街道停下来,门帘掀开,钻出一位俊美无俦、唇红齿白的少年郎。

"二郎……"车厢内传来女子温婉的声音,王思慕探出秀美的脸,低声道,"此举虽会得罪陛下,但却是你真正扬名立万的良机。况且,群聚宫门的大人们,何尝不是抱着这样的心思呢?

"尽管畅所欲言,若能让朝野上下对你赞誉有加,让、让我爹对你改观,你将来何愁不能平步青云?"

经过多方刻意传播,皇城衙门里,镇北王屠城之事,尽人皆知。

王思慕听闻后,便给许二郎出谋划策,建议他也来掺和。

你爹对我改不改观,与我何干……许二郎心里嘀咕一声,正色道:"我此番前来,并非为了扬名,只为心里信念——为民。"

王思慕嫣然一笑,正要说话,忽听许二郎结结巴巴地说道:"大、大哥?!"

　　王家小姐吃了一惊,把帘子掀开一些,顺着许二郎目光看去,不远处,穿银锣差服的许七安缓步而来。

　　"大哥你怎么在这里?"许二郎大吃一惊。

　　"你怎么在这里?"许七安反问,扭头,不轻不重地看了眼王思慕。

　　后者勉强给了一个礼节性的笑容,迅速放下帘子。

　　许七安摘下佩刀,拍了许二郎屁股一下,怒道:"许辞旧,你厉害啊。大哥现在还是孤家寡人,苦恼娶不到媳妇呢,你倒好,勾搭上王家小娘子了。"

　　"大哥胡说八道什么,"许二郎有些气急,有些窘迫,涨红了脸,道,"我和王小姐以诗会友,谈古论今,是君子之交。"

　　许七安道:"她的事回家再说,你来作甚?"

　　闻言,许二郎脸色严肃:"我方才听说使团回京,带回了镇北王的尸骨,以及他为一己私欲,晋升二品,屠城之事。大哥,你与我说,是不是真的?"

　　许七安收敛吊儿郎当的姿态,默然点头。

　　许二郎心口一痛,踉跄后退两步,眼眶瞬间红了。他本来不信,可眼前的景象,文官们口中的谩骂,以及大哥的话,都在告诉他,那一切都是血淋淋的事实。

　　许七安拍了拍小老弟的肩膀,望向群臣:"看宫里那位的意思,似乎是不想给镇北王定罪。文官的笔杆子是厉害,只是这嘴皮子,就差点意思了。"

　　"大哥你且等着,我去去就来。"

　　三十八万条性命,屠杀自己的百姓,纵观史书,如此冷酷残暴之人也少之又少,今日若不能直抒胸臆,我许新年便枉读十九年圣贤书……

　　终于,来到人群外,许新年气沉丹田,脸色略有狰狞,怒喝一声:"尔等闪开!"

　　喧闹声突然消失,场面为之一静。

　　文官们皱着眉头,转过身来,原来是翰林院的庶吉士许新年。

许多人脑海里,不自觉地回忆起佛门斗法时,许新年言辞犀利,气得佛门净尘法师勃然大怒的景象。

人群默默闪开一条道。

王首辅微微侧头,面无表情地看向许新年,神色虽然冷淡,却没有挪开目光,似是对他有所期待。

许新年对周遭目光置若罔闻,深吸一口气,高声道:"今闻淮王,为一己之私,屠城灭种,残暴无道,人神共愤,故来此……"

时间一分一秒过去,太阳渐渐西移,宫门口,渐渐只剩下许二郎一个人的声音。

这一骂,整整两个时辰。

而且骂得很有水平,他用文言文骂,当场口述檄文;他引经据典地骂,倒背如流;他拐着弯骂;他用白话骂;他阴阳怪气地骂。词汇量之丰富,让人咋舌,却又很好地避开了皇室这个敏感点,不留下话柄。

文官越聚越多,上至老臣,下至新贵,看许二郎的眼神充满崇敬。

大开眼界!如果朝廷有一科是考校骂人的话,他们愿称许新年为状元。

即使经历过几十年朝堂口诛笔伐的王首辅,此刻心里竟涌起"把此子收入麾下,朝堂口争再无敌手"的念头。

羽林卫一个个被骂得低下头颅,满脸颓废,心里求爷爷告姥姥,希望这家伙早些离开。

"许大人,润润喉……"

一位文官奉上茶水,这两个时辰里,许新年已经润过好几次嗓子了。文官们心甘情愿地给他奉茶倒水,只求他继续,如果许大人因为口渴离开,对他们来说,是巨大的损失。

许新年抿了抿,把茶杯递还,正要继续开口。

"闭嘴,不许再骂,不许再骂了……"这时,老太监带着一伙宦官,气急败坏地冲出来。

"你你你……你简直是放肆,大奉立国六百年,何曾有你这般,堵在宫门外,一骂便是两个时辰?"老太监气得跳脚。

许新年淡淡道:"公公莫要与我说话,本官最厌无理取闹。"

心思敏锐的文官险些憋不住笑,王首辅嘴角抽了抽,似乎不想看许新年继续得罪元景帝身边的大伴,当即出列,沉声道:"陛下可愿见我们?"

老太监点点头,道:"陛下说了,只见首辅大人,其余人速速退去,不得再啸聚宫门。"

文官们颇为振奋,面露喜色,一时间,看向许新年的目光里,多了以前没有的认可和欣赏。

第 381 章

暗流汹涌

王首辅朝众官拱手，随着老太监进了宫，一路走到御书房的偏厅里。

老太监吩咐宦官奉茶，恭声道："首辅大人稍等。"说罢，便离开了。

王首辅一个人坐在椅子上，这一等，就是半个时辰。他也不急，默默等着，绯袍，高帽，鬓角花白。他的表情平静，看不出喜怒，但时而恍惚的眼神，让人意识到这位老人的情绪，并没有看起来那么好。

终于，脚步声传来。

王首辅略显浑浊的眼睛微微亮起，看向门口。

穿蟒袍的老太监臂弯里搭着拂尘，独自一人进来，惋惜道："首辅大人，陛下悲伤难耐，不够得体，便不见您了。"

王首辅眼睛的亮光，一点一点，黯淡下去。

老太监叹息一声："陛下他需要时间冷静。您知道的，淮王是他胞弟，陛下从小就和淮王感情深笃。如今淮王冷不丁地走了……"

王首辅木讷点头，拱了拱手，离开御书房的偏厅。走下台阶时，王首辅没忍住，回过身，朝着御书房，深深作揖，而后大步离去，头也不回。

目送王首辅离开，老太监如释重负地吐出一口浊气，他有些害怕王贞文的眼神，那眼里有着浓浓的失望。

他穿过御书房，进入寝宫，躬身道："陛下，首辅大人回去了。"

元景帝嗯了一声,没有睁眼,闭目养神,问道:"群聚宫门的人,都有谁啊?"

老太监沉声道:"该来的都来了。"

元景帝冷哼一声:"朕就知道,这些狗东西平时相互攀咬,一半都是在做戏。可恨,可恶,该杀!"他发怒了一会儿,恢复冷静,问道,"左都御史袁雄来了吗?"

老太监想了想,摇头:"似乎没看见。"

元景帝重新闭上眼睛,长久的沉默后,老太监以为事情就这样过去时,突然听见元景帝道:"把今日没有来的人记下来,往后几天同样如此。"

"是!"

黄昏,金红色的余晖里。

许七安牵着小马,许新年也牵着他的坐骑,缓步在街道。同行的还有布政使郑兴怀,以及五品武夫申屠百里。

"郑大人,您是住在驿站?"许七安语气里隐含担忧。

以郑兴怀的官位,住的肯定是内城的驿站,治安条件很好,又有申屠百里等一众贴身护卫。只是,他们现在的敌人是元景帝,有些事不得不防。五品化劲的武夫,在京城真的不够看。

"大哥放心,而今镇北王屠城事件,既把陛下推到风口浪尖,也把郑大人推上风口浪尖。就算是陛下,也不会在这个时候做不智之举,若此会犯众怒的,须知滚滚大势,不可硬抗。"许新年说道。

郑布政使诧异地看他一眼,苦大仇深的脸上多了一丝赞许,道:"许银锣,你这位堂弟倒是目光如炬,说得甚是。这荣辱不惊的姿态,将来必定前程锦绣。"

许新年淡淡一笑。

不,他只是习惯了高傲和装蒜,其实内心的承受能力也就一般般,还经常社会性死亡,根本不是那种山崩于前面不改色的大国手……许七安心里吐槽。

郑布政使不知道许七安的内心戏,颇为追忆地说道:"他让我想起了魏公年轻时的风华。"

不是,郑大人,您这话魏公他同意吗……许七安扯了扯嘴角,扯起一个牵强的弧度,终于还是保持了默然。

有些事发生便发生了,一日不得到处理,便如鲠在喉。

"你不必担心。"郑布政使说道,"驿站住进来一伙打更人,你明白的。"

魏公已经防着了啊,有他顾着郑大人的安全,那我就不担心了……许七安心里一松。

"告辞!"郑布政使拱手,带着申屠百里离开。

许七安默默看着,从楚州到京城,短短一旬,郑兴怀的背影竟已经有些佝偻,仿佛有什么东西压在他肩膀上,压得他直不起腰。

唉……他心里叹息一声,摸了摸小马的背部曲线,翻身跨了上去。

马蹄哒哒哒的响声里,兄弟俩缓步往家的方向而去。

"郑大人是个可怜人,元景十九年的进士,听刘御史说,此人父亲早亡,寡母含辛茹苦把他养大。好不容易把他送到国子监,中了进士,结果因为多年的辛劳,榨干了身体,没等到他衣锦还乡,母亲便去世了。"在小马缓步的行走间,许七安说道,"而后因为刻板守规,不知变通,得罪了前任首辅,给打发到楚州。

"他在楚州经营了十八年,大半个人生都留在那里了。结果一夜之间,化为尘土。"

许新年沉默了很久,郁气憋在心里,难受极了。他把郁气吐尽,感慨道:"十八年风雨,半生鸿业,说与枯骨听。"

"不说这个。"似乎是为了摆脱那股致郁的心情,许七安扬起一个不正经的笑脸,"辞旧,和王家小姐搞到哪一步了?"

许新年回道:"我承认对王小姐有好感,她知书达理,学识渊博,谈吐优雅,能与我谈古论今。这样的才女,除了怀庆公主,我从未见过其他人。对她稍有动心,有何奇怪?"

老弟啊,咱哥俩的品位是一样的,我也喜欢怀庆这样的才女,哦,除此之外,我还喜欢临安这样的小笨蛋,采薇这样的小吃货,李妙真这样的女侠,以及钟璃这样的小可怜……

"其实我一直有犹豫。"许新年无奈道,"王贞文是魏渊的政敌,未必会把思慕姑娘嫁给我。而我,也还没有决定要娶她。"

许七安不再油嘴滑舌,沉吟道:"这个问题,我们已经讨论过不止一次。你和我之间,必须做出割裂。"

"你走你的阳关道,我走我的独木桥。呵,魏公可不就是条独木桥嘛。我知道你的顾虑,害怕被王贞文逼着与我作对,同室操戈,是吗?关于这一点,大哥要告诉你一个办法。"

许新年虚心求教:"大哥请说。"

许七安哂然道:"拥妻自重。"

"大哥这是何意?"

"你娶了人家的闺女,相当于有了人质,除非王贞文不在乎这个嫡女,否则,即使你们关系再差,他也不会真的绝情。把握住这个度,你就能立于不败之地。再说,你又不需要完全依附王家,只是让许家多条路而已。"

"有道理。"许新年缓缓点头。

见他似有所悟,许七安笑了笑,目视前方,心里想着自己那个养在外面的"外室"。

多日不见,我竟有些想她……大奉第一美人的魅力,似乎有些奇怪,没有洛玉衡那样诱人,却暗中潜移默化?真想知道她究竟是何来历。嗯,先把"外室"放在红颜知己那里,等镇北王的事情尘埃落定,再去见她。在这之前,需要小心谨慎。

钟璃也先不接,留在司天监,我这几天肯定要频繁外出,带着她不方便。

临安和怀庆也先不见,这段时间我肯定进不了宫,而且这件事关乎皇室,我也算牵扯进来,不想见她们。

"大锅……"

进入府中,来到内厅,恰好是吃晚膳的时间。

许铃音一见到久别的大哥回来,连饭都不吃了,迈着小短腿,惊喜地迎上来,然后一头撞进许七安怀里。

许七安身子晃了晃,有些吃惊。一个半月不见,小豆丁的气力增长到这个程度了?

"最近有没有惹你娘生气?"许七安抱着小豆丁,往内厅走去。

"啊?我经常惹娘生气吗?"许铃音惊讶地反问。自己明明是这么乖的孩子,娘都说她这辈子不知道是怎么回事,才生了一个许铃音。可见自己和大哥二哥还有姐姐是不一样的。

许铃音至今也没分清楚堂哥和亲哥的区别,一直认为大哥也是娘生的。

许七安摸了摸她的脑袋,没有说话。

看来力蛊部的修行法门,确实只能增长气力,起不到提高智商的效果,不然丽娜也不会是现在这般模样。想到这里,他看向头发末梢带卷、眸子宛如蔚蓝大海、小麦色皮肤、五官精致的南疆小黑皮。

"我感觉你变得不一样了。"小黑皮审视着他。

"哪里不一样?"许七安反问道。

丽娜想了想,摇摇头,说不上来,就是觉得他行走间,肢体的协调程度,肌肉的发力方式都有了进步。

"大哥你回来啦。"最开心的当然是许玲月,那张清丽脱俗的瓜子脸绽放着笑颜,她亲自给许七安盛饭摆筷。

许新年等了一下,见亲妹子完全不在乎自己,便自己动手丰衣足食。

"回来就好。"许二叔一直在审视侄儿,见他安然无恙,精气神反而愈发充沛,粗犷的脸上顿时露出笑容。

"嗯!"傲娇的婶婶附和着点头,然后说道,"铃音,快下来,别耽搁你大哥吃饭。"

婶婶今天穿了一件素色的对襟小衣,衣上绣满丰腴的海棠花,正如她人一样美艳丰腴,勾勒出饱满的胸脯和纤细的腰肢,下身是一条鹅黄色的襦裙,这让她美艳中多了几分文雅知性。

吃过晚饭,许七安受邀进入许二郎的书房。

不知不觉间,两人商议要事,已经开始避开许二叔,不像当初对付户部侍郎周显平时,三个爷们儿一起商量。

兄弟俩觉得这样挺好,二叔本就不擅长钩心斗角,他知道得越多,反而越容易苦恼。因为作为长辈,他是想着如何解决问题,而不是坐等着侄儿和儿子解决问题。为子嗣遮风挡雨,是每一位长辈都有的本能,偏偏许二叔并不擅长这些,于是只会徒增烦恼。

东厢房。

许二叔坐在桌边,喝了口茶,叹息道:"两个混账玩意儿,已经看不上老子了。"

穿着单薄的白色小衣的婶婶,盘腿坐在床上,把玩着自己的玉镯子,问道:"怎么说?"

"唉,楚州出大事了,今儿百官在皇城闹事,传得沸沸扬扬。"许二叔皱着眉头。

"什么事?"婶婶好奇地问。

"妇道人家,管那么多干吗?"许二叔瞪她一眼。

就像兄弟俩不想让许二叔多操心,许二叔同样也不想让妻子平白担忧,像她这样一把年纪还自以为风华正茂的女子,许她一个平安喜乐便够了。

"大哥,你还没有和我说楚州城的详细经过。"书房里,许二郎端着一杯浓茶,坐在茶几边。

许七安站在窗边,望着漆黑寂静的院落,缓缓道:"楚州案远比你想象的要复杂……"他平静地讲述,把自己北行的经历,点点滴滴地告诉许辞旧,包括与郑布政使共情,看见楚州城被屠戮的景象。

他的语气是那么平静,平静得不敢有丝毫的起伏。

大悲无泪。

"原来,原来他也有参与……"许新年愣愣道。他心里,那为数不多的忠君情怀,轰然坍塌,再无半点残留。

"使团这次返京的目的,就是要把镇北王的罪行昭告天下。呵,郑大人不允许镇北王这样的畜生,以亲王的身份安葬,以大奉护国神将的名头流传后世。"许七安冷笑道。

读书人最注重身后名,如果不能给镇北王定罪,在郑兴怀来看,这是一场不成功的复仇,并不算为楚州城百姓讨回公道。

"辞旧觉得,这场'仗'该怎么打?"许七安考校道。

"你们已经在做了。"许新年说道,"携滚滚大势威逼元景帝。纵使是皇帝,也不能挡住群情汹涌的大势。他不是答应见王首辅了吗,就看明天有什么结果。"

"可惜朝堂的事,我帮不上太多忙了,把希望寄托于人的感觉不是很好。"许七安叹口气。

"大哥,你做得已经够多……"许新年正待宽慰几句,忽地眉头一皱,停顿许久,他的脸色慢慢变得凝重,"大哥,情况似乎有些不对。"

许七安转过身来,望着他。

许新年低声道:"依你所说,如果此案是元景帝和淮王密谋,那么使团欲打他一个措手不及的计划,从一开始就是失败的。你别忘了,阙永修潜逃,镇北王的密探也逃了。这些人,会不把镇北王陨落的消息传回京?也许在你们踌躇满志的时候,他就已经提前得到消息。

"那么,元景帝绝对已经想好如何应对,不要怀疑,咱们这位陛下玩了这么多年权术。他要认真起来,恐怕魏公和王首辅都不是他对手。"

"你提醒我了,确实是这样。"许七安转回身,面朝漆黑的院落,没有再说话。

许七安知道,朝堂不是他的主场。

首先,政治斗争不是破案,更不是靠聪明的脑子就能纵横。能在科举里厮杀出来的,哪个不是聪明人,但每年都有那么多人起起落落。许七安不会自大到认为自己能和元景帝在朝堂大战三百回合。

其次,他的官位终究低了些,连上朝的机会都没有,这就意味着他没有资格上"前线"。所以这一次,主力的位置,要拱手让给魏公、郑布政使以及那些为名为利,或心里残留正义的诸公了……不过,我依然可以在局外出力。

观星楼,八卦台。

白衣如雪、白发白须的监正,站在八卦台边缘,负手而立,俯瞰着整个京城。夜风吹起他的衣角,拂动他的白须,仙风道骨,宛如谪仙。

"听说,镇北王死在北境了。"

一个低沉的声音响起,语气低沉且平淡,就像老友之间的交谈,给人一种高深莫测的感觉。

监正背后,出现了一位白衣背影。大奉第一装——杨千幻。

师徒俩背对背,都是负手而立,都是白衣如雪。别说,一时间还真难辨高下。

监正嗯了一声,笑道:"有些人睡觉都要笑醒了。"

老师指的是魏渊,还是谁……杨千幻心里嘀咕着,语气依旧是世外高人般的寡淡,学着监正嗯了一声。

监正早习惯这弟子的脾气,不加理会,只要杨千幻不在他面前念"海到尽头天作岸,术士绝顶我为峰",监正就懒得和他计较。

杨千幻继续道:"杀死镇北王的是一位神秘高手,在楚州城的废墟上独战五大高手,于众目睽睽中斩杀镇北王,为百姓报仇雪恨。而后千里追击,斩杀吉利知古。

"简直让人热血沸腾,我恨不能取而代之。不过,想到许七安同样也没出风头,我心里就好受多了。嘿嘿,这小子一直夺我机缘,非常可恨。想必在楚州看着那位神秘高手纵横捭阖,他心里也羡慕得紧吧。"

说完,杨千幻凭借四品术士的直觉,察觉到监正老师破天荒地回头,看了自己一眼。

监正老师终于为他以前做过的错事感到羞愧了吗……杨千幻心里畅快起来。

监正的眼神,充满了怜悯。

次日,群臣再次齐聚宫门,罢工闹事。

他们有种被戏耍了的感觉。昨日闹了这么久,原以为陛下妥协,邀首辅大人进去议事。谁想,王首辅给出的回复是:陛下并未见本官。

可笑,以为避而不见,就能把这件事当作没有发生?

随着事件的发酵,镇北王屠城案,已经不局限于官场。市井之中,三教九流都听闻此事,触目惊心。酒馆、茶楼、妓院,这些堪称消息集散中心的地方,整日有人来旁听,有人在谈论。

"镇北王惨无人道,三十八万条生命,整整一座城,他怎么狠得下心?"有人拍桌怒骂。

现在市井中,辱骂镇北王已经是政治正确,不用害怕被问罪,因为整个官场都在骂。谁不骂镇北王,那就是丧心病狂的禽兽。骂了镇北王,就是饱读圣贤书的读书人,是正义的伙伴。

"你们知道吗,这次去北境查案的是许银锣。不愧是他啊,要是没有他,镇北王的罪行到现在还无法揭露。"

"这世上就没有许银锣查不出的案子。有了许银锣,我才觉得朝廷还是好朝廷,因为恶徒再没有逍遥法外的可能。"

"可我听说,这朝堂之事,许银锣就无能为力了。"

"这个无妨,文武百官自然会接替许银锣。你听说了吗,许银锣的堂弟,那位春闱会元,昨日在宫门口骂了整整两个时辰,骂到黄昏。今日又去了。"

"真是厉害啊。"

寝宫内。

老太监头疼欲裂地跨入门槛,气得老脸发白:"陛下,那,那个许新年又在外面叫骂。实在可恨,可杀。"

元景帝坐在大椅上,手里握着道经,闻言,淡淡回应:"杀了他,那就真是滚滚大势不可阻拦,犯众怒了。"

老皇帝脸色平静,问道:"昨日,魏渊有何举动?"

老太监不自觉地低声说道:"魏公夜里私自去见了王首辅……"

言下之意,朝堂上的两头猛虎,私下结盟了。

魏渊和王贞文,象征着朝堂最大的两个党派,他们如果联手,没有人是对手。哪怕是陛下,也吃过两人的亏。当年卖官鬻爵火极一时,后来被两人联手扑灭。那些卖出去的官,封出去的爵,在五年间,罢官的罢官,斩首的斩首,被王首辅收回来大半。

老皇帝笑了笑,似是不屑,转而问道:"宫内有什么异常?"

老太监低声道:"风平浪静,不过,昨日临安公主回宫了。而怀庆公主……"

老皇帝眯了眯眼:"怀庆怎么了?"

"出宫了,回了怀庆府。"

沉默许久,老皇帝嗯一声,吩咐道:"临安稍后若是来求见,让她回去。"

第三日。

群臣依旧齐聚宫门,但,细心的人会发现,人数虽然没变,但一部分手握大权的大臣,今日没来。

许七安在打更人衙门,见到了怀庆公主府上的侍卫长。此人奉长公主之命,来请许七安去公主府一叙。